ちくま学芸文庫

古文の読解

小西甚一

筑摩書房

はしがき

世のなかには「どうも古文は不得手で……」とか「古文は好きになれないんですが」とかいうお方が少なくないだろう。この本は、そんな人たちのため書かれたものである。「古文ぐらい、なんでもありません」という秀才や「将来は国文学科を志望します」などいう変わり者は、この本を必要としないはずである。

国語の教師というものは、高校でも大学でも、国語ぐらい重要な科目はないと思いがちだ。そして、自分が国文科の学生だったころ、教授たちから詰めこまれたのと同じ性質のことを教えたがる。しかしながら、学生たちにとって、これぐらい迷惑なことはない。大学の教養課程で理学・工学・医学などを専攻しようという学生に国文学を教えるときだって、国文学これ尊しでは学生が気の毒だ。まして高校生を相手に特殊な知識を詰めこもうなどいうのは、残酷物語だ。

よく「いまの学生は甘やかされているから、精神的にも肉体的にもモヤシみたいな連中ばかり増えるのだ。もっと厳しく鍛えないと、日本の前途は危い」と力説する向きがある。賛成だ。厳しく鍛えなければ、これからの日本は、ほんとうに心配だ。しかし、厳しく鍛えることは、よけいな知識を詰めこむのと同じではない。大学の教師は、専門学者である。

そして、自分の専門しか知らないのが普通だ。そんな先生たちが、審議会の委員か何かになって、数学ではこれがぜひ必要だ、英語はせめてこの程度の知識をもたせるべきだ、物理学からこの分野を抜いたら日本は後進国になってしまう……などという強硬意見を出す。文部省がもしこれを押さえようとでもすれば、ジャーナリズムが「政治権力の学問への不当介入……」など嬉しがって書きたてるから、賢明な役人がたはこれに逆らわない。その結果、一週間に四十四時間分のカリキュラムを組んでも、なお消化できそうもないほどの内容が、ギューギュー詰めの教科課程として高校生諸君に押しつけられ、それをひとわたり触ってみるので精いっぱいの学生生活が、自分でのびのびと考える時間を高校生から奪い、数学も、英語も、物理学も、その他すべての学問分野が、第二のリーマン、第二のアインシュタインを若いうちにモヤシ化する。専門馬鹿は、国文学者だけではない。

この本をお読みになる諸君は、大学の入試を気にしていられるだろう。気にするなと言うほうが無理だから、わたくしは、入試で合格点の取れる古文学習を紹介しようとする。しかし、それは、合格点を取る要領であって、満点を取る方法ではない。よく考えてみたまえ。満点なんて、取ってみたところでどれだけの使い道があるか。合格さえすれば、あとは自分の専門で、のびのびと成長してくれたまえ。点数などにビクビクしているようでは、とても二十一世紀の日本を背おう人材にはなれない。が、合格しなくては、こまる。そこで、合格できるだけの点は確保する――というのが、わたくしのねらいなのである。

それも、ギューギュー詰めの内容と眼の色を変えながら格闘するのでなく、のんびり散歩するような歩調で、たのしく古文の合格点を取ってもらいたい。およそ三十年間、入試の出題と採点をしてきた罪滅ぼしに、この本を書いた。

著者しるす

一九八一年　夏

目次

プロローグ

「古文は、どう勉強したらよいでしょうか。」

高校生諸君がわたくしに質問したいことの第一は、これ以外にはあるまい。それに対する回答は、まことに簡単だ。そんなに簡単な答えができるものだろうか——など心配するにはおよばない。

「この本をお読みなさい。すっかり書いてあるから……。」

これ以外の回答はない。

「それじゃ、さっそく始めます。ちょうど時間がタップリですしね。」

ちょっと待ってくれたまえ。読むのは結構だけれど、むやみにページだけひっくりかえしても、実はあまり勉強にならないのである。この本は、ある種の「読みかた」を頭において設計されているのであり、その設計どおり読むのでないと、序文でお約束したような効果は期待できないだろう。

まず、この本を読む前に、信頼できる**古語辞典**をひとつ用意してくれたまえ。序文で述べたように、わたくしは**古文学習の要領**をお話しするのであって、辞典の代用までも予定はしていない。それぞれの例題には通釈があたえてあるけれど、この原文からなぜこの訳が出るかというプロセスについて不審があれば、気軽に辞典と相談してほしいのである。もちろん、重要な事項や辞典に出てこない用法はもれなく脚注をつけておくが、参考書と辞典とはもともと使命が違う。また、辞典なしですむようなサービスぶりは、たいへん親切なようで、かえって結果がわるい。辞典を引くといってもたいした時間はいらない。それよりも、辞典を引くという作業から得るところのほうが、はるかに多い。

そのほか、簡単な**国文学史年表や文法の基本事項をまとめたもの**も必要だが、これは、教科書に出ているもので、たいてい間にあう。それからぜひ必要なのが、古文の**教科書**そのものである。というと、変な顔をなさるお方があるかもしれないけれど、それは心得ちがいというものだ。教科書をおっ放り出して、何かほかに速効薬みたいな参考書をもとめるぐらいばかげた話はない。ろくに食事もしないで栄養剤ばかりのむようなものだ。なんといっても、教室での勉強ぐらい力のつくものはない。**この本は、教室での勉強をいっそう効果的にするため、もっとも貢献するであろう。**この本では、わりあい例題が少ない。それは、学習の要領をモノにするため必要な最少限度の例題を採りあげたからで、むやみに例題の数ばかり増やし、申し訳ばかりの解説をつけたのでは、わたくしの目的にそわない。いまの教科書は内容がひどく豊富で、どうかすると学年のうちに消化しきれない程だ。この本で学んだ要領を、豊富な材料相手に活かしてゆけば、これぐらい経済的な学習方法はあるまい。

といった次第で、準備は整った。さて、いよいよわたくしの話を読んでいただくわけだが、それについて、注文がある。すなわち「**ゆっくりお読みください**」ということである。この本は、諸君がわたくしの前にいるものと仮定し、ふだん教室でしゃべるような調子で話しかける書きかたになっている。「どんなにりっぱな講義内容でも、理解されなければ、講義しないのと同じことだ。理解された分量だけが、その講義の分量である。」とは、アメリカの先生たちの常識だが、せっかく書く以上は、フルに理解されてほしい。そのためには、膝をつきあわせての話みたいな調子、アメリカ人の言う informal tone がたいへん効果的だと思うのである。だから、それに調子をあわせてもらうため、わたくしはスピード制限を標示する。まあ、時速二十五キロぐらいのつもりで、ゆるゆるお願いする。この本は、普通にゆけば毎回一時間か一時間半ぐらいの単位でひとつの話をまとめてあり、全部で七五回の予定だから、仮に毎週二回として、総計三八週——延べ時間で九〇時間ないし一一〇時間——というスケジュールになり、もし春から始めるとすれば、試験までにはゆうゆうゴールインだ。毎週三回のつもりなら、秋からでも間にあう。安心してゆっくりお読みいただきたい。

安心してお読みになれば、この本にムダみたいな話の多いことも、あまり気にならないだろう。せっかちな人は、「なんだってすぐ役にたつ要点だけ話してくれないで、のんびり道草をくっているのだろう。」とお感じかもしれない。が、ムダ話のように見えるところが、大きい目でながめれば、けっしてムダではないのである。要点だけギッシリならべたって、頭に入るわけがない。要点が要点でなくなるからだ。そんなことになれば、それこそ全体が大きなムダではないか。要点を要点として把握するためには、まわりに「要点でないこと」がどうしても必要なのである。なるほど、諸君はいそがしいだろう。時間が惜しいだろう。しかし、いそがしいときほど「あそび」が貴重な意味をもつ。

ムダの助けによって要点を生かす読みかたが身についてきたら、わたくしの話しかたがつとめて固定的になることを避けているのも、同感していただけよう。原文→通釈→語釈→文法→鑑賞といったような型どおりの説きかたでなければ頭に入らない――という人があるなら、どうか実際の試験問題を見ていただきたい。試験問題の問いかたは、千変万化である。きまりきった機械的な頭では、とても対応できるものではない。だから、頭のはたらきを柔軟にするため、なるべく説きかたを変化させ、いろんな動きについてゆけるような融通性を養ってもらえるよう考えたつもりである。

最後に、もうひとつ。わたくしの話は、いつも「**具体的にはどういうことか**」をめざしている。具体的な事実に到達できないような解釈など、なんの役にも立たない。通釈はできたが、なんのことか自分でのみこめないのでは、ナンセンスだ。「ことばの向こうに在るもの」こそ、わたくしのねらいなのだから、どうかそのつもりで気をつけていただきたい。では――、いよいよ幕をあげよう。

第一章　むかしの暮らし

「プロフェッサー・コニシ。おどろきましたよ、あの時にはね。何しろ人力車でかけつけたものだから……。」

話し手は、親しいアメリカ人教授。何におどろいたのかというに、ニューヨークの舞台で人力車が登場したからである。もっとも、それだけなら、珍事とは言えないかもしれないけれど、人力車に乗って登場したのが、佐野源左衛門常世、すなわち能『鉢木《はちのき》』のシテなのだから、日本文学に精通している彼が眼を白青させたのも無理はない。この能？の演出者は、常世がキャディラックで鎌倉にはせ参ずるのはおかしいから、何に乗せようと大まじめに苦心したあげく、人力車を思いついたのである。観客の多くは、なるほど日本的な芝居だと感心したらしいが、われわれだって、これと同様のことを古典の世界でやっていないわけではない。

「とんでもない」といわれるような誤解は、すべてをことばだけで片づけようとするところから生じるのであって、実際の生活を知らないばあい、どんなに滑稽な——時としては悲惨な——勘ちがいが大まじめで演じられるか、容易に想像していただけるかと思う。ところが、てんで「実際の生活」を知らず、むやみに「ことばだけいじりまわす」勉強のしかたが、いわゆる古文の世界では、たいへん有力なのではなかろうか。そこで、わたくしは、古文の勉強を、平安時代の生活から始めることにした。フランス文学を勉強するのに、パリの生活を知らなければ、たぶんお話にならないだろう。古文も同じことだ。

◇なぜ平安京のことを調べるのか◇

古文といっても、古くは『古事記』『万葉集』あたりから、すこし下って『新古今集』『平家物語』『徒然草』、もっと下るなら『日本永代蔵』『奥の細道』など、めぼしい古典に対応する都もしくは政権所在地は、飛鳥・奈良・平安京・鎌倉・江戸と移っている。どうして平安京だけを大きく採りあげるのか。

これは、**典型**《モデル》ということでお考えねがいたい。いまの経済界はたいへん複雑であって、来年の世界市況がどうなってゆくかを予測することは、普通の頭の人にはとてもできない。いや、本職の経済学者にだって容易なことではないのだが、本職は本職なりに、その難しさを乗り切る方法がある。というのは、モデルを発見することである。モデルとは、わりあい単純な形でありながら、あらゆる複雑な事態に適用できて、すくなくとも大筋においては正しい見通しが立てられるような思考パターンのことである。経済のばあい、モデルは、だいたい数学のなかに求められるけれど、古文のばあいは、それが「**平安時代**」という名でよばれる社会のなかに発見できる。だから、平安時代のことを知っておく必要があるのだが、その平安時代は、平安京という都を中心として展開したのであり、平安京での生活を頭に入れておくと、他の時代のことは、それから類推したり、対照したりして、たいへんわかりやすくなる。だから、まず平安京での生活を持ち出すのである。

そこで、平安京がどんなふうに出来たかということから、お話を始めることにしよう。

◇都のすまい◇

奈良、むかしの言いかたなら平城《へいぜい》の京から平安の京へ移るまでには、政治のうえで、いろいろ面倒な事件があった。それはともかくとして、**平安京に遷ったのが延暦十三年**（七九四）で、以後、新京の建設は快調に進んだ——と言いたいのだが、事実はどうだったろうか。平安京の図と称して、東京極大路《きょうごくおおじ》から西京極大路まで南北に、一条大路から九条大路まで東西の道で整然と区画された市街図を、多くの教科書や参考書はのせる。それによると、第1図のようなふうに、壮大な首都が山城国の中央部をドカリと占めたことになる。これだけのプランを立て、みごと実現した責任者はたいした能力の持ち主だと思われそうだが、実は、残念ながら、半分ほどはペーパー・プランであった。つまり市街の西半分は、なかなか人家が建たず、平安時代も後になるほど、さびれる一方であった。そして、市街は東へ東へと移ってゆき、京の東端という意味であった東京極《ひがしきょうごく》の通り（いまの寺町通り）が、現在では京都市のだいたい中央になってしまった。市街地では田畑の耕作を許さないのがたてまえだったけれど、西の京では、畑つくりが黙認されていたらしい。

また、たいていの教科書や参考書には、**大内裏**の図と称するものが出ている。それによると、東西八七二メートル南北一〇九〇メートルにわたる官庁街が、やはり整然と建設されていたはずである。このほうは、いちおうペーパー・プランでもなかったようだけれど、紫式部や清少納言の時代でもそのとおりだったと思うと、大まちがい。天徳四年（九六〇）すなわち遷都から百六十七年めに大火災のため焼失してしまい、以後たびたび再建したけれど――というのはたびたび焼失したことだが――、もとのようにはならなかった。そこで、**里内裏**《さとだいり》とよばれる臨時皇居がよく使われた。その臨時が、実は、かなりの期間にわたるものだったらしい。摂政・関白の邸が里内裏になったこともある。鎌倉時代より後、本来の意味での内裏は無くなった。いまの京都御所も、里内裏なのである。

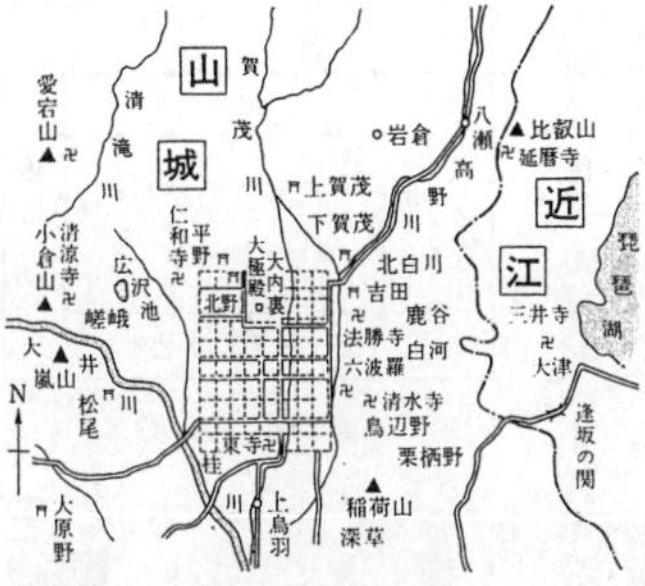

第１図　平安京の図

　もっとも、貴族たちの邸宅は、なかなかりっぱなもので、そのスタンダードな形式が、いわゆる**寝殿づくり**である。だが、その「なかなかりっぱな」スタンダード建築も、実質的には、はたしてどんなものだったろうか。教科書や参考書で「寝殿づくりの図」と称するものを御覧になると（二五ページ参照）、たいへんりっぱな邸宅で、どんなに住みごこちがよかったろう――と想像されるかもしれないけれど、わたくしの考えでは、実は、おそらくその反対だったにちがいないと思われる。

寝殿のティピカルな形式は、どなたも御存じであろう

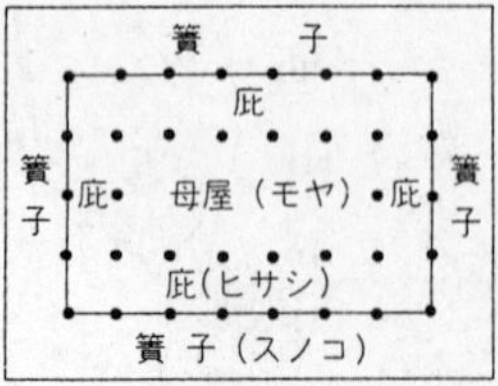

第2図　寝　殿

とおり、第2図のようになっている。**簀子**《すのこ》は、いまの家で言うと濡縁《ぬれえん》にあたるわけで、屋内とはいえないから、しばらく問題にしない。その内の部分である庇《ひさし》と簀子をしきるものが、**蔀**《しとみ》である。**格子**《こうし》ともよぶ。蔀と格子との区別については、めんどうな議論があるけれど、高校程度の知識としては、けっきょくのところ同じもので、いまの雨戸にあたり、ドアを横倒しにしたような開けかたをする板戸とおぼえておけばよろしい。

蔀を開ける場合、上の半分を金具で上へつりあげる。これを「格子まゐる」「格子はなつ」などということも、御承知のとおり。「格子まゐる」は、閉める場合にも言う。ところで、いまの家では、雨戸を開けたあと、ふつうガラス戸か障子を閉めるのだが、平安時代は、ガラス戸はもとより、障子（むかしのことばで「あかり障子」）もあまり使わなかったようである。だいたいは簾《すだれ》ぐらいで間に合わせていたらしい。**母屋**《もや》の部分と庇の部分とのしきりにも簾が多く使われた。**障子**《そうじ》といって、いまのフスマにあたる引き戸も使われたけれど、カーテン式のしきりがやはり主だったと思われる。そのほか、**几帳**《きちょう》とよばれる移動式カーテンもあった。これで母屋の内部あるいは庇の内部を適当な広さにしきって使う。必要に応じてすきな広さの部屋ができることは、便利にちがいない。来客がたくさんあるときなどには、そうした移動式カーテンを片づけ、障子をはずしてしまうと、パーティー用の広間がたちどころにできる部屋もあった。そうした臨時の広間になる部屋を**放出**《はなちいで》という。

こんなふうに見てくると、むかしの家もなかなかよく考えてあったじゃないか——と言われそうだけれど、問題は暖房設備である。カーテン式のしきりを主とした構造なのに、せいぜい**炭櫃**《すびつ》とか**火桶**《ひおけ》とかで手さきをあたためるぐらいでは、冬の寒さをしのぐのは大骨だったろう。おまけに天井は高く、畳もない。どうも健康によくなかったのでないかと思われる——というのは、平安時代の人たちがわりあい短命だったからである。四十歳になると四十《よそじ》の賀という祝いをするのが、当時のならわしであった。そのあと十年ごとに五十《いそじ》の賀、六十《むそじ》の賀、七十《ななそじ》の賀、八十《やそじ》の賀というように祝ってゆくのだが、実際には六十以上の賀はあまりおこなわれなかったのではあるまいか。いまの人たちなら、四十まで生きたぐらいで「めでたい」と感じ、祝宴をするなどいうことは、ナンセンス以外の何ものでもない。四十で賀の祝いをしたことは、当時の平均年齢が低かったあらわれだと考えてよかろう。

平安時代の人たちは、なぜ健康的でない家をわざわざ建てたのだろうか。これは、夏の暑さのほうが冬よりもつらかったからにちがいない。いまでも、京都の夏は猛烈なもので、日中に歩いていると、わたくしなんかは、頭がボーッとしてくる。この暑さに対抗するためには、どうしても風とおしのよい構造が必要だったのであろう。あとで述べるように、平安貴族の着物は広袖すなわち袖口を全部あけておく仕立てだった（三九ページ参照）。冬はずいぶん寒かったろう。なにしろ風とおしが良すぎるから、何枚かさね着しても、シャツのような下着のなかった時代で、寒さの防ぎようがない。それでも、がまんして、下層階級の着物だった小袖つまり袖口の狭い仕立てになっている式のは、かなり後まで着たがらなかった。貴族たる者が庶民スタイルの着物なんか着られるか――というプライドよりも、夏の暑さがよほど身にこたえていたのだろう。家の造りかたにおいても同様の事情だったろうと考えてよろしい。そこで、次の有名な発言が出てくる。室町時代よりすこし前のことであるけれども、

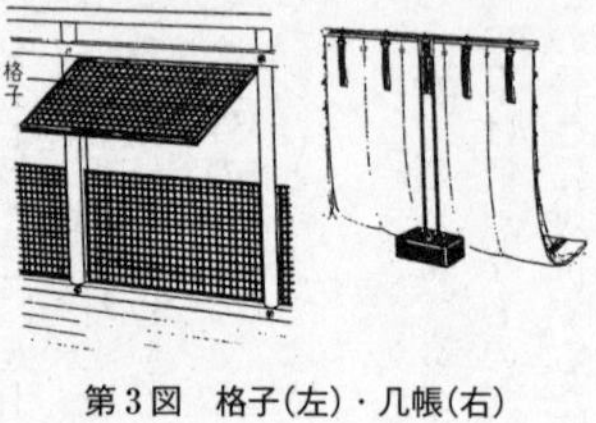

第3図　格子(左)・几帳(右)

> 家の造りやうは、夏をむねとすべし。冬は、いかなる所にも住まる。暑きころ、わろき住まひは、たへがたきことなり。
> （徒然草・第五五段）

通釈 家の建てかたは、夏を主として設計するがよい。冬は、どんな所にだって住んでいられる。暑い時候に、構造のまずい

◇むねとすべし　第一としなくてはいけない。

所に住んでいるのは、とても辛抱《しんぼう》できないものだ。

という兼好の説は、平安時代においても同じだったらしい。京都御所などでもわかるように、天井がひどく高いのは、こうした配慮からだろう。

◇住まる　住むことができる。「る」は可能。
◇わろき住まひ　構造のよくない家。

◇寝殿づくりのウソ◇

以上は、いわゆる寝殿づくりの中心となっている建物についての話だが、全体としてはどんな模様に建てられていたか。諸君は、すでに御承知ずみであろう。たいていの教科書や参考書の類には、第4図のような邸宅が出ている。どの本でも、大同小異だろうと思う。だから、誰でも「ははあ、あれか。」というわけで、下のような図を反射的に思い浮かべるはず。ところが、これが実は偽物なのである。

一九六〇年十月の学会で、森蘊《おさむ》先生

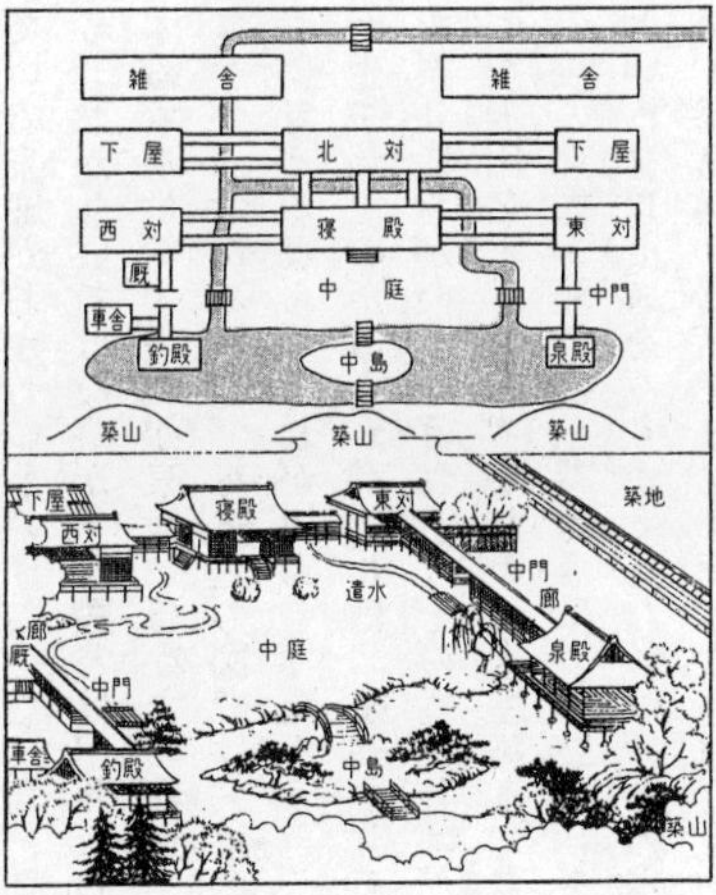

第4図　寝殿づくり

が講演されたところによると、この図に出ている泉殿がおかしいということだった。泉殿は釣殿と対称の位置に、池の中にあるだろう。おかしいではないか。**泉殿**とは、井戸のある建物である。幾つかの建物で日常必要とする水を供給するのが泉殿にほかならない。井戸を掘るのに、わざわざ池の中をえらぶマヌケがあるだろうか。森先生の図では、車舎《くるまやどり》よりも北、西対寄りに泉殿が出ていた。すなおに考えるなら、それがほんとうだろう。

どうして泉殿を池の中に置くような誤りが生まれたのだろうか。これは、泉殿が井戸のある建物だということを知らない人から出た誤りにちがいないけれど、その責任者はだれだろうかというと、どうも会津の学者であった沢田名垂《なたり》らしい。かれの『家屋雑考』という本に、さきのような図のもとがあり、その後の辞書・教科書・参考書は、みなそれを転載し、転載を転載し、それをまた転載……というプロセスをくりかえしたわけ。この本の旧版でわたくしがそれを指摘したら、教科書や参考書の著者でまじめな人たちは、大あわて。新しく図版を書き直したけれど、ふまじめな著者たちは、まだそれを知らず、池の中に井戸のある寝殿づくりの図が今でも出ている。

『宇津保物語』で、仲忠《なかただ》たちが五月ごろ琴の練習をしているのを、次のように描写する。

> 今は長雨がちなり。しづやかに降りくらす日、時鳥《ほととぎす》かすかに鳴きわたり、月ほのかに見えたり。三ところながら、しづかに弾きあはせたまへる、いとおもしろし。こな

たかなたの人は、泉殿に出でて聞く。（「楼の上」下巻）

通釈 今は雨の多い季節だ。しんみりと一日じゅう降る日、時鳥が遠く鳴いており、月がかすかに見えている。お三人とも静かに合奏していられるのが、たいへん興趣ゆたかだ。あちこちの（棟の）人たちは、泉殿に出てきて聞く。

この条《くだり》の季節は旧暦の五月だから、いまの六月ごろで、ツユ時にあたる。まだ納涼というほどの暑さではないし、雨降りの日に池の中の部屋まで行くのも何だかおかしい。すぐ後に「しづかなる音、高うひびき出《い》で、土の下までひびく音す。あはれに心すごきこと限りなし。」（静かな楽音が、あざやかに響いてきて、地面の下まで共鳴する。感動の深く、しみじみと心の動かされること、この上ない。）とあるのも、池の中の部屋では理解しにくい。井戸のある部屋であってこそ「土の下まで響く」が生きる。この家の設計を述べた条には「東の対の端には、広き池流れ入りたり。その上に釣殿建てられたり。」と説明されているが、泉殿ありとは、どこにも書いてないのである。

◇**宇津保物語** 十世紀末ごろの作り物語で『源氏物語』に先行する長編。琴の名手藤原仲忠と絶世の美人貴宮《あてみや》とを中心として話が展開する。

◇**おもしろし** 中古語でいう「おもしろし」は、interestingではなくてwonderfulの意。

◇あかずの格子◇

こんどは建物内部の話に移ろう。『竹取物語』のなかで、かぐや姫を天人が迎えに来るということになったので、天皇からは警固の武士たちをつかわされるし、母屋《もや》の内には侍女たちを番人におき、おばあさんは姫を抱いて塗籠《ぬりごめ》にかくれると書いてある。しかし、それは、すべてむだであった。天人が、かぐや姫によびかける。で、

「いざ、かぐや姫。きたなき所にいかで久しくおはせむ。」と言ふ。たてこめたる所の戸、すなはち、ただ開《あ》きに開きぬ。格子どもも、人はなくして開きぬ。嫗《おうな》抱きてゐたるかぐや姫、外《と》に出でぬ。え留むまじければ、たださし仰ぎて泣きをり。

（かぐや姫の昇天）

通釈　「さあ、かぐや姫。不潔な世界に長くいられてよいものですか。」と言う。きちんと閉めた場所の戸が、すぐに開いてしまった。あちこちの格子も、人がいないのに開いた。おばあさんが抱いていたかぐや姫は、そとに出てしまう。とめようにもとめられないので、ただ上のほうを向いて泣いている。

という結果になって、姫が昇天してしまうのは、御承知のとおり。

◇**竹取物語**　最初の作り物語。十世紀前半ごろの成立。求婚型物語という点で『宇津保物語』の先がけとなっている。

◇**きたなき所**　天上に比べて、汚らわしい人間世界。

ところで、**母屋**がこの時代の邸宅でいちばん内部のところをいうことは、さきに示した（二二ページ参照）。**塗籠**は、壁でかこまれた部屋で、明かり取りの小窓をつけ、**妻戸**《つまど》から出入りすると、たいていの辞典に説明してある。妻戸は、いまのドアで、両開きになるもの。このばあい、塗籠はどこにあったかというと、上に「母屋の内には……」とあるから**庇**《ひさし》、すなわち母屋の外側ではなくて、母屋そのものに含まれていたと考えられる。場面からいっても、かぐや姫を取られまいとするのだから、家のなかのいちばん奥まった所にかくれるのが合理的なはず。

◇**開きに開きぬ**「開きぬ」の強調した言いかた。◇**え……まじ**「え……（否定）」の変形。「まじ」に否定の意がある。"may not……"に当たる。

後段で「たてこめたる所の戸」とあるのが塗籠の妻戸であることは、いうまでもあるまい。その戸がしぜんに開き、格子もひとりでに開いて、かぐや姫は出てゆく。つまり、かぐや姫は、まず塗籠の妻戸から出て、次に格子のところから出ていったわけ。なぜこんなことをやかましく問題にするかというと、わたくしの手もとにある『竹取物語』の注釈書に、格子を「寝殿づくりの一間（柱と柱の間）に上下二枚の格子を入れる。必要に応じて上のは外側へつりあげるが、下はいつもかけておいて人を出入りさせないもの」と説明しているからである。しかし、もし下半分が「いつもかけておいて人を出入りさせな

第5図　妻　戸

い」のであれば、かぐや姫は上半分だけ開いた格子のところから、ハードルでもとびこえるようにして出ていったことになる。もちろん、神通力をそなえた天人の助けがあるから、ふわふわ宙に浮かんでいったと考えられないこともないが、このとき、かぐや姫は、まだ天の羽衣を着ていないわけなので、やはりふつうに歩いて出ていったと考えるほうがおだやかであろう。天人たちは、彼らの神通力で、戸や格子を開けたり、おばあさんのしっかり抱いている手を放させたりするような手助けをしたぐらいであって、それ以上のサービスが必要な場面ではない。

すると、格子の下半分を「いつもかけておいて人を出入りさせないもの」とした説明は誤りで、上半分は開けるときつりあげるけれど、下半分も必要に応じて臨時に取りはずせるようになっていたものと考えなくてはならない。

> 東《ひんがし》の妻戸に立て奉りて、我は南の隅の間《ま》より、格子たたきののしりて入りぬ。御《ご》達《たち》「あらはなり。」といふなり。「何《な》ぞ、かう暑きに、この格子はおろされたる。」と問へば、「昼より西の御方《おんかた》のわたらせたまひて、碁打たせたまふ。」といふ。
>
> （源氏物語「空蝉」）

通釈 （光源氏には）東がわのドアの所にお立ちねがい、自分（小

◇いふなり 「いふ」は

君）は南の隅の部屋から、格子をやたらにノックして、（開けさせて）入った。女房たちは「外から、まる見えだわ。」と文句を言っているようである。「なんだって、こんなに暑いのに、この格子は閉めてあるのですか。」とたずねると、「昼間から西の対のお方がおいでになって、碁をお打ちになっています。」と言う。

終止形と認められる。推定の気持ち。
◇西　二五ページの第4図「西対」参照。

光源氏が、召使いの小君という少年に案内させて、小君の姉にあたる空蟬《うつせみ》という女性のところをこっそり訪れる条である。小君が格子を開けさせて入ったとは書いてないけれど、女房たちが「あらはなり」と言っている点から考えると、たしかに格子を開けたにちがいない。また、このすこし後の条に「この入りつる格子は、まだ鎖《さ》さねば」とあるのも、開けさせて入った証拠である。小君が入るとき、上半分だけあげさせ、ハードル式にとびこえて入ったのでないことは、もちろんである。

殿にかへりたまへれば、格子などおろさせて、皆寝たまひにけり。（中略）「妹《いも》と我といるさの山の」と、声はいとをかしうて、ひとりごち謡ひて、「こは何《な》ぞかく鎖《さ》し固めたる。あな埋《うも》れや。今夜《こよひ》の月を見ぬ里もありけり。」と、うめきたまふ。格子あげさせたまひて、御簾《みす》まきあげなどしたまひて、端近く臥《ふ》したまへり。（源氏物語「横笛」）

通釈　（夕霧が）自宅にお帰りになると、格子なんか閉めさせて、みなお寝《やす》みになっている。そこで「妹と我といるさの山の……」と、なかなかみごとな喉《のど》で独りごとみたいにうたって、「こりゃなんだってこんなに閉め切っているんだね。アーア、うっとうしい。今晩のような名月を見ない所もあるんだなあ。」と、つぶやかれる。格子をお開《あ》けになり、御簾をまきあげなどなさって、縁側ちかく寝ころんでいられる。

このばあい、もし格子の下半分を取りのけなかったら、せっかく端ちかく寝ころんでみてもさっぱり庭の景色は見えないはずである。

こんなふうに見てくると、「下はいつもかけておいて、人を出入りさせない」といった説明が誤りであることは、疑うわけにはゆかない。しかし、たいていの注釈書に同様のことが書いてある。いや、注釈書だけではない。『有職故実研究』（石村貞吉著）という専門の研究書を見たら、やはり、

「下の方はそのままにしておき、出入りのできない様になっているのが普通である。」

とある。どこからこんな誤りが生まれたのかと思って、もうすこし調べたら、江戸時代からそんな説明がある。

「来客などあれば、上の格子をば釣りあぐるなれども、下の格子をばまづは外《はず》さず。

◇妹と我と　催馬楽《さいばら》「妹と我」の初句。催馬楽は、平安時代初期からおこなわれた宮廷歌謡。多くは民謡ふうの歌詞で、それを唐楽ふうのメロディーでうたう。

◇里　「場所」の意を大げさに言った。

こは出入に用なき故と見えたり。」（家屋雑考）

さきに泉殿でとんでもない誤解をまき散らした沢田名垂の説である（二六ページ参照）。それを二十世紀も後期の注釈書にいたるまで、連綿と写し継いでいるわけなのであろう。しかし、こんなことは、ちょっと本文に注意して常識をはたらかせれば、高校生諸君にだって変だとわかるはずである。ところが、世のなかの本を著す先生がたは、自分で本文を読み解くことよりも、これまでの本を写すことにいっそう熱心であったのではなかろうか。どうか諸君は本を暗記することだけが自分のしごとであると考えるかわりに、健全な常識をはたらかすように頭を訓練してくれたまえ。ちょっと考えたって、ふしぎになるはずではないか、一メートルほども高さのある横板をとびこえて部屋に入るなんて……。

◇車さだめ◇

アメリカのスタンフォードにいたころ、隣に女子学生が住んでいた。大学まちのことだから、別に何のふしぎもない話だが、問題は、彼女がキャディラックをもっていたことである。いくらアメリカでも、キャディラックで通学するというのは、ちょっと話題になる。男の学生たちは、彼女をミス・キャディラックとよんでいた。車のことは、アメリカ、特に西部の諸州では、そうとう高度な関心事らしい。それと同様な性格をもっていたのが、中国の唐代では馬だった。それが、わが平安時代では、牛車《ぎっしゃ》にあたるわけ。

どうも牛車ではわれわれのスピード感覚に合わないけれど、「桜かざして今日も暮らしつ」といった種類の人たちにとっては、けっこう快適な速度だったのかもしれない。しかし、何といっても、動力が牛だから、スピードをきそうわけにゆかない。大臣は時速十キロ、納言は七キロ、五位は五キロ……といった格づけができないとすれば、しぜん装飾のほうで上だ下だということになる。そこで、いろいろな種類の車が造られた。いちばん豪華なのは、**唐車**《からぐるま》である。中国ふう建築の屋根と同型の屋根をのせた車で、太上天皇・親王・皇后・女院・摂政・関白・勅使などが正式の外出に用いたもの。だから『枕冊子』に、

> 日さしあがりてぞおはします。御車ごめに十五。四つは尼の車、一《いち》の御車は唐車なり。それにつづきてぞ尼の車、次に女房の十。（第二六二段）

通釈 日が高くなってからお出かけになる。御乗車を含めて十五台。四台は尼の車、第一の御車は唐車である。それに続いて尼の車が、そのあと女房の十台。

とあるのを出して、「一の御車に乗っていたのはどんな人か」――という設問を示したなら、すくなくとも「大臣よりも上あるいはその資格の人」という見当はつくはず。後からついてゆくのが尼およ

◇**日さしあがり**　この例文は原典どおりでなく、省略してある。
◇**御車ごめ**　「ごめ」は、と共に・ぐるみ・ごと等の意。
◇**尼**　積善寺の一切経供養に行くので、同行する。

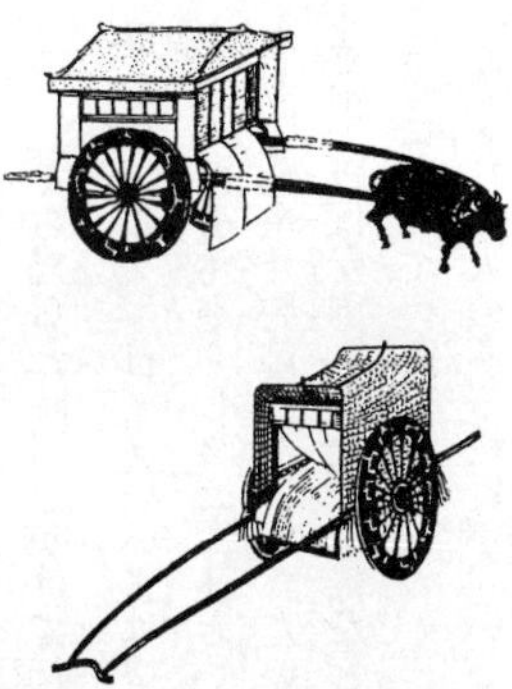

第6図　唐車（上）・檳榔毛車（下）

び女房の車である点から、一の御車も女性だろうと考えれば、皇后らしい。しかも尼さんが四台分もついてゆく所を考え合わせ、いまは出家していられる皇后すなわち女院だろうという所まで推理できれば、二十世紀のシャーロック・ホームズである。**正解**は、東三条女院詮子。

次に**檳榔毛車**《びろうげのくるま》というのがある。檳榔すなわち蒲《あじ》葵《まさ》の葉をこまかく糸のようにさいて屋根をふいた車で、四位以上が乗る。装飾は、身分によって違っていたけれど、とにかく高級公務員、いまなら局長以上の乗用車である。これに対して、中級公務員の乗るのが**網代車**《あじろ》である。檜の薄板をアジロ形に編んだものでボディーをはった軽快な感じの車をいう。四位・五位の殿上人用だが、大臣・納言・大将なんかでも、**直衣**《のうし》（ふだん着）のときは、網代車に乗る。ノー・ネクタイといった感じが直衣だから、それにふさわしい車は網代車なのである。ところで、もうひとつ『枕冊子』の例。

檳榔毛は、のどかにやりたる。急ぎたるは、わろく見ゆ。網代は、走らせたる。人の門《かど》の前などよりわたりたるを、ふとみやるほどもなく過ぎて、供《とも》の人ばかり走るを、誰ならむと思ふこそをかしけれ。ゆるゆると久しく行くは、いとわろし。（第三〇段）

通釈 檳榔毛の車は、ゆっくり行かせるの（がよい）。急いでいるのはみっともない。網代車は、走らせているの（がよい）。門前などを通っているとき、目をやるひまもなくフイと行きすぎて、従者がおっかけているのだけ見えるのを、「誰が乗っていたのかしら。」と想像するのが、まことに興味ぶかい。だらだらと時間をかけて行くのは、実にみっともない。

◇**前などより** この「より」は経過点を示す。◇**ふと** ひょいと。◇**思ふこそ** 「こそ」の強めを訳の「まことに」で示した。

黒のロールス・ロイス（いまは懐かし！）でふっ飛ばすのは変だし、空色のジャガーでのそりのそりもさらに変だ——といったところなのであろう。そのほか、**糸毛車**《いとげの》というのがある。色糸で装飾した車で、たいていは女性が乗る。青糸毛車は東宮・皇后・中宮など、紫糸毛車は女御《にょうご》・更衣《こうい》・尚侍《ないしのかみ》など、赤糸毛車は賀茂祭に天皇からつかわされる女使が乗ることになっている。

アメリカ人のある教授が、いつかわたしに「本を買うため俸給の少なからぬ部分をさく日本の学者の気が知れませんよ。自動車のためなら、ぼくたち、なんとも思わないんですがね。」と言った。アメリカ人かたぎと片づけてはいけない。清少納言だって、次のように明言する。

よろづの事よりも、わびしげなる車に、装束わるくてもの見る人、いともどかし。説経などはいとよし。罪失ふ事なれば。それだになほ、あながちなるさまにしては見ぐるしきに、まして祭などは、見でありぬべし。（第二二三段）

通釈 どんな事よりも、みすぼらしい車に粗末な服装で、もの見に出かける人は、まったく非難に値する。説経を聞きに行くときなどは、（粗末なのも）まことに結構だ。罪ほろぼしのためなのだから。それでさえも、やはり、あまりひどい様子ではみぐるしいのに、まして賀茂祭の行列なんかは、見ないでおくがよろしい。

若い諸君が新車の展示会に詰めかけるのも、まったく無理はない。

◇きものはどう着るか◇

いま「きもの」といえば、男性用のでも女性用のでも、だいたい形式がきまっている。振袖とか筒袖とか、特別なしたてかたのもあるけれど、おとなのふだん着としては、共通な形がある。そういった形の「きもの」は、むかし**小袖**《こそで》とよばれた衣服が、現在までその基本的なデザインを生きながらえさせたものであり、逆にいえば、「小袖とは何か」という問いに対して、ぬかりなく、「いまのキモノと同型の衣服であります」と答えることを可能にする。まことに頭は使いようである。

ところで、なぜ小袖というのだろうか。「きもの」と洋服とのいちじるしい相違のひとつは、大きい袂がついているかいないかである。洋服になれた若人たちは「こんな大きい袂がついているのを小袖とはこれ如何に」と文句を言いたくなるかもしれない。しかし、小袖は、たしかに小袖とよばれるにふさわしかったのである。袖口を開けたしたてかたを広袖というのに対し、袂の下半分（つまり袖下）を綴じたのが小袖である。換言すれば、小袖とは「袖口を小さくしたてた着物」なのである。

十世紀から十一世紀ごろの貴族は、しかし、この小袖を着なかったらしい。女性の着物について説明してみよう。いちばん下から言うと、まず**下袴**《したのはかま》をはく。超特大ブルーマーとお考えになればよろしかろう。その上に**表袴**《うえのはかま》をつける。これは超特大ス

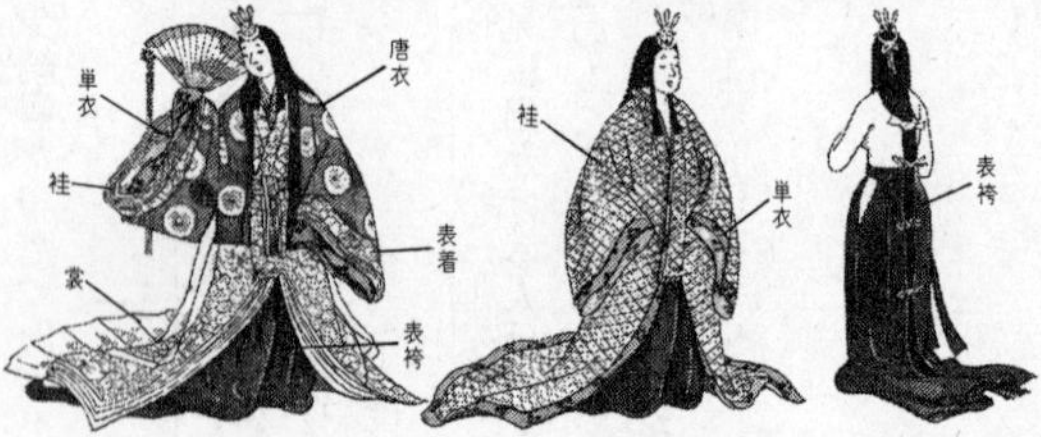

第7図　正　装（女）

カートで、歩くとき引きずるほどの長さである。紅《くれない》を本格の色とする。それから**単衣**《ひとえ》を着る。文字どおり裏のないしたてで、和服の場合の長襦袢《ながじゅばん》に相当する。その上に**袿**《うちぎ》をかさねる。これは、いまの「きもの」に相当するもので、袷《あわせ》にしたてる。何枚かをかさねて着るのだが、上に着るものほど寸法が短くなっているから、それぞれの色がいちどに見える。その色の配合は、当時の人たちにとって重要だったらしく、何色に何色という取りあわせを「かさねの色目」とよび、日記や物語の作者たちがしばしば問題にしている。袿の中でいちばん上に着る一枚を**表着**《うわぎ》とよぶ。ふだんはこれでよいが、表だった場所に出るときは、さらに**唐衣**《からぎぬ》をかさね、**裳**《も》をつける。唐衣は、身丈も袖丈《そでたけ》も短いが、色模様が美しく、いまの羽織にあたるような感じである。もっとも、格式は羽織よりも高く、唐衣と裳をつけると、イブニング・ドレスぐらいの感じになる。裳は、短めのスカートを後半分だけにしたようなもので、成年式をあげるときはじめてつけた。一九五九年、皇太子殿下御成婚のとき、宮中正装のことが週刊誌の大トピックになり、その際、裳はペティコートみ

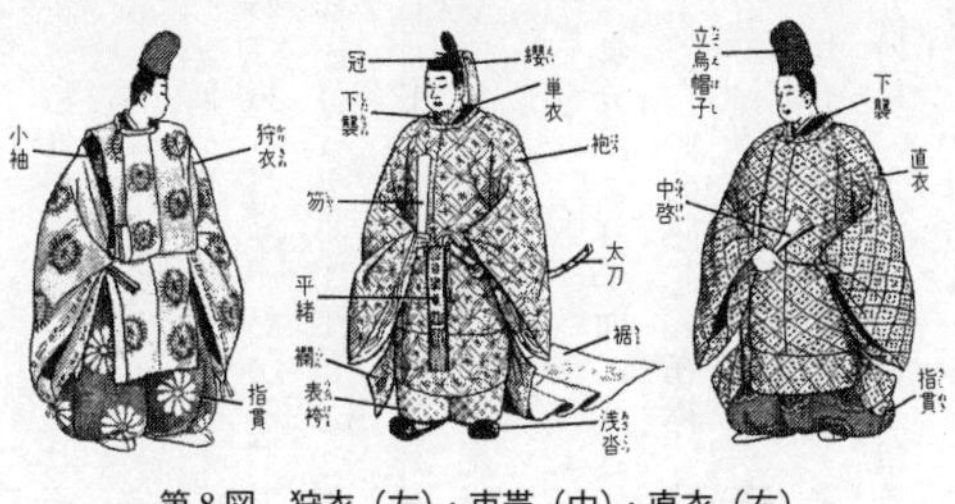

第8図　狩衣（左）・束帯（中）・直衣（右）

たいなものと解説した記事があった。しかし、それは誤りである。裳はいちばん上につけるもので、ぜったいに下着ではない。

これだけ着ていたら、ずいぶん暖かかったろうと考えられるかもしれないが、事実はそうでなかった。袖口が開けっ放しの広袖である。風がスウスウはいってくるから、いくら厚さだけあっても寒さしのぎには役だちそうもない。おまけに、当時の女性は帯を使わない。その点は洋服と似ていて、ボタンがわりの紐であちこち留めてあるだけ。だから、素肌の上に夜具をひっかけたようなぐあいだとお考えになればよろしかろう。これではたまらないから、後にはいちばん下に小袖を着るようになった。袖口が狭いから、それだけ風通しをふせぐわけ。いまのシャツがわりである。むかしのシャツはいまの上着。何と出世したものではないか。

ついでに男性の着物もひとこと述べておこう。男性のほうは、身分により場面により、いろんな種類があって、燕尾服に相当する**束帯**《そくたい》から、タキシードぐらいの感じの**布袴**《ほうこ》、背広に相当する**直衣**《のうし》などはその代表的なものである。布袴は、束帯における**下襲**《したがさね》を着ず、**表袴**《うえのはかま》の代わりに**指貫**《さしぬき》という足首のところでくくる袴をはく。直衣の場合だと、まず**単衣**《ひとえ》、その上に**衣**《きぬ》、その上に下襲を着て、帯をしめ、さらに直衣をひっかける。下には指貫をはく。つまり、ワイシャツみたいな感じなのであろう。衣《きぬ》だけのときは、スポーツ・ウエアでノ下襲は、いくらかあらたまった感じだったらしく、家にいるときなんかは着なかった。つー・ネクタイといったぐあいに考えてよろしかろう。そのほか狩衣《かりぎぬ》がある。もと狩猟のとき用いられたが、軽い感じなので、ふだん着にも用いられた。なお、これらがすべて広袖であったことは、女性のばあいと同様である。

もうひとつ述べておきたいのは、女性でも男性でも、寝室でフトンを使わなかったことである。褥《しとね》という薄いマットをしき、着物をぬいで単衣だけになり、いまぬいだ着物をかけて寝たのである。これは、着物がみな大型であったこと、何枚もかさねていたことから、こんなふうになったのであろうが、暖房設備の貧弱きわまる時代に、なんとまあ辛抱のよかったことよ。二十世紀の平サラリーマンのほうが、平安時代の貴族よりもずっと温かく寝ていることは、確かである。

◇うまいものくらべ◇

藤原道長といえば、もちろん栄華の標本みたいな男だと皆さんお考えではなかろうか。しかし、もし「一億円やるから、道長と同じ生活をしないかね。」と勧誘されたら、わたしは、即座にことわるつもりである。「道長さんの生活はごめんだね。そのかわり、一千万円で辛抱するよ。」というのが、その返事となるであろう。

道長と同じような生活をするのには、とても一億円ぐらいでは足りない。しかし、一千万円ほど自由に使わせてくれるなら、道長よりもはるかに快適な生活が、現代ではできるのである。何よりも、食事の点において格段の差がある。
むかしは、ずいぶん貧弱なものを食べていたらしい。

主食は、道長もわれわれも、あまり大きい差はない。ということは、時代ぜんたいとしては大差があることを意味する。つまり、平安時代は、白米は貴族だけの常食であり、庶民は粟などの雑穀が主で、ときどき玄米を食べるぐらいであった。米をついて白くすると、目減りするからである。別に一億円もらわなくても、主食に関するかぎり、われわれは道長と同程度の生活をしているのである。

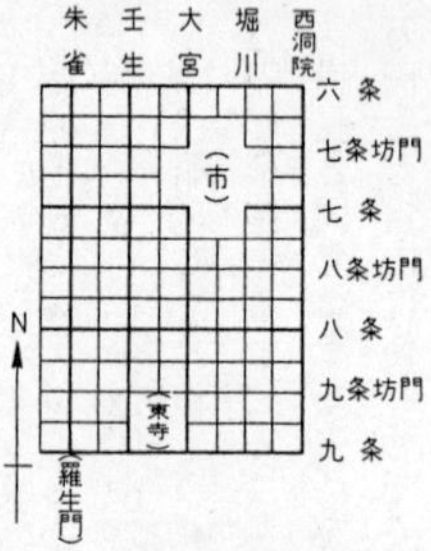

第9図　市の位置

副食物は、どうだったろうか。もし諸君が平安時代の京都に住んでいたとするなら、食料品の買い出しのため、**市**《いち》とよばれるマーケットに行かなくてはならない。都の中央を南北に走る朱雀大路《すざくおおじ》を羅生門から北にのぼり、七条通りを右に折れて六百五十メートルあまりゆくと、市の門がある。そこを左にはいると、「さあ、いらっしゃい！」

このマーケットで営業しているのは、延喜式[1]によると、公認された五十一の専門店[2]であるが、食料関係では、米・麦・塩・醬《ひしお》・索餅《さくべい》・心太《こころぶと》・菓子・蒜《ひる》・干魚・生魚・海菜など。このなかで、菓子というのは、いまのケーキとかキャンデーとかの類とちがい、くだものをさす。醬はいまのミソに類したもので、麦と大豆をまぜたのに塩水を加え、数十日間おいたもの。だいたいは漬けものに使ったようである。索餅とはどんなものか、わたくしは知らない。心太はいまのトコロテン、蒜はニンニク。

《注》1延喜式＝いろいろな慣習法の集成が「式」で、延喜式はその代表的なもの。延喜五年（九〇五）に制定された。**2五十一の専門店**＝これは東市についての数。その他、西市にも三十三店あった。しかし、西の京は早くからさびれてしまい、利用者もあまりなかったらしいので、東市だけをあげておいた。

これらの品目をながめるだけでも、その貧弱さがおわかりだろう。いちおう生魚という看板の店もあったが、何しろ製氷技術がゼロで、天然氷を氷室《ひむろ》にたくわえるだけの時代だから、明石あたりのピンとした鯛《たい》やなんかを都まで運ぶことはおそらく不可能だったろう。したがって、生魚といっても、せいぜい京都ちかくの川でとれる小魚ぐらいのものであったろう。主にたべたのは、むしろ干魚のほうだったにちがいない。牛肉なんかは、もちろんたべなかった。鳥はたべたようである。**調味料**としては、塩と醬と酢《す》ぐらいで、甘味がほしいときは、蜂蜜か飴《あめ》もしくは甘葛《あまずら》（カンゾウ）の煎じ汁を使った。いまフランス料理でソースといえば、たぶん二百種類以上あるのではないかと思う。道長と同様の生活なんかごめんだと述べた理由は、いまや明白であろう。

どうもケチな話ばかりで恐縮だが、ぜいたくをしたときはどうだったろう。「おごるぜ！」と言ったときは、だいたい鳥類が主で、雉を最上とし、鴨・鶉《うずら》・雁あるいは鶏など。

生魚は、鯉・鮒・鮎あるいは白魚といったような淡水魚が主で、ほかは干物だから、この点でも、われわれのほうが明らかにお大尽さまだ。何しろ、ウナギの蒲焼などという結構なものは、道長は、夢にも知らなかった。野菜については、十二世紀ごろの『梁塵秘抄』[1]におもしろい歌がある。

《注》1梁塵秘抄＝十一世紀から十二世紀にかけて流行した各種の今様歌謡を集成し、うたいかたの口伝を記したもの。後白河法皇の編。もと二十巻であったが、いまは約十分の一しか残っていない。

聖《ひじり》の好むもの。比良《ひら》の山をこそ尋ぬなれ、弟子やりて。松茸・平茸・滑薄《なめすすき》、さては池に宿る蓮《はす》のはひ、根芹《ねぜり》・根蓴菜《ねぬなは》・土蒡《ごんばう》・河骨《かはほね》・打蕨《うちわらび》・土筆《つくつくし》。

清太が作りし御園生《みそのふ》に、苦瓜《にがうり》・甘瓜のなれるかな。紅南瓜《あこだうり》・千《ち》ぢに枝させ生《な》り瓢《ひさご》、ものな宣《のた》びそゑぐ茄子《なすび》。

すごき山伏の好むものは、あちきないてたか山の藷《いも》、山葵《わさび》・かし米《よね》水しづく。沢には根芹とか。

原本の写し誤りで意味不明の「あちきないてたか」などは別としても、当時の野菜類がだいたいわかる。特に注目されるのはワサビで、いまわれわれの食膳からワサビが姿を消したら、刺身がどれだけまずくなるか、想像はすこしも難しくないだけに、そのワサビの味の発見者と考えられる「すごき山伏」君に心から感謝の意を表したい。そのほか、葱・

薺《なずな》・人参・タケノコなども食べたらしい。

もうひとつ、わたくしにとって大切なことを付け加えておこう。平安時代の酒は、ドブロク（濁酒）にすぎなかった。ああ！　なんたることであろうか。好みのカクテルを自分で作っては楽しむわたくしとして、漱石じゃないが、てんで平安時代は住みにくい。

◇複数制の時間◇

アメリカを旅行すると、四種類ないし五種類の時間を使わなくてはならない。サンフランシスコ辺ならパシフィック・スタンダード・タイムだが、しばらく飛ぶと、マウンテン・スタンダード・タイムになり、もうすこし行くと、セントラル・スタンダード・タイム、ニューヨークに着くと、イースタン・スタンダード・タイムである。以上は決まった標準時だが、季節によってデイライト・セービング・タイムというやつがある。時計の針をいっせいに一時間進めておく。それだけ昼間を多く利用できるわけ。ところが、デイライト・セービング・タイムが、アメリカぜんたいに共通だというわけではない。ある州とない州とがあり、おこなわれる期間も一定していない。全国どこでも、どんな季節でも、ひとつ時間ですませているわれわれから見ると、アメリカ人はなんというめんどうな時間を使わされているのだろうと同情したくもなるが、アメリカ人たち自身は、時間とはこんなものだと悟りきっているらしい。いたって気楽に複数制の時間で生活している。

われわれの祖先も、実は、複数制の時間を使っていたのだが、わたくしの想像するところでは、やはり、それほどめんどうがってはいなかったらしく思われる。まず平安時代のスタンダード・タイムだが、これは**漏刻**《ろうこく》というもので決められた。水時計のことである。銅の壺に水が入れてあり、下部に孔があって、すこしずつ水滴が落ちるように造られている。水中に矢が立てられており、矢には四十八の刻み目がある。水が減るにつれ、その刻み目が出てくる。刻み目が四つあらわれる間を**一時**《ひととき》という。いいかえれば、一時《ひととき》は四刻《よこく》から成るわけ。したがって、一日は十二時《とき》となり（48÷4＝12）、その十二を**子**《ね》・**丑**《うし》・**寅**《とら》・**卯**《う》・**辰**《たつ》・**巳**《み》・**午**《うま》・**未**《ひつじ》・**申**《さる》・**酉**《とり》・**戌**《いぬ》・**亥**《い》とよび、それらの時のなかで、たとえば子の時のなかで、第二の刻み目にあたる所まで水が下っておれば「子二つ」、丑の時のなかで第三の刻み目まで下っておれば「丑三つ」といったふうによぶ。丑三つは、幽霊の出動時間だとされている。

ところで、子二つであるか丑三つであるかなどを、一般の人たちは、どのようにして知ったろうか。漏刻の調整法はめんどうなので、陰陽寮《おんみようりよう》という役所に**漏刻博士**《ろうこくはかせ》（時刻管理官）がおり、その下役に守辰丁《ときのまもり》がいて、標準時を決めるわけだが、時間を知るため、いちいちそこまで出かけるのはめんどうだ。そこで、宮中では、清涼殿の小庭に「時の簡《ふだ》」（時刻名を記した板）を立て、その該当箇所に「時の杭」（木釘）を差して現在時を示す。木釘が、いまの時計の針にあたるわけ。小庭まで出かけるのもめんどうだという人のためには、太鼓で時を知らせた。もっとも、子の時にチュー、丑の時にモーという音を出す太鼓は無いから、打つ数の約束を決めておく必要がある。それは、

子・午——九つ
丑・未——八つ
寅・申——七つ
卯・酉——六つ
辰・戌——五つ
巳・亥——四つ

第10図　時の配分

となっていた（延喜式）。間食のことをおやつというのは、未の時ぐらいに何か食べたならわしからきている。平安時代の公務員たちは、みなこの太鼓によって出勤し、勤務し、退庁した。このほか、宮中をパトロールする武士たちも、時報を受け持たされていたようである。『枕冊子』に、次のような条がある。

> 時奏する、いみじうをかし。いみじう寒き夜半《よなか》ばかりなど、ごほごほとごほめき、沓《くつ》すり来て、弦《つる》うち鳴らしてなむ、「何の某《なにがし》、時、丑《うし》三つ、子《ね》四つ。」など、はるかなる声に言ひて時の杭《くひ》差す音など、いみじうをかし。（第二七四段）

通釈　時刻を告げるのは、たいへん興趣がある。極寒のころの深夜時分など、ゴトゴト音を立て、沓をひきずって来ては、弓弦をピンピン鳴らして、「何の誰。時は丑三つ（とか）、子四つ。」とか、遠くからでも聞こえるような声でとなえて、時の簡《ふだ》に木釘を差す音がするなど、たいへん興趣がある。

『枕冊子』は宮中の生活を主に描写したものだから、そのなかに現れる時刻は、右のようなスタンダード・タイムにちがいないと思われる。

しかし、このスタンダード・タイムは、一般の日常生活には利用できなかったろう。大臣や大将でも、自宅に帰れば、太鼓の音なんか聞こえなかったろうし、漏刻だけ自宅に置いたところで、専門の漏刻博士がいなければ、調整は難しい。ことに、旅さきなんかではどうしようもない。そこで、プラクティカル・タイムとでもいえそうな時間が登場する。これは、太陽の出入りをもとにした時間である。すなわち、まず一日を昼（日の出から日没まで）と夜（日没から日の出まで）とに分ける。そうして、昼と夜とをそれぞれ六等分し、合計十二の時に子・丑・寅……と名づける。ところで、いうまでもなく、夏と冬とでは昼・夜の長さが違うから、季節により一時《ひととき》の寸法が同じでない。たとえば、日の長いころ

◇いみじう　本来は「りっぱだ」「みごとだ」などの意だが、連用修飾に使われると、単に意味を強めるだけ。

◇弦うち鳴らし　悪霊よけのまじない。当時は、悪い霊鬼が病気その他の災をもたらすと信じられていた。それを追っぱらうのには、剣を抜くか弓弦を鳴らすのが普通であった。

◇何の某　姓名をなのるのである。

だとまだ申の時ぐらいなのが冬至の辺では酉の時に近いといったぐあい。一日を同じ寸法で二十四に割ってしまういまの時間で考えるとふしぎかもしれないけれど、腕時計なんか持っていない平安時代の人たちにとっては、むしろ、この伸び縮みする時間のほうが自然だったろう。

ところで、一日を昼と夜に分けるのはよいとして、その境界はどうやって決めたのか。これは、実のところ、よくわからない。しかし、江戸時代の書物によると、掌の大筋が灯火なしに見えてくるときを夜→昼の境、逆にそれが灯火なしでは見えなくなってくるときを昼→夜の境としたらしい。平安時代も、たぶんそのような方法で分けたのだろう。すこしぐらいのズレは問題にしなくてよい時代だった。

「なるほど。昼なら昼を六等分するというのは、腕時計の買えなかった時代としては、たしかに実際的ですね。しかし、その六等分するときのモノサシは何だったんですか。」

これは、どうせ実用時間だから、あまり精密なモノサシなんか要らない。ざっとした目分量ですませたものらしい。たぶん「あのケヤキの影がこの辺に来たから、いまは申の時……」といった調子だったのだろう。旅さきやなんかでは、自分の影で間に合わせられるし、夜は星の位置から割り出したようである。『今昔物語集』に、星で時間を測定した話が出ている。こんなふうに考えると、古典のなかで疑問な所が、うまく解決できる。たとえば、次の例を見てくれたまえ。

道すがら、おもかげにつと添ひて、胸も塞《ふた》がりながら、御船《みふね》に乗りたまひぬ。日永《なが》きころなれば、追風さへ添ひて、まだ申《さる》の時ばかりに、かの浦に着きたまひぬ。

（源氏物語「須磨」）

通釈 道中ずっと、（都に残してきた紫の上の顔が）頭のなかの影像となってピタリと寄り添い、（そのため）胸がいっぱいの状態で、御船に乗りこまれた。日の永いころなので、追い風までが加わって、まだ申の時ぐらいに、その浦にお着きになった。

◇**つと** じっと。副詞。

◇**さへ** 現代語の「さえ」とちがい、いちど何かを述べたあと、そのうえ何かを付け加える気持ち。「日永き」のうえに「追風」までも……の意。

◇**かの浦** 須磨。

〔**付記**〕この『源氏物語』の例を発見されたのは、佐伯梅友博士である。

光源氏の君が、須磨へひっこむことになり、船で出かけたところ。問題は、「日永きころなれば」である。この連文節は何を修飾するのか。もし「追風さへ添ひて」の連用修飾だとすると、理屈としておかしい。「日永きころ」つまり春のころだから追風までが加わったというのは、筋がとおるまい。そのころ、あの辺ではそんな風が吹くとしたところで、当時の京都人たち――特に貴族たち――は、そんなことを知っていたろうか。仮に吹くのだろうか。

そうすると、「追風さへ添ひて」は、間にちょっとはさんだ説明であって、実は「日永きころなれば、まだ申の時ばかりに」と続くのだと考えなくてはならない。接続助詞「ば」が已然形につくとき、原則的に「……だから」とか「……なので」とかの意味になることは、どなたも御存知のはず（二九三ページ参照）。そこで、「日の永いころなので、まだ申の時ぐらいに」と訳すれば、古文の勉強として万事ＯＫ――とお考えの方はありませんか。もしあるなら、そのお方に質問してみたい。

「あなたは、常識からいって、何だか変だとはお感じになりませんか。」

申の時というのを、注釈書や参考書で調べてみると、午後四時となっている。が、日が永いころだから、午後四時に着いたというのは、何だか変ではないか。日の永いころだから、明るいうちに着いたというのなら、話はわかる。しかし、日が永かろうが短かろうが、道中の所要時間にかわりはないはず。出発は何時にもせよ、日が永いから到着は午後四時になってしまったとは、どうも理屈がおかしい。ことばの言いかえだけが古文学習の全部だと思いこんでいる人には、こんな疑問をおこすことが、そもそも変なのかもしれない。だが、健全な常識人にとっては、古典語で書いてあろうと、現代語で書いてあろうと、疑問はどこまでも疑問なのである。

この疑問は、しかし、ごく簡単に解決できる。つまり、伸び縮み時間で考えれば、あたりまえの話なのである。旅さきでは、光源氏のような貴族でも、プラクティカル・タイムによらざるをえなかったのであろう。こうした伸び縮み時間は、どうせ目分量だから、こまかい計算などとてもできない相談で、原文に「申の時ばかり」とあるのも、なぜ「ばかり」なのか、よく理解できよう。

ところで、諸君に心配があるかもしれない。入試のとき「戌の時」とか何とか出たら、季節まで考えて日の出・日没からいちいち計算し、いまの午後何時といったふうに答えなくてはならないとすると、たいへんだ——という心配である。しかし、これは、心配御無用。「戌の時」と出たら「戌の時」と答えておけばよろしい。だいたい、大学の国文学教師である人たちが「戌の時は午後八時」などというとんでもない誤りをまきちらしているのだから、高校生諸君が平安時代の時刻を正確に知らなかったところで、減点なんかする資格は無いだろうと思う。

◇たかさごや◇

こんどは、愉しくうれしいトピックを採りあげることにしよう。前にも述べたが、一九五九年に皇太子殿下の御成婚があって以来、皇族の結婚式がどんな形でおこなわれるかという知識は、たいへんひろくゆきわたったようである。週刊誌でその解説記事をのせなかったものは、少なかったであろうから。ところで、宮中の御婚儀が、平安時代と同じ形でおこなわれたように思いこんでいる人もあるようだけれど、それは大ちがい。あれは明治時代にできたもので、ずいぶん新しい。しかし、なかには平安時代からのしきたりも、もちろんとり入れてある。たとえば、**「三日夜《みかよ》の餅《もちひ》」**などがそれである。

> 夜さりは三日の夜なれば、「いかにせむ。今夜《こよひ》、餅《もちひ》いかでまゐるわざもがな。」と思ふに、また言ふべき方なければ、和泉殿《いづみどの》へ文《ふみ》かく。「いと嬉しう、聞こえさせたりしものを賜はせたりしなむ、よろこび聞こえさする。またあやしとは思《おぼ》さるべけれど、今夜《こよひ》、餅《もちひ》なむ、いとあやしきさまにて用《よう》はべる。取りますべき果物《くだもの》などなむはべりぬべくは、少し賜はせよ。」
>
> （落窪物語・巻二）

通釈 夜は（結婚して）第三夜なので、（あこぎは）「どうしよう。今晩、なんとかして餅をさしあげるようにしたいものだわね。」と思うにつけても、やはり頼んでやるさきが無いので、和泉殿へ手紙を書く。〈その文句〉「幸いにも、お頼みいたしました品を下さいましたこと、お礼申しあげます。再度のことで、変だとはお感じでしょうが、今晩、餅が、妙なぐあいで必要なのでございます。おつまみになるような果物なんかも、お持ちあわせでございましたら、どうかすこし頂戴させ

◇**いかで** なんとかして。
◇**まゐる** さしあげる（他動詞）。自動詞の用法（「行く」の謙譲語）と混同しないように。
◇**わざもがな** 方法があってほしいな。意訳すれば「くふうはないものかなあ」。
◇**落窪物語** 平安中期の

てくださいませ。」

はやく母を失った落窪の姫君は、継母のため冷遇され、ひどい暮しをしていたが、少将道頼《みちより》というすばらしい愛人を得た。少将はすでに二晩かよってきたから、今晩はいわゆる三日夜にあたる。どうしても餅を出さなくてはならないが、姫君は貧乏で、餅どころではない。忠実な侍女あこぎは苦心さんたん。なんとかして少将および姫君に餅をさしあげたく思うけれど、ほかに頼むあてもないので、前に几帳《きちよう》を借りたおばさん（和泉守の妻になっている）のところへ、またもや手紙で頼んでやる条である。これによると、餅だけ食べたのではなくて、果物もそえたものらしい。

こういった筋あいで、結婚が成立して、第三夜に新夫婦が餅を食べるのだと知っていれば、作者がなぜ「夜さりは三日の夜なれば」とことわっているのか、すぐ理解できよう。『源氏物語』なんかでも、光源氏の君が紫の上と契りをかわす条に、こういったならわしが描かれている。ところで、落窪の姫君は、世話する人もないから、当人どうし勝手に結婚してしまい、両親はそれを知らなかったわけだが、これは特別なケースで、ふつうの結婚はそうでない。さきの少将道頼が自宅にいると、

四の君の事いふ人出で来て、「もの承る。かの事、一日《ひとひ》も宣《のたま》へりき。『年かへらぬさきにしてむと思ふやうあんなる。御文聞こえて』と、いみじく責めはべり。」といへ

作り物語。継子いじめを主題とする。『源氏物語』よりも前の成立。

ば、殿の北の方「逆《さか》さまにもいふなるかな。しひてかういふ事を、聞きてよかし。人のためにはしたなきやうなり。今まで一人ある、みぐるし。」と宣へば、少将「さ思はば、早う取りてよかし。文は今とくやらむ。今やうはことに文通はしせでもしつなり。」とて、笑《ゑ》みて立ちたまひぬ。

（落窪物語・巻二）

通釈 四の君の縁談を世話する人がやって来て、「申しあげます。例の事（縁談）について、先日もおっしゃっていられました。『年内に決着をつけたいと考える事情がある。お手紙のことをお願いしろ。』と、ひどく責めたてられます。」と言うと、少将の母君は、「逆さま事を言うようだね。だけど、こんなに言うのだから、我慢して、承知しておあげなさいね。仲人《なこうど》の顔がたたないことになるようだから。だいたい、あなたがいまの歳まで独身でいるのはみっともないわ。」とおっしゃるので、少将は「そう思うのなら、さっそくわたしを聟《むこ》に取りたまえよ。手紙はいますぐやろう。現代式では、とくに手紙のやりとりなんかしないでも結構やっているようだけれど……。」と言って、笑いながら座をお立ちになる。

◇**もの承る** 直訳すれば「御返事をお聞かせください」。
◇**宣へりき** 主語は四の君の父。「責め」の主語も同じ。
◇**御文** 儀礼的恋文。
◇**殿** 少将の父。
◇**聞きてよかし** 「てよ」は完了（確述）助動詞「つ」の命令形。

「四の君」は四番めの姫君、つまり落窪の姫君の義妹である。その結婚相手として、父すなわち落窪の姫君にとっても父である中納言は、少将道頼を熱望している。そうして仲人にさかんに催促するわけ。これに対して、道頼の母が「逆さまにもいふなるかな」と言っているのは、縁談というものは、男のほうから女へ申しこむのがふつうだったからである。また少将が「取りてよかし」と答えたのは、結婚がいまのような嫁入り形式でなく、聟入り形式だったからであり、手紙のことを問題にしているのは、求婚の儀礼として、いちおう手紙をやるならわしだったことを示す。ただし、この当時は、すこし崩れてきたような傾向があったらしい。これだけの描写を通じて、およそ次のようなことがわかる。

① ふつうは仲人が橋わたしをして、縁談をまとめた。
② 男から女に申しこむ形をとるのが原則。
③ 申しこみは手紙でする。しかし、それを省略するのが、現代式だということになっていた。
④ 嫁入りでなく、聟入りの形式をとるのがふつうであった。
⑤ 結婚第一・第二夜は、いちおう当人どうしだけですごされ、親は表面に出ない。
⑥ 第一夜をすごしたあと、儀礼として男から女に手紙をやる。
⑦ 第三夜になって、はじめて親も顔を出し、親類にも披露する。そのとき、聟が誰であるか、はっきりする。これを「ところあらわし」という。

⑧　その夜、新夫婦だけで、餅をたべる。果物もそえたらしい。

これだけの知識があれば、諸君が仮に平安時代の貴族女性と結婚するような事情におかれたとしても、その手順に関するかぎりは、すこしも心配がない。もっとも、新しい北の方が諸君に満点の待遇をあたえてくれるかどうかは、別の問題だけど――。まあ、腕しだいでしょう。

◇あそびも楽でない◇

美しい（であろうと想像される）女性と歌のやりとりを楽しんだり、「あなたが高音部を吹いてくださるなら、わたしが低音部をひきましょう。」などとわざわざ打ち合わせなくても意思のみごとに通ずる合奏を楽しんだりなどするのは、平安時代の貴族のプライベートな生活の大部分をしめる「しごと」であったろう。もちろん、大臣であろうと納言であろうと、お役所に出勤している時間は、それぞれ担当事務に忙しかったはずだけれど（光源氏だって、例外ではない）、そのあとは、右のような「しごと」に精を出したようである。彼らは、それを「あそび」ということばで表現した。

「**あそび**」といえば、管絃のことだ――と高校では教えられているのでなかろうか。たしかに、それで誤りではない。が、管絃すなわち音楽だけが「あそび」だったわけではなく、歌を詠みかわしたり、物語をおつきの女房に読ませて皆で興ずるのも「あそび」のひとつだったろう。要するに、プライベートな時間をなるべく愉快にすごすのが中古語の「あそび」なのであって、何も音楽に限ったことはないのだが、なかでいちばん主要なものが「あそび」全体を代表する結果になったのだろう。いまスポーツといえば、百メートル競走とか千五百メートル自由型とかテニスとかベースボールとかをさすことになっている。しかし英語の sport は、もともと慰みとか娯楽とかいう意味であって、ちょうど中古語の「あそび」にあたるのが原義だった。ところが、英国の貴族たちは、管絃や詩歌よりも、馬に乗り犬を連れて狩りに出かけるほうが好きだったらしい。二十世紀に入っても、英国病が経済をだめにするまでは、同様だった。だから、かれらにとって sport とはすなわち狩猟のことだと意識されたようで、辞書で sport を引くと狩猟という訳語が出てくるのは、そのためであろう。

戸外的な生活を主に楽しむ英国貴族たちの sport が身体的な運動を意味するようになっていったのと同様の筋あいで、わが平安時代の貴族たちは、室内的な「あそび」こそいちばん「あそび」らしいと感じたのである。そうして、その代表的なものが**音楽**であり、それに次いでは、**詩**や**歌**を作りかつ鑑賞し合う集まりだろう。「詩や歌は、芸術である。娯楽と混同されてはならない。」などという反対論は、十九世紀以後、西洋思想を受け入れてからの話で、平安時代には芸術も娯楽もあまり区別がなかった。その芸術と娯楽とのいっしょになったのが、すなわち「あそび」なのである。

こういった次第で、詩会にしても歌会にしても、宴会の性格が濃かったようである。いまのアメリカ人たちがカクテル・パーティーにゆくような気持ちだったろうと思われる。詩会や歌会の特殊な形として、**詩合《しあわせ》**・**歌合《うたあわせ》**がある。これは、左方と右方にわかれ、それぞれ作品の勝負をきめるコンクール式だけれど、もともとがパーティーなのだから、庭を美しくかざり、しゃれた道具をそろえ、音楽を奏し、そこでのんびりと双方の作品を鑑賞したのである。もっとも、十一世紀の後半から十二世紀ごろにかけては、芸術意識のほうが娯楽意識をオーバーするようになり、歌合における議論はおそろしく真剣に白熱化した。そうなると、歌合はもはや「あそび」ではなくなるけれど、平安時代ぜんたいとしては、まずまず娯楽性のほうが多かったといえよう。

ところで、音楽にもせよ、詩歌にもせよ、皆でたのしむというムードを作るためには、やはりC_2H_5OHの参加が必要だろうと思う。ポーッと好い気分になったところで、クラシックか何かを味わい、詩や歌をよみかわし、鑑賞しあう。なんと結構な話ではありませんか。だから、平安時代の「あそび」は、

音楽＋詩歌＋酒＝あそび

というふうにみるのが、いちばん適当なようである。『源氏物語』なんかに「あそび」とあるばあい、かならずしも酒のことは書いてないが、あれは、そのたびごとに酒・酒・酒……と書くのが賢明でないから、書かなかったまでのことであって、たいてい酒宴を兼ね

ていたと考えてよかろう。

もっとも、絶対に音楽・詩歌・酒のコンビだけが「あそび」だと言い切るわけにはゆかない。ほかのものが含まれることも時にはあり、特に「あそびわざ」という形でよばれるばあいはそうである。『枕冊子』に、

> あそびわざは、小弓・碁。さまあしけれど、鞠《まり》もをかし。
> （第二〇四段）

と見える。この「鞠」はフットボールのこと。「さまあしけれど」と評されているから、清少納言の当時は、あまり上等の「あそび」でもなかったらしい。蹴鞠のグラウンドは、たいへん小さい。かならずしも一定はしていなかったらしいが、だいたい一辺が七メートルぐらいの正方形で、四隅に木が植えてある。ふつう柳・桜・松・楓《かえで》で、それが、境界線の目じるしになる。これらの木を「かかり」とよぶ。その四本の「かかり」にかこまれた部分は、かなり深くまで掘りさげて、土に砂を混ぜ、塩をまいたりして、水はけをよくし、同時に土をかたくする。この作業は、テニス・コートとだいたい同じである。むかし庭球部の下級生たちがまず汗を流したのは、コートの手入れだったが、平安時代のお公卿さんたちは、自分でローラーをひっぱったり、ニガリをまいたりしたわけではあるまい。しかし、グラウンド・コンディションが良くなくてはいけないことは、同様である。

競技のやりかたは、それぞれの「かかり」の下に二人ずつ、合計八人が立ち、そのほか若干の補助者がいるけれど、補助者たちは外側にいるわけ。鞠は、高く蹴あげる。そうして、地面に落ちない前にまた蹴あげる。ぜったい地面に落とさないよう、何回でも蹴あげ、長く続いたほど成績がよいことになる。五十回以下はノー・カウントで五十一回以上がポイントになる。千点に達したらフル・マークだが、千点を得たことは、蹴鞠の歴史でもほとんどなく、三百点以下がふつうだったらしい。蹴あげる高さは、別に規定されていないけれど、四メートルから五メートルぐらいを標準としたらしく、そうとうの体力を要した。蹴鞠の名人として歴史にのこるのは、侍従大納言藤原成通《なりみち》であった。名人とうたわれるまでには、たいへんな修行ぶりであった。鞠を勉強しようという気になって以来、練習に出かけたのが延べ七千日だったと彼は回想する。十九年あまりだ。そのうち、一日も休まずぶっ通しの練習が二千日すなわち五年半あまりだったという。ぶっ通し五年半に余る練習の間には、病気の日もあったけれど、寝ながら鞠を足で軽くはずませていたし、雨の日は大極殿《だいごくでん》つまり大規模な公式行事のおこなわれる建物へ出かけて蹴った。ふだんはあまり使われない建物だから、頼んで蹴らせてもらったのだろう。自宅にいても、時間さえあれば庭の内で蹴ったし、

第11図　蹴鞠

月の夜はもちろんだったと、彼の回顧録『成通卿口伝日記』に書いてある。超人的なエキスパートだったから、後には伝説化された話も生まれた。そのひとつ。

成通卿、年ごろ鞠をこのみたまひけり。その徳や至りけむ、ある年の春、鞠の精、かかりの柳の枝にあらはれて見えけり。みづら結《ゆ》ひたる児《ちご》、年十二三ばかりにて、青色の唐装束して、いみじううつくしげにぞありける。何事も、このむとならば、底をきはめて、かやうのしるしをも現すばかりこそせまほしけれど、かかる例《ためし》、いとありがたし。

（十訓抄・巻十）

通釈 成通卿は、年来ずっと鞠がお好きだった。修行の成果が最高度に達したのだろうか、ある年の春、鞠のフェアリーが、かかりの柳の枝に出現したという。ミズラに髪をゆった少年で、十二三歳ぐらい、青色の中国ふうな服装で、たいへんかわいらしい様子だった。何事でも、好きだというなら、徹底的にやり、こういった奇蹟をよびおこすところまでやりたいものだけれど、こういった事例は、まったく稀《まれ》だ。

こんな伝説が生まれたほどの人だが、よほど運動神経が発達してい

◇**見えけり** この「けり」は伝聞。
◇**みづら** 古代の少年の髪のゆいかた。
◇**うつくしげに** かわいらしく。lovely の感じ。beautiful とは違う。一八一ページ参照。
◇**ありがたし** まれだ。
◇**十訓抄** 説話集。建長

四年（一二五二）成る。説話を教訓的な題目のもとに分類したのが特色。

たとみえ、清水寺の舞台で、高欄の上を、沓《くつ》をはいたまま渡りながら、鞠を蹴る動作をして、一往復したという話が『古今著聞集』に出ている。もっとも、このときは、ばかなことをするやつだというわけで、親父にひどく叱られたとある。

この成通の弟子に、西行法師[1]がいる。歌人西行がスポーツマンだったとは、すこし意外かもしれないけれど、事実なのである。藤原頼輔《よりすけ》の『蹴鞠口伝集』[2]という本に、西行の説がいくつか引いてあるから、そうとうの権威として認められていたにちがいない。西行は、もともと佐藤義清《のりきよ》という武士だったから、イギリス的な意味でのスポーツに身を入れていたのであろう。

《注》1西行と蹴鞠のことは、堀部正二氏の研究による。西行は、佐藤義清時代、成通の弟子だったが、頼輔も成通の弟子で、両者は鞠において同門だった。**2蹴鞠口伝集**＝近衛家の陽明文庫に写本があるだけで、たいへん貴重な文献である。

荒法師文覚《もんがく》が、西行というやつはいやにキザな男だそうだから、もし逢ったら、こっぴどくぶちのめしてやろうと言っていた。たまたま西行が来たので、障子のすきまからのぞいていたが、それきりひきあげてしまった。「どうしたんだい。ぶんなぐらなかったのかね。」と聞くと、文覚は「どうして、どうして。逆におれのほうがぶんなぐられちまいそうだから、やめにした。」と答えた――という話がある。どうせ俗説だが、西行がたくましいスポーツマンで、さすがの文覚でさえしりごみするぐらいの腕っぷしであったと考えると、ちょっとおもしろい。日本国中たいへん遠くまで旅行をしてまわり、七十三歳という当時としての長寿をたもった人だから、体格もよかったのだろう。漂泊の隠者などというひょろひょろしたイメージで西行を考えるのは、まちがいではないかと思う。

鞠がたいへん流行し、エキスパートが多くあらわれたのは、文学のほうでいうと、だいたい新古今時代にあたる。清少納言に「さまあし」（エレガントでない）と評された蹴鞠が勢いを得てきたということは、やはり平安時代から鎌倉時代への移りゆきを反映するものであろう。「音楽＋詩歌＋酒」という貴族的な「あそび」は、鎌倉時代に入ると、だんだん影がうすくなってゆく。人間の気持ちが、東国スピリットの刺激で、室内的から戸外的へと変化したことにもよるのだろうけれど、もっと皮肉に見れば、お公卿さんたちの懐ぐあいがひどく悪化したからであろう。大きな財源であった荘園すなわち私有領地が幕府に取りあげられ、経済的にノンビリあるいはダラリとしていられなくなった。「あそび」からスポーツへの転換には、その「ひきしめムード」がつよく作用しているのではないかと思われる。スポーツに興味が向いたことは、お公卿さんたち自身の健康にもプラスだったはずで、わたくしは社会的にわるくない傾向だったと思うが、やはり道長のころの「あそび」に魅力を感じる人たちも少なくはなかったらしい。兼好法師の、

「何事も、古き世のみぞしたはしき。」（徒然草・第二二段）

という嘆声は、そういった人種の感情を代表するものであろう（九三ページ参照）。しかし、兼好は、もし文覚に出逢うようなことでもあれば、まさしくノックアウト・パンチをくらったにちがいない。

◇おいのりの効用◇

「音楽＋詩歌＋酒」ばかりに熱心だと、とかく健康がおかしくなりがちである。そんなとき――というのは平安時代のことだが、ドクターの役目をするのは坊さんであった。仏教を大きく分けると、顕教と密教になることは、日本史で御承知のとおりだが、病気の対策としてのお祈りは、密教のほうの受持ちであった。当時**天台《てんだい》宗**と**真言《しんごん》宗**とがたいへん繁盛しており、どちらの坊さんも、こうしたお祈りにいそがしかった。真言宗は純然たる密教だけれど、天台宗は本来顕教に属する。しかし、日本の天台宗はその一部分に密教を含んでいた。

　それでは、医者はいなかったのだろうか。そうではない。ちゃんと専門の医者もいたし、薬もあった。薬学の本として有名な『医心方』などもあった。朝廷には典薬寮という役所があったし、諸国には医師《くすし》とよばれる医事担当官がそれぞれ一人おかれていた。『土佐日記』[1]に、

　「医師、ふりはへて、[2]屠蘇《とうそ》・白散《びやくさん》[3]、酒加へて持て来たり。」

《注》1**土佐日記**＝紀貫之が九三四年十二月に任地土佐を出発してから翌年二月帰京するまでの紀行。その旅に随行した女性が書いたという形になっている。 2**ふりはへて**＝わざわざ。 3**白散**＝厄ばらい用の薬。一月一日に酒と共にのむ。

とあるのがそれ（十二月二十日の条）。それなのに、坊さんがお祈りにいそがしかったのは、つまり、薬があまりきかなかったからであろう。薬があまりきかない種類の病気にお祈りが進出することは、二十世紀においてさえ、いわゆる新興宗教として存在するのだから、あまりむかしの人を笑えない。何にしても、平安時代の死亡率が高かったことは（二三ページ参照）、こういった点にも重要な要因があったにちがいない。

　しかし、お祈りは、何も病気のときばかりにおこなわれたのではない。たとえば、立身出世を祈るというようなこともあった。十二世紀の末ごろ、新大納言成親《なりちか》が、左大将にぜひなりたくて、石清水八幡宮に百人の僧をこもらせて大般若経を七日間読ませたり、上賀茂神社に壇をつくり、ダキニ法[1]という祈りを百日間させたりしたという（『平家物語』巻一「鹿谷」）。御苦労さまだ。

　お祈りといくらか性質を異にするが、**方違**《かたたがえ》も、平安時代の人たちにとって重要なことであった。これは、中国から伝わった**陰陽道**《おんみようどう》[2]にもとづくならわしで、何か不吉なことのある方向を避けるわけ。おもな理由は、大将軍という星がいるなど、天体との関係によるものであった。そのほか、**物忌**《ものいみ》というのがある。これは、何か不吉なことがあったばあい、自

宅にひきこもって、積極的な行動をさけることである。どこそこの神社が鳴動したという
ような変事から、屋根に鷺が集まったとか烏が巣を作ったとかいうような事にいたるまで
いろいろな理由があった。

《注》1ダキニ法＝真言宗でおこなう修法。ダキニは夜叉《やしゃ》鬼の一種。通力自在で、未来のことを知るといわれる。そのダキニに祈るわけ。無理な願いのとき、よく祈られた。2陰陽道＝古代中国におこなわれた陰陽五行説にもとづいて、天文・地理・人事などに関する吉凶をうらなうための学問。そのため、いろいろのタブーを設け、わざわいを避けるまじないもした。

そんなに方違や物忌ばかりしていたら、さぞかし小うるさいことだったろうとお考えだろうが、事実はそれほどでもなかったらしい――というのは、方違とか物忌とかを口実にして、こっそり息ぬきをすることだって少なくなかったらしいからである。物忌でひきこもり中のはずの先生が気のあった友人を呼びよせて例の「あそび」をやったり、あるいは一人ですきな本を読んだりするようなことは、だいたい公認に近かったのではあるまいか。方違ですと称して、別荘へレクリエーションに出かけるのも、よくある手だったらしい。人間ドックと称する所へはいって、面会謝絶の札を出し、ゆっくり推理小説でもたのしもうという類で、こうした点では、平安時代の紳士たちも、二十世紀にまけないくふうを持ちあわせていたようである。なかには、物忌ですと称して、公卿僉議《くぎようせんぎ》（閣議）に欠席するという手もあった。反対党が強力で、変なとばっちりが来そうなとき、うまく逃げる保身

の妙術というわけである。なかなかどうして、隅におけない。

ところで、いくら方違を正直にやっても、馬から落ちて死ぬことはあったろうし、えらい坊さんが頭から湯気モウモウで祈ったところで、寿命がなければしかたがない。つまり、人生一巻のENDもしくはFINである。そういうことになったばあい、後始末をするのは、やはり坊さんと陰陽師で、この点、医者と坊さんの分業が確立している現代よりも手まわしがよろしい。人が死ぬと、入棺してから、野辺おくりの日まで、朝晩のお膳をそなえ、お経を読む。日数は一定していない。そうして、陰陽師に適当な日をうらなってもらい、野辺おくりをし、火葬または土葬にする。葬地も、陰陽師のうらないで決定するが、京都では鳥辺野《とりべの》であることが多かった。くわしい事を知りたい人は、どうか『栄花物語』の「楚王《そおう》の夢」という巻を御覧ねがいたい。死後四十九日間は中有《ちゆうう》あるいは中陰《ちゆういん》とよばれ、死者の魂が地獄へ行くとも極楽へ行くとも決まらず、ぶらぶらしている期間だとされ、この間に大馬力で法事をすれば、地獄へ行くはずのが行かなくてもすむというので、坊さんの稼ぎどころ。特に、四十九日めは大切な日とされていた。なかには、自分が生きているうちからお布施をグンと張りこみ、四十九日の法事をあらかじめやっておく早手まわしの人もいた。これを逆修《ぎやくしゆ》という。プレミア付きでもかまわないから、極楽行きの座席指定券を確保しておこうというわけだろう。もっとも、その券が有効であったかどうかは、確認した人がない。

どうやらトピックが「行き着く所」に来たようだから、むかしの暮らしについての話は、これぐらいにしておこう。もちろん、これですべてを尽くしたわけではないけれど、こんなふうの知識をもち、こんなふうに考え、こんなふうに調べてゆくなら、古文の世界はけっして諸君とそれほど離れた所にあるわけでないことを実感できるだろう。そうなれば、もうしめたもの。次のステップは、ごく気楽にふみ出せるはずである。次のステップとは、こうした生活をしていた人たちが、かれらの生活のなかでどう感じ、それをどう言いあらわしていたか――という問題ですがね。

第二章　むかしの感じかた

アメリカで英詩の評論についてむこうの学者たちと共同研究していたとき、最初におどろかされたのは、西洋人はへんな感心のしかたをするものだな――ということである。実に、思いもかけないところで、"Beautiful, isn't it?" とかなんとか感嘆している。ところが、わたくしにとっては、別に美しくもなんともない。どうしてこんな表現に感心するのかということが、さっぱりのみこめなかった。しかし、半年ぐらい共同研究を進行させているうちに、だんだんわかってきた。つまり、かれらが beautiful と批評する表現こそ、たしかに beautiful なのである。わたくしは、beautiful という英語に「美しい」という日本語を当てはめ、その「美しい」に当たる表現を英詩のなかに求めていたからさっぱりわからなかったのである。「こんな表現に出あったとき beautiful というのだ。」と考えれば、何でもないことだったわけで、かれらの言う beautiful とわれわれの「美しい」とは、すこしズレがあることに気がつくまで、およそ半年を要したのだから、わたくしの頭はあまり上質でないのかもしれない。

ところで、これと同じようなことが、古文のばあいにもある。古文は、戦後の若い人たちにとって、ある点で外国語のようなものではなかろうか。いや、そうとうプロとしてのキャリアをもつわたくしだって、原文で『源氏物語』を読むことは、いくらか骨が折れる。それは、おもに文章の面からいっての話だが、そのほかに、さきほどの「美しい」と beautiful のような問題、すなわち感じかたの差があって、そこを適切に理解できないため、語学的にはわかっても、全体として何が述べられているのか、さっぱり要領を得ない——という現象がおこるのである。むかしの人が、どんな「考えかた」をし、どんな「感じかた」をしたかについて知ることは古文の理解をグンと深めてくれるにちがいない。さて、どんな「考えかた」「感じかた」が存在したであろうか。

◇恋は苦し◇

「われわれの世代には青春がある。恋がある。そして希望の光がある。若人に祝福あれ！」といったような文句は、戦前の通俗小説によく出てきたし、それのまねをする古風な高校生たちの作文にも愛用されているようだ。しかし、むかしの人たちにとって、こうした文句がそっくり通用したわけでないことは、御承知おきねがいたい。つまり、恋愛は無条件に「祝福」されるようなものではなかったのである。論より証拠、次の歌を見てくれたまえ。

> いつまでに生かむ命ぞおぼろかに恋ひつつあらずは死なむまされり　詠人しらず
> （万葉集・巻十二）

通釈 もう長くはなさそうだ。こんなに恋いしたってばかりいな—

◇おぼろかに　ぼんやり

いで、いっそ死んだほうがました。

恋がどうしても実を結ばず、心労のあまり衰弱しきっている男の歌だろう。死んだほうがましなぐらい苦しいわたしです——と女に書いてやった歌かもしれない。また、

と。中途半端に。◇**あらずは**　いないで。この「ずは」は「……でなくて」の意をあらわす万葉時代の言いかた。

> 旅にしてもの思《も》ふ時に郭公《ほととぎす》もとなな鳴きそ吾が恋まさる　詠人しらず
>
> （万葉集・巻十五）
>
> **通釈**　家を離れてもの思いに沈んでいるとき、なんだって鳴くのだね、郭公君。わたしの恋心がはげしくなるばかりじゃないか。

◇**もとな**　副詞。わけもなく。むやみに。◇**な鳴きそ**　「な……そ」は否定をあらわす言いかた。

というのも、恋心がはげしくなってはつらいから、郭公に鳴いてくれるなと呼びかけたわけで、やはり「恋は苦しいもの」という考えが基本になっている。

こんなふうに見てくると、万葉時代の人たちにとって、恋はあまりたのしいものではなかったらしい。もちろん、恋のたのしさを詠じた歌も、無いわけではない。

> 待つらむに到らば妹《いも》がうれしみと笑《ゑ》まむ姿を行きて早見む　詠人しらず

（万葉集・巻十一）

通釈 いまごろ待っているだろうが、着いたら、あなたがうれしがってほほえむ姿を、すぐ行って見たいものだ。

◇**到らば** わたしが行けば。
◇**うれしみと** うれしいからといって。

万葉時代だって、デートの歌ともなれば、心のはずむような詠みぶりが出てくることもある。しかし、こんな歌は、いくら『万葉集』四千余首のなかでも、探し出すのにたいへん骨が折れる。恋の歌といえば、やはり、

> 我《わ》が後《のち》に生まれむ人は我《わ》がごとく恋する道にあひこすなゆめ　詠人しらず
>
> （万葉集・巻十一）

通釈 （もう恋の苦しさは自分ひとりでたくさんだから）わたしのあとから生まれる人は、恋なんかにぜったい出あわないよう用心したまえ。

◇**あひこすな** あわないでください。「こす」は万葉時代の接尾語。希望をあらわすが、いつも下に打ち消しを伴うので、……クレルナというばあいに用いられる。
◇**ゆめ** 副詞。けっして。

といった式の感じかたが大部分をしめる。古今集時代以後になると、こうした考えかたは、いっそう徹底的である。「恋はたのし」などという歌は、わたくしの調べた限りで

は、室町時代まで、たぶん十何万首かのなかで、ひとつも無いようだ。

恋しきに命を替《か》ふるものならば死には易《やす》くぞあるべかりける　詠人しらず
（古今集・恋一）

通釈「恋」と「死」と、どちらを選ぶか。もし自由に選択できるものなら、むしろ「死」のほうがやさしいはずだ。（しかし、事実は、死ぬことができないから、この苦しい「恋」にしがみついているのだ。）

思ひわびさても命はあるものを憂きにたへぬは涙なりけり　道因
（千載集・巻十三）

通釈（恋しい人のつれなさに）あれこれ思いなやみ、命なんか保ちそうにもなく、とっくに消えてしまってもよいはずなのだけれど、なんの加減か、まだ生きながらえているかわり、涙のほうはこらえ切れずとめどもなくこぼれる。

◇さても　それにしても。
◇ものを　「のに」の意に詠嘆を含む。

つまり「恋は死ぬほど苦しい」というテーマなのである。

こうした例から、むかしの人は気の毒な青春しか経験しなかったと想像されそうだが、そこは注釈がいる。つまり、実際の恋愛は、何もつらく悲しいものばかりではなかったのであり、光明と歓喜にみちた恋だっていくらもあったにちがいない。問題は、恋愛に対する「考えかた」「感じかた」なのである。実際にはいろいろな性格の恋愛があろうとも、そのなかで「いちばん恋愛らしい恋愛」もしくは「恋愛の本質」は苦しいものだという意味あいなのである。だから、歌に詠むばあい、どうしても「いちばん恋愛らしい恋愛」が題材になりやすい関係で、恋は苦しいものというテーマばかり現れたのだと理解していただきたい。

それにしても、「恋はたのし」と「恋は苦し」のどちらが恋愛観として真実であるかは、いつかまじめに考えなくてはならないような日が君たちに訪れるかもしれないから、むかしの歌を読むときには、どうか御注意くださいと助言しておくのが、わたくしのような年配の者としての責任かもしれない。

◇「かなし」は「愛し」◇

英語では「湯」にあたる単語がない。日本語では「湯」と「水」がちゃんと区別されているけれど、英語には「水」という単語しかないから、湯を「あつい水」すなわちhot waterと言いあらわす。といって、別に英語が日本語より単語の数で貧弱なわけではない。日本語で「靴下」ということばしかないのに、英語ではストッキングとソックスを言い分けている。要するに、国によって言い分けたり言い分けなかったり——ということにすぎない。

　これは、国のちがいという横のひろがりのばあいだけでなく、時代のちがいという縦のひろがりについても同様である。むかしの日本人は、もちろんうれしがったり、悲しがったりしたし、怒ることも多かったにちがいない。ところが、それを言い分けることは、あまり厳密でなかった。たとえば、いまわたくしは「悲しがったり」と書いたが、平安時代の人たちが「**かなし**」と言ったばあい、かならずしも「悲」という漢字であらわされるような意味だとは限らない。『源氏物語』（明石）で、この世の終わりかと思うほどの大暴風雨に見舞われた従者たちが、

「父母にもあひ見ず、かなしき妻子《めこ》の顔をも見で、死ぬべきこと。」

と嘆く場面がある。「いとしい妻や子に再び会えず死ぬことになるのだ。」という意味で、漢字をあてるなら「愛《かな》しき妻子《めこ》」と「**愛**」を使うところだろう。また『宇津保物語』[1]で、俊蔭《としかげ》が異国に漂流して阿修羅[2]に出あったとき、本来なら貴様を食べてしまうところだが、聞けば父母がいるそうだから、

「四十人の子どものかなしく、千人の眷族《けんぞく》のかなしきによりて、汝が命をゆるしをはんぬ。[3]」

《注》 1**宇津保物語**＝二七ページ参照。2**阿修羅**＝古代インド語の asura に漢字をあてたもの。常に

血みどろの戦いばかりしている世界の者。3ゆるしをはんぬ＝助けることにした。

と阿修羅が言っている。つまり、阿修羅自身も子どもや一族は「かなしい」のだから、貴様の父母もやはり「かなしく」思っているのだろう――というのである。もちろん「**悲**」**にあたる「かなし」**もたくさん使われた。赴任する前、京の自宅で生まれた女の子が、土佐にいるうち亡くなったので、帰京した父がしみじみ回想して、

「この家にて生《む》まれたりし女子《をむなご》の、もろともに帰らねば、いかがはかなしき。」（土佐日記）

と述べているのは、あきらかに「悲」の用法である。

『徒然草』あたりになると、ほとんどto be sadの用法だけになる。こういった現象に対して、「平安時代の人たちは心理的に幼稚だったんじゃないかしら？」などと失礼な想像は、なさらないように願いたい。要するに、ソックスとストッキングを言い分けないのと同じなのだから。

◇「もののあはれ」◇

『源氏物語』のどの巻でも開いてくれたまえ。手あたり次第で結構だが、最初の「桐壺」でもとりあげようか。

母君、泣く泣く奏して、まかでさせ奉りたまふ。

よろづの事を泣く泣く契り宣はすれど、御いらへもえ聞こえたまはず。上も御涙のひまなく流れおはしますを、怪しと見奉りたまへるを……。同じ煙にものぼりなむと、泣きこがれたまひて……。涙にひぢてあかし暮らさせたまへば、見奉る人さへ露けき秋なり。げにえ堪ふまじく泣いたまふ。

こんな種類の叙述が、いたる所にある。右に抜き出したのは、ほんの見本で、実際に『源氏物語』をお読みくだされば、「泣く」とか「涙」とかいうことがどれほどの分量で現れるかを、容易に理解できよう。つまり『源氏物語』には、大げさに言うなら、涙の露がみちあふれているのであって、そこにこの名作のキー・ノートがあるとも考えられないわけではない。

しかし、もうひとつ考えると、これは何も『源氏物語』に限ったわけでなく、平安時代のすぐれた作品には、多かれ少なかれその傾向がある。時代ぜんたいが湿っぽいのだとも言えよう。いや、平安時代には限らない。『平家物語』だって「祇園精舎の鐘の声、諸行無常の響あり。」からそもそもウェットだし、能でも、いま上演される曲はおよそ二百番だが、そのなかで笑いの入っている曲は『三笑』以外にない。泣くほうはいくらでも出てくるのだが……。能においては、泣くことは品のよいしぐさだけれど、笑いは卑俗だと意識されているのであって、能に出てくる役はすべて笑いと絶縁された人たちなのである。

この事実と、さきに述べた「恋は苦し」を結びつけてみれば、むかしの日本人がどんな感覚をもっていたか、だいたいおわかりでないかと思う。すなわち、**陽気なもの、愉快なもの、滑稽なもの、ドライなものは、あまり価値がないと考えられていた**のである。いま「むかし」と言ったのは、平安時代から室町時代ぐらいまでを頭においてのことだが、江戸時代にもそうした伝統はかなり生きている。文楽のテレビ中継でも鑑賞してみたまえ。主役あるいは準主役がどんなに泣くため苦労しているかを、簡単に理解していただけよう。主役が泣かない曲は、文楽のレパートリーにほとんどあるまい。

そこで、話は標題にもどる。「もののあはれ」とは、わかったような、わからないような——というのは、けっきょく、わからないことなのだが、このやっかいきわまる「もののあはれ」が、古文の講釈によく出てくる。大学で国文学を専攻している兄キがいると仮定して、彼に「もののあはれ」とは何ですかと質問しても、おそらく満足な答えは、頂戴できないだろうと思うのだけれど、それにもかかわらず、高校の教科書には「もののあはれ」が遠慮なく登場する。そして国文学史の試験に「平安時代文芸の特性を問う」と出れば、みなが「もののあはれ」と書く。世にもふしぎな現象ではないか。

しかし、さきほどからの話を味わってくだされば、やっかいなことでは札つきの「もののあはれ」がすらりと理解できるのだから、ひとつ頑ばってくれたまえ。そもそも「**あはれ」とは、ものごとにつよく感じること**である。つよい感動でさえあれば、喜・怒・哀・

楽、どれでもよろしい。入試にみごとパスしたときには、平安時代語で言うと、「あはれ、何《な》ぞの男《をのこ》ぞや。」であり、デートにすっぽかされたお嬢さんは、「あはれ」を訳しかえなくてはいけないわけで、これは古文常識としてすでに御承知のはず。

ところが、ウェットな感じかたに価値の認められていた時代の人たちにとっては、いちばん「あはれ」らしい「あはれ」は、喜・怒・楽のどれでもなく、実に「哀」の性格をもつ「あはれ」なのであった。美しい女性が若くて世を去るのは、まことに「あはれ」すなわち心をつよく動かされることだが、それはもちろん悲しさという感情にもとづいた「あはれ」であり、そうした種類の「あはれ」にキー・ノートを求めたのが『源氏物語』なのである。それをまた「もののあはれ」とも称する。「ものの」が加わっても、「あはれ」であることには変わりがない。「もののまぎれ」とか「もののはづみ」とかいっても、意味としては「まぎれ」であり「はづみ」であることに変わりがないのと同様である。「ものの」があると、何か「ものごとによって呼びおこされた」という感じが加わるだけの差だと思われる。だから、本居宣長このかた二十世紀の国文学者たちにいたるまで少なからず頭を悩ました「もののあはれ」も、正体がわかれば実はそれほど難しいわけでなく、

［パターン1］
①一般的には「ものごとによって呼びおこされる感動」。
②平安時代および平安時代的な場面においては、「ウェットな感動」。

と覚えておけば、まずまちがいはない。したがって、

春はただ花のひとへに咲くばかりもののあはれは秋ぞまされる　詠人しらず
（拾遺集・巻九）

通釈 春は、たんに桜の花が咲くだけのことで、もののあはれは秋がいちだん上だ。などにおける「もののあはれ」は、秋のしんみりした情趣をさすことが明らかだろう。春は単に花が咲きほこるだけで、しんみりした秋にくらべ「もののあはれ」において劣るという感じかたなのである。

◇「をかし」はto be fun◇

アメリカ人は、よくfunとかfunnyとかいうことばを使う。このfunnyはfunという名

詞を形容詞にしたものだから、同様の意味あいに使ってよいはず――とお考えなら、大まちがい。「ぼくは来週あたり千代の富士にあうことになっているんだよ。」という発言に対して、"Oh, that's fun."と相づちを打つのと、"Well, that's funny."と述べるのとでは、たいへん違ってくる。前者なら「そりゃいいね。」「そいつはおもしろい。」という感じになり、後者だと「そりゃ変だぜ。」「そいつはおかしいね。」という意味になる。後者は、千代の富士はいま巡業に行っているから、来週あえるはずがないというような場面に使われる言いかたである。

中古語の「**をかし**」は、to be funny でなくて to be fun のほうである。「そいつはおかしいね。」の「おかしい」とは、厳重に区別されなくてはならない。しかし、中古語の「をかし」を「おもしろい」と現代語訳できるからといって、中古語の「おもしろし」と「をかし」は同じだと考えるなら、これも考えちがいというもの。たいへん話がこみ入って恐縮だけれど、こんな現象はどこの国のことばにでもある。しばらく辛抱してお聴きねがいたい。

中古語の「をかし」と「おもしろし」とはかならずしも同じではない。このことは、はっきり覚えておいてくれたまえ。どう違うのか。「**おもしろし**」のほうは、

> さて、十日あまりなれば、月おもしろし。　（土佐日記）

東・西は、海ちかくて、いとおもしろし。　（更級日記）

などの用例からおわかりのように、景色あるいは自然現象に対して言われている。いまなら「月がきれいだ。」「東のほうと西のほうとは、海が近くて、たいへん景色がよい。」などと言うところ。もともと「おも」は表《おもて》の「おも」で、自分の面している事物、また「しろし」は著《しる》しと同じ語源で、鮮やかな印象を受ける意だから、合わせて「眼前のようすがたいへん印象的な感じだ」ということになる。「きれいだ」「景色がよい」は、印象の内容から意訳したものである。ところが「**をかし**」は、

◇**土佐日記**　六六ページ参照。
◇**更級日記**　十一世紀中ごろ菅原孝標《たかすえ》のむすめが、四十年にわたる生涯を回想した自叙伝ふうの作品。

頃は、正月・三月・四月・五月、七・八・九月、十一・二月、すべて、際《をり》につけつつ一年《ひととせ》ながらをかし。　（枕冊子・第二段）

のように、わりあい抽象的な事がらについて用いられている。「をかし」の「をか」は、動詞「招《を》く」の未然形で、まねき寄せたいという意が原義である。自分の所へ近づけたい感じだから、どうしても主観的な傾向のある語だ。また、同じく『枕冊子』の例、

◇**際につけつつ**　季節季節に応じて。
◇**一年ながら**　一年じゅうみな。

世にありとある人は、みな、姿・かたち・心殊《こと》につくろひ、君をも我をも祝ひなどしたる、様異《さまこと》にをかし。（第三段）

◇ありとある　あらゆる。
◇心殊に　念入りに。
◇つくろひ　めかして。
◇様異に　様子がいつもとはちがって。「ことに」はspecialの意とdifferentの意とがあるから注意。「心殊に」は前者、「様異に」は後者。

のように、人事が主になったばあいでも使われており、そこに「おもしろし」との差がある。対照すると、

［パターン2］
おもしろし――自然・客観的・具体的
をかし――人事・主観的・抽象的

のようにまとめられよう。もちろん、これはティピカルなばあいのことで、いつもこんなにはっきり割りきれるとは限らないけれども、いちおう右のような区別を頭に入れておくなら、解釈の拠り所としてかなり有力なはたらきを示してくれるはず。

ところで、中古文に出てくる率からいうと、「をかし」がよく使われている代表作品は『枕冊子』である。気をつけて読んでみたまえ。清少納言という人は、実にいろんなばあ

いに「をかし」「をかし」とくりかえしているから——。これに対して、「あはれ」を好んで使ったのが紫式部で、『源氏物語』のなかには、たいへんな分量の「あはれ」が出てくる。もしわたくしの計算にまちがいがなければ、名詞「あはれ」と形容動詞「あはれなり」「あはれげなり」とを合計して九百四十九回である。だから、

［パターン3］
枕冊子——「をかし」的文芸
源氏物語——「あはれ」的文芸

とお考えになっても、あまりさしつかえはない。「をかし」と「あはれ」はどう違うか。「をかし」のほうは、いろいろな事がらについて興味ありと認めるわけで、いくらか判断が加わる。これに対し「あはれ」のほうは、ある事がらに動かされておこるつよい感情だから、あまり判断をはたらかしている余裕がない。特色を強調するなら、

［パターン４］
「をかし」——理性的・観察的
「あはれ」——感情的・主体的

といったような対照が考えられよう。こんな面から『枕冊子』と『源氏物語』とをくらべてみるのも、ちょっと fun ではないか。

なお、さきにも述べたとおり、平安時代の人たちはウェットな感情を尊重したから、いくら「をかし」だって、どこか「あはれ」的な傾向が含まれる。たいていのばあい、「をかし」の訳語は「興趣がある」で間にあうのだが、「しみじみとした趣がある」「しんみり心をうたれる」などと訳さないと気分の出ないこともある。

> 九月九日は、暁方《あけがた》より雨すこし降りて、菊の露もこちたく、覆《おほ》ひたる綿などもいたくぬれ、うつしの香《か》も、もてはやされて。翌朝《つとめて》はやみにたれど、なほ曇りて、ややもせば降り落ちぬべく見えたるも、をかし。
>
> （枕冊子・第八段）

通釈 九月九日は、夜あけ前から雨がすこし降って、菊においた露もたいへんしげく、菊に着せてある綿なんかもびしょぬれ

◇**覆ひたる綿** 菊の花に真綿をかぶせ、その薫り

で、菊の香を移したのも、ひきたって……。翌朝は降っていないけれど、やはり曇って、どうかすると、いまにも降り出しそうに見えているのも、しんみりとした趣がある。

雨模様の曇天を「をかし」と言っているのだから、このばあいの用法では、あまり陽気な性質の興趣でないことがおわかりだろう。

を移し、それで身を拭くと若がえるという信仰があった。

◇もてはやされて　あとに「をかし」の気持ち省略。

◇色ごのみ◇

中古文にときどき「色ごのみ」という語が出てくる。たとえば「色ごのみといはるるかぎり五人、思ひやむ時なく夜昼来けり。」（竹取物語）など。この「色ごのみ」を高校あたりで下手に説明すると、たぶん女子学生から「アラ、いやだわねえ、あの先生！」という反応の発生することが予想される。しかし、次のような「色ごのみ」は、どうだろうか。連歌師心敬《しんけい》の名著『ささめごと』に、次のような条《くだり》がある。

かの百年《ももとせ》あまりの末つかた、世に二三人《ふたりみたり》のかしこき色ごのみ出でて、盛りにもてはやしはべるより、道ひろきことになれるとなむ。また、この末に、名高き聖《ひじり》出でたまひぬ。かの御代《みよ》に、一人のかしこき色ごのみ残りはべりて、終日《ひねもす》に終夜《よもすがら》、御床《ゆか》の末を温めて、さまざまの道の光を定めたまひしかど、一代《ひとよ》の御事なれば、光も残り多くやはべりけん。さて、その二条の名高き聖の御代《みよ》に、かのかしこき色ごのみに仰せあはせたまひて、つくば集とて、いみじきさまざまの形をつくして集めたまへる、この道の光なるべきものにはべるやらん。

通釈 その（順徳天皇時代の）百年ぐらい後に、数人のえらい色ごのみが世に出て、さかんに流行して以来、連歌の道は興隆したといわれる。また、その流行期の末に、有名な達人がお出になった。その当時、一人のえらい色ごのみが生き残っていて、一日じゅう、御同席申しあげて、いろいろ連歌道のすぐれた作品を議論されたけれど、何しろ一代かぎりでの事だから、見残しも多かったろう。さて、有名な達人二条（良《よし》基《もと》）殿の時、例のえらい色ごのみと御相談なさって、つくば集といって、たいへんりっぱな作品を多種多様にわたってお集めになったのが、連歌道にとって代表作といえよう。

連歌が二条良基のときに興隆したことは、文学史で御承知のとおりである。「色ごのみ」は、それよりすこし前の連歌の名人たちをさす。その中で良基の時代まで生き残り、良基と協力して連歌を盛んにした「一人のかしこ

◇**ささめごと**　十五世紀の中ごろ、宗祇とならび連歌の最高権威であった心敬の論書。
◇**名高き聖**　二条良基をさす。摂政太政大臣、また連歌確立の中心人物で、応安新式とよばれる連歌のルールを公定し、最初の連歌撰集『つくば集』を成立させた。
◇**御床の末を温め**　末席にずっと座っているため、その場所が体温で温かくなる意。

き色ごのみ」、すなわち救済《きゆうせい》法師は、たぶん七十歳ぐらいであったろうが、この老人が「色ごのみ」であったというのは、何もsexualな意味で色を好んだわけではない。

右のような用法での**「色」は、「風流」とか「みやび」**とか、あるいは固くるしい言いかたなら「高級芸術」とかにあたるのであって、かならずしも「アラ、いやだわねえ。」の口ではない。しかし、どうして「色ごのみ」がそのような意味に使われているのであろうか。「色」はsexualなものとははじめから無関係なのであろうか。

これは、実は、無関係ではない。**平安時代でも、「色」といえば、ラブ・アフェアの意**に多く使われている。しかし、その恋愛が、異性間のつきあいに伴うさまざまな情趣を主とし、たいへん気分的な美しさを尊重するものであったことは忘れてはならない。つまり、A卿がB姫を愛するようになったと仮定する。そのとき、何で好きになったのかというと、現代人にはよく理解できないだろうが、顔を見て「うーん、ワンダフルとこそ思うたまへれ。」と感じたわけではない。平安時代の貴族女性は、知らない男に顔を見せることなどなかった。では、何で好きになるのか。評判を聞いて好きになるということもあったらしい。もっと直接的には、兄もしくは弟の顔だちから推定して好きになることもあったらしく、そんな話が『寝覚物語』[1]に見える。写真の発明されていなかった時代、遺伝子のはたらきを利用した平安人の知恵である。が、それよりも一般的なのは、筆蹟を見て好きになるというばあいである。何かのツテを求めて、こっそりB姫君の歌でも入手する。つくづくながめたA卿いわく「うーん、ワンダフルとこそ思うたまへれ。」になるわけ。だから、字のへたなお姫さまは、良縁にありつけない。彼女たちが手習いに熱中したのは、純粋に趣味だけからでもなかったようである。

《注》1寝覚物語＝また『夜半の寝覚』ともよばれる。十一世紀の中ごろ書かれた恋愛物語。『更級日記』と同じ作者かともいわれるが、確かでない。

もちろん、字だけで好きになるのではなくて、歌のよしあしも重大な影響を及ぼす。B姫君に心をひかれたA卿はさっそく自分の志を歌にして、B姫君に届ける。この際、もしその歌がまずければ、B姫君のほうでは、たぶん「こんな程度の教養では、とてもお相手にはなれませんね。」ということになるだろう。逆に、B姫君はA卿の歌に心ひかれても、その返歌がまずければ、A卿のほうで「悪いけれど……。」ということになりかねない。

平安時代の貴族たちが歌に熱心であったのは、理由がある。

音楽も、怠けていると、ひどい目にあう。姫君の邸の近くをうろついていると、琴の音がほのかに聞こえてくる。笛に自信のあるC中納言が、腕によりをかけてはるかに合奏する。それを聞きつけた姫君が……という次第で結ばれることだって、いくらもあったろう。こんなとき、笛ができなければ、手の打ちようがない。西洋でも、セレナーデなんかは、こんな場面によく利用されたようだが……。

といった次第で、恋愛には、いろいろ風流な手段が必要だったが、平安時代の貴族にとっては、そういった風流な手段をもてあそぶムードが生活の重要な部分であった。そういった風流さの「手段」だけが独立したのを、やはり、「色」と称するばあいもあり、それが心敬の用例にまで残ったのである。しかし、鎌倉時代以後、貴族たちの風流生活は深刻なピンチにみまわれた。荘園からの収入を武士にだんだん横取りされていったからである。かんじんのフトコロがお寒くなっては、もはや「色」のムードをたのしむどころではない。平安時代からの「色ごのみ」は、中世になって、実質的には消し飛んでしまったのである。心敬の用法は、単にことばとして平安時代的な意味での「色ごのみ」を懐古的に使ったのだろう。おそらく、心敬も、兼好と同様に「何事も古き世のみぞ慕はしき」と考えていたことの反映ではあるまいか。

◇「何事も古き世のみぞ」◇

兼好という法師は、どうも考えが消極的で、ピンと来ない――と、諸君はお感じにならないだろうか。もしそう感じないなら、その人はどうかしている。若い元気な人が『徒然草』にはすっかり共鳴しました――などと言うようであったら、まったく心配である。だが……である、諸君が四十歳ぐらいになってから、『徒然草』をじっくり読みかえしてたら、

「何事も古き世のみぞ慕はしき。今やうはむげにいやしくこそなりゆくめれ。」（第二

二段）

といったような文章に対しても、それほど抵抗を感じないのではなかろうか。

だんだん後の世ほど悪くなってゆくなら、兼好の時代からおよそ五百年あまり後の現代は、さぞ悪くなっているだろうと思うと、それほどでもない。兼好は、成田空港を出てからサンフランシスコまで一睡りの間で行ってしまう便利さなど、夢にも知らなかった。しかし、だから『徒然草』なんか古くさい世迷いごとさ——と片づけるのには賛成できない。なぜならば、「いやしくこそ」とあるのに注意ねがいたい。「いやし」とか「めでたし」とかいうのは、主として美的な感覚からのことばである。美的感覚の世界は、かならずしも後の時代ほどすぐれたものになるとはかぎらない。いま俳句雑誌は全国で八百種以上あるらしいのだが、芭蕉よりもすぐれた作家が現在いるとは思われない。また『アララギ』の総師であった斎藤茂吉でさえ、どう頑ばっても人麿にはかなわないと表明している。

このように、最上の傑作が過去において完成され、後の人たちはなるべくそれに近づくことによって自分の作品をよくしてゆくのだ——という考えかたを**古典主義**とよぶ。古典主義は、西洋では、たいていギリシア芸術をお手本にしている。諸君が写真や複製品でよくお目にかかるであろうギリシア彫刻なんか、まったくみごとなもので、あれ以上どうしようもないほどの完成美をもっており、後の人たちが「まねるよりほかない」と考えたのも無理ではない。

しかし、これに対して、「昔は昔、今は今だ。たとえ昔にどんなすぐれた作品があろうとも、われわれは自分で独自の道を切りひらいてゆくべきだ。それが従来の批評基準からいって高い価値をもたないとされようとも、無限に前進を続けてゆくその無限性にこそ真の美を認めるべきだ。」という考えかたもあって、**ロマン主義**とよばれる。

この古典主義とロマン主義とは、両様の考えかたが存在するというだけのことで、どちらが正しいと決めることはできない。人間には、男と女がある。男がえらいとか女が下等だとか決めることは、理論的にはできるものでない。が、歴史的な事実としては、男がだんぜんいばっていた時代もあれば、いまのアメリカみたいに、女性に頭のあがらない所もある。それと同様に、古典主義のさかんな時代もあれば、ロマン主義の優勢な時代もあるわけ。十九世紀このかた、ロマン主義が栄えたおかげで、いまの諸君は、どちらかといえば、古典主義があまり好きでないらしい。しかしそれは、諸君が十九世紀の延長線上に生きているからであって、そうでなければ、また別な考えかたになるかもしれない。

兼好の時代は、古典主義の優勢なころであった。十四世紀ごろの人たちが、すべて古典主義者であったわけではない。しかし、兼好の属していた文化人グループでは、圧倒的に古典主義が優勢であった。**当時の古典主義者たちにとっての「古典」は、平安時代に在った**。平安時代の貴族たちが送っていたような美しい生活、それこそ兼好の理想であった。ところが、兼好の時代、現実にはそのような美しい生活は存在していなかった。だから

「古き世のみぞ慕はしき」なのである。

そういった頭で、もういちど『徒然草』ぜんたいを読みかえしていただけば、兼好がどんなに平安時代的なものを理想としていたかよくわかるだろう。「なんだ、古くさいものが慕わしいなんて。睡気ざましにパンチでもひとつ進呈しようか。」などと文覚流の荒わざを出す前に（六四ページ参照）、古典主義といっても、古くさいだけとは限らないことにちょっと御注意ねがいたい。二十世紀の新しい詩をうち建てたT・S・エリオットが「現在は過去を自身のなかに生かすとき、はじめて真の現在でありうるし、過去は現在意識でとらえられるとき、はじめて過去そのものでありうる。それが伝統（tradition）の意味だ。」というすばらしい意見を述べ、その考えがいまのヨーロッパ・アメリカを通じて支配的だということも、ついでに御紹介しておこう。

◇難しいのが幽玄◇

むかしから幽霊はこわいということになっている。なぜこわいのか。考えてみたことがありますか。核爆発のほうが、実は、どれだけおそろしいかしれない。いくら猛烈な幽霊だって、いっぺんに何十万人かをとり殺したという記録はない。それなのに、やはり、感じとしては幽霊のほうがこわいみたいである。なぜだろうか。わたくしに言わせると、幽霊は、とらえ所がないから、こわいのである。つかまえようとすると、スーッと消えてしまうから、こちらがゾーッとするのである。わが古文の世界においても、姿のない相手がこわい。幽玄というやつがそれである。こいつが何かのぐあいで迷って、ふらふら入試に出てくると、ゾーッとする人が多いだろう。

すべて歌の姿は、心得にくきことにこそ。古き口伝《くでん》・髄脳《ずいなう》などにも、難《かた》きことばを、手を取りて教ふるばかりも釈したれど、姿にいたりては、たしかに見えることなし。いはんや、幽玄《いうげん》の体《てい》、まづ名を聞くよりまどひぬべし。みづからも心得ぬことなれば、さだかに申すべしとも思《おぼ》えはべらねど、よく境《さかひ》に入れる人びとの申されしおもむきは、詮《せん》は、ただ、ことばにあらはれぬ余情《よせい》、姿に見えぬ気色《けしき》なるべし。心にもことわり深く、ことばにも艶《えん》きはまりぬれば、ただ徳はおのづから備はるにこそ。たとへば、秋の夕暮の空の気色《けしき》は、色《いろ》もなく、声もなし。いづくにいかなる趣《ゆゑ》あるべしとも思《おぼ》えねど、すずろに涙のこぼるるがごとし。これを、心なき者は、さらにいみじと思はず、ただ眼に見ゆる花・紅葉をぞめではべる。

（鴨長明『無名抄』）

設問　右の文にもとづいて、幽玄とはどういう美であるかを説明せよ。

◇ことにこそ　下に「あれ」が省略されている。

「なるほど、ゾーッとするね。」何しろ「ことばにあらはれぬ余情、姿に見えぬ気色」なんだから手におえない。

幽玄という語は藤原俊成[1]の頃から盛んに使ったといわれ、古文参考書とか文学史とかを見ると、たいてい「俊成が幽玄風をとなえ……」などと書いてある。ほんとうかと思って、念のため調べなおしてみたが、どうも、そんな事実は無いらしいのである。なんともふしぎな次第だが、幽玄の幽は幽霊の幽、足のない話になるのも、無理ではないかもしれない。

《注》**1藤原俊成**＝中世和歌の原点となる歌人。永久二年（一一一四）—元久元年（一二〇四）。『千載集』の撰者。その子の定家と共に、天台宗聖典のひとつである『摩訶止観《まかしかん》』を深く研究し、それが幽玄を歌学に持ちこむ機縁となった。

俊成が幽玄風をとなえたなど書いている著者に、いったい俊成はどこでそんなことを言ったのですか——と質問してみたまえ。「さあ——。ぼくの種本にそう書いてあったのでね。」という返事しか出ないだろうと思う。それじゃ、こんどは、種本の著者に質問してみたまえ。返事は、やはり「さあ——。ぼくの種本にそう書いてあったのでね。」以外ではあるまい。その種本は？　そのもうひとつ種本は？　どこまでも追求してゆくと、玉ネギをむくみたいなもの、最後には、何も無くなってしまう。参考書学者たちは、自分で実地に調べるわけでなく、もっぱら他の本を写しなおすのが商売だから、はじめに誰かが変

◇**髄脳**　エッセンスの意。詩や歌のコツを書いた本によく「髄脳」という名がつけられた。このばあいは、普通名詞。
◇**余情**　ことばで示される意味の延長線上に感じられるおもむき。
◇**徳**　長所。よい点。
◇**無名抄**　歌論書。本来は書名が無かった。

なことを書くと、あとは枕ならべて……。

俊成にとって、幽玄は、尊重すべき美のひとつではあったけれど、それが、他の美よりも上位にあると考えたわけではない。俊成の子の定家も、やはり同様である。それでは、俊成の歌風を幽玄と言いあらわすのは誤りかといえば、そうでもないのだから、いよいよ話はわかりにくい。つまり、俊成自身の使った「幽玄」は、彼の理想をさし示すものではなかったが、長明の言う「幽玄」すなわち九七ページの問題文に出てくる用例は、俊成的な歌風の特色をよく示すのである。何だか頭が変になったような気がするかもしれないけれど、事実そうなのであって、これは、結局、幽玄ということばの意味する内容が人によっていくらかずつ違うからにほかならない。

「**幽玄**」**の意味は、時代により人により、かならずしも同じではない。**

これは、この方面の専門研究者が到達している動かせない結論なのである。

定家の子の為家のあたりから、またすこし色あいが違ってくる。それは、華やかな優美さが加わることである。能役者の世阿弥《ぜあみ》[1]は、さかんに幽玄ということばを使うが、それは単に「優美」と言いかえてもかまわない。ところが、同じころの能役者の金春《こんぱる》禅竹[2]になると、また違って、何か神秘的な根源精神みたいなものを意味する。そのほか、連歌のほうでも、良基とか心敬とか宗祇とか、みなそれぞれに意味内容の差がある。このような差異のある幽玄を入試に持ち出すことが、いかに無理であるかは、もはや説明を要しないであろう。

《注》 1**世阿弥**＝観阿弥の子で、いまのような能を完成した。観世流の祖。嘉吉三年（一四四三）没。『風姿花伝』『花鏡』をはじめ二十一部の能楽論がある。その芸術思想は世界的に高く評価され、英訳・独訳・仏訳がある。2**禅竹**＝金春流の祖。世阿弥の能楽論を継承し、やはり二十一部の著書がある。文明三年（一四七一）ごろ没。

問　幽玄とは、どういう美か。わかりやすく述べよ。

問　幽玄は、古代・中古・中世・近世のどの時代に属する美か。

問　幽玄にもっとも関係の深い人名をひとりだけ挙げよ。

などという問題が出たら、「高校卒業程度では解答不能である」という答案をたたきつけてもよいと思う。

しかしながら、覚えるだけは覚えておかないと、安心できないという気の弱い人もおありだろう。そこで、専門学者のいちばん進んだ研究を紹介すると、

「**幽玄**は、いろんな意味に用いられるが、どんなばあいにも共通するのは**奥深さ**という性質である。」

と要約できる。つまり、しみじみとしたさびしさを幽玄と言うときでも、あでやかな優美さを幽玄と言うときでも、神秘的なかすかさを幽玄と言うときでも、みな奥深さの感じを伴うのである。いくら優美でも、奥深さがなければ幽玄とは言わない。そこで、もしも

「幽玄とは何か」というような問いにぶつかったら、

「平安時代から室町時代にわたりおよそ八百年間ずっと尊重された美のひとつで、奥深さを基調とするが、意味内容は時代により差異がある。」

とでも答えたらよかろう。そこで問題文にもどると、いろんなことが出ているけれど、

① この幽玄は、歌の「姿」について言われたものである。

② 「姿」は一般に理解しにくいものだが、幽玄の姿は、特にわかりにくい。

③ それは、ことばで表現できない味わいであり、眼に見えない姿なのである。

④ 心がしっかり把握してゆき、ことばも艶が深まりきると、しぜんにあらわれる姿である。

などが要点だと考えられる。幽玄は、ことばについても、心についてもありうるが、長明は姿について言っているわけ。**姿**とは、ことばと心の結合したところにあらわれる一種のおもむきであって、表現ぜんたいとしての在りかたをさす。その姿にいろんな名をつけることがおこなわれていた。「幽玄の体」とはそのひとつである。それは、いわば透明な感じで、無色にたとえられ、とらえようとしたところで把握できるものではなく、ことばや心をしっかり鍛えてゆくうち、おのずからにじみ出る味わいだという。

以上が問題文から出てくる要旨で、これに「奥深さ」という一般的特性を加えると、

答 歌における「姿」の一種で、無色透明ながら多くの色彩でいろどられたよりも美

しく、「奥深さ」を基調として、作り出すよりも、修行のはてにおのずから生まれ出るもの。

とでもなるであろうか。これだけの答案が書ければ、大学院国文科の入試でも心配はない。ところで、問題文は、かなり解釈しにくい点があるので、念のため通釈をしておく。よく味わってほしい。

通釈 一般に歌の姿は、理解しにくいことである。むかしの秘伝書なんかにも、むずかしいことを手を取って教えるように説明しているけれど、姿の問題になると、しっかりした論述がない。まして、幽玄の体ということになると、幽玄という名称を聞いただけで、もう頭がごちゃごちゃしちまうにちがいない。わたくし自身もよくわからないので、はっきりお話できそうもありませんけれど、歌の深い境地に到達していられる人たちのおっしゃった要旨は、結局のところ、ただ、ことばの表面にあらわれない余情であり、姿に見えない様子だと言えよう。構想もしっかり行き届き、ことばにも優雅な美しさが完成すると、おのずから幽玄というすぐれた性質が生まれてくるのである。たとえば、秋の夕暮の空の模様は、色もなく声もない。どこにどういうわけがあるだろうとも思われないのだが、何ということなしに深く感動させられるようなものである。こういう味わいを低級な連中はいっこうすばらしいとは思わず、ただ花や紅葉の眼に見える美に感じ入っています。

たいへん難しい話になってしまい、恐縮だけれど、この幽玄ということを消化すると、中世芸術の理解がずっと深まるのだから、どうか御辛抱ねがいたい。これさえすめば、もう後はだんだん下り坂だ。次には、幽玄よりもいくらかやさしい「わび」の話が出てくる。

◇貧乏もまた楽し◇

「どうも蛙がうるさいのでね。朝から空気銃で撃ち殺しているところさ。」

わたしの懇意なアメリカ人の教授を訪問すると、かれが作業服を着て庭ではたらいているので、何をしているんだいとたずねたら、右のごとき返事であった。かれらの感覚では、蛙は不潔な動物ということになっているらしい。かれらにとっては、

古池や蛙《かはづ》とびこむ水の音

などという句のどこがよいのか、見当もつかないにちがいない。蛙だけでなく、不潔なことではそれとだいたい同格である古池なんかも句の構成要素として参加しているのだから、日本人はなんとまあうす汚い景色が好きなんだろう——ということになりそうである。芭蕉の句における「わび」とか「さび」とかを西洋人にわからせることは、このような理由によって実に大骨である。しかし、これは、西洋人だけでなく、現代日本の若人たちにとっても、かなり難しい問題ではなかろうか。「わび」とは何ですかね——と聞かれて体験的にすらすら答えることのできる青年は、どれだけの数があるだろうか。

秋の夜は露こそ殊に寒からし叢《くさむら》ごとに虫のわぶれば　詠人しらず（古今集・秋上）

通釈　秋の夜は露もとりわけ寒いのだろう。どの叢でも、虫たちがつらいつらいと鳴いているから。

「わぶ」は、難儀する・困りはてる・閉口するなどといった意味の動詞で、この歌では、虫がこんなに寒くてはやりきれないと難儀がっているのを「わぶ」と言ったもの。

わび人の別《わ》きてたち寄る木《こ》の下《もと》は頼む蔭《かげ》なく紅葉ちりけり　遍昭（古今集・秋下）

通釈　雨にあって難儀している人が、ここなら雨やどりできると思って、たち寄った紅葉の下も、頼りにならないで、葉がはらはら散ってゆき、雨をしのぐことはできない。

「わび人」は、雨で弱っている人のことである。この動詞「わぶ」の連用形「わび」が名詞化したわけ。

それでは、この句には「わび」がありますなあ――などとほめるときの「わび」は、どういう理由で動詞「わぶ」と関係が認められるのか。わたくしの考えでは、ほめたほうの

「わび」は、たぶん茶道の術語から生まれた用法らしい。室町時代に茶道がさかんになったことは御存知のとおりだが、おもに金持ち連中の趣味として発達したようで、その結果、ぜいたくな道具を使うことが流行した。それではあまりお茶もおいしくない。もっと気楽に、自由に、快適にお茶そのものをたのしんだらどうか。そのためには、落っことして割ったところで惜しくない、ありあわせの茶碗で結構。坪百万円もかけた茶室で、おそるおそる座っているのでなく、安サラリーマンでも建てられるような簡単な小室、材木は削らない皮つき、建具もなるべく質素なもの――というのは、貧乏人でもたのしめる茶こそほんとうの茶だと主張した紹鷗《じょうおう》や利休の論を受け売りしたもの。こんなのを、紹鷗たちは「わび茶」と称した。「わび」は、貧乏の意味と考えてよろしかろう。貧乏人は、いつも難儀しているから。

といった次第で生まれた「わび茶」が、茶のいちばん高い理想に合うと認められ、それが茶の本道であるというところまで昇格した結果、金持ち趣味の正反対である「わび」が美の理想として登場したのであろう。こんな意味での**「わび」が現れたのは、たぶん十六世紀の末から十七世紀にかけてのこと**であろうから、平安時代の「わぶ」と混同しないように願いたい。ところで、次のような問題にぶつかったら、どんなものか。

> 紹鷗、わび茶の湯の心は、新古今集の中、定家朝臣の歌に、

見わたせば花も紅葉《もみぢ》もなかりけり浦の苫屋《とまや》の秋の夕ぐれ

この歌の心にてこそあれと申されしとなり。また、宗易《そうえき》、いま一首見出したりとて、常に二首を書き付け、信ぜられしなり。同集、家隆《かりう》の歌に、

花をのみ待つらむ人に山里の雪間《ゆきま》の草の春を見せばや

これまた相加へて得心すべし。この両首は、紹鷗・宗易、茶の湯の道にとり用ゐらるる心入を聞き憶《おぼ》えてしるしおくことなり。かやうに道に心ざし深く、さまざまの上にて得道ありしこと、愚僧らが及ぶべきにあらず。まことに尊ぶべくありがたき道人。茶の湯かと思へばすなはち祖師仏の悟道なり。

（南坊宗啓『南方録』）

問 右の文中の二首の歌の心をもって茶の道とし、祖師仏の悟道とする所以《ゆえん》について説明せよ。

通釈 紹鷗が、わび茶の精神は『新古今集』のなかで定家の歌に、

ずっと見わたすと、花が咲いているのでもなければ、美しい紅葉があるのでもない。海辺にある苫屋が秋の夕ぐれにながめられるだけだけれど、それがすばらしく深い感興をもよおす。

とある、この気持ちなのだ——と言われたよし。また、宗易は、（同じ筋あいの歌を）もう一首発見したといって、（右の定

◇**紹鷗** 姓は武野。和泉国堺の人で、正しい茶道を興隆させた珠光の孫弟子に当たる。一五〇二—一五五五。

◇**苫屋** スゲの類であんだコモを屋根にふく小屋。

◇**同集** 『新古今集』としたのは誤りで、実は『壬二集』に出ている。

家の歌とあわせ）いつも二首を書きつけ、尊びあがめられたのである。（その二首というのは）同じ集に収められた、家隆の次の歌である。

花の咲きほこる春景色をばかり待ちこがれている人には、雪の間からもえ出ようとする若草のほかは何も眼をたのしませるものがない早春の山里を見せてやりたいものだ。

これも、さきの歌とあわせて理解してほしい。この二首は、紹鷗や宗易が茶道において守られた心がまえを聞きおぼえ、書きつけておくのである。こういったふうに、道に深く志をもち、さまざまな事につけて道の奥儀をさとられたことは、わたしなんかの及ぶところでない。まったく尊敬に値し、めったに出ない道の人だ。茶の道かと思うと、実は達磨《だるま》大師のさとられた仏道の奥儀でもあるのだ。

訳文でも無ければ、たいへんな難問だが、わたくしの「わび茶」に対する説明を消化できた諸君なら、ちょいちょい解釈できない部分があっても、なんとか見とおしはつくだろう。

答　「わび茶」とは簡素のなかに深い趣を味わうものであり、両首の歌は感覚的な美しさと反対の世界に真の美を見出している。それが「無」に徹する禅の悟りと共通な精神だからである。

◇**宗易**　利休の前名。姓は千《せんの》。紹鷗の弟子で、茶道の権威。豊臣秀吉に仕えたが、後、自刃した。一五二二—九一。

◇**祖師仏**　祖師はある宗門を開いた第一代の人。それが仏と同格ほど偉い人の意で祖師仏という。

◇**南方録**　宗啓が利休から聞いた茶道の心得書き。

◇義理・人情◇

「どうも義理があるんでね、断わりきれなかったんだ。」とか「世間の義理だからね。」とかいった文句が、よく聞かれる。ところが、この義理というやつは、われわれの正直な感情つまり人情とよく衝突する。右の例でいえば、「断わりたい」のが人情なのだけれど、それと反対の方向を義理が指示しているので、しかたなく人情をひっこめたわけ。この義理と人情との衝突というテーマは、古いお芝居によく採りあげられる。特に、歌舞伎とか新派とかに多い。そのため、『難波土産《なにわ》』[1]に引かれた近松門左衛門の有名なことば、

《注》1難波土産＝三木平右衛門の著した浄瑠璃の評注。その序説だけは穂積以貫の作で、なかに近松の論が引用されている。

> 浄瑠璃は憂ひが肝要なりとて、多く「あはれなり」なんどいふ文句を書き、または語るにも、文弥節《ぶんやぶし》やうのごとくに泣くがごとく語ること、わが作のいきかたにはなきことなり。それがしが憂ひは、みな義理をもっぱらとす。（発端）

通釈 浄瑠璃は悲劇性が中心だというわけで、たくさん「あはれなり」といった類の文章を書き、またそれを演ずるのにも、

◇文弥節 岡本文弥が語り出した浄瑠璃の一派。

文弥節みたいに哀れっぽく語るといういきかたは、わたしの作品においては存在しない。わたしの言う悲劇性は、もっぱら義理にもとづくものである。

いまの新内節を思わせるようなお涙頂戴式であったらしい。

も、そういった式の義理と人情の板ばさみを描くことだと解釈する人が少なくない。現に右の条《くだり》を採った教科書の教授用参考書にもそう書いてある。

しかし、これは誤解だろう。近松の言う義理は、筋の組み立てとか劇としての構成とかいうことであって、世阿弥の『風姿花伝』[1]にもいくつか用例がある。この近松の論は、直接に「あはれなり」などという文句を使ったり、節まわしの上で岡本文弥一派のように哀れっぽく語るのでなく、戯曲としての筋立てに悲劇性を持たせよ——と主張したものだと思う。それで、わたくしは、この「**義理**」を dramatic situation と英訳したら、コロンビア大学のドナルド・キーン（Donald Keene）[2]教授が、はじめてこの条がよく理解できましたよと賛意を表してくれた。という次第で、近松の「義理」は、ふつう言われる義理・人情の「義理」とは同じでないと思うのだが、ぐあいのわるいことに、さきほど述べたとおり、高校では義理・人情というときの用法で教えられている所があるはずだし、もっとわるいことには、大学の入試に右の条がしばしば出題されている。これからも出題されないとは保証しにくい。そんなばあい、受験生諸君はどう答えたらよいか。頭痛ものである。わたくしのような解釈が、わたくしだけの説で、学界が相手にしないのなら、まだしも始末がよい。ところが、わたくしと同じ解釈を支持する学者が少なくないのだから、まったくこまる。わたくしとしては、こうした学者間に異説のあるような箇所は出題しないよう、大学側で注意してもらいたいと思う。専門の国文学者になるとは限らない（いや、大部分はならないはずの）高校生諸君を、こんな事で右往左往させるのは、まったく罪な話である。

《注》**1風姿花伝**＝通称『花伝書』。十五世紀はじめ、世阿弥が、父観阿弥の教えを体系づけた論書。一〇〇ページ《注》参照。**2ドナルド・キーン**＝戦後、アメリカでは日本文学の研究が飛躍的に向上した。その原動力になったひとり。数多くの訳書のほか、単独執筆の『日本文学史』四巻を英語・日本語で同時刊行。

ところで、同じ「義理」ということばであっても、江戸前期と現代との間でこれだけの変化がおこっているわけだが、こういった現象は、けっして「ことば」だけの問題ではなく、人びとのセンスが江戸後期このかた変化した結果だと思われる。江戸時代は、享保年間（一七一六―三五）あたりを境目として、前期と後期とに分かれるが、**前期**は、努力さえすれば金のもうかる時代であった。西鶴の『日本永代蔵』には、近ごろ金もうけが難しくなったとこぼしながらも、勤勉と才略とでドンドン財産をこしらえてゆく人たちが描かれている。これに対して、**後期**は、社会が固定してしまい、下の階層に属するものはどう頑ばっても頭のあがらない生活からぬけ出せなかったし、幕府の政治方針も、これまでの秩序に従わせるため、民衆に圧力を加えがちであった。そのため、人の心がのびのびせず、個人の自由な活動よりも「既にできあがった世間のなかでの協調」が尊重されて、しぜん世間への「気がね」が強くなったものであろう。そこで、本来は「筋あい」という意味であった「義理」が、他人の思わくを気にするような性質の「世間づきあい」に変わっていった。いまの若い人たちは、アメリカ流のドライな割りきりかたで、そういった意味での「義理」をあまり重視しない。結構なことだ。しかし、彼らは同時に、アメリカの社会を支えている「個人の自由意志にもとづく強烈な責任感」をも、あまり重視しない——というよりは、そういった責任感こそアメリカ人のバックボーンであることさえ知らないのではあるまいか。ドライなのは結構だけれど、ほんとうのアメリカ流ドライを身につけるのでなければ、むしろカビくさい「義理」のほうが、人間関係を悪くしない点でわれわれの社会にとってずっと有用だといったことにもなりかねまい。

◇「いき」「すい」「つう」◇

「あら、ちょいとイキだわね。」と批評されることは、われわれ男性にとって光栄しごくである。もっとも、わたくし自身はあまりその経験をもたないのだが、もしそう言われたら、けっして不機嫌な顔つきをしないつもりである。ところが、その「いき」とは何だろうか。光栄ですとありがたがっている本人は、どう「いき」を理解してありがたがっているのだろうか。

江戸時代このかた、およそ「いき」と言われたような人物や品ものなどを頭のなかに集めて比較研究してみると、どうも共通な点がある。それは、消極的でないという性格である。若い女性に「あら!」と眼をとめてもらえるような積極性が、「いき」の特色らしい。魚河岸あたりで「いき」な兄イが肩で風を切ってゆくのは、誰がみても眼にとまる。おそらく、語源としては、「生き」と同じ系統のことばで、ピンとした、活気のある趣のことなのであろう。しかし、いまの語感では、単に活気があることを「いき」といったら、変だなと感じられるにちがいない。たしかにそのとおりである。どうして現代人が「いき」に対して感じるような特別のニュアンスが生まれたのか。それは、江戸時代の町人たちが文化的に洗練され、感覚がこまかくなって、いきいきした中にもサッパリといやみのない感覚をもつのでないと満足しなかった結果だろうと思われる。言いかえれば、「**いきいきした、しかも洗練された感じ**」が「いき」なのだといえよう。これに対して、「つう」ということばがある。**「つう」とは、「通《つう》」で、よくその方面に通じていること**、何から何まで知り抜いていることをいう。

《注》「いき」対「つう」＝江戸時代の前期と後期における時代性の差が「いき」と「つう」に反映するというのは、潁原退蔵博士の研究による。

「アー、そのことかね。それなら、こうこうで、裏にはまたこんな裏もあるがね。そこはこんな手を打てば、万事、ＯＫ、成功は一〇〇パーセント疑いなしさ。」などと言っている人は、その方面についての通人《つうじん》である。ところが、この通人は、とかく消極的な性格をもちやすい。よく通じている以上、その知識を利用して、なるべく損をしまいとする。すくなくとも、むだな努力とか費用とかを最小限度にまで切り捨てようとする意識に結びつく。小さな損を気にしないような人は、通人の資格がないし、「どっちだって大差ないさ」と落ち着きはらっていても、やはり通人にはなれない。通人は、小さな出入りまでちゃんと計算しなくてはいけないのである。

　したがって、通人は、どうも小さなことにとらわれがちで、のんびりした所がなく、消極的になりがちである。だから、「いき」でありながら「つう」を兼ねることは、たいへん難しいのではないかと思われる。どうしてそのような違いがあるのか。これは、要するに、**江戸時代前期を代表する精神が「いき」、後期の特色を示すのが「つう」**ということなのであろう。さきにも述べたとおり（一一〇ページ参照）、江戸前期は、まだ個人の活動によって向上できる時代であったから、なんといっても積極的な「いき」が好まれた。紀文大尽《だいじん》などというレコード破りの男の青年時代には、みみっちい「ぬかりなさ」なんか、相手にされなかったはず。ところが、一定のワク内でしか動きがとれず、しいて動けば「お上《かみ》」の眼が光る時代となっては、積極的にもうけるよりも、すこしの利益でもにがさない心がけのほうが大切であった。チャッカリした「通人」は、こうした時代の産物にほかならない。「いき」氏と「つう」君の本籍地は、こういったわけで、かならずしも同じでない。

この「いき」とよく混同されるのが、「すい」である。現在では、同じ「粋」という漢字を「いき」と読ませたり、「すい」と読ませたりする。しかし、元来は別ものであった。「すい」は、おそらく「推」の音読みであって、推察の利くこと、察しのよいことが原義であろう。察しのよい人は、けっしてお役所の窓口みたいな泥くさい質問なんかしない。あれこれ説明する前に、相手の考えをちゃんと見ぬき、さき廻りして好意的な処置をとる。だから、「すい」は、「いき」にも「つう」にも結びつくことができるはずだけれども、いやみでない感じが「いき」のほうに近いのだろうか、そちらと混同されることになった。こういった混同は、たぶん「いき」の精神がよくわからなくなった江戸後期の現象なのだろう。

この「いき」「すい」「つう」を、具体的な例で示すと、次のようなぐあいになりそうである。

いき——「すばらしいお嬢さんじゃないか。君もワゴンなんかお払い箱にして、スポーツ・カーか何か奮発することだな。ズボンの折り目はいつもキチンとしとけよ。」

すい——「おはよう。オット、話はわかってるよ。社長に諒解を得といたからな。ゆっくりして来たまえ。若い者は良いな。ア、それから、これはほんの志だが……。」

つう——「あそこの支配人はおれの後輩だからな。割安に泊めてくれるはずだ。名刺をやろうか。タクシーなんか、チップをやることはないよ。税関ではバッジをちらつかせるに限るぜ。日本の役人はふしぎとバッジに弱いんだ。」

お嬢さんがたは、将来どのタイプの人物を相手にえらぶであろうか。

第三章　むかしの作品

——その1　ジャンルのはなし

むかしの人たちがどんな生活をし、どんな感じかたあるいは考えかたをしていたか——ということを、ひとわたりながめてきたので、こんどは、それらが具体的にはどんな作品として表現されたかを見てゆきたい。文芸の世界を時間という座標軸に沿って縦に切ると文学史になり、二次元空間の座標軸に沿って横に切ると、文芸作品のさまざまなかたちすなわちジャンルが現れる。歴史的な流れのほうは話がいくらか長くなるので、わりあい手短にいきそうなジャンルの説明をさきにしてみよう。

◇ジャンルとは何か◇

ジャンルというと、何か英語のような気がするけれども、出身はフランス語である。正しい綴りは genre だから、怪しいと思う人は、フランス語辞書を引いてくれたまえ。その辞書で諸君が発見するであろう説明は、国文学史でよく使われるジャンルと、およそ別種のものであるにちがいない。つまり、種類とか型とかいった意味の日常語であって、たとえば「その種類の魚はまずい。」とか「そんな型の服は誰も着ていないよ。」とか言うときに genre を使う。芸術のほうでいえば、ゴシック式とかバロック式とかいうときの

「式」がそれである。短歌とか俳句とか物語とか随筆とか紀行とかいう「文芸形態」をさす用法も無いわけではない。しかし、文芸形態だけをさしてジャンルというのは、学業の傍らにする内職をアルバイトと称するのと同様、おそらく日本独特のならわしだろう。

そんなわけで、もし「ジャンルとは何のことかね。」と聞かれたら、遠慮なく「文芸形態ですよ。」と答えたまえ。万事ＯＫである。しかし、その「形態」ということばには、ちょっと注意してほしい。つまり、日本語のばあい、**形態は形式と混同されてはならない**ということである。**形式**とは、たとえば五・七・五・七・七とか、五・七・五とか（詩歌・韻文）、そういった韻律をもっていないとか（散文）、長いとか、短いとか、およそ目や耳で測ることのできるようなものをさす。これに対して、形態とは、形式プラス内容である。たとえば、短歌とよばれる文芸も狂歌とよばれる作品も、形式としては同じ五・七・五・七・七である。しかし、ジャンルとしてはいちおう区別することになっている。いうまでもなく、狂歌は、ふざけた内容をもつものでなくてはならないからである。俳句と川柳とのばあいも、同じ筋あいの例である。

散文のばあいでも、文体や構成だけでいえば、物語のあるもの（たとえば『大鏡』）は、評論のあるもの（たとえば『無名草子』）と同じ形式だが、一方は物語、他方は評論としてあつかわれる。やはり、内容的に違った性質を含むからである。また、物語の内部でも、史実を語るという姿勢で書かれた『大鏡』は、フィクションであることの明らかな『竹取物語』や『源氏物語』などの作り物語、和歌についての短編説話を集めた『伊勢物語』や『大和物語』などの歌物語とは区別され、ふつう歴史物語とよばれている。ところが、同じく史実をあつかいながらも、戦争または私闘を主要な題材とする『平家物語』や『曾我物語』は戦記物語（軍記物語）とされる。だから、

［パターン5］
ジャンル＝形式＋内容

というパターンで覚えておけば、まず大丈夫だろう。ところが、このパターンは、要するに基本原則を示したパターンであって、実際には、うまく割り切れないこともときどきおこる。そこが問題なのである。ひとつ、次の実例を見ていただこう。「おや？　現代文じゃないか。古文の勉強をするつもりだったんだが……。」など、変な顔をするようでは、国語のちからは増進しないね。

◇ジャンルとアメーバ◇

平安時代に「日記」とよばれたものは、ずいぶん多様な種類の作品を含み、普通にいう「日記」とは、よほど性質を異にする。たとえば『土佐日記』だが、任地土佐から帰京する旅中の出来事を記したものだから、当然イ□としてあつかってよいはず。ところが、同じく旅の出来事を記したロ□を「俳文」の章で説明している国文学史が『土佐日記』を『ハ□日記』と同じ「日記」の章で採りあげるのは、いったいどういう理由だろうか。『ハ□日記』は、「世のなかに物語というものが多いけれど、みなそらぞらしい作りごとにすぎない」と考えた作者が、自分こそ真実を語るのだという自覚のもとに、前後二十一年間にわたる愛情生活の哀歓を書き綴ったもので、いくらか私小説めいた性質をもつ。ところが、他方『ニ□物語』も『在五中将の日記』（在原業平の日記）とよばれており、同様に『多武峯少将物語』は『高光日記』、また『平中物語』は『貞文日記』という別名でも知られる。しかし『竹取物語』や『源氏物語』のようなホ□は、けっして『……日記』という別名をもつことがない。それでは、事実をもとにした物語なら、いつでも『……日記』という別名でよばれるだろうか。『栄花物語』のようなヘ□や『平家物語』のようなト□は、そんな例がない。とすれば、平安時代のいわゆる「日記」は、おそらくチ□と定義できるのではあるまいか。

右の文章において□の部分にいちばんよく当てはまる事項を、それぞれ後に示したものから選べ。

イ・ホ・ヘ・ト｛歌物語　作り物語　歴史物語　戦記物語
随　筆　日　記　評　論　紀　行｝

ロ・ハ・ニ｛伊勢　大和　落窪　更級　紫式部　蜻蛉
十六夜　東海道中膝栗毛　奥の細道　東関紀行｝

チ｛a＝世間の出来事を「私」という立場で写実的に記した作品。

b＝人生の移りゆきを歴史的な眼で秩序だてた作品。

c＝ある個人に関する事がらを中心とし、時間の流れに添って、実録ふうのスタイルで書いた作品。

d＝ある個人の身の上を日付け入りで事実どおり書いた作品。｝

問題の中心点は、ジャンルの区別が絶対的でなく、作品によっては、どちらともつかない例が少なくないということである。つまり、動物と植物の区別みたいなもので、うぐいすと梅、虎と竹を比べれば、だれだって混同はしない。が、アメーバなんかは、動物だか植物だかはっきりしないのと同様、どっちつかずの作品もある。同じ作品

◇土佐日記　六六ページ参照。
◇蜻蛉日記　右大将道綱の母が著した。
◇伊勢物語　平安初期の名歌にまつわるエピソー

があるいは『……物語』あるいは『……日記』とよばれるのは、まさにアメーバの類だけれど、ジャンルそのものを区分するときは、なるべく特色のはっきりした点をとらえるべきで、きわめて動物的な動物、ごく植物的な植物を、まず比較してみるのがよろしい。

そこで、はっきりしたジャンルのひとつに、たとえば**紀行**を考えてみる。これは、常識でわかるとおり「旅の出来事を記した作品」だから、当然『土佐日記』も『奥の細道』も含まれるはず。ところが、『奥の細道』を**俳文**とするのは、紀行である上に俳諧的な内容が加わっているからである。他方『蜻蛉日記』は紀行でないのに、紀行の『土佐日記』と同じく「日記」の名をもつ。これは、両者の間に、何か別の共通点があり、そこに「日記」とよばれる理由があるのだ――と考えられる。それで、最後のチに対する選択肢をみると、bが『土佐日記』に合わないから、チの正解はa・c・dのどれかだと予想される。

次に『伊勢物語』は、**歌物語**すなわち「歌を話の中心に置く短編の集成」であり、フィクションによる筋の展開が全体をつらぬく**作り物語**と違うことは明らかだが、どうして「日記」の別名をもつのだろうか。これもチの選択肢で考えると、a

---

ド集成。歌の大部分は在原業平のものである。主人公もすべて業平だと信じられていたが、事実は確かでない。作者も不明である。

◇**多武峯少将物語**　少将高光の出家事件を素材とする歌物語。十世紀中ごろ成る。

◇**平中物語**　歌エピソード集。主人公はすべて平貞文だと考えられていた。事実は確かでない。作者不明。

◇**栄花物語**　四十巻。宇多天皇から堀河天皇の二世紀にわたる歴史物語。作者不明。

および d が落第する。『伊勢物語』は、各段すべて「昔男ありけり」で書き出されているし、日付け入りでもないからである。そこで、c がチの正解となる。

平安時代の「日記」は、⑴個人中心・⑵時間的・⑶実録ふうスタイル——の三要件をそなえるものでなくてはならなかった。『栄花物語』なんかは、⑵と⑶の要件を満足するけれど、多くの人物が雑然と登場するから、⑴に合わない。『竹取物語』は、⑴と⑵を満足するけれど、⑶に合わない。『枕冊子』は、⑴と⑶を満足するけれど、⑵に合わない。そうすると、⑴⑵⑶の全部を満足し、しかも『……物語』といった別名をまったくもたない『蜻蛉日記』は、梅や竹がまぎれもなく植物であるのと同様、まことに日記的な日記だと言ってよいであろう。

答 イ＝紀行　ロ＝奥の細道　ハ＝蜻蛉　ニ＝伊勢
ホ＝作り物語　ヘ＝歴史物語　ト＝戦記物語　チ＝c

◇ジャンルは動く◇

平安時代の「日記」が現代人の言う「日記」(diary) と同じでないことは、ジャンルが時代によって変化することを意味する。まことにやっかいな話だが、どうにもしかたがない。「おかね」といっても和同開宝・慶長小判・一万円札……といろいろ存在するようなものである。同様の例が「冊子《そうし》」(草子・草紙・双紙) にも見られる。『枕冊子』は、ふつう**随筆**というジャンルに入れてあるが、平安時代には、随筆などとよぶことはなかった。正しいよびかたは明らかではないが、まあ「冊子」が一般的であったろう。ところが、室町時代になって、**お伽《とぎ》草子**というものがあらわれた。一寸法師とか浦島太郎とかの話をあつかったものだから、性質からいって『枕冊子』とはまるきり違う。江戸時代になると、**仮名草子**が発生する。これは、興味深い話をあつかってはいるが、実用的な意味あいがあって、諸国の地理とか日常の知識とか、いろんな事がらを興味ぶかくおぼえさせる啓蒙書であった。そのあと、**浮世草子**が出た。西鶴の『好色一代男』がその元祖で、いまのことばでいえば、風俗小説に近いもの。また**草双紙《くさぞうし》**がある。子どもむきの絵本である**赤本《あかほん》**、歌舞伎や浄瑠璃や歴史伝説などのあらすじを内容とする**黒本・青本**、風俗世相をおもしろく描いたり時事をひやかした通人文学である**黄表紙**、仇討《あだうち》などを題材とする通俗中編小説である**合巻《ごうかん》**、これらをひっくるめて草双紙とよぶわけ。漢字で書けば、冊子・草子・草紙・双紙などいろいろだが、みなソウシで、あとの三者は宛字《あてじ》にすぎない。ジャンルの内容が時代により違ってきたのを、それぞれの時代に使われた宛字が反映しているのだとわかれば、何のふしぎもない。「冊子」とは、もともと綴じた本のことだから、その点では『枕冊子』も『好色一代男』も同類といえるだろう。

ジャンルは動くだけでなく、時には消滅する。江戸時代に**洒落本《しゃれほん》**というものがあった。十八世紀に栄えたジャンルだが、あまり若い人たちのためにならない作品である。しかし、なんの加減か、国文学史と称する本には、洒落本という名が登場するので、御参考までに大要を紹介すると、形はいまの文庫判に近く、百ページ以内の小本で、会話を主とし、大人だけの特殊な社会の断面を写実的に描いたものである。ところが、十八世紀の末になると、洒落本は急に衰え、**人情本**《にんじょうぼん》とよばれる中型の恋愛小説がこれにとってかわり、洒落本というジャンルは息が絶える。

滑稽本《こっけいぼん》とよばれるジャンルも、わりあい短い期間で消えていった。名前だけで考えると、ユーモラスなことを描いた作品なら、すべて滑稽本といえそうだが、そうではない。ジャンルとしての滑稽本は、

(1) 中型本（新書判に近い）であること。
(2) 十八世紀中ごろから十九世紀中ごろまでおこなわれたものであること。
(3) 江戸市民の天下泰平な生活を俗語調でユーモラスに描いていること。

などの条件をすべて満足するものでなくてはならないのである。

読本《よみほん》も、やはり特定の条件をもつジャンルである。読本とは、もともと絵本と対立する名称で、文章を主とした作品のことだから、現代の小説なんかすべて読本といってよいようなものだけれど、ジャンル名としての読本は、

(1) 半紙本（B6判に近い）であること。
(2) 十八世紀ごろから十九世紀ごろまでおこなわれたものであること。

(3) 筋のおもしろさを主眼とするフィクションであること。
(4) 中古文に漢語をまぜ、さらに口語をまじえた雅俗折衷《せっちゅう》体で書かれていること。

などの条件を備えなくてはならないのである。

◇新旧ジャンルの雑居◇

ところで、お伽草子から人情本にいたる数種のジャンルは、ひっくるめて「**草子**」とよぶことができるけれど、それらは、「冊子」（草子・草紙）という名をもつ『枕冊子』や『無名草子』や『花月草紙』とたいへん違う。つまり、『枕冊子』『無名草子』『花月草紙』は、ノン・フィクションなのであって、どうも浮世草子や洒落本と同じあつかいにはなりにくい。そこで、いまの学者は、それらを**随筆**とか**評論**とかのジャンルに入れることにしている。しかし、清少納言の時代に「随筆」「評論」などの名称は無かった。それは、現代人の頭で考えた新しいジャンルなのである。「紀行」も、鎌倉時代になってから現れた名称で、平安時代には無かった。そのために、旅行記である『土佐日記』が「日記」とよばれているのである。という次第で、いわゆる国文学史には、新旧ジャンルが入り乱れており、あまり神経質になると、なんだかわけがわからなくなる。だから、文芸の世界はどうせ割り切れるものでないと達観して、すこしぐらいの不合理は気にしないに限る。専門の国文学者だって、こんな筋のとおらない分類でけっこう間に合わせているのだから――。

物語を分けて歌物語・作り物語・歴史物語・戦記物語などにしたのも、やはり新旧ジャンル雑居の例。つまり、作り物語だけが平安時代からの名称で、ほかは現代のよびかたである。

まず**作り物語**だが、これはフィクションである。その点では読本と共通したところがあるわけだけれど、明らかに違うのは、作り物語が中古語だけで書かれており、本の形は別に制限がなく、時代としては十世紀ごろから十六世紀辺りまでに作られたという点である。十六世紀ごろまでというと、「変だな。ぼくは平安時代だけと習ったんだが……。」と首をかしげる諸君も多いだろう。なるほど、すぐれた作り物語は平安時代に限るけれど、鎌倉時代より後も、ずっと同じような作品が書かれていたのである。ただし、つまらない作品ばかりなので、高校程度の教科書や参考書には顔を出さないわけ。

歌物語[1]は、歌を中心とした物語だが、いちおうノン・フィクションのような書きかたをする。ほんとうはフィクションであっても、書きかたとしては、ノン・フィクションめかして書くのがならわしである（一二三ページ参照）。それから、もうひとつ大切なことは、歌がその章の要所に座っており、その歌を「きっかけ」として、話が急に破局におちいったり、めでたしめでたしの解決に突入したりする。この「歌がキー・ポイントになっていること」は、歌物語の条件としていちばん重要な点である。物語のなかに歌がまじっているだけなら、作り物語だって同じことである。

歴史物語と戦記物語とは、別に説明しなくてもおわかりだろうが、よく考えてみると、戦記物語だって歴史のある部分を述べているわけだから、わざわざ区別なんかせず、ひっくるめてもよいのではないかと思われよう。しかし、これは、やはり区別したほうがよろしい。なぜなら、歴史物語に属する『栄花物語』[2]や『大鏡』[3]は和文（中古文）で書かれているのに対し、戦記物語とよばれる『平家物語』や『太平記』[4]は和漢混交文で書かれており、したがって、読者も違っていたはずだからである。

《注》 1**歌物語**＝右の定義は鈴木一雄氏説による。2**栄花物語**＝一二三ページ参照。3**大鏡**＝文徳天皇から後一条天皇までの約一世紀半にわたる歴史を、語りあい形式で述べたもの。批判精神がするどい。作者不明だが、十二世紀初めごろの成立。4**太平記**＝南北朝の対立を素材とする。作者不明だが、十四世紀末ごろの成立。

このほか、叙事詩・抒情詩・劇・小説といったようなジャンルもある。いずれも西洋生まれの区分だから、日本文芸にはあまりよく当てはまらないことがある。**叙事詩**（epic）とは集団を背景に、ある英雄を主人公とした壮大な「語りもの」であって、ホメーロスの『イーリアス』や『オデュッセイア』が代表的なもの。アイヌの『ユーカラ』も叙事詩だけれど、いわゆる日本文芸には叙事詩がない。逆もまた真なりで、叙事詩のないことが日本文芸の特色だともいえる。**抒情詩**（lyric）は、個人の心情をこまやかに表現した詩。和歌や俳句をはじめ、いわゆる現代詩にいたるまで、日本の詩はすべて抒情詩である。**劇**

(drama) は、舞台で上演される「しばい」のことだと考えれば、能もそのなかに入りそうだけれど、西洋で言う drama は、個人対個人の対立から生まれる緊張が主な要素とされており、能（謡曲）の大部分はそれに当てはまらない。**小説**（novel）は、人生や社会の真実な在りかたを描写的に書くもので、イギリスでは十八世紀から発達している。『源氏物語』をもし小説に入れるなら、日本ではたいへん古くから高度の発達をしていたことになるが、作り物語は、むしろ西洋中世のロマンス（romance）に相当し、小説に当たるものは、江戸時代の浮世草子から始まると思われる。しかし、これは話が専門的になりすぎるから、諸君としては「西洋式ジャンルはかならずしも日本文芸と正確に対応しない」ということだけ頭に入れてくだされば結構。

いや、もうひとつ――。「通称はジャンルにあらず」ということも、ついでに、頭へポーンと投げこんでおいてくれたまえ。つまり『大鏡』『水鏡』『今鏡』『増鏡』をひっくるめて「鏡もの」とよんだり、中世禅僧の詩文を総称して「五山文学」とよんだりするのは、便宜的な通称であって、ジャンルとは認めにくい。『大鏡』などと同様の文体・内容をもつ『栄花物語』が「…鏡」という名でないのだから、それを除外して「鏡もの」という名のジャンルを考えることは適当でない。また、五山の禅僧が作ったのは、漢詩もあれば漢文もあって、ジャンルが一定でない。もっとも、浮世草子を好色もの・武家もの・町人ものの・気質《かたぎ》ものなどに分けたり、浄瑠璃（義太夫節）を世話もの・時代ものに分けたりするのは、第何章だかの中をさらに幾節かに分けるようなもので、小さいジャンルと考えてよかろう。それから、もうひとつ「文体もジャンルならず」である。たとえば、和漢混交文とか書簡文とかは、文章のスタイルであって、ジャンルではない。おまちがいないように。**和漢混交文**というのは、中古文の言いかたと漢文よみくだしの調子とを混合したスタイルで、『平家物語』（戦記物語）も謡曲（戯曲）も和漢混交文に属する。また、書簡すなわち手紙は、ふつう文芸でない。したがってジャンルではない。

◇ジャンルの正体の総まとめ◇

以上の説明で、ジャンルの正体はおわかりだろうと思うが、念のため、一三三ページに一覧表を出しておく。具体例として書名や人名を添えておいたから、文学史の整理に活用していただきたい。なお、学者によって、分けかたや名称の違うこともあるけれど、あまり気にするにおよばない。確定的な学説は、専門学者のあいだでも、まだ決まっていないからである。しかし、専門学者のあいだでさえ、まだ定説のないようなジャンルの区分を、どうして高校生が勉強しなくてはならないのか――という疑問がおこるかもしれない。もっともだ！　しかし、これは、次のように考えていただきたい。

文学史というものは、ひとつながりの事実であって、あらゆる事項がたがいに関連しあっている。そのつながりを時代の流れという観点からまとめたのが、**年表**である。正確な年表を欠いては、国文学史の勉強は成り立たない。これに対して、作品の性格という観点からまとめたのが、このジャンル表である。ジャンル表は、あまり時代ということを頭におかず、作品群を同じ平面において考えるためのものだが、年表とジャンル表とは、グラフにおけるy軸とx軸のようなものだと理解してほしい。もっと正確にいえば、時間軸tと空間軸xyzとで表現される四次元の時空間が歴史世界で、三次元のxyz軸は地球単位で考えるときのことだが、日本だけを考えるなら、xyの二次元すなわち平面で考えてもOKだ。とにかく、ある作品をとらえるのに、時代の軸とジャンルの軸とから割り出した座標にすえつけることは、たとえすこしぐらいグラついても、やはり重要なのだと申しあげておこう。

文学史の効果的な勉強法として、次ページのジャンル表をもっと詳しい具体例で埋めてゆくことをおすすめする。どちらに入れてよいか迷うようなばあいも、あまり神経質になるにおよばないことは、すでに述べたとおり。同じ人が違ったジャンルに出てくることもある。京伝などはその例（黄表紙・洒落本・読本）。諸君の健康な常識にお任せする。

ジャンル表

〔　〕＝書名
（　）＝人名
【　】＝説明

《散文Ⅰ》

- 物語
  - 歌物語〔伊勢・大和・平中〕
  - 作り物語〔竹取・宇津保・源氏・狭衣・堤中納言〕
  - 歴史物語〔大鏡・栄花・水鏡・増鏡〕
  - 戦記物語〔平家・保元・平治・太平記〕
- 雑筆
  - 日記〔蜻蛉・紫式部・和泉式部〕
  - 紀行〔土佐・海道記・東関紀行・奥の細道〕
  - 随筆〔枕・方丈記・徒然・花月草紙・玉かつま〕
  - 評論〔無名草子・風姿花伝・ささめごと・去来抄〕
- 草子
  - お伽草子〔一寸法師・浦島太郎・酒呑童子〕
  - 仮名草子〔竹斎・薄雪物語・東海道名所記〕
  - 浮世草子〔好色一代男・日本永代蔵・世間子息気質〕
  - 草双紙
    - 赤本・黒本・青本【絵本】
    - 黄表紙〔江戸生艶気樺焼〕（京伝）
    - 合巻〔修紫田舎源氏〕（種彦）
  - 洒落本〔通言総籬〕（京伝）
  - 読本〔雨月物語・八犬伝・弓張月〕（秋成・馬琴）
  - 滑稽本〔東海道中膝栗毛・浮世風呂・浮世床〕
  - 人情本〔春色梅児誉美〕（春水）

《散文Ⅱ》

- 戯曲
  - 謡曲（世阿弥）
  - 浄瑠璃（近松門左衛門）
  - 【韻文散文混合】（謡曲・浄瑠璃）
  - 狂言
  - 歌舞伎（鶴屋南北・河竹黙阿弥）
- 神話
- 伝説〔古事記・日本書紀〕
- 説話〔今昔・宇治拾遺・十訓抄・古今著聞集〕
- 法文〔往生要集・歎異抄・正法眼蔵〕
- 漢文〔本朝文粋〕

《韻文》

- 和歌
  - 短歌（赤人・貫之・俊成・西行・定家）
  - 長歌（人麻呂・憶良）
  - 旋頭歌
- 連歌（宗祇・心敬）
- 俳諧【発句・連句】（芭蕉・蕪村）
- 雑俳
  - 川柳〔誹風柳樽〕（柄井川柳）
  - 冠付・沓付・折句・小倉付
- 歌謡
  - 催馬楽・神楽歌・風俗歌・東遊
  - 今様〔梁塵秘抄〕
  - 宴曲〔宴曲十七帖〕
  - 小歌〔閑吟集〕
- 漢詩（空海・菅原道真・頼山陽）

——その2 時は流れる

これまで述べてきたのは、ジャンルを単位とする作品の見かたであった。実際の学習には、それがいちばん便利である。しかし、ジャンルだけでは、古文はOKといえない。なぜかといえば、それは、ちょうど裁断しただけの服地みたいなもので、スーツになるのかツーピースになるのか、見当がつかない。ちゃんと糸でぬいあげて、はじめて服になるのである。『大鏡』とか『徒然草』とかの個別的学習は、ばらばらの布にあたる。それを服の形にまとめる糸は、「歴史」の眼である。ばらばらの作品を歴史的な流れの中で理解してゆくことは、高校生にとっては、かならずしも容易ではない。しかし、最近の指導要領では、歴史的な観かたが、かなり強く要求されているし、入試問題にも文学史がよく出る。諸君は、どうしても文学史をサボれない運命?のもとにある。

◇ジャンルから文学史へ◇

ところで、歴史的な観かたと言ったが、それと、いわゆる文学史の知識とは、実は同じでない。つまり、歴史的な観かたは、文学史の知識をもとにして、その上に築かれてゆく「考え」なのである。事実の記憶ばかりいくら豊富・確実でも、それだけでは「観かた」

になるわけではない。が、実際の入試問題を見ると、単なる事実の記憶をテストするようなものが少なくない。わたくしは、おもしろくない傾向だと考える。事実についての知識がなければ、もちろん「観かた」などの出てくるはずがない。しかし、それだからといって、「観かた」をうっちゃっておいてよいわけがない。これからの文学史的問題には、出題者がわとしても、単なる記憶を要求するのは、避けてほしいと思う。それで、次に、時の流れに即した「観かた」の練習をやってみたい。

物語と日記とは、本質を異にしている点がある。物語は、たとえ事実に素材を得ていても虚構の世界であり、日記は、虚構かと思われるほどの特異な生活を描いていても事実である。物語にもその虚構の世界の中で作者の人生観察の結果は語られているには違いないが、その観察の結果を作者自身から離して、虚構された世界という形に客観化して表現する。日記は、たとえ客観的な世相を描いていても、その素材の採りあげかたに作者の主観があらわに出ているばかりでなく、この客観的世相の中に作者自身が主役として登場するのが普通であり、その主役を通して作者の主観がつよく語られるのである。

（イ）　右の文における「物語」の定義にあてはまるものに○をつけよ。

竹取物語　栄花物語　今昔物語　堤中納言物語

平家物語　寝覚物語　落窪物語　伊勢物語

（ロ）日記について「作者自身が主役として登場するのが普通であり」と述べられているのは、例外の存在を意味するものと思われるが、どんな例外があるか。

答　（イ）竹取物語・堤中納言物語・寝覚物語・落窪物語。

（ロ）土佐日記。主役は侍女の形で登場し、作者貫之は幾人かの分身をかりて仮面をかぶっている。

「観かた」といっても、専門学者のような「史観」を要求するわけにはゆかないから、ある程度まで記憶的勉強と結びついた問題が適当だろう。

いわゆる物語に、歌物語・作り物語・歴史物語・説話物語・戦記物語などの種類があるということは、すでに勉強ずみ。そこで、問題に示されたうち、伊勢が歌物語、竹取・堤中納言・寝覚・落窪が作り物語、栄花が歴史物語、今昔が説話物語、平家が戦記物語であることは、知っていることにしよう。これだけの記憶がなければ、きのどくながら「おあきらめなさい」だが、まあ、ゆっくり頭に入れてもらうことにして、問題に示された「物語」の定義は、どの種類の物語に当てはまるものであるかを考える。

すると、説話物語や戦記物語は、かならずしも虚構の形で表現しているわけではないことがわかる。たとえば、戦記物語には、ずいぶん事実とちがった話も含まれているのだが、それらは実際の事件であったかのような顔つきで語られる。説話物語も、今は昔、何のなにがしが……と語り出して、やはり事実を告げる形で表現される。歴史物語はいうまでもない。いちばん難物だと思われるのは歌物語だが、たとえ根も葉もないことであっても、業平とか平仲とかいう特定の人物の事跡として語ろうとする意識がつよい。だから、日記めいた性質もあると意識されたようで、たとえば『伊勢物語』を『在五中将の日記』、あるいは『平中物語』を『貞文日記』などとよぶことがある（一二三ページ《注》参照）。そうすると、問題文でいう「物語」は、狭義の物語、すなわち作り物語をさすのだとわかる。（ロ）も、ある程度までは記憶がなければ、お手あげである。ただし、その記憶は、文学史の本に書いてある事項の記憶でなく、作品そのものについての記憶でなくてはならない。作品をひとつも読まないで、事項だけマル暗記したのでは、ほんとうの文学史だとはいえない。文学史にあらわれる作品をひとわたり読むことは、専門学者でも十分にはできないのだから、高校生諸君に要求するのは、もちろん無理な相談だが、代表的な古典だけは、部分的でよいから、ひとわたり対面しておいてほしい。といったような準備があるものとすれば、いわゆる「日記」のなかでまずピカリとくるのが、当然『土佐日記』だろう。『和泉式部日記』でもＯＫ。和泉式部の愛情生活をしるした作品だけれど、登場する主役は第三人称の「ある女」だから——。

◇量よりも質で◇

もっとも、いくら「観かた」が大切だといったところで、ある程度までは事項の知識がなければアガキがつかないことはすでに見てきたとおり。だから、必要の最低限度は文学史めいた知識も貯蓄しておいていただきたい。この本の所どころに注記した事項解説などは、拾い集めて年代順のカードかなんかに整理してくだされば、まず七〇パーセントぐらいの間に合うだろう。それで入試ぐらいは何とか切りぬけられそうに思うが、心配な人は、教科書についている文学史年表や、文学史だけをあつかった参考書を活用されるなら、知識がいっそう系統的になるはず。

その際、注意を要するのは、どうせ文学史なんか暗記ものだ——というわけで、お経でもとなえるように固有名詞だけ頭につめこんでも、案外、点数にはならないことである。もちろん、固有名詞をたくさん記憶しておけば、何点か増える可能性は確かにある。しかし、文学史的な事項を覚えこむ努力はそうとうなもので、それによって失われる時間およびエネルギーと、増えるであろう得点とのバランスは、どちらに傾くか。国文学者になろうという感心な？お方、または数学や理科が不得意なため国語で満点ちかくをかせがなくてはならないという背水組は別として、ふつうの高校生諸君は、ごく基本的な事項だけで結構だと思う。そのかわり、基本的な事項については、記憶だけでない理解をお願いする。

固有名詞だけでなく、その**実質**をしっかりとらえてほしい。そうすれば、記憶した事項の量は少なくても、結果において点数は増加するだろう。ということを、実例でお話しすると——。

鎌倉幕府が成立したことは、いちおう武家の世になったと言ってよいわけだけれど、文化的にはなお貴族の勢力も無視できない。貴族の伝統のなかには、a和歌・擬古物語・b歴史物語などが栄え、ほかの面でも古典的な色彩はながく残っている。京都と鎌倉との両立は、おのずからc紀行文学の発達をうながしたが、それよりも注目すべきは、武士自身の戦場生活を主な題材とするd軍記物語の新しい流行であろう。室町時代に入ると、武家の層を主な支持者としながら、しかも公家《くげ》的な情趣を基調とするe連歌・f能およびgそのほかの芸道が発達した。また、仏教的な考えかたが一般に深く滲透し、深い人生観をもった作品が、h隠者や僧たちによって生み出された。しかしまた、庶民的なi滑稽を基調とする作品も、一方には現れた。

右の文の傍線部分について、次の問いに答えよ。

a 代表的な歌集を一つと代表的歌人三人をあげよ。
b 代表的作品を二つあげよ。
c 代表的作品を二つあげよ。
d 代表的作品を五つあげよ。
e 代表的な集を二つと代表的な連歌師を二人あげよ。
f 謡曲とどんな関係があるか。

g　どんな種類のものがあるか。　　　　h　どんな人たちがいるか。

i　どんなジャンルの作品が現れたか。二つあげよ。

などの問題が適当だろう。いわゆる文学史に自信のある諸君なら、たぶん「ハハア、やさしいや、こんなの！」と胸をそらせるにちがいない。ありきたりの文学史常識であって、特にひねくれた設問形式でもなければ、入りくんだ論理が張りめぐらされているわけでもない。片っぱしから順に知っていることを答えてゆけばよいはず。ところで、かれは何点もらうだろうか。もし点数が公開されるものなら、「はて、そんな点しか無いのかしら?」とビックリする人が多いにちがいない。話を具体的にするため、高校生Q君に登場ねがい、かれの答案を紹介することにしよう。

［Q君の答案］

a＝新古今集。西行・藤原俊成・藤原定家。　b＝曾我物語・増鏡。　c＝海道記・十六夜日記。　d＝保元物語・平治物語・平家物語・源平盛衰記・大平記。

e＝つくば集・犬つくば集。二条良基・宗祇。　f＝謡曲と能とは同じことである。

g＝歌舞伎・小歌。　h＝鴨長明・兼好。　i＝狂言・守武千句。

この答案に何点があたえられたか。想像がつきますか。わたくしの採点では、18点をフル・マークとして、たった6点なのである。6点ですぞ！

どうしてこんな結果になったか。まずその前に、このような形式の問題はどんなふうに採点してゆくものかを考えていただきたい。18点として、設問が九つあるから、各問2点ずつに配点すれば、うまく割りきれる。しかし、設問によって二つ問われていたり、五つ問われていたりして、それぞれのウエートが同じではない。各問平等に2点では不公平がおこります——など心配するにはおよばない。こんなとき、減点法というやつがある。誤り一つについて、どれだけ減点するという方法で、誤りが十二あって、マイナス8点などという数字が出ても、成績は0点にしておいてあげるわけ。なんと親切な方法ではありませんか。さて、その減点法でやってゆくと、次のようになる。

a↓西行でマイナス1。b↓『曾我物語』でマイナス2。d↓『大平記』でマイナス1。e↓『犬つくば集』でマイナス2。二条良基でマイナス1。f↓マイナス2。g↓マイナス2。h↓マイナス1。i↓『守武千句』でマイナス2。合計マイナス14点で、残りは4点しかないわけ。なぜこんなに減点されたのか。

まずaは、問題文をよく見ていただきたい。「鎌倉幕府が成立」して後のことをいっているのである。一般に和歌のことを問うたわけではない。**設問はつねに全文を背景とする。**ながながと文章を出してあるのは、決して飾りではありませんぞ。したがって、鎌倉幕府成立以前の歌人は正解にならない。鎌倉幕府の成立は一一九二年、西行が亡くなったのは一一九〇年である。西行という歌人は、平安時代に属するか鎌倉時代に属するか、あいまいな人だけれど、このチャンスにはっきり覚えておきたまえ。しかし、ほかはOKだし、誤りとして小さいほうだから、1点で堪忍してあげよう。西行のかわりに後鳥羽院か藤原良経か式子内親王をあげておけば満点。

bは、歴史物語ということの意味を知らないのだから、2点ひく。歴史物語は、歴史のことが書いてある本だ――などという大ざっぱな頭ではこまる。歴史物語は、平安時代の物語スタイルによって書かれた歴史なのであり、別の方面からいえば、中古の貴族語を用いて書かれた歴史なのである（一二九ページ参照）。鎌倉時代の武士たちの話しことばがまじっている作品は、いまの文学史では歴史物語といわない。ちゃんとした中古語で書かれた『増鏡』と混同したのでは、まあ点はあげられませんな。『今鏡』か『水鏡』ならOK。「それなら、dは良いでしょう。どこにも誤りはありませんよ。なぜ1点ひいたのですか？」と詰めよるお方があれば、ちょっと落ち着いてQ君の答案を見なおしていただきたい。『大平記』とある。これがいけない。「なぜいけないんですか。」と反問するようでは、心ぼそい。正しくは『太平記』である。文学史の問題だから書取りのほうは採点しないなどという規則は、どこにもない。

さて、お次のeは『犬つくば集』でマイナス2、二条良基でマイナス1。『犬つくば集』は俳諧の選集であって、連歌とはいえない。『新撰つくば集』がもうひとつの正解。『竹林抄』をあげてもよいけれど、高校生ではたいてい知らないだろう。二条良基は連歌師ではない。「なぜですか。『つくば集』は良基の撰ではありませんか? 九〇ページの脚注にそうありましたよ。」そこだ。二条良基は、北朝の摂政・関白・太政大臣という最高栄位に在った政府首脳なのであって、連歌師なんかではない。連歌師というのは、連歌を職業とする者で、身分はごく低い。『つくば集』は、良基が連歌師の救済《きゅうせい》に命じて編集させたもの。だから、正解は、**救済・周阿《しゅうあ》・宗祇・兼載《けんざい》・肖柏《しょうはく》・宗長《そうちょう》**などのうちから二人あげればよい。心敬はもともとちゃんとした坊さんだったが、晩年は応仁の乱で都から逃げ出し、地方まわりの連歌師で生涯を終わった人だから、これも正解にしてよかろう。要するに、連歌師の「師」は、プロということなのである。良基はアマの名人であった。良基に「あなたは連歌師ですね。」と話しかけたら、かれは、プロなみの腕を認められたことに満足しながらも、おれが連歌によって小づかいでもかせごうという人種に見えるか——と、ふくれることだろう。

fはまるきり出題者のしかけたワナにひっかけられた感じ。これは、そもそも高校の先生がたのなかにも、能と謡曲とを混同していらっしゃるお方がまれにはあるらしくて、生徒が「先生、能ってどんなものですか。」と質問したところ、「ああ、謡曲のことだ。よくムズカシイ顔でうなっているやつだ。」という豪快?な答えをなさったよし。実話である。だからQ君がみごとひっかかったのも無理はないけれど、こんなわかりきったようなところが、実は危ないのである。能と謡曲とは、けっして別ものではない。と同時に、けっして同じではない。謡曲は、能の一要素なのである。実際の舞台をいちどでも御覧になれば、説明を要しないほど明らかなことだけれど、能は、謡曲をうたわない多くの部分をもなかに含むのである。囃子方《はやしかた》だけで演奏している部分もあれば、間狂言《あいきょうげん》という役が出てきて謡本《うたいぼん》に書いてないセリフをしゃべる部分もあり、囃子だけの伴奏でシテが無言の舞をするところもある。そのなかで、シテ・ワキ・ツレなどのセリフおよび歌曲をまとめたのが謡曲である。だから、謡本を手にしてはじめて能を御覧になる方は、謡本に書いてないセリフがどしどし言われているのを、不審に感じられるであろう。同じ一曲の能でも、シテ方・ワキ方の受け持つ部分だけが謡曲なのであり、狂言方は別あつかいである。そこで、正解は**「能の台本となっており、シテ方・ワキ方のセリフおよび歌曲をまとめたものが謡曲である」**となる。

次にgでは、「芸道」の「道」を見落としたのが致命傷だろう。「芸能」と「芸道」とは、これまた別ものでないけれど、同じでもない。もし「芸能」として問われたのであれば、歌舞伎も小歌も正解である。しかし「芸道」のばあいは、マイナス2の憂目を見る。どこが違うのか。「道」というときは、それが高い芸術的理想をもち、その奥儀に達するためには、ちゃんとした「型」を守って修行するのであり、しかも正しい伝承をもつ師匠に教えられなくてはいけない。自分勝手なものは、ぜったいに「道」ではない。そこには、師匠から弟子へとゆずりわたされてゆく厳しい精神的血縁がある。その精神的血縁を純粋に守りぬくため、非常な犠牲をもかえりみないのである。小歌などは、そこまで厳格な道ではない。十七世紀に入ってから発達した歌舞伎は、時代的にもいけない。正解としては**「茶道・花道」**でよかろう。

次にhは、どこがマイナス1に値するのかと、首をかしげる諸君も多いかと思うが、問題文をよく見てほしい。隠者と僧とがならべてあげてある。両者が一致する場合もあるけれど、一致しないこともある。だから長明がいったい何の代表としてあげられ、兼好がどんな種類の人物としてあげられているのか、はっきりさせないと拙《まず》い。**「長明・兼好（ともに隠者で僧）」**とでもしておけばよかろう。

iは、ジャンルということをとりちがえた『守武千句』が拙い。ジャンルとは、耳にタコができるほど力説しておいたとおり、和歌・連歌・物語・お伽草子・洒落本・黄表紙などいう文芸の種類なのであって、特定の作品をいうのではない。この急所をのがしては、マイナス2もやむをえない。かわりに**「俳諧」**としておけばよかった。室町時代における俳諧は、作品『守武千句』や作品集『犬つくば集』でわかるとおり、まだ滑稽を基調とする遊戯にすぎなかったからである。

こんなふうに見てくると、仮にc・e・iを知らなくて白紙にしておいたところで、せいぜいマイナス6点。ほかさえ完全に出来れば、総得点は14点で、Q君の倍になる。なんと、量より質ではありませんか。

◇考える文学史◇

といった次第で、事項の記憶はもちろんある程度まで必要だけれど、理解が伴わないばあいは、せっかくの知識も得点化しない。そこで、理解ということにストレスをおいた文学史に、もういちど眼を移してみよう。

豊臣氏の盛時にあらわれた各種の芸術の放胆な表現力も、関白はじめ諸侯、新しくおこった豪族たちの擁していた財力が、芸術家の才能を無際限に発揮させようとしたものである。元禄の文学・芸能も、要するに、新興財力者の富が、ああしたきよい巨大な花を咲かしたわけである。芸術を擁護する力は、それが何であってもよい。芸術は、それをうけて浄化する性能をもっている。ただ力である。人の心をゆがめ、いじけさせない強い力である。そうした富力・現世権力を握った人たちの、いわば悪質なものをふくんだ財産が、それだけの仕事を現出するのである。これは、考え方によっては、芸文の誇りを傷つけることになるが、一方、芸術家の同化力を思わせる。それからまた、こういう問題がある。流行は、ともすれば軽薄な人々によって迎えられるために、節操の高い人はむしろこれに背馳《はいち》するものというような考えが行われがちである。しかし、ここにおいても、前のことと同様に、力が問題なのである。芭蕉が不《ふ》易《えき》流行と対称したのも、かれの芸術たる俳諧そのものが、当代流行に根底をおいているものだから、そうしたとらわれを脱した立言が出てきたものなのである。かれの言う流行が、われわれの意味とやや用語例を異にする部分はあっても、大体は同じ方向にある。流行は力であって、すべてのものをまきこんで、その力みずからの選ぶ方向に進む。そうして大きな跳躍を実現する。文学者・芸術家の多くは、流行に従わないことを高しとしているが、実は誰も流行の力を避け得ないでいることが多い。

（折口信夫『日本文学研究法序説』）

問一 芭蕉と同時代で文学・芸能の方面にたずさわった人々を左のなかから選び、その番号を順にしるせ。

1 為永春水　2 小林一茶　3 向井去来　4 曲亭馬琴　5 十返舎一九
6 山東京伝　7 井原西鶴　8 近松門左衛門　9 上田秋成　10 式亭三馬

問二 芭蕉と同時代の文学・芸能を形成したエネルギーは、どうして生まれたか。六十字以内で答えよ。

問三 芭蕉の言った「不易」は、豊臣時代における「放胆な表現力」と、どんな関係にあるか。次にあげる事項のうちから、いちばん適当なものを符号で示せ。

(イ) たくましい個性の強烈な表出において共通している。
(ロ) 無限の生命力によって支えられている点で共通する。
(ハ) あらゆる存在を浄化して、悪質なものを拒否する点で似ている。

㈡ 関係はない。不易は、閑寂な「わび」の世界であり、新興財力者の趣味と正反対である。

問一は、たいしたことがない。去来と西鶴は文句なしで、考えなくてはならないのが近松である。近松の代表作である『国姓爺《こくせんや》合戦』は正徳五年（一七一五）に、また『心中宵庚《よいごう》申《しん》』は享保八年（一七二三）に初演されており、芭蕉の没した元禄七年（一六九四）よりもだいぶん後になる。世紀で言っても、十七世紀と十八世紀との差がある。はたして「同時代」の資格があるかどうか。これは、近松の演劇活動を時期的に調べると、解決する。**近松**は、天和・貞享年間（一六八一—八七）に歌舞伎作者として名優坂田藤十郎のため脚本を書いたのであり、それは、ちょうど西鶴や芭蕉が新しい芸術的境地をひらくため精力的に活動していた時期である。藤十郎が老境に入ったので、近松は浄瑠璃作者を本業とするようになり、宇治加賀掾《かがのじょう》および竹本義太夫のために執筆した。浄瑠璃を中世ふうのスタイルから近世ふうに切りかえた点で大きい意味をもつ『出世景清』は、貞享三年（一六八六）に書かれたもの。義太夫が正徳四年（一七一四）に没し、あとを受けた若い政太夫のため、近松はいよいよ努力をかさねた。傑作といわれる『大経師昔暦』『鑓《やり》の権三重帷子《ごんざかさねかたびら》』『山崎与次兵衛寿《ねびき》の門松』『博多小女郎波枕』『平家女護島《にょごがしま》』『心中天網島』『女殺油地獄』などは、すべて政太夫のために書かれたものである。このようにみてくると、**近松の活躍期は芭蕉や西鶴とかさなる**ので、いちおう同時代と見なしてよかろう。西鶴が五十二歳、芭蕉が五十一歳で没したのに対し、近松は七十二歳で亡くなるまで創作活動を続けたから、このような時期的ズレがあるわけ。

ところで、近松の創作活動が段階的なのと同様の現象が、西鶴や芭蕉にも見られる。**西鶴**は、はじめ談林派の俳諧師として登場し、オランダ西鶴というニックネームを頂戴するほど新奇な句風で知られたが、師の西山宗因が没したころを境に、浮世草子という新しいジャンルを開拓し、小説作者に転向した。『好色一代男』がその最初の作である。かれは、浮世草子においてもつぎつぎ新しい世界へと進んだ。『好色一代女』『好色五人女』などの好色物から、やがて『武道伝来記』『武家義理物語』などの武家物へ、さらに『日本永代蔵』『世間胸算用』などの経済生活を中心とした町人物へ、西鶴の創作意欲は停滞することを知らなかった。**芭蕉**も、二十歳代では貞門風の洒落を主眼とした知的なゆきかたであったが、三十歳代では何ものにもとらわれない新奇な表現を追う談林風にかわり、四十一歳のとき刊行された『冬の日』あたりから独自の蕉風が形成されてゆく。それは、四十八歳のとき刊行された『猿蓑《さるみの》』にいたり「さび」[1]の句境として完成されるが、かれはそこにも足をとめず、さらに「かるみ」[2]の新風をめざして進もうと志しながら、五十一歳で亡くなったのである。貞門期の芭蕉は、何ぶんにも若いころだから、これといって独自のものを示していないけれど、談林期に入ると、すばらしい活躍ぶりであった。斬新奇抜では腕ぞろいの談林派のなかでも、芭蕉ほど飛びぬけた才気を示す者はいなかった。談林派の実力者第一という自信をもっていたらしい西鶴よりも、芭蕉のほうが作品として上だと思われる。それほど打ちこんだ談林風にも、芸術的に不満を感じると、すこしも執着せず、新しい境地の開拓へくるしい努力をかさねてゆく。すごい意欲である。芭蕉が蕉風への歩みに苦悩した時期と、西鶴が浮世草子へ踏みきったのとが、ほとんど同じころであった事実も、注目されてよかろう。

《注》 **1さび**＝「さび」とは、人生の深みに徹しきった心が、静かな諦観に落ちつき、その境地から世間万物をながめた味。**2かるみ**＝何ものにもとらわれず、俗なもの卑しいものまで、深い愛情とこまやかな感性で包む老境美。

以上三者の足あとをわかりやすく表示すると、次のようになる。

西鶴	芭蕉	近松
第一期　俳諧師（談林派） 第二期　浮世草子作者 (1)好色物（『好色一代男』等） (2)武家物（『武家義理物語』等） (3)町人物（『日本永代蔵』等）	第一期　貞門風（二十歳代） 第二期　談林風（三十歳代） 第三期　蕉風（四十歳代以後） (1)「さび」期（『猿蓑』等） (2)「かるみ」期（『炭俵』等）	第一期　歌舞伎作者（藤十郎時代） 第二期　浄瑠璃作者 (1)義太夫時代（『出世景清』等） (2)政太夫時代（『国姓爺合戦』『心中天網島』等）

日本文芸の世界で、二人のすぐれた作者がぶつかりあい、史上に残る傑作を生み出したのは、大伴旅人と山上憶良とか、紫式部と清少納言とか、心敬と宗祇とか、森鷗外と夏目漱石とか、いろいろあるが、三人とは稀な例だろう。だいたい同じ時代に活躍した三人の代表的な作家たちが、申し合わせたように新しい境地へと進み、どしどしすぐれた芸術を創作したエネルギッシュな活動ぶりには驚嘆のほかないが、その共通のエネルギーは、いったいどこから出てきたのか。この疑問にこたえるのが、すなわち**問二**である。問題文を見てくれたまえ。豊臣秀吉という男は、何しろすごい馬力があった。かれの時代には、すべてが新しい生命にあふれていた。狩野《かのう》山楽なんかの豪華な画を見るがよろしい。また、能衣裳といえば、渋く深みのある色あいのものだと思いこんでいる人たちは、観世宗家などに蔵される桃山時代の能衣裳を見れば、キモをつぶすにちがいない。ピンク色の地に夜具のような大模様を織り出したのがある。大胆きわまるデザインで、二十世紀後半の進歩的女性がドレスに仕立てたら、たぶん絶讃されることうけあいだろうと思われる。そうした表現力のたくましさを支えたのは、時代ぜんたいの活気にあふれた精神だったろう。もちろん、そのような時代のことだから、悪質な手段で巨富をせしめた新興財力者も多かったが、とにかく、よかれあしかれ現在の状態に満足せず、もう一歩前進しようとする気迫に充ちていた。そのなかで、みごとな芸術が花を咲かせたのである。泥池に咲く蓮のように——。

芭蕉の言う「流行」は、そういった動的な精神に裏づけられている。『三冊子《さんぞうし》』[1]の説明によると、芸術の世界で真剣に創作しようとする者は、どうしても現在の境地にとどまっておれず、しぜんに一歩ふみ出し、新しいものへと進む。それが「流行」にほかならない——といわれる。「あら、その色、今年の流行ね。」など言うときの「流行」とは同じでない。しかし、よく考えると、いまの状態に満足できず、もうひとつ新しいものを求めて前進しようという意識は、芭蕉の言う「流行」もアン・ノン族の「今年の流行ね。」も共通である。違うのは、真剣な創作態度でギリギリ追いつめた結果の新しみか、なんとなく古いものを好かないといった程度の移り気から生まれた新しみか、の差だといえる。これに対して、芭蕉の言う「**不易**」は、時間の流れによって価値の動かない表現の性質を意味する。つまり、柿本人麻呂の名作は、鎌倉時代の将軍実朝をも、江戸時代の学者賀茂真淵をも、明治時代の新聞記者正岡子規をも、また現在の少なからぬ人たちをも、ひとしく感動させる。このように時代をこえて人の心をうつ作品が、すなわち「不易」なのである。

《注》1 **三冊子**＝芭蕉の門人服部土芳《とほう》の編。「しろぞうし」(俳諧史についての談話)、「あかぞうし」(発句・付句の作法)、「くろぞうし」(俳諧本質論)の三部から成る。芭蕉の遺語を録したもので、芭蕉の文学観を知るのに重要な書。この中にある「不易流行」についての土芳の説明は、文考・去来に比べ、いちばん当を得ている。

ところで、簡単に考えると、不易と流行は、反対のように見えやすい。一時的な流行の作品と、いつまでも変わらず存在する不易の作品とは、火と水ぐらいの違いがありそうに思われる。しかし、芭蕉によれば、両者はもともと同じ源から生まれるものだという。つまり、真剣な創作態度から、やむにやまれず新しい世界へふみ出すところに流行の作品が生まれるが、何分にも未知の境へ進むのだから、きっと成功するとは限らない。一時的にもてはやされても、結局は失敗し消えてゆく作品がむしろ多いだろう。が、なかには、つよく人の心をうち、後の世までも残る作品が、ときどき出る。それが不易の作品なのである。すなわち、不易の作品も、生まれた瞬間は流行の作品だったのである。別の面から言いなおすと、不易の作品を生み出そうと思って、人麻呂や定家の歌をまねたところで、けっして不易の作品は生まれるものではない。不易の作品を生むためには、ほんとうの流行に全心身を打ちこまなくてはならない。流行に深まるほか、不易に到達する道はない――。これが芭蕉の有名な**不易流行説**である。すばらしい論である。これだけの芸術論は、西洋にもザラにはない。しかも、芭蕉は、それを理論として頭からひねり出したのではなく、身をもって創作の世界で実践し、実践のうちからつかみとったことを述べたにすぎない。さきの表（一五〇ページ参照）を見れば、芭蕉がどんなに「流行」へ激しく体あたりしていったか、すぐのみこめよう。そうして、その「流行」のうちから、わたくしたちを今なお深く感動させずにはおかない幾多の不易なる句が生まれたのである。とすれば、**問三**の答えは、しぜん決まってくるはず。

念のため、答案の形で、以上の説明をまとめておこう。

答

問一　3・7・8

問二　新興社会の活力が「現在の向こうに在るもの」を追求する精神となり、未知の新しみへ肉迫する創作態度を生んだのである。（五十六字）

問三　(ロ)

いくら「考える文学史」だといって、すこし諸君を考えさせすぎたようだけれど、時にはこれぐらいの頭脳体操をやらないと、若い生命力が泣くだろう。まあ、じっくり復習してくれたまえ。この辺のことがよく消化されたら、入試なんてケチなものよりは、ずっと大きい何かを諸君の生涯にもたらしてくれるはず。将来の工学士に対しても理学博士に対してもである。しかし、考える力は、急にはつくものでない。いま、わたくしの説明にいくらか頭を痛くしたお方も、この本を読み終わるころまでには、もっとよくわかるようになるだろうと思う。そこで、次に、ちょっと方向をかえて、別の面から考える力を増進してみよう。

第四章　むかしの言いかた

——その1　ヴォキャブラリー

勉強ぶりをあらわす副詞に「コツコツ」というのがある。「コツコツ」とは、どんなことか？「辞書を手まめに引き、文法を確実にひとつひとつ消化して、それを解釈に適用してゆくことです。」という返事が、おそらく用意されているであろう。なるほど！「コツコツを無視して、古文は大丈夫なんでしょうか。」と心配する諸君も少なくあるまい。だが、勉強にはいろんなゆきかたがある。そして、人によって適不適がある。しかし、要は、古文がわかりさえすればよろしい。吉田口から登ろうと、大宮口から登ろうと、富士山は富士山である。この本は、古文の愛好者でない諸君を主な相手に想定しているから、肩のこりそうなコツコツは後まわしにしておいたけれど、けっしてコツコツを無視してるわけではない。その証拠に、これからいよいよコツコツの話を始める予定である。

◇基本意味と場面◇

辞典をひくと、それぞれの説明に①……、②……、③……など、用法を区別してあげてあるのが普通である。諸君のなかには、「エート、①が……で、②が……」などと節をつけてみたり、珍妙なコジツケを案出したり、苦心さんたんで①②③を覚えようとする人があるかもしれない。が結果はどうであろうか。古文をひとわたり読みこなすため必要な単語は、たぶん千六百語ぐらいだろうと思うが、千六百の古語がいつも①②③ですむとは限らない。ものによっては、⑦⑧⑨まで現れるかもしれない。かりに平均⑤として、千六百の五倍は八千、それをことごとく記憶する自信もしくは勇気をお持ちだろうか。わたくしは古文の解釈を本職とする教師だが、八千の用法をいちいち覚えているわけではない。たとえば「はづかし」の第何番めの用法は……などと聞かれても、いったい中古語の「はづかし」にいくつの用法があるのかさえ頭にないのだから、答えられるわけがない。しかし、古文のなかに「はづかし」ということばが何度現れようと、いちいち辞書なんか引かなくても、わたくしはちゃんと解釈できる。何だか手品みたいだとか、当てずっぽうじゃなかろうかとか、不信の念を抱かせるかもしれないけれど、事実そうなのである。

どうしてそんな芸当ができるのか。コツは簡単である。無料で教えるのはなんだか損をするような気もするが、日本の将来をになう若人のため特に公開すれば、

> 「パターン6」
> 1 **基本の意味だけ覚えこむ。**
> 2 **用例ぐるみ覚える。**

の二か条である。ナアンダなどと言いたまうなかれ。われわれ国文学教師は、この二か条のおかげでサラリーを確保しているのである。

まず1だが、たとえば「はづかし」でいえば、次のような意味が、ふつうの古語辞典に示されているだろう。

はづかし ①きまりがわるい。てれくさい。②気がひける。気づまりだ。③自分より上だ。一枚うわてだ。④りっぱだ。すぐれている。美しい。

これを順序どおり①②③④と覚えて、さて作品に「はづかし」が出てきたばあい、③だろうか④だろうかと考えているようでは、とても間に合わないことが多い。わたくしなら、まず①だけ覚えておく。そうして、②③④は忘れてしまう。四分の一の労力ですむのだから楽だ。しかも、①の意味は、現代語と同じであり、記憶のため特別な努力を必要としないわけ。なんとうまい話ではないか。しかし、単にそれだけですまそうとすると、しばしば0点を頂戴するにちがいない。①だけ記憶してしかも②③④の訳も適時に使えるというためには、いつも、

「パターン 7」

基本意味＋**場面**＝訳語

という原則を活用するがよろしい。つまり、同じ「はづかし」という語について②③④などの違った訳語がはじめから存在するわけでなく、基本意味①に何か特別な場面が加わった結果、②③④などの訳語に化けるだけの話なのである。その場面は、要するに文章の形であたえられるわけだから、具体的には用例である。**用例ぐるみ覚えておけば、いちいちの訳語は忘れても、なんとか解釈できるはず**である。たとえば、

はづかしき人の歌の本末《もとすゑ》とひたるに、ふとおぼえたる、われながら嬉し。

（枕冊子・第二六〇段）

という文章で、「はづかし」は④にあたる意味だが、けっして①と別ものではない。つまり、こちらがてれくさいほどな人がすなわち「はづかしき人」で、なぜてれくさいかといえば、相手が自分よりもあまりにりっぱなので、どうして自分はこんなにつまらないのかと感ずるわけ。そうすると、それは③の応用にすぎないこともわかる。また、歌の本末を問うというような知識的な面でつきあっている人だから、④のなかでも「すぐれている」のほうで解釈するところだが、もし前後に容貌のことが出ていれば、同じ④でも「美しい」のほうで解釈することになる。「はづかし」の訳語は、何も前にあげた九つだけに限らない。

場面によっては「面目ない」と訳することもあろうし、また「尊敬に値する」と意訳しなくては合わないこともあろう。「はづかし」を英訳するとき、場面によってはdishonorableとなることがある。「尊敬に値する」とdishonorableとでは正反対のようだが、「基本意味＋場面」で考えれば、おどろくには当たらない。

こんなふうに、いろいろ違った用法が出てくる古語を、基本意味だけで片づけると、しばしば0点になることは前述のとおりだが、場面によってどんなにでも変化する訳語をいちいち記憶できるものではないことも前述のとおりで、それでは、どうしたら矛盾なしにこの点を処理できるか。わたしなら、

［パターン8］
はづかし＝feel embarrassed
「はづかしき人」（プラス場面）

といったようなカードで記憶してしまうであろう。つまり、feel embarrassedがふつうの意味だけれど、それだけでなく、古語には古語としての特別な用法があるぞ——という注意を呼びおこすため、現代語にない「はづかしき人」という用例だけをひとつ記憶してお

く。あとは、出たとこ勝負、場面に応じて適当な訳語をくふうすればよい。たとえば、さきほどの『枕冊子』第二六〇段は、尊敬している人が古歌の上句や下句を質問なさったとき、すぐに思い出せたのは、自分ながらうれしい。

と訳してよかろう。

◇語根からの把握◇

「おぼえたる」を「思い出せたのは」と訳したわけだが、ハテナ？とお考えの諸君も少なくないだろう。現代語の「おぼえる」は、記憶の意味であって、思い出すのとはすこし違う。念のため古語辞典を引いてみると、

おぼゆ〔自動詞〕①感じる。②想像される。③似る。
〔他動詞〕①思い出す。②知る。③思い出話をする。④記憶する。

などといった意味があげられている。さきの訳は、他動詞の①によったものだが、これらのうち、どれが基本意味だろうか。さきには現代語の用法がほかの用法にもどこか共通した性質をもち、基本意味がすぐ把握できたけれど、こんどはそうとも限らない。こんなばあい、基本意味をとらえるうまいゆきかたに、**同じ語根のことばを利用する**という手がある。

「おぼゆ」と共通の語根をもつのが、「おぼす」である。「おぼゆ」は、実はもうひとつの古い形だと「おもほゆ」だが、「おぼす」もそれに対応して「おもほす」という形をもっている。ところで、この「おも」は「思ふ」の「おも」であって、それに自然可能の古代助動詞「ゆ」(中古語の「る」に当たる)あるいは尊敬の助動詞「す」が付いたわけ。もっとも「ゆ」や「る」が「おもほ」という形に付くのはおかしい。これらの助動詞は、

泣かゆ(泣かる)　寝らゆ(寝らる)　行かす　立たす　問はす

のように未然形に付くから、

おもはゆ→おもほゆ→**おぼゆ**　おもはす→おもほす→**おぼす**

と変化したのだろうと推定される。そうすると、いろいろ形は違っているようでも、もとはといえば、結局「思ふ」の「おも」であって、心のなかに何かの考えをもつことにほかならない。それに自然可能(自発)の助動詞「ゆ」が付けば「思われる」の意味になるはずだし、尊敬の助動詞「す」が付けば「お思いになる」という意味にもなるわけである。

だから「おぼゆ」は「思われる」が基本意味であり、自動詞の①がそれに当たる。しかし、何かの場面で、その思われる内容が現在そこにない事物であれば、「想像される」ことになり、また、ひとつの事物から他の事物が思われるのは、その間に何か共通点があって連想を容易にしているわけだから、「似る」ということにもなる。また、他動詞に転用するなら、これまで意識面にあらわれなかった事物を頭に浮かべるのが①で、それが最初

第12図　沓

から頭になかったものなら②となり、思い出したということを他人にわかるようにすれば③となるし、まだ知らないことを努力して頭に残そうとすれば④ともなる。

この筋あいがのみこめたら、もう心配はない。辞書の訳語で割り切れない用例が出てきても、なんとかなるはず。

基本意味の「おも」(観念)に、どんな付加意味が連合しているか――ということを考え、場面に応じた訳語を考えればよい。基本意味さえ確かなら、いくらか意訳に傾きすぎても、採点者はＯＫしてくれるだろう。

> 宵《よひ》もや過ぎぬらむと思ふほどに、沓《くつ》の音近う聞こゆれば、あやしと見出だしたるに、ときどきかやうのをりに、おぼえなく見ゆる人なりけり。(枕冊子・第一七六段)

通釈 もう宵も過ぎているのじゃないかと思われるころに、沓の音が近くに聞こえたので、変だなと外をながめていると、ときどきこんなときに、思いがけなく訪ねてくる人なのであった。

「思いがけなく」は、ちょっと気のきいた訳だが、別に天から降っ

◇**過ぎぬらむ**　確述の助動詞「ぬ」を副詞「もう」に訳しかえ、現在推量の助動詞「らむ」を「ているのじゃないか」と訳した。

てきたのではなく、基本意味を場面に当てはめると、どうしてもこうなるのである。「おぼゆ」が頭に事物の浮かぶことであれば、その連用形を体言に使った「おぼえ」が「ない」ことは、すなわち案外なことで、予期しなかったという感じだろう。ふつうの言いかたに直せば「思いがけなく」となるわけ。

◇沓の音　木製の大型靴をひきずって歩くから、音がよく響く。

この訳語を案出したから、次の「見ゆる人なりけり」を「訪ねてくる人なのであった」の適訳で処理できたのである。

◇イモヅル式に◇

ところで、わたくしが「おもほゆ」からいろんな同類の語をたぐり出しているうち、同じ語根「おも」から「おもはし」という形容詞も生まれうることを見抜いた秀才諸君がおいでになるかもしれない。動詞と形容詞では、品詞が違うけれど、語根が同じであれば、ひどく離れた意味にはなりにくいものだ。したがって、語根をとらえると、サツマイモを掘るようなぐあいで、同類の意味がひとつながりにゴロゴロという次第。たとえば、

うらむ—うらめし　いたむ—いたし　くゆ—くやし　いそぐ—いそがし　こふ—こひし
けがる—けがらはし　このむ—このまし　なやむ—なやまし　おそる—おそろし　わぶ—わびし
うとむ—うとまし　くねる—くねくねし　はづ—はづかし　なげく—なげかし　めざむ—めざまし

などは、わかりやすい例だろう。「B君はめざましい進歩ぶりだよ。」などというが、これは眼がさめるようなという意味から、それほどすばらしいという意味になったわけ。もっとも、元来の意味あいから言うと、眼がさめるような感じは、何かに刺激されて、これまで気にとめなかったことを気にするという次第だから、事がらの内容はよくてもわるくても「めざまし」だろう。いまでは、よい意味にしか使わないけれど、たとえば『源氏物語』の、

> 初めより我はと思ひあがりたまへる御方がた、めざましきものに貶《おと》しめ嫉《そね》みたまふ。（桐壺）

なんかは、わるい意味の用例として代表的なもの。桐壺更衣がたいへん時めくので、ほかの后《きさき》たちがやきもちを焼いているところである。訳は、

通釈 はじめから「わたしこそ」と背負《しょ》っていらっしゃったお后たちは、もってのほかだというわけで、けなしたり眼のかたきにしたりなさる。

となるだろう。「めざましきものに」は、直訳すると「思いどおりでなく、気にくわない人として」とでもなるのだろうけれども、意訳しておいた。そこで、

［パターン９］

めざまし｛中古――（よい）（わるい）
　　　　　現代――（よい）

といった区別も、ついでに覚えておいてくれたまえ。

動詞と形容詞の意味が近いばあいは、右に述べたようなふうに理解しやすいけれども、語によっては「動詞→形容詞」の関係がとらえにくいこともある。たとえば、

ゆく――ゆかし

などは、その例である。つまり、形容詞「**ゆかし**」は、もともと「行かし」であって、そこへ行ってみたいという意味であった。そこへ行ってみたいのは、何かをそこで見るとか知るとかしたいからであって、「奥ゆかし」といえば、ずっと奥まで行ってみたい、奥まで見たい、奥まで知りたい――といったような意味になる。それが、しばしば使われているうち、心がひかれるとか慕わしいとかの意味にもなったわけ。また、

あさむ――**あさまし**

なども、すこしわかりにくい例だろう。いま「あさましい」といえば、裏口入学が新聞に出たとたん関係筋を走り廻るオヤジなんかの姿が目に浮かぶけれど、中古語ではもっとひ

ろく、あきれたものだ・意外だ・あんまりだ・ひどいものだ――などの意味に使われている。動詞「あさむ」のほうは、ちょっと耳遠いかもしれない。しかし、形容詞「あさまし」の意味をよく知っている人なら、動詞「あさむ」の意味も、ゆうゆう割り出せよう。つまり、

あきれたものだ→あきれる　あんまりだ→あんまりだと思う　意外だ→意外がる　ひどい→ひどいと思う

というように考えればよいのであって、このような考えかたが身についていれば、次の例にあらわれる「あさみ」を「あきれ」と訳するのに、あまり骨は折れないはず。

この鉢に蔵《くら》のりて、ただ上《のぼ》りに、空《そら》ざまに一二丈ばかり上る。さて飛びゆくほどに、人びと見ののしり、あさみ騒ぎあひたり。（宇治拾遺物語・巻八ノ三）

通釈 蔵がこの鉢に持ちあげられて、どんどん上へ、空のほうをさして数メートルほども飛びあがった。そうして飛んでゆくので、人びとは大騒ぎでながめ、あきれ騒ぎあっている。

ふしぎな法力をもつ坊さんがいて、自分で食物をもらいに出かけず、鉢を飛ばしては、それに入れてもらっていた。あるケチな金持ちの所へその鉢が行ったので、ケチ兵衛さんは鉢を蔵のなかにほうりこ

◇**見ののしり**　「ののしる」は騒ぐ意。悪く言うことではない。他の動詞と複合すると、大騒ぎでその行為をする。
◇**宇治拾遺物語**　説話集。鎌倉時代初期の成立。編者は不明。

んでしまった。ところが、鉢は蔵ごと空中に飛びあがり、坊さんのもとに帰ってゆくという話。また、

「あれは何《な》ぞ、あれは何《な》ぞ。」と、やすからず言ひ驚き、あさみ笑ひ、あざける者どもあり。（更級日記）

も、下の「あざける」と連関させて、ひどいもんだなと思う意味に取ることも、あまり難しくはなかろう。天皇御一代にいちどという大嘗会《だいじょうえ》の日なのに、それを見物しようともせず、寺詣りに出かける筆者の一行を、都の人たちがあきれて見る場面である。訳文としては、

通釈「ありゃ何だい、ありゃ何だい。」と、大さわぎして、あきれ笑い、悪口を言う連中もいる。

ぐらいになる。「あさみ」の訳は、前と同じ「あきれ」でよいが、非難の気持ちを含むことに注意。「受験番号をまちがえて書きました。」という報告に対して、先生が「あきれたやつだ！」と眼をむかれる、あの「あきれ」である。

◇辞書そのまま・辞書離れ◇

森鷗外が「歴史そのまま」と「歴史離れ」とを論じたことは有名である。歴史小説が史実どおりであることは、もちろん必要だろう。そこに展開されるストーリーがあまり史実と違うなら、それはフィクションであって、歴史小説にはならない。しかし、史実どおりだけでは歴史小説にならない。小説として人をひきつけるためには、ある程度まで歴史を離れるくふうが必要である。といっても、史実と違ったことを書くのではない。史実と一致しながらも史実の単なる叙述ではない——というような作品こそ、すぐれた歴史小説と認められるはず。

解釈のばあいも同様で、辞書に出ている①②③などの訳語は、史実みたいなものだとお考えねがいたい。この①②③などを無視したら、解釈として落第である。が、作品は生きものである。いろんな場面が出てくる。どんな場面にもピタリと当てはまる訳語なんかあるはずがないから、辞書に出ている意味をやたらに押しつけても、変なぐあいになることが少なくない。よく教室で見受けられる風景だが、学生はとても日本語と思えないような変な言いまわしで解釈し、先生も同様のことばで応答している。しかし、国語科の勉強は、**正しく美しい日本語**を身につけることである。正しくも美しくもない、教室という狭い場所でしか存在できない変則ことばが、国語科で骨を折って勉強されているとすれば、まさに悲劇（喜劇？）ではないか。清新な感覚をもつ若い諸君が古文を嫌っても、それはけっして無理ではない。どうしてこんな珍現象がおこるのか。「辞書離れ」を知らないからである。

亀山殿の御池に、大井川の水をまかせられんとて、大井の土民におほせて、水車を造らせられけり。多くの銭《あし》を賜ひて、数日にいとなみ出《い》だして、掛けたりけるに、おほかた廻《めぐ》らざりければ、とかく直しけれども、つひにまはらで、いたづらに立てりけり。

（徒然草・第五一段）

通釈　亀山殿のお池に、大井川の水をお引きになろうというので、大井の住民に命令され、水車をお造らせになった。たくさんの賃金をお与えになり、数日で完成して、据《す》えつけたところが、さっぱり回転しなかったので、あれこれ修理してみたが、とうとう回らず、置かれっ放しだったという。

◇亀山殿　京都の嵯峨野、いまの天龍寺の所にあった離宮。
◇大井川　嵯峨野を流れている川。
◇立てりけり　「けり」は伝承回想。「という」はその気持ちの訳である。

「いたづらに立てりけり」を「置かれっ放しだったという」と訳したわけだが、どんな辞書を引いたところで、こんな訳語が出てくるわけはない。辞書離れの訳である。しかし、けっして辞書の訳語を無視したのではないのであって、念のため古語辞典を見ると、

いたづら　①何もないこと。②何もすることがなく、退屈なこと。③あっても役に立

たないこと。

などの説明がある。この③で訳したのだが、いわゆる教室用語なら「役に立たず立ってた」または「むなしく立っていた」とでもなるところであろう。しかし、もし諸君に中学校あるいは小学校ぐらいの弟さんか妹さんがおありなら、ためしに「むなしく立っていた」などと言ってみたまえ。変な顔をしなかったら、むしろ変である。「いたづら」の基本意味は、たぶん「あるべきものがない」ということだろう。

> 男どちは、心やりにやあらむ、詩《からうた》など誦《い》ふべし。船も出《い》ださで、いたづらなれば、ある人の詠《よ》める。（土佐日記）

通釈　男の人たちは、気ばらしのためなのかしら、漢詩など吟じているようだ。船も出さないで、ぶらぶら日を送っているので、ある人が歌を詠んだ。

天候のぐあいが悪くて、なかなか出航できない。ふつうなら、当然、船出のため、いろいろいそがしいはずなのを、することがなくて退屈なのである。「何かするはずなのに、しない」という感じを「ぶらぶら」であらわしたつもりである。それが、事がらの「はたらき」についていうときは、③となる。この用法は、ふつう英語の vain で置きかえると、わかりやすい。

He protested in vain.（かれは文句を言ったがだめだった。）

あってよいはずの効果がなかったら vain で、ちょうど「いたづら」に相当する。中古語に訳すると、「（その人）いたづらにあらがひつ」となるだろう。さて『徒然草』にかえって、「いたづらに立てりけり」は、それと同じ言いかたで、"It was set in vain." とでもなるところであろうか。立ってはいるけれども、あるはずの効果がないのである。"He protested in vain." を「かれはむだに反対した」などと訳すると、変な日本語になるが、それと同様、「むだに立っていた」では適切でない。なお、「立つ」は stand でなく、地上に何かを設備することで、家を「たつ」というのも、同じ語源である。「設備されたけれど、そこから生まれるはずの効果すなわち回転して水を導くはたらきがなかった」という意味あいを、簡明に言いあらわしたのが、さきの「置かれっ放しだったという」である。

◇訳しかえにコツあり◇

なるほど「辞書離れ」の訳が理想的だ。しかし、やたらに辞書からエスケープしたら、どんなことになるか。別に説明の必要はあるまい。辞書の基本意味をしっかりとらえての「辞書離れ」は、要するに、**基本意味がある場面のなかでどんな特殊性をあたえられているか**——という点を見ぬくことにほかならない。特に、用法がいくつかに分かれている語のとき、場面をよくとらえないと、決定的な誤訳におちいりかねない。

たとえば、中古語に「**おこたる**」というのがある。基本意味は「程度がさがる」(lower) ことであり、それが具体的な事がらと結びついていろいろな意味になる。大きく分けると、①なまける、②やすむ、③病気がなおる――という三とおりの用法がある。

(1) 「念仏のとき睡《ねぶ》りにをかされて、行《ぎやう》をおこたりはべること、いかがしてこの障《さはり》をやめはべらむ。」と申しければ、「目のさめたらむ程、念仏したまへ。」と答へられたりける、尊かりけり。（徒然草・第三九段）

(2) 大きなる器《うつはもの》に水を入れて、ほそき孔《あな》をあけたらむに、滴《したた》ること少なしといふとも、おこたる間なく漏りゆかば、やがて尽きぬべし。（徒然草・第一三七段）

(3) 遠き所はさらなり、同じ都のうちながらも隔たりて、身にやむごとなく思ふ人のなやむを聞きて、いかに、いかにと、おぼつかなきことを嘆くに、おこたりたるよし、消息《せうそこ》聞くも、いとうれし。（枕冊子・第二六〇段）

通釈 (1) 「念仏をとなえるとき睡気がさして、お勤めに身の入らないことがございますが、どうしたらこの邪魔ものを追っぱらえましょうか。」と質問したら、「目のさめている間、念仏をおとなえなさい。」とお答えになったが、実にありがた

◇行　この場合は念仏をとなえること。
◇障　邪魔。
◇あけたらむに　「む」は仮想法。二五八ページ

いおことばだ。

(2) 大きな器に水を入れて、ほそい穴をあけたとすると、たとえ器からぽとぽと落ちるのは少なくても、やすむ間もなくもれていくならば、すぐに（水は）無くなってしまうにちがいない。

(3) 遠く離れた所にいる人はもちろん、同じ京都のなかに住んでいながらいつもは会えず、しかも自分として大切に思う人（愛人のことか）が病気だと聞いて、「どうだろうか、どうだろうか。」と、心配で悲観しているとき、よくなった趣を、便りで承知するのも、たいへんうれしい。

これらの用例をくらべて御覧になればおわかりだろう。(1)は問題ない。(2)も、水が「なまける間もなく」では変だから、やすむ意味だと判断できよう。(3)の用法は、さらに場面によって訳しかえる必要のおこることもある。

「君は思《おぼ》しおこたる時の間《ま》もなく、心ぐるしくも恋しくも思し出づ。」（源氏物語「帚木」）

「思す」ことの「おこたる」（やすむ）のが「思しおこたる」で、そのひまさえ無いというのだから、「すこしの間だって頭から離れることがなく」などと訳するところ。これを①の用法で訳すると、珍訳になる。(3)の例は、文章の表面に病気ということが出ていないのだけれど、①の用法でも②の用法でも割り切れない。そこで、③の用法と「なやむ」とを

参照。

◇やがて　すぐに。

◇消息　手紙または伝言。

結びつけて、全快の意味に取ることができるだろう。例文(3)はそういった**場面**をつかむのがやっかいなのである。なお、この例文(3)に見える「おぼつかなし」も、注意を要する。これは、用法を大別するならば、

［パターン10］
おぼつかなし
(a) よくわからない。(vague)
(b) 気持ちが不安定だ。(uneasy)

の二種になるだろう。(a)は、場面に応じて、ぼうっとしている・はっきりしない・不審だ——などと訳しかえるべきだし、(b)は、よくわからないことの結果としてひきおこされる気持ちの不安定だから、気がかりだ・不安心だ・心ぼそい——などと訳し分けることができる。さらに、気がかりだという意味が積極化して「待ちどおしい」となることもある。(3)の用例は、訳文に示したとおり、(b)のほうだけれど、なぜ気がかりであるかといえば、くわしい病状がわからないからで、根底には(a)の意味あいが含まれていることは見のがしてならない。つまり辞書なんかで①②③……というように分けて説明してあると、いかにも幾とおりかの意味があるようだけれど、同じことばである以上、そんなにかけ離れた意

味の出てくるはずがない。だから、**基本意味**さえしっかりつかんでいれば、あとは「場面に応じた言いかえ」として処理できるはずであって、①②③……式の説明に対して「うわあ、めんどうだな。」なんて頭をかかえる必要はない。「おぼつかなし」にしても、(a)と(b)をひっくるめた「ぼんやりしている」という意味が根本で、客観的に傾けば(a)に、主観的に傾けば(b)になるだけの話である。その傾き加減を支配するのが場面にほかならない。

◇場面だけでピシャリ◇

基本意味を場面で修正することによって適訳をとらえるなどといっても、中世語とか近世語とかで、何が基本意味だか知らない単語だって飛び出さないとは限らない。いや、いくらでも飛び出すといったほうが事実だろう。そんなばあい、どうするか。おこまりにちがいない。しかし、ものごとは心配ばかりしていたところで、すこしも好転しない。そういった問題にぶつかったら、当たって砕けろ！　場面だけで料理してしまう。頭は使いようだ。

> 音曲・舞・働き足りぬれば、上手と申すなり。達者になければ不足なること是非なけれども、それにはよらず、上手はまた別にあるものなり。その故は、声よく舞・働き足りぬれども、名人にあらぬ為手《して》あり、声悪く二曲さのみの達者になけれども、上

手の覚え天下にあるもあり。これすなはち舞・働きは態《わざ》なり、主になるものは心なり。さるほどに面白き味はひを知りて心にてするは、さのみの達者になけれども、上手の名を取るなり。しかれば真《まこと》の上手の名を得ること、舞・働きの達者にはよるべからず。この分け目を知ること、上手なり。　　（花鏡）

問一　上手・達者というのは、どんな意味か。それぞれ十五字以内で述べよ。

問二　左の語を解釈せよ。

為手　　覚え　　態　　分け目

上手・達者・名人がそれぞれ芸のうえでどんな関係にあるかを論じたものだが、これらの意味内容は、現代語と同じではない。まず「上手はまた別にあるものなり」によって、達者と上手が一致しないことは明らかである。どこが違うか。キー・ポイントは、「態《わざ》」と「心」にある。「舞・働きは態なり」とあるが、音曲（謡）も態に含めてよく、二曲がそれに当たる。二曲というのは、謡と舞との両者をさす世阿弥の用語である。世阿弥によると、能の基本は謡と舞であって、まだ年少の時は謡と舞だけを稽古させ、劇的な動作や心の持ちかたなどは、成人してから教えるのがよいといわれる。つまり、二曲を自由にこなす技術が「態」であり、その点で完成の段

◇**花鏡**　『風姿花伝』（一一〇ページ参照）と同じく世阿弥の能楽論書。『風姿花伝』が父観阿弥の論の体系づけであったのに対し、これは世阿弥独自の意見が多い。独・仏訳がある。

階に至ったのが達者である。はじめに「音曲・舞・働き足りぬれば、上手と申すなり」とあるので、いかにもそれが上手の定義であるかのような感じをあたえるけれど、そうではない。あとに「声悪く二曲さのみの達者になけれども、上手の覚え天下にあるもあり」「真の上手の名を得ること、舞・働きの達者にはよるべからず」とあるとおり、上手はかならずしも二曲の技術が完成されているとは限らないのであって、むしろ能の「理」に通じている「心」のはたらきこそ、上手であるための必要条件なのである。もっとも、これは世阿弥の意見であり、世間でふつう上手と言われるのは、二曲の技術にすぐれた役者のことで、上手と達者が混同されている。それを「心」と「態」の観点から区分したのが、問題文の趣旨である。次に「為手《して》」だが、いまの能で言う「シテ」すなわち主役の意とすると、問題文の要求は主役に対してだけなされていることになるが、それはおかしい。脇役の名人だっているわけだから、この「為手」は、いまのシテもワキもひっくるめて言ったものと考えなくてはならず、また、ことば自身は何も能の役者と限っていないので、演技者をひろくさすものと認めるべきだろう。「態」は、問題文に「舞・働きは態なり」とあるので、ちょっと見ると、舞・働きだけに限るような錯覚をおこすかもしれないが、これは二曲のうち舞踊的方面を例にあげたもので、実際には音曲（謡）をも含み、「心」に対して技術を言うのである。「分け目」は、以上のようにながめてくると、全体的な筋あいから、どうしても、区別とか差異とかに解されなくてはなるまい。また「覚え」は前に

述べた。さて、全文は、

通釈 謡と舞踊的方面がよくできれば、ふつう上手というのである。（しかし上手は）同時に達者でもあるとは限らないから、二曲が技術的に完成されていなくとも、やむをえないが、技術の如何にはよらず、上手というものは（達者とは）また別に存在するのである。そのわけは、声がよく舞踊的方面も十分なのに名人（上手）でない役者がいるし、声がわるく二曲がそれほどすぐれた達者でもないのに、天下に上手という名声が高い人もいる。これは、つまり、舞踊的方面は「態」だし、それを支配してゆくのは「心」である。だから、おもしろく感ずるということがどうして生まれるかの理を知り「心」で演じてゆく役者は、それほどの達者ではなくても、上手として世に認められるのである。だから、ほんとうの上手だと世に認められるのは、舞踊的方面において達者であるかどうかによるわけでないだろう。この区別を理解しているのが、上手なのである。

といったふうに理解できよう。これに基づいて解答をまとめると、次のようになる。

答 **問一** 上手＝心で曲を演じ生かす人。達者＝技術的に申し分のない人。
問二 為手＝役者。覚え＝名声。態＝技術的なもの。分け目＝差異。

場面だけをよりどころにしてピシャリと適訳をおさえるのも、なかなか興味しんしんではありませんか。

◇ことばは生きもの◇

これまでのお話は、材料としてだいたい中古語を採りあげてきた。それは、古文のなかでいちばん多く出てくるのが、中古語だからである。しかし、中古語だけで古文がすべて割り切れるわけではない。中世語や近世語の知識も、大いに必要である。逆に、中世や近世の用法を知っているおかげで中古語を正しく解釈できるばあいだってある。

> あてなるもの。藤の花。梅の花に雪の降りかかりたる。いみじううつくしき児《ちご》のいちごなど食ひたる。
> （枕冊子・第四〇段）

この「うつくしき」を「かわいらしい」と訳することができたら、おみごとである。六二ページの脚注を覚えていられた方は別として——。しかし、知られてなくても、これは、例のイモヅル式を活用して、

うつくしむ＝かわいがる。　うつくしがる＝かわゆく思う。

など、動詞のばあいから考えればわかるはず。英語なら、「うつくしむ」が to love で「うつくし」は lovely にあたる。形容詞 lovely

◇**あてなる**　優美な。
◇**梅**　このばあいは紅梅だろう。
◇**降りかかりたる**　連体止めだから、下に「状態」といったような体言が省略されていることに注意。
◇**いみじう**　たいそう。

は love したくなるような状態で、すなわち「かわいらしい」である。ところが a lovely girl というとき、「かわいらしい少女」と訳すると適当なことも多いけれど、原文のぐあいでは「美しい少女」と訳したほうがよいときもある。「美しい」は、むしろ pretty だが、lovely と pretty をはっきり区別しにくいこともあって、だいたい同様に使われる。しかし、pretty は相手がきれいだということであり、かならずしも愛したくなるような状態だとは限らない。「美人だけれどツンとして小生の趣味に合わない」というお嬢さんだって a pretty girl でないとはいえない。現代語の「うつくしい」は、pretty あるいは beautiful の意味になってしまった。いつごろからそうなったのか。まだ正確に調べていないけれど、十四世紀の末ごろには、すでにその用法があったと思われる。

「かの木の道の匠《たくみ》の造れるうつくしき器《うつはもの》も、古代の姿こそをかしと見ゆれ。」(徒然草・第二二段)

「これなる松にうつくしき衣《ころも》懸かれり。」(能『羽衣』)

これらの例は「みごとな」と訳するといちばん適切で pretty, beautiful あるいは handsome の系統の用法だろう。この違いを覚えておくことが、実は、中古語の「うつくし」を完全に理解したことにもなるのである。

［パターン11］

うつくし ┬ 平安時代 ── lovely
　　　　 └ 鎌倉時代 ── pretty

もうひとつ例をあげてみよう。中古語に、「むつかし」というのがある。たとえば、

蝶は、捕らふれば、手にきりつきて、いとむつかしきものぞかし。

（堤中納言物語「虫めづる姫君」）

通釈 蝶は、つかまえると、手に粉がついて、たいへんいやらしいものですね。

◇きり　鱗粉のこと。
◇堤中納言物語　十種の短編物語を集めたもの。なぜ「堤中納言」と題したか不明。十二世紀に集成されたらしい。

だが、どうして「むつかし」が現代語の「いやらしい」に当たるのか。考えてみたことがおありだろうか。

いま東京語では「むつかしい」と言わないで「むずかしい」と発音しているが、これとよく似たことばに「むずかる」という動詞がある。赤ん坊などが気分のわるいときに、グズグズ言ったり泣いたりするのをさすことばだが、なぜグズグズ言

ったり泣いたりするかといえば、不愉快だからである。だから、「むずかる」は「不愉快がる」だと考えられる。この「むずかる」は、地方によっては「むつかる」と発音するが、中古語も「むつかる」だった。

> 后《きさき》は、何くれの事にふれつつ、御心にかなはぬ時ぞ、「命長くて、かかる世の末を見ること。」と、取り返さまほしう、よろづを思しむつかりける。（源氏物語「少女」）

通釈 后は、何かの事があるにつけても、思うようにならない時には、「長生きして、こんな情ない晩年にめぐりあわせたことね。」と、もういちど昔にかえってほしく、すべてを不愉快に感じられるのであった。

むかし権勢を誇った弘徽殿《こきでん》の大后が、落ち目の形になったので、かなりヒステリックになっているところ。この「むつかる」と「むつかし」もイモヅル関係。「むつかる」が「不愉快がる」なら、「むつかし」は「不愉快だ」となるはず。何か困難なことにぶつかると、普通の人なら愉快ではなかろうから、困難なことにぶつかったときの感じをも、「むつかし」と言い、それがしばしば使われているうち difficult の意味になってしまったのである。だから、

［パターン12］

むつかし┬中古──hateful
　　　　└現代──difficult

と覚えておいていただきたい。いつごろから difficult の意味に固まったのか、まだよく調べていないが、『徒然草』に五例出てくるすべてが hateful とか unpleasant とかの意味である。

こういった次第で、平安時代なら平安時代、室町時代なら室町時代といったブロックのなかでは、「基本意味＋場面」という定石で処理できるけれど、ブロックが大きく隔たっているばあい、右のようにどうしても連絡がつかないこともある。しかし、ことばというやつは、ひとつの生きもので、いつも理屈どおりにゆくとは限らない。そんなときは、議論無用。理屈ぬきに記憶することだ──という例を、次にもうすこし。

◇毛虫は蝶に◇

スタンフォード大学にいたとき、史学で世界的に名を知られた教授に「カクテル（cocktail）はなぜカクテルと言うんだね。」とたずねたら、さすが博学のかれも眼を白青して、

「さあ。それは知らんね。」と肩をすくめた。cocktail すなわち「鶏の尾」とは、何か曰《いわ》くのありそうなことばだけれど、現在ではもはや起こりがわからなくなっているらしい。カクテルは近代アメリカの産物なのに、すでにこの状態である。まして日本のように古い歴史をもった国のことばが、すくなからず語源不明になっていたところで、別にふしぎでも何でもなかろう。

だから、ある語が理由不明の意味変化をおこしたところで、いちいち「曰く」を気にしている必要はない。たとえば「なかなか」ということばを御存知のはずだが――。

> ワキ「いやいや見苦しきは苦しからぬことにて候。ひらに一夜《いちや》を御貸し候へ。
> シテ「泊《と》め申したくは候へども、我ら夫婦さへ住みかねたる体《てい》にて候ほどに、なかなかお宿は思ひも寄らぬことにて候。
> （謡曲『鉢木』）

通釈　ワキ「いえ、むさくるしいのは構いません。どうか一晩だけお泊めください。
シテ「お泊めしたいのですが、わたしら夫婦だけさえ住みかねているようなぐあいですので、お泊まりなど、とんでもないはなしです。

「なかなか」を古語辞典で引いてみると、次のような意味が出ている。

なかなか〔形容動詞〕①中途はんぱ。②望ましくない。③ばかげている。〔副詞〕①

かえって。②なまじっか。③とても。どうしても。〔感動詞〕そのとおり。
うん。そうだ。

通釈に使ったのは、副詞の③に当たる用法だが、基本意味から解釈を思いつくことは、このばあい難しい。なぜなら、中古語の「なかなか」は、基本意味として形容動詞の①すなわち「中途はんぱ」を考えるべきだろうが、それと「とても」「どうしても」とは、結びつきにくいからである。もともと「中」をかさねたのが「なかなか」だろうと思われる。中ほどのところでは、きまりがつかないから、中途はんぱということになり、中途はんぱの状態は何かにつけてこまるから、望ましくないという意味になり、ばかげていることにもなる。副詞②の用法も、この系統の意味で理解できる。中途はんぱということを副詞化して現代語でいえば、すなわち「なまじっか」である。また、なまじっかなことなら、むしろその反対のほうが望ましいだろうから、「かえって」の意味にもなる。この「かえって」という用法は中古文でいちばん多く出てくるから、重点的に覚えておくとよろしい。「なかなか」を「とても」「どうしても」などの意味に使うのは、たいてい謡曲の用例であるが、「うん」「そうとも」といった意味に使うのは、主として狂言のばあいである。たとえば、主人が、太刀や荷物を持ってやろうと言い出したので、お伴をしていた太郎冠《か》者《じゃ》は信用できず、主人に「こなたの持たせらるる」（あなた様がお持ちくださいます?）と反問する。これに対して主人が「なかなか」（イエス）と答える（狂言「止《し》動方角《どうほうがく》」）。大ざっ

ぱに、

〔パターン13〕

なかなか
- 中古文＝かえって
- 謡曲＝どうしても
- 狂言＝うん

というパターンであらわしても、要領はつかめるかと思う。

ところで、平安時代には「かえって」の意味であったのが、なぜ室町時代に「とても」「どうしても」あるいは「そのとおり」「うん」の意味となったのか、どうも説明をつけにくい。もっとも、専門学者を相手にするのなら、なんとか打つ手もあるのだけれど、諸君に対しては、理屈ぬきにそう覚えてもらったほうが賢明だろう。同様の筋あいを、もうひとつ、江戸時代の例で考えていただこう。仮に、

「貴様の御本をながながお借りいたしておりまして、恐縮でございました。」

という手紙を諸君がもらったとする。変だとは思いませんか？　たしかに変である。「だって、貴《とうと》い様《さま》と言うんだから、ちゃんと相手を尊敬しているわけだ。貴殿・貴下・貴方、

みな尊敬の気持ちじゃないか。貴様と言ったたって、失礼なはずがない。」とがんばってもだめ。現代語で「貴様」と言えば、相手を見くだしたときか、同等のごくしたしい相手に対したときとかに使うのがきまりであって、そういうならわしなのである。「**ことばの本質はならわしだ**」というのが、言語学の根本理論であることを、くりかえしておこう。

もっとも「貴様」が尊敬の意味にならないというのは、現代語についての話であり、江戸時代にはいまの「貴殿」と同じ意味に使われていた。次の用例を見てくれたまえ。

> 御厚志之御馳走、貴様御内通よろしき故と、御亭主振《ぶり》感心、忝《かたじけな》く奉《ぞんじたてまつり》存候。
>
> （元禄元年二月十一日・平庵宛　芭蕉書簡）

通釈 お心のこもった御馳走をいただきましたが、これも、あなたが前もってよくお打ち合わせくださったからだと、御接待ぶりに敬意を表し、ありがたく存じあげます。

芭蕉の使った「貴様」は、あきらかに尊敬した言いかたである。

この例から、さきに強調した「**ことばの意味は時代によって変化する**」という原則を再確認していただきたい。もっとも「山」は八世紀ごろの人たちでもヤマだったし、二十世紀人の諸君もヤマと言っている。問題は、どのことばが変化し、どのことばが変化しないかを、正確に記憶することであって、それはかならずしも楽ではない。しかしながら、変化したものと変化しないものとを比べると、変化しないほうが圧倒的に多い。だから、諸君もなんとか古文を理解できるのである。入試に出る程度の古語では、心配するほどの数でもないだろう。もうひとつ例を出すと、

> 其外二句、とくと追而《おって》考《かんがへ》可申《まうすべく》候。先《まづ》判詞むつかしく気の毒なる事多く御座候故、点筆を染め申《まうす》事はまれまれの事に御座候間、重而《かさねて》御《ご》免被成可被下《めんなされくださるべく》候。
>
> （貞享二年一月二十八日・半残宛　芭蕉書簡）

このなかの「気の毒」は、現代語とたいへん違う。現代語では、相手に対する感情であって、たとえば落第した友人に対して「A君は気の毒な結果になったね。」などといったふうに使うのだが、江戸時代には自分についての感情である。こまった、閉口だ、弱った——などの訳があたる。そこで、右の手紙は、次のような解釈になる。

通釈 そのほかの二句は、近いうちよく考えておきましょう。何といっても、他人の句を批評するのは難しいし、こまることも多うございますので、採点のため筆をとることはめったにございませんような次第でして、幾重にも御免こうむらせていただ

◇**判詞**　歌合で、判者が勝負決定の理由を示すことば。この場合は、単に批判の意。
◇**むつかしく**　現代語と同じ用法。
◇**半残**　芭蕉の甥。

きたく存じます。

基本意味は、誰かの「気」にとって「毒」なことだから、毒が入りこんできて気が悩むことだと考えられる。ところが、その「誰か」は、自分のばあいもあれば、自分以外のばあいもある。自分の気が悩むのは、悩むだけの事情があるからで、その気持ちを言いあらわせば、訳語の「こまった」「閉口だ」「弱った」になる。もし他人のことであれば、その人の置かれた状況を見たり聞いたりした結果、それに対して自分の心が悩むわけだけれど、自分が悪い状況に置かれているわけではないから、そこでもつ感情は相手の状況に対して「さぞこまっているだろう」「閉口だろうね」「弱ってるのじゃないかしら」など、同情の意味になる。こういった筋あいをひとまとめに、

［パターン14］

	江戸語	
気の毒	江戸語	自分（こまった）
	現代語	相手（同情する）

といった式のパターンで覚えておくのもよろしい。つまり、ことばは、オタマジャクシが蛙に、毛虫が蝶になるように、元来の在りかたとたいへん違ったものになりやすい。言い

かえるなら、生きものなのである。したがって、古語の勉強法としては、毛虫から蝶への系図を承知しておくことがひとつのコツだといえよう。しかしながら、語意の変化は、オタマジャクシから蛙になる現場を観察していなければ系図がつかめないのと違って、ふつう「考えればわかる」という程度の変態だから、基本意味さえ頭に入れておくと、系図はわりあい楽に、かつおもしろく再現することができるのである。

マユから糸すじを引き出すように話を進めてきたが、もういちど要点をふりかえってみよう。述べてきた順序にこだわらないで箇条書にしてみると、

一　記憶　(イ)　相手――まず中古語から
　　　　　(ロ)　方法――理屈ぬき

二　理解　(イ)　基本的意味↓派生的意味（源をとらえよ）
　　　　　(ロ)　動詞↓形容詞・形容詞↓動詞

三　活用　(イ)　時代による変化
　　　　　(ロ)　場面による差異を訳語に生かせ

というようになるだろう。しかし、これだけでは、ほんの要領にすぎない。右の箇条書をお経のように暗誦してみたところで、古語の知識が急に増進するわけではない。要は、ふだんの勉強のなかで、これらの基本方針をぼつぼつ実践してゆくことである。手品みたいにフイと実力のつく方法なんか、どこにもない。肺結核ぐらいすぐ治ります、胃カイヨウ

も数日で快癒《かいゆ》、神経痛も……などという妙薬が、わずか一日分百円ですと聞かされたら、諸君は信用するかどうか。世のなかには、セッパつまった人たちがいる。そうして、おぼれる者はワラをもつかむという心理を利用して、たくみな宣伝をする知恵者がいる。御用心！　わたくしが述べてきたのは、あくまでも大いに骨を折り、その骨折りに相当するだけの効果を正確にあげる勉強法である。つまり無駄骨を折らない勉強法なのである。

――その2　太っ腹文法

「単語はなんとか自信が持てそうな気もします。しかし、文法が苦手なんです。特に、学校で習った文法と参考書やラジオ講座の説明とがくい違ったりしますと、何がなんだかわからなくなっちまうんです。」

高校生という人種は、どうしてこんなに神経質なのだろうか――と首をかしげたくなるほど、かれらはすべてを気にしたがる。わたくしの研究室もしくは自宅に来た手紙の少なからぬものが、右のような質問で占められている。もっとも、入試という特殊事件が目の前にデンと立ちふさがっているのを考えれば、まったく同情に値する。たとえ一点でも失いたくないという切実な心理からは、同じ事がらについて違った説明があたえられていることは、たいへん不安だろう。無理もない。しかし、これに対するわたくしの答えは、諸君にとってひどく案外であるかもしれない。つまり、

「どちらに転んだって、大勢《たいせい》に影響ないから、腹を太く持ちたまえ。」

という、まことに図太い答えである。カミソリのような頭をもった秀才諸君は、こんな大陸的返事をもらうと、眼をパチクリ、あるいは「ばかにするな」のカンカン状態に陥るかもしれない。しかし、いちばん正確安全な答えは、右のとおりなのである。なぜなら、文

法に関するかぎり、絶対に正しい答えなどというものは、たいへん存在しにくいからである。だいたい、文法学者が百人いれば、百とおりの文法学説が存在すると言われているほどで、いちいち違いを気にしていたら、文法の勉強なんかとてもできっこないし、無理にやれば、ノイローゼか何かになって、損害はたいへん拡大するにちがいない。だから「腹を太く持ちたまえ」なのである。

しかし、これは、文法はデタラメで結構という意味ではない。デタラメどころか、国語科のなかでもいちばん理詰めなのが文法である。というと、なんだか矛盾するようだけれど、事実そうなのである。だから、あくまで理論的に筋をとおすべきなのだが、その筋は、実は、それぞれの教科書でとおしてある。つまり、諸君として「**自分の習っている教科書に従っておけばよろしい**」というのが、文法を迷わずモノにできる秘伝であって、いちばん経済的な・能率的な・実際的な……と、いくつ連体修飾をかさねても足りないほどすばらしい効果をもたらしてくれるはず。どんな教科書でも、参考書でも、著者たちはいちおう学者であって、デタラメは書いてない(はずだ)。とすれば、それぞれの教科書や参考書は、それぞれの本のなかではちゃんと合理的な体系をもっているにちがいない。そのとおりに覚えてゆけば、いちおう正しい答えが出るはずなのである。もっとも、諸君としては、

「自分の習った説と出題者あるいは採点者の説とが違っていたら、減点されはしないだろ

うか。」

という心配があるかもしれない。しかし、心配は無用。大学の教師たちは、自分の説と違ったら減点するというほどバカではない。筋さえ通っていれば、どんな説でもＯＫにしてくれるはず。万一、自説以外は減点などという教師がいたところで、そんな教師のいるような大学は、ろくな大学でないと考えてよい。落第したほうが、かえって諸君の将来のためによろしい。何しろ、腹は若いうちから太く持つにかぎる（といっても、肉体の腹でないのはもちろん）。日本のたくましい将来のために――。

といった次第で、これからの話が自分の習った説と違っても、あまり気にせず、むしろ「どんなふうに考えをもってゆくか」という**筋みちの立てかた**を学んでいただきたい。こんな講釈をしていると、「なんてノンキな先生だろう。早く要点とコツを話してほしいのに……。」とつぶやく諸君も多かろうが、実は、この太っ腹文法という身がまえひとつのほうが、こまごました知識のはき集めよりも多くの点数をもたらしてくれるのであって、文法解きかたのコツは知識よりもまず腹だということを力説しておいて、本論にはいろう。

◇術語を気にするな◇

もっとも、ノイローゼになるのも無理はないと同情されることがある。それは、術語の不統一である。文法学者たちは、めいめい勝手な術語を使うから、受験生にとって、これほど迷惑な話はない。次の例題を見てくれたまえ。

夕つけて天龍川わたる。昔の歌には、天《あま》の中川《なかがは》とぞよみたる。人々むかへにとて来つつ、（イ）おい人の事なきよし、まづいひて、いと珍らしと思ひたるけしきどもうれしくて、

　まれに渡る天の中川なかなかにうれしき瀬にも袖ぬらしけり

くれすぐるほど、岡部《おかべ》の家にいたる。まことに、門によりて（1）まちうけ給ふ。いときなき姪《めひ》どもなどはせ来たれども、見知らぬ顔なればにやあらん、とみにもむつれず。なれしばかりの人々は、髪のよもぎには（2）似ずなりぬめれど、（ロ）くにぶりの詞のみしるかりけん、いづれのところよりとは（3）問はざりける。

（賀茂真淵『岡部日記』）

問一　（イ）・（ロ）を解釈せよ。解釈にあたっては、主語・客語などを補い、補った語は〔　〕に入れること。

問二　（1）・（2）・（3）の主語を示せ。

「客語」ということばを御存知の高校生は、何人おいでかしら。わたくしは文法教科書をすっかり調べあげたわけではないから、断言

◇来つつ　「つつ」は反覆。同じ人が何度も来る

はできないけれど、たぶんいまの高校文法では、客語という術語は出てこないのではないかと思う。わたくしの記憶では、まだ「文節」が認められず、いま「連体修飾」「連用修飾」といわれるものが「形容詞的修飾」「副詞的修飾」などとよばれていた時代に、「客語」というものが文法書にときどき顔を出していたようである。ところが、その時代でも、「客語」というのが何をさすか、はっきりしないきらいがあって、文法学者たちは、多く「目的語」「補語」などと言い分けていた。その聞いたこともない「客語」が入試に登場したのだから、気の弱い受験生たちは、ドキンとして、どう答えてよいか、瞬間ふらついたかもしれない。しかし、太っ腹戦術できたえた諸君なら、こんな術語ぐらい知らなくても、ビクともしないはず。つまり、「客語」の意味なんか知らなくても、とにかく「補い」とあるのだから、何か省略されたものにちがいないと見当はつく。しかも、よく設問を見てくれたまえ、「主語・客語などを補い」とある。補うのは「主語・客語」だけでなく、そのほかにもあるはず。それなら、何もかまうことはない。フルに補ってゆけば、そのなかには、しぜん「客語」もはいってくるにちがいない。すなわち、「客語」が何であるかを知らなくても、「客語」を補うことはできるのである。

のでなく、知人の来ることが繰りかえされる意。

◇**袖ぬらしけり**　川の水で袖が濡れたのと涙ぐむ意をかける。

◇**髪のよもぎ**　蓬《よもぎ》のようにクシャクシャの頭髪。

◇**賀茂真淵**　国学者・歌人。遠江国岡部郷に生まれ、江戸に出て田安宗武《たやすむねたけ》をパトロンとし、万葉集研究その他ですぐれた業績をあげた。

この太っ腹戦術は、しかし、わたくしのデマカセまたはヤケッパチ的指導ではなく、文法学習の正道だと信じる。つまり、術語というものは、研究を便利にするため存在するはずであって、その逆であってはならない。ところが、いまの文法学では、術語がやたらに使われるため、世間さまに少なからぬ迷惑を及ぼしている。文法学者たちは、職業である以上、いくらでも、術語をふりまわすがよろしい。だが、この忙しい世間の人たちが、文法学者のおつきあいをしていたのでは、原子力時代についてゆけない。「高校教育の文法では、術語をなるべく少なくし、文法現象そのものを考えさせる」というのが、これからの文法教育なんだから、気を大きくして、この手で行きたまえ。

さて、補える限度までフルに補ったら、どうなるか。**問一**の試案をお目にかけよう。

(イ)〔迎えの人々が〕老人の〔かわった〕事もないよしを、まず〔わたくしに〕告げて、〔わたくしのおとずれを〕よく来てくれたと思っているようすなんかに、〔わたくしは〕うれしく感じて、

(ロ)〔わたくしの話す〕お国なまりのことばだけは、〔特色が〕はっきりしていたのだろうか、

「いひて」の主語は、うっかり見ると「おい人」のようだが、そう取ると「来つつ」どうしたのか、筋がとおらない。「おい人」は「事なき」だけに対する主語である。「いと珍らし」と思ったのは、事実としては迎えの人たちも作者も同様であったにちがいない。しか

し、「思ひたる」が、「けしきども」（自分のことには言えない）を連体修飾しているから、「思ひたる」の主語は迎えの人たちである。もっとも、答案としては、もういちど繰りかえして、

〔よく来てくれたと迎えの人たちが〕思っているようすなんかに。

と答える必要はない。上にいちど〔迎えの人々が〕と示してあるのだから、重複させると、何か不自然な言いかたになる。もっとも、重複させても、減点されることはあるまい。なお、訳としては「珍らし」は「よく来てくれた」と意訳するのがよかろう。けっして strange とか curious とか odd とかの意味ではなく、「久しく会わなかった人に会えてうれしい」という感じなのだから。あと問二のほうは、

（1）おい人。（2）〔筆者〕（3）なれしばかりの人々。

が正解である。（2）はちょっとやっかいだが、「なれしばかりの人々は↓いづれのところよりとは問はざりける」と続くのであり、間に「髪のよもぎには……しるかりけん」という「はさみこみ」（二一二ページ参照）があるのだという構文をとらえること。（2）の主語は、問題文のなかに語としては出ていないけれど、全体の筋あいから考えて、故郷の方言を忘れないその人が、在郷時代のくしゃくしゃ頭とひどく違った状態——たぶんツルツル——になったといえば、久しぶりで帰った当人、つまりこの文章の筆者でなくてはならない。「われ」と答えても、誤りとはいえないけれど、文中に、「われ」という語はないの

だから、〔筆者〕とでも答えるのが穏当だろう。この問題を出した大学の教師はどうお考えか知らないけれど――。念のため通釈を出しておく。

通釈 夕方になって天龍川をこえる。昔の歌には「天の中川」と詠んである。人びとが出迎えにつぎつぎと来て、老人の無事なよしをまず告げて、よく来てくれたと思っているようすなんかに、うれしく感じて、

空中にある川という名の川ですから、めったには渡れないはずのこの川をこえ、ふつうなら濡れることはいやなものですが、帰郷のよろこびに、かえって袖が濡れるのはそれだけ故郷へ近づくことだと心をはずませ、また出迎えの方がたの厚情に涙ぐむのです。

と詠んだ。夜に入るころ、岡部村の家に着く。ほんとうにまあ、門の所まで出て待っていらっしゃる。幼い姪たちもかけ寄ってきたけれど、見たことのない顔だからであろうか、すぐにもなつかない。こんど初めて顔を合わせたばかりの人は、わたしが昔のくしゃくしゃ頭と似ても似つかない状態になってはいようけれど、お国なまりのことばだけは紛れもなかったのだろうか、「どちらの御出身で？」とは聞かなかったことだ。

◇雲隠れ主語◇

「主語を示せ」という問いに対する要領は、ざっと以上のようなものだが、時としては、主語が意地わるくエスケープしており、なかなか要領どおりには行かないばあいもある。そんな時は、どうするか。

年ごろは、いつしか思ふやうに近き所になりたらば、まづ胸あくばかりかしづきたてて、ゐてくだりて海山の景色も見せ、それをばさるものにて、わが身よりもたかうもてなしかしづきてみむとこそ思ひつれ、(1)我も人もすくせのつたなかりければ、ありありてかく遥かなる国になりにたり。(イ)をさなかりし時、東の国にゐてくだりてだに、ここちもいささかあしければ、(2)これをや、(ロ)この国に見すててまどはむとすらむと思ふ。(更級日記)

問一 傍線部分(1)の「我」と「人」はそれぞれだれをさすか。
問二 傍線部分(2)「これをや」の「これ」は何をさすか、文中の語で答えよ。
問三 傍線部分(イ)(ロ)の主語はだれか。

これだけではなんのことか、よく内容がつかめないだろうから、問題文のあとに「右は、地方官を長年つとめた父親が、そのむすめに対して述べている感想の一節である。」という注釈をサービスして

◇**いつしか** 中古語法では「早く」「まだか、まだか」と待望する気持ち。

おくことにしよう。

もしその注釈があれば、「わが身よりも」「我も人も」などの第一人称は、この文章の話し手つまり父親だと見当をつけることは、それほど難しくあるまい。しかし「人」のほうは楽でない。この「人」は person あるいは people の意味でなく、you つまり第二人称の代名詞なのである。これは中古文にときどき出てくる用法だが、高校程度では無理だろう。こんなときは、例によって腹を太く構える。宿世《すくせ》が拙《つた》ないと言われている「人」なら、一般に世間の人をさすわけでなく、特定の身の上をもった個人をさすはずだし、この文章のなかに人物は父親とむすめの二人しか出ていないのだから、「我」が父親なら、残るのはむすめだけ——と考えれば、「人」の特殊用法なんか知らなくても、答えだけはできる。つまり、**引き算**だ。

問二の「これ」は、英語でいえば this で、何か品物みたいだけれども、このばあいは人間をさし、「この子」とでも訳するところ。現代語でも、お嬢ちゃんをデパートに連れて行った父親が「これに合うようなオーバーを見せてくれませんか。」と注文するような言いかたがある。しかし、もしその下の「まどはむ」の主語までついでに問われると、これは難しい。「まどはむ」の主語は、むすめである。遠い東国で、仮に父親に病死なんかされたら、身のふりかたに迷うのは、もちろんむすめだけれど、文の形からいうと、すぐ

◇**胸あく**　胸がせいせいする。

◇**すくせ**　「宿世」と書く。いま人として生きているそのもうひとつ以前の生存。そこで善事あるいは悪事をしたのが、今の生存に善あるいは悪のむくいをもたらすと考えられた。

上の「見すてて」に対する主語だから、ここで別の主語にかわるとは、ちょっと気がつきにくい。

問三（ロ）の主語が父親であることは、「これ」がむすめである以上、そのむすめを見すてるのは、例の引き算で、父親だと考えるほかない。（イ）は、まさか「をさなかりし」父親が誰かを「ゐて」（連れて）東国におもむくはずはないから、むすめの方と判断できよう。正解をまとめて示せば、次のとおり。

答 **問一** 我＝父親。人＝むすめ。**問二** 人。**問三**（イ）＝むすめ。（ロ）＝父親。

「主語を示せ」と要求されたばあい、どれが主語でどの述語が……などとあわてる前に、腹を太くもって、文法なんかいちおうカッコのなかに入れてしまい、まず**登場人物のリスト**を作りたまえというのが、わたくしのアドバイスである。「めんどうだ」「時間がもったいない」「わかり切っているから」などと言ってはいけない。さきの例は、たった二人だったけれど、ふつうは、もっと多く登場するから、急がば回れ、やはりいちいち書き出してみるに限る。それが基礎になって、効果満点の引き算もできるのである。念のため、通釈を出しておく。

通釈 これまで長年、早くのぞみどおり（都に）近い国に任官したら、第一に（お前を）気のすむまで大事にして（任地へ）連れて行き、海や山の景色も見せ、それはもちろん、わたし自身よりもりっぱにとりあつかい、大事に世話をしようとばかり思っていたのだが、わたしもお前も前世がつまらないものだったから、あげくの果てに、こんな遠国に任官してしまった。（お前の）小さかった時、関東へ連れて行ってさえ、ちょっとでも気分が悪いと、この子をこんな国に残して（亡くなり、この子は）途方にくれることになるだろうと心配した。

◇主語の身がわり◇

エスケープした主語の捜索方針として、もうひとつ手がある。それは、**主語の身がわりに敬語**がいてくれるばあいであって、身がわり氏に尋ねれば、たいていつかまる。

季縄《すゑなは》の少将、病にいといたうわづらひて、すこしおこたりて、内に参りたりけり。近江守公忠《きんただ》の君にあひて、いひけるやう、「みだり心ちはまだおこたりはてねど、いとむつかしう心もとなく侍ればなむ、参りつる。のちはしらねど、かくまで侍ること。まかりいでて、明後日《あさて》ばかり参りこむ。よきに（イ）奏したまへ。」などいひ置きて、まかでぬ。三日ばかりありて、少将のもとより文をなむおこさせたりければ、

くやしくぞのちにあはむと契りける今日を限りといはましものを

とのみかきたり。いとあさましくて、涙をこぼしてつかひにとふ、「いかが（ロ）ものしたまふ。」と問へば、つかひも、「いと弱くなりたまひにたり。」といひて泣くを

聞くに、さらに（ハ）え聞こえず。「みづからただいま参りて。」といひて、里に車とりにやりて待つほど、いと心もとなし。近衛の御門《みかど》にいでたちて、待ちつけて、のりてはせゆく。五条にぞ少将の家あるに、行きつきてみれば、いといみじうさわぎののしりて、門（ニ）さしつ。死ぬるなりけり。消息《せうそこ》いひ入るれど、なにのかひなし。いみじう悲しくて、なく〳〵かへりにけり。（大和物語・第一〇一段）

問一 傍線部分（イ）・（ロ）・（ハ）・（ニ）の主語は何か。

問二 文中に否定の助動詞があれば、示せ。

問三 文中で係り結びになっている箇所があれば、書き出して、係語と結語とを傍線で示せ。

◇内　宮中。
◇まかり　「去り」の謙譲態。
◇近衛の御門　陽明門。皇居の東側、北から二つめの門。
◇消息　メッセージ。手紙だけでなく、口頭での伝達をも含む。

答

問一（イ）＝公忠。（ロ）＝季縄の少将。（ハ）つかひ。（ニ）＝季縄の少将の家人。

問二「まだおこたりはてねど」「のちはしらねど」「え聞こえず」

問三「心もとなく侍ればなむ、参りつる」「くやしくぞのちにあはむと契りける」

こんどは、最初に正解を紹介したが、**問一**の（ハ）は迷いやすいところで、ちょっとまごつくと、「声」「つかひの話」など珍答案を製造して、採点者の気分転換をお手つだいすることになりかねない。「聞こゆ」には自動詞と他動詞があるので、自動詞なら音や声が耳にはいってくることだけれど、他動詞に使われるときは「言ふ」の謙譲態で、「申しあげる」と訳される。このばあいは、使者がとり乱して泣き出し、どうしてもことばが出ないことを「え聞こえず」と言ったのである。謙譲語を使ったのは、もちろん公忠と使者との立場のちがいをあらわしたもの。

いったい、日本語は、ヨーロッパ語にくらべ、主語を示すことが少ない。「映画がお好きですか。」とたずねれば、主語は「あなた」だとわかるし、「A校から参りました。」と言えば、主語は「わたし」でなくてはならない。なぜそう受けとれるか？　理由は簡単。つまり、前者は「お好き」と**尊敬**の言いかたなので、主語は相手である「あなた」だし、後者は「参り」と**謙譲**の言いかたなので、主語は話し手の自分でなくてはならない。すなわち、

［パターン15］
敬語＝主語の身がわり

という公式を逆に利用すれば、主語が誰だかを判定することもできる。

（イ）も、「奏したまへ」と尊敬の言いかたなので、奏する人は、話し手の季縄と同等あるいはそれ以上でなくてはなるまい。ところが、そうした資格をもつ人物といえば、登場人物を総ざらいしても、公忠よりほかないのである。（ロ）のばあいも、上に「つかひにとふ」とあるのを受けて、「いかがものしたまふ」とあるのだから、この主語は「つかひ」だ——など迷答をものしてはいけない。よく見ていただきたい。「ものしたまふ」と尊敬の言いかたが使われているではないか。問題文に「近江の守」と身分が示してあるのは、けっしてダテではない。国守ともあろう者が、使いの者に「たまふ」と言うはずはなかろう。（ニ）は敬語だけでは片づかないけれど、内容の筋あいを考えるなら、むしろ常識にすぎない。死にかけている季縄がのこのこ起き出して自分で門をしめるはずはなし、かけつけた公忠はもちろんあきらかなアリバイがあるのだから、例の引き算で、残るのは季縄宅の誰かに決まっている。こんなふうに見てくると、敬語の使われぐあいが主語の身がわりとしてどんなに大切だか、よくおわかりになるだろう。

通釈 季縄少将がたいへん重い病気をして、すこしよくなり、参内した。近江守公忠どのにあって、言ったことには、「気分はまだよくなり切ってませんが、(宮中の事が)ひどく気になり、心配ですので、出仕いたしました。あとはどうなるかわからないけれど、現在まではどうにかかね。退出して、明後日ぐらいにまた参りましょう。よろしく奏上してください。」などと言い残し、退出した。三日ほどして、少将のと

ころから手紙をよこしたが、それに、

心残りなことに、あとでまたお会いしましょうと約束してしまいました。今日かぎりお別れですと申しあげておけばよろしかったのに……。

とだけ記してある。びっくりして、涙ながらに「どんなぐあいでいらっしゃる？」と使者に聞くと、使者も「ひどく衰弱なさいました。」と言って泣くのを、何かと尋ねたが、てんでお答えできない。「わたしがすぐ参上して。」と言って、自宅へ車をとりにゆかせ、待っている間も、すごく心配だ。陽明門まで出て、(車を)待ち受けて乗り、かけつける。五条に少将の家があるのだが、到着してみると、たいへんなドサクサで、門がしまっている。臨終なのである。伝言を頼んだが、相手にしてもらえない。ほんとうに悲しくて、泣く泣くひっ返したという。

◇主語には行くさきあり◇

主語のつかまえかたは、だいたい要領がおわかりだろう。ところで、こんどは、雲隠れでない主語だって、ときどきつかまえなおす必要がある——というお話をしよう。なぜなら、主語は、いつもどこかへ出かけようとしているものであって、その行くさきをうっかりしていると、行方不明と同じような結果になるからである。

二十二日。昨夜《よむべ》の泊《とま》りより異《こと》泊りを追ひて行く。はるかに山見ゆ。歳九つばかりなる男《を》の童《わらは》、歳よりは幼くぞある、この童、船を漕ぐまにまに山も行くと見ゆるを見て、あやしきこと、歌をぞ詠《よ》める。その歌、

　漕ぎて行く船にて見ればあしひきの山さへ行くを松は知らずや

とぞいへる。幼き童の言《こと》にては、似つかはし。（土佐日記）

問一　「歌をぞ詠める」の主語を示せ。そのばあい、線を使って系図のように書くのがよい。

問二　「あやしきこと」について、次のどれが正しい説明であるか。符号で答えよ。

(イ)「歌」と併立して「詠める」の目的語である。　（ロ）「歌」の同格語（apposition）である。

(ハ) 挿入的に言ったのである。　（ニ）「歌」に対する連体修飾語である。

◇**泊り**　停泊地。みなと。
◇**追ひて**　めざして。
◇**あしひきの**　「山」の枕詞。

通釈　二十二日。昨夜の泊り所から、他の泊り所をさしてゆく。遠くに山が見える。九歳ぐらいの男の子――年齢よりは子どもっぽいのだが――、この子が、船を漕ぐにつれて、山も動いてゆくように見えるのを見て、（ふしぎなことだ）歌を詠んだのである。その歌は、

漕いでゆく船の上で見ると、遠くにある山までがいっしょに動いてゆくのだが、

それを、あの山の松は知らないのかしらねえ。

と言ったものだ。小さい子どもの作としては、似あわしい。

この問題をひとつ考えていただこう。まず問二のほうから片づける。(イ)は、「変なこと」や「歌」を詠んだという意味になり、

あやしきこと
歌
をぞ詠める。

と示すことができる。しかし、「詠む」といえば詩か歌で、歌以外に「あやしきこと」を詠むとは、筋がとおらない。歌に対して詩が「あやしきこと」であるはずもない。だから(イ)は成立せず、次に、

あやしきこと(=歌)をぞ詠める。

と解する立場があらわれる。すなわち(ロ)である。しかし、何もわざわざ「あやしきこと」と言ってから「歌」と言いなおすにも及ぶまい。それなら「あやしき歌」で結構。だが、(ニ)の立場で、

あやしき異歌《こと》をぞ詠める。

と解したらどうか。いちおう文脈としては成立する。しかし、「あやしき」と「異」が重複して、すっきりしない。そこで、残されたのは(ハ)だけで、

(あやしきこと!)歌をぞ詠める。

と考えるよりほかない。つまり、「あやしきこと」は、「あら、ふしぎ！」といった感じで中間にさしはさまれた挿入句と解するのである。そうすると、「この童、船を漕ぐまにまに山も行くと見ゆるを見て、歌をぞ詠める」と続くはずの文脈なのであり、「詠める」の主語は「この童」である。「船を漕ぐまにまに山も行くと見ゆるを見て」は、「歌をぞ詠める」の理由を示したもので、文脈からいえば、やはり「この童」が主語となっている。つまり、

この童┬船を漕ぐまにまに山も行くと見ゆるを見たり
　　　└歌をぞ詠める

と言うところを、接続助詞「て」でつないで一つにしたのであり、その間に、作者の感想が「あやしきこと」と挿入されたわけである。もういちど書きなおせば、次のようになる。

この童┬船を漕ぐ……見ゆるを見て、
　　　│（あやしきこと）
　　　└歌をぞ詠める。

これが**問一**の答である。

◇古文ハードル◇

主語の行くさきも、右の程度なら、まあ大したことはない。こんなふうに、途中でちょ

っと説明みたいな文が現れるのを、佐伯梅友《さえきうめとも》博士は「はさみこみ」と名づけられた。この、はさみこまれた部分だけ飛ばすと、文節関係がよく通じる。英語なんかでは、実に「はさみこみ」が多い。

——, ——, ——.

といったぐあいに、二つのコンマで区切られた間の文句は、多く「はさみこみ」である。

It was, Lucy saw, a genealogical tree.（それは、ルーシーは見たが、系図であった。）

アガサ・クリスティの推理小説を出たらめに開いたらぶつかった文句である。この"Lucy saw"がさきの「あやしきこと」に当たる型の言いかたである。また、同じ小説のもうすこし後に、

A doctor's life, I always think, is so noble and self-sacrificing.（医師の生活というものは、わたしはいつも思うんだが、実に尊くそして献身的だ。）

という文がある。この"I always think"も同様で、"A doctor's life is so noble and self-sacrificing."と続けて解釈すれば、よくわかる。ところで、これらを和訳すると、どうも「ルーシーは見たが」とか「わたしは思うんだが」とか、接続助詞の「が」を入れないと、現代語として落ち着かない。しかし、佐伯文法でいう「はさみこみ」とは、その部分だけ取り出したとき、ひとつのセンテンスになるものが介在しているときをさすのであって、接続助詞が加わるばあい、すなわち連文節の形になっているものは「はさみこみ」と認め

ない。だから、「ルーシーは見たが」「わたしはいつも思うんだが」は、佐伯文法の「はさみこみ」ではないけれど、原文の"Lucy saw"や"I always think"は「はさみこみ」である。なぜなら、それだけでひとつのセンテンスになりうるから。

もっとも、高校生諸君としては、ある部分が佐伯文法の「はさみこみ」であるかないかを気にする必要はない。それよりも、**ある部分をとびこえて続く**という構成が、英語におけると同様、古文にはしばしば現れることだけを頭に入れておいていただきたい。この点に気をつけていれば、もっと複雑な構文でも主語の行くさきをとりちがえる心配はない。また、もっと広く応用することもできるだろう。さきの『土佐日記』の例文を見てくれたまえ。

「歳九つばかりなる男の童、歳よりは幼くぞある、この童、船を漕ぐまにまに山も行くと見ゆるを見て……」

「幼くぞある」の所が、マル(句点)でなくテン(読点)になっている。これは、誤植ではない。「……ぞある」と係り結びになっており、形の上では切れているようだが、気持ちとしては「歳よりは幼くぞある」がいわゆる「はさみこみ」のような性格で、主語「男の童」が述語「……見て」に続くと考えるべきだろう。間に「この童」があり、あらためて主語が示されている形だから、上の「男の童」が「……を見て」の主語だとは考えにくいところだけれど、「この童」は、挿入的な「歳よりは幼くぞある」がすこし長いので、もういちど念のために主語を注意させたものだと思われる。英語なら、当然、関係代名詞を使うのだが、関係代名詞のない日本語としては、もういちど「この童」というよりほかないわけ。そういった気持ちを示すため、マルで切らなかったのである。現代語訳のときは、二〇九ページの通釈のように、ダッシュやカッコを使って挿入的な筋あいを明示するのがよいと思う。英訳すれば、たぶん、

A boy of about nine—he looks younger than his real age—who saw that the mountains, as our ship rowed onward, also seemed to move along, to our amazement, composed a poem.

とでもなるだろう。もうひとつ、同じ日記から「はさみこみ」を紹介してみよう。

> 七日。今日、川尻《かはじり》に船入りたちて漕ぎのぼるに、川の水干《ひ》て、なやみわづらふ。船の遡《のぼ》ること、いとかたし。かかる際《あひだ》に、船君の病者——もとよりこちごちしき人にて、かうやうの事さらに知らざりけり——かかれども、淡路老女《たうめ》の歌に感《め》でて、都誇りにもやあらむ、からくして異《あや》しき歌ひねり出だせり。（土佐日記）

◇川尻　川が海に入るところ。川口。

通釈 七日。今日は、川口に船が入りこんで漕ぎのぼってゆくのだが、川の水が低くなって、四苦八苦する。船がのぼってゆ

くことは、ひどく難儀だ。こうしているうちに、船君である病人さん——もともと無骨な人で、こういう風流ごとは全然たしなんでいなかったのだ——は、けれども、淡路の婆ちゃんの歌に感心して（都近くなってはりきったせいでもあるのだろう）、やっとこさ、へんな歌をひねり出している。

「知らざりけり」は、マルで切りたいところだが、それだと「かかる際に」がどこを修飾するのかわからない。

かかる際に→こちごちしき人にて
かかる際に→知らざりけり

どちらにしても変である。「こちごちしき」は、おそらく船君の生まれつきだろうし、風流気がないのも、いま始まったことではあるまい。「かかる際に」は、いくつもの連文節をとびこえて「歌ひねり出だせり」を連用修飾するのである。そうすれば、どうしても「知らざりけり」でマルにするわけにはゆかないだろう。これは、主語の行くさきでなく、修飾の相手だが、とびこえるという点は別ものでない。こういったハードルをふだんから練習しておくと、古文はうんと楽になる。

◇こちごちしき　「こち」は「骨」で、骨ばったような感じ。
◇さらに　at all の意。

◇ならびの修飾◇

ハードル的解釈といくらか似た点のある考えかたが、ときどき必要になる。それは、

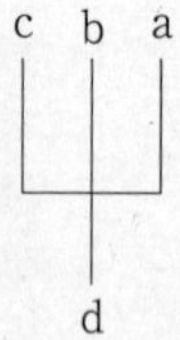

といったように、aとbとcとが同等の資格でdを修飾（連用・連体）する構文である。原文は、もちろん、

a、b、c、d。

という順序に述べられている。このばあい、aはbとcをとびこえてdに、bはcをとびこえてdに結びつくわけだから、**とびこえる**という点では、さきの「はさみこみ」と似ている。しかし、bやcは、dと切り離されて挿入的に介在するのでなく、それぞれdを修飾するわけだから、かなり違った構成だといわなくてはならない。あまり議論ばかりしていると退屈だから、実例をお目にかけよう。

> 花は盛りに、月は隈《くま》なきをのみ見るものかは。雨にむかひて月を恋ひ、たれこめて春のゆくへ知らぬも、なほあはれに情深し。
> （徒然草・第一三七段）

通釈　（桜の）花は満開の時に、月は照りわたるのだけを見るものだろうか。雨をながめながら月を見たく思ったり、ひきこもっていて春が過ぎてゆくのを知らないのなども、やはり感動があり情趣も深い。

この「花は盛りに」は、内容的な筋あいから言うと「（をのみ）見るものかは」に続くのであり、さきの形式に当てはめると、

花は盛りなる
月は隈なき　（をのみ）見るものかは。

という組み立てなのである。ところが、こんなふうに複数の修飾が使われるとき、**最後の修飾以外はすべて連用形**になるという通則がある。つまり、あとの修飾は「月は隈なき」と連体形だが、さきのは「花は盛りに」と連用形が使われているわけ。次も、

雨にむかひて月を恋ふる
たれこめて春のゆくへ知らぬ　（も）なほあはれに情深し。

なのだけれど、右の通則によって「恋ふる」が「恋ひ」と連用形になっている。

この連用形にかわるという所がちょいと盲点になり、ついハードルを倒すおそれがあるから、注意ありたし。そこさえ頭に入っておれば、次の特製難問でも、処理できるはず。

琴《きん》の名手清原俊蔭《としかげ》には、むすめが一人いた。不遇な生活を送っているうち、俊蔭は病気になり、

もうだめだと思ったので、仙人の国から持ち帰ったふしぎな琴《きん》をむすめに譲り、いろいろ遺言《ゆいごん》する……。

「その琴、わが子と思《おぼ》さば、ゆめゆめさらに人に見せたまふな。ただ、その琴をば、心にも無きものに思ひなして、永き世の宝となし、幸《さいはひ》あらば、その幸きはめ、禍きはまる身ならば、その禍、限りになりて、命きはまり、また虎・狼《おほかみ》・熊・獣にまじりさすらへて、獣に身を施《せ》しつべく思《おぼ》え、もしは伴《とも》の兵《つはもの》に身をあたりぬべく、もしは世のなかにいみじき目見たまひぬべからむ時に、この琴をばかき鳴らしたまへ。」と遺言しおきて、絶え入りたまひぬ。

後年、このむすめは、山ごもりしているうち、助かりそうもないピンチに見舞われたので、この琴をかき鳴らし、「いみじき目」をのがれる。　（宇津保物語「俊蔭」）

問一　「幸あらば」から「かき鳴らしたまへ」までについて、文脈を示せ。そのばあい、線を使って系図のように書くとよい。

問二　全文を通釈せよ。

問一 はたいへんむずかしいが、「幸あらば」と「禍きはまる身ならば」とが対照されており、「その幸きはめ（未然形）」と「その禍、限りになら」とが対照されながら共に「む時」へ続く筋あいなのだ

◇**無きもの**　世にまたと無い物。最高貴重品。
◇**限り**　限界。極度の状

けれども、さきに述べた通則により、連用形（あるいは連用形＋接続助詞）になっている。「きはめ」は未然形と連用形とが同形なので、見わけにくいけれども、問題文に出ているほうの「きはめ」は連用形である。「命きはまり」以下は「その禍、限りになり」を具体的に詳しく説明したもの。いずれも「命きはまら」、「虎・狼・熊……身を施しつべく思え（未然形）」、「伴の兵に身をあたりぬべく（未然形）」、「世のなかにいみじき目見たまひぬべから」が併立して「む時に」へ続くわけで、最後の「見たまひぬべから」だけが本来の未然形で残り、ほかは連用形にかわっている。つまり、さきの『徒然草』では二項の連立だったが、こちらは、後項の内部がさらに四項の連立になっている複式の「ならび」であって、これを解答の形にまとめると、次のようになる。

態。

◇**伴の兵**　「伴」は集団。野武士のようなもの。

- 幸あらば——その幸きは（め）
- 禍きはまる身ならば—その禍限りにな（りて）
    - 命きはま（り）
    - 虎・狼・熊……身を施しつべく思（え）
    - 伴の兵に身をあたりぬべ（く）
    - 世のなかにいみじき目見たまひぬべから
- む時（に）、この琴をばかき鳴らしたまへ

どうです。驚きましたか。こんなに複雑な「ならびの修飾」は、古文のなかでも、めっ

たに出てこない。実際の入試にこんな怪物が出ることもないのだけれど、平安時代にも超特大「ならびの修飾」をギネス・ブックに載せてみたいという作者がいたのかもしれないという見本に出してみた。これを頭において、**問二**すなわち通釈にゆこう。

通釈 「その琴は、わたしの子であることをわきまえておいでなら、けっして絶対に他人にお見せでない。まったく、その琴を、無上のものと心に深く刻みつけて、末の世までの宝とし、もし幸福が訪れるなら、その幸福が絶頂になった時、災難をまぬがれない身の上になるなら、その災難が極点に達して、絶体絶命となり、または虎・狼・熊やその他の獣がいる所をさまよい、獣の餌食になりそうに思われ、あるいは武士の集団にあわや襲われそうになり、あるいは世間でひどい目にどうしてもあいそうな時に、この琴をおひきなさい。」と遺言しておいて、息をおひきとりになった。

「きはめむ」「見たまひぬべからむ」の助動詞「む」は、連体修飾に使われているから、サブジャンクティブ・ムードで、そんなことがいま起こっているわけではないけれど、もし仮に起こったとしたならば……と、現在の事実と反対のことを仮想する（二五八ページ参照）。「身を施す」は自分の身を提供すること。意訳すれば「食べられる」でもよろしい。「伴の」はグループをなしていること。「身をあたる」は衝突するとかぶつかるとかの意だが、襲われることをさす。通釈の「あわや」「どうしても」は、いずれも「あたりぬべく」

「見たまひぬべく」の「ぬ」が示す強調の気持ちを意訳してみたものである。

◇$(a+b)\ n=?$◇

「ならびの修飾なんて、なんでもないや。もうすっかり頭に入りましたよ。」

「結構、結構。それじゃ、ちょっと次の問題に答えてくれたまえ。ギネス・ブックものまでこなした君だから、大丈夫だと思うけれど、まあ、念のため……といったところだ。」

> 次の文を通釈せよ。
>
> よき人ののどやかに住みなしたるところは、さし入りたる月の色も、ひときはしみじみと見ゆるぞかし。いまめかしくきららかならねど、木立《こだち》もの古りて、わざとならぬ庭の草も心あるさまに、簀子《すのこ》・透垣《すいがい》のたよりをかしく、うちある調度《てうど》も昔おぼえてやすらかなるこそ、心にくしと見ゆれ。多くのたくみの心をつくして磨《みが》きたて、唐のやまとのめづらしくえならぬ調度どもならべおき、前栽《せんざい》の草木まで心のままならず作りなせるは、見る目もくるしく、いとわびし。

「へえ！　なんだ。『徒然草』（第一〇段）じゃありませんか。ありふれた問題ですね、こんなもの……。」

◇えならぬ　直訳すれば、「何ともいえない程の」。

「どれどれ。ちょっと答案を拝見。フーン。」

［答案］ 身分教養の高い人が心しずかに住んでいる所は、さしこんでいる月の光も、いちだんと身にしむように見えるものだ。当世風であって、華麗ではないが、庭の木立も年代がついて、特に工夫したとも見えない庭の草木も趣のあるさまであり、縁がわや透垣の配置もおもしろく、ちょっとした家具も古風でわざとらしくないのが、ひどくおくゆかしく見えるものだ。多くの大工がいっしょうけんめいに磨きたて、中国だの日本だのめずらしく凝《こ》った調度類をおきならべ、植えこみの草木まで自分の好みに反して作ったのは、見た目もつらくたいへん情ない。

「この程度に書けたら、大手を振って合格でしょう。」

「どういたしまして。まだまだ大手なんか振れないね。」

「だって、ずいぶん骨を折って書いたんですよ。どこがいけないんですか？」

「**ならびの修飾**を忘れているじゃないか。」

右の答案は、実は、なかなかよくできているのである。

「よき人」を「身分教養の高い人」、「ものの古りて」を「年代がつ

◇前栽　庭に低い木を植えた部分。「センザイ」と読む。

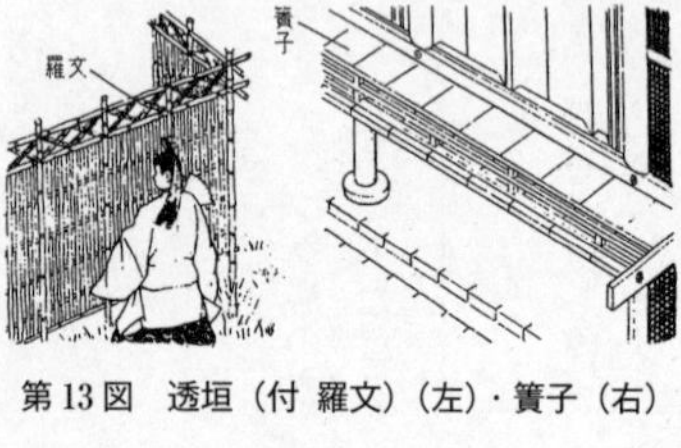

第13図　透垣（付 羅文）（左）・簀子（右）

いて」、「たよりをかしく」を「配置もおもしろく」などと訳したあたりなかなか隅におけない。急所と思われるような部分は、いちおうあざやかに切り抜けたのだから、大手を振りたがるのも無理はないけれど、ほかの所で大きなミスをしているので、さしひきマイナスのほうが多くなるわけ。どこがミスか、おわかりですか。

「いまめかしくきららかならねど」——当世風であって、華麗ではないが

「唐のやまとのめづらしくえならぬ調度ども」——中国だの日本だののめずらしく凝《こ》った調度類

「心のままならず作りなせるは」——自分の好みに反して作ったのは

以上、三箇所である。「いまめかしく」を訳すると「当世風であって」となるはずだし、「きららかならねど」は「華麗ではないが」で結構である。では、どうしていけないのか。

ふしぎでたまらないという人は、次の式の計算をしてみたまえ。

$(a+b)\ n=?$

「平チャラ以下ですね。こんな計算ぐらい。」

$(a+b)\ n=an\ +bn$

確かにこれでよろしい。それじゃ、

$(a+b)\ n=a+bn$

ではどうだろう。

「そんなばかげた計算なんて、もちろん成り立ちませんよ。」

それなら、古文の解釈において君はなぜそんなばかげた計算をしたのかね——と言わなくてはならない。「ね」（已然形）という否定の助動詞は、実は「いまめかし」と「きららかなり」の両方を受けるのである。つまり、くわしくは、

いまめかしからず、きららかならねど……$an+bn$

と言うべきところをカッコでくくって、否定助動詞をひとつ節約し、

（いまめかしく、きららかなら）ねど……$(a+b)n$

と言ったわけ。つまり「ならびの修飾」である。ところが、さきの自慢答案だと、まさに$(a+b)n=a+bn$ではないか。だから、訳するなら「当世風でもなく、華麗でもないが」でなくてはいけない。

次に「唐の……」は、助詞「の」が問題である。さきの答案では、「中国だの日本だの」と並べたてた形に訳してあるが、「花だの団子だの」というときの用法ではなくて、「木の枝」とか「大学の受付」とかいうときの用法なのである。つまり「唐の」も「やまとの」も「めづらしく」も「えならぬ」も、みな「調度ども」にかかるのである。わかりやすく言えば、フォークみたいな形の修飾になっているわけで、

唐の
やまとの
めづらしき
えならぬ
　　　　調度ども

とあらわすことができよう。このなかで、「めづらしき」とあるはずのが「めづらしく」となっているけれど、これは、さきにも述べたとおり「**二つあるいは二つ以上の用言がならびの修飾をするとき、上の用言は連用形になる**」の法則によるもので、この法則を知っていれば、「うすくこき野辺のみどりの若草にあとまで見ゆる雪のむらぎえ」（新古今集・春上）なんかも、「うすくってこいとは、何だか変だぜ。」という疑問は出ないはず。したがって、さきの答案は当然、

「中国の道具、日本の道具と、めずらしい、凝ったものを置きならべ……」

と訳しなおすべきだろう。

　次に、「心のままならず」は、それだけ採りあげて訳するならば、さきの答案どおり「自分の好みに反して」となってよい。「心のままならず筑紫へおもむきたまふ」などとあるときは、それで結構だと思う。しかし、**解釈はいつも全文の解釈**だということを忘れないでほしい。「心のままならず」を「自分の好みに反して」と解しては、「えならぬ調度ど

も」を並べたてるほどの人として変である。たくさんの大工たちに骨を折らせるほどの人が、自分の好みに反して仕事なんかされたら、承知するはずがない。どなりつけるにちがいない。そこで、考えなおしてみると、「くるしく、いとわびし」は、それを見る人の感じであって、作らせた人の感じでないことがわかる。そうすれば、この「心」は作らせる人の心でないわけだが、見る人の心としても変である。他人の作るものに対して「おれの好みに合わない」と主張するのは、すこし勝手すぎよう。で、結局、この「心」は、草木の心と解するよりほかない。草や木が「こちらへ伸びたい」「こんなふうに枝を出したい」と思うのだけれども、人間の好みでいろいろ手を加えて、不自然な形にしたてるのである。そこで「心のままならず作りなせる」は、

「自然のとおりでなく手を加えて作ってあるの」

と訳するのが正解ということになる。

「わかった、わかった。もう大丈夫ですよ！」ということになれば、わたくしも講釈のかいがあったわけで、安心してよいようなものだが、実は、まだまだ。ひとわたり理屈がわかっているようでも、応用がきくのでないと、ほんとうに自分の力になったとはいえないからである。「解釈せよ」なら確かにできるはずの人でも、

走る獣《けだもの》は檻《をり》にこめ、鎖《くさり》をささされ、飛ぶ鳥はつばさを切り、籠《こ》に入れられて、雲をこ

ひ、野山をおもふ愁《うれ》へ、やむ時なし。

問 右の文章において、「こめ」の活用形は何か。（徒然草・第一二段）

という形で問われたら、ドキッとしませんか。「こむ」という動詞は、自動詞だと四段および下二段に活用するが、他動詞のときは下二段だけである。この場合は受身の助動詞が使われているから他動詞で、下二段だとすると、「こめ」は未然形か連用形かである。下二段だから下にくる受身の助動詞は「る」でなくて、「らる」のわけだが、「らる」は未然形につくから、「こめられ」の省略とすれば、この「こめ」は未然形と考えられるというので、

〔**答案**〕――未然形

とやれば、みごと誤りなのだから恐ろしい。「ならびの修飾において、上の用言は**連用形**になる」という法則を忘れてはこまる。あとのほうに、ちゃんと「つばさを切り」と連用形が出ているのだから――。というわけで、

答――連用形

である。$(a+b)n=an+bn$ の偉力、まずは以上のごとし。

◇逆立ちはなんでもない◇

ハードルなら自信があるという諸君でも、逆立ちはかならずしも得意でないかもしれないが、運動神経をきたえるには、逆立ちはなかなか有効だそうである。古文でときどき姿を見せる**倒置**の言いかたは、つまりその逆立ちで、それ自身はたいしたことでもないが、解釈神経をきたえるのには、貢献してくれる。たいしたことでもないという理由は、散文のばあい、ふつう句読点が施されているからである。たとえば、

「いざたまへかし、こなたへ。」

という文がある。「さあ、おいでくださいね、こちらへ。」という意味だが、よく見ると、「かし」の下はテン（句点）になっている。だから、よほど日本語にお弱い方でない限り、誰だって「こなたへ、いざたまへかし。」の倒置だぐらいは見当がつくはず。倒置の言いかたをマスターすることは、「ならびの修飾」や「はさみこみ」をこなすよりも、ずっとやさしい。安心してくれたまえ。

しかし、こまるのは、パンクチュエーション（句読）のないばあい、だいたい和歌や俳句のときである。学者によっては、和歌にも句読点をつけるけれど、原則的にはつけないことになっているらしい。ところが、倒置の言いかたは、あいにく和歌に多い。だから、倒置を発見する神経は、和歌を勉強するとき、特に必要だということになる。もっとも、

倒置は、発見さえしてしまえば、あとの処置はいたって簡単である。ひっくりかえして、もとの順序に置きなおせば、万事ＯＫ！　つまり、発見するかしないかだけの問題なのである。

(1)　桜色に衣《ころも》は深く染めて着む花の散りなむのちの形見に　紀有朋《ありとも》
(2)　この里に旅寝しぬべし桜花散りのまがひに家路《いへぢ》わすれて　詠人しらず
(3)　ほととぎす初声きけばあぢきなく主《ぬし》定まらぬ恋せらるはた　素性《そせい》
(4)　ほととぎす汝《な》が鳴く里のあまた有ればなほ疎《うと》まれぬ思ふものから　詠人しらず
(5)　あな恋し今も見てしか山賤《やまがつ》の垣ほに咲ける大和撫子《やまとなでしこ》　詠人しらず

問　いずれも『古今集』の歌である。それぞれの歌をわかりやすく通釈せよ。

いずれも倒置を含む構文だが、(1)と(2)はごくわかりやすい。上句と下句をひっくりかえせばよい。(3)は「はた」が「あぢきなく」の上になると、よく通じる。(4)は「なほ疎まれぬ」と「思ふものから」をひっくりかえす。(5)は「あな恋し今も見てしか」を「山賤の垣ほに咲ける大和撫子」の下に持ってくる。このばあいは、「大和撫子」の下に「は」を補って考えるとよかろう。

◇**散りなむ**　「な」は完了（確述）助動詞「ぬ」の未然形。
◇**まがひに**　どさくさまぎれに。
◇**あぢきなく**　不本意だという感じ。
◇**はた**　また。

――と種を明かしてしまえば、話は簡単である。だが、これはコロンブスの卵で、迷わず見わけるのに、良い手がかりはないものだろうか？　サア、なんでもない。いったい、文節（連文節）どうしの関係は、

(イ)　単独にピリオッドで切れる。

(ロ)　併立する。

(ハ)　連体修飾する（される）。

(ニ)　連用修飾する（される）。

(ホ)　主語対述語の関係をもつ。

などだが、(イ)(ロ)(ハ)のばあいは倒置が成立しないから、(ニ)(ホ)のどれかに当てはまるものをまずとらえ、それが普通の順になっているかどうかを確かめればよい。ことわるまでもなく、日本語では、

A―修飾する文節（連文節）は修飾される文節（連文節）の上に。

B―主語を含む文節（連文節）は述語を含む文節（連文節）の上に。

という簡単明瞭な原則がある。フランス語なんかでは、こう簡単にゆかないから、諸君はこの点に関する限り、日本語に感謝してよろしかろう。それが原則どおりでなければ、すなわち倒置である。しかも、和歌のばあいは、五音あるいは七音で区切れているから、続

◇疎まれぬ　「れ」は自発、「ぬ」は完了（確述）。
◇ものから　……ものながら。
◇てしか　……たいなあ。願望をあらわす。
◇山賤　山に住む者。木こりなど。

きぐあいが原則どおりであるかないかは、きわめて判別しやすいわけで、

［パターン16］
連用修飾は？
主述関係は？｝下↓上＝**倒置**

というパターンさえ覚えておけば、倒置の発見でまごつく心配はない。実例でいえば、(1)の「花の散りなむのちの形見に」は「着む」を連用修飾しており、

桜色に衣は深く染めて ──┐
花の散りなむのちの形見に ─┴── 着む

であるし、(2)の「散りのまがひに家路忘れて」は「旅寝しぬべし」を連用修飾といったぐあいだ。また(5)の「山賤の垣ほに咲ける大和撫子」は「あな恋し」の主格というわけ。答えの通釈は次のとおり。

通釈 (1) 花が散ったあと、おもかげをしのぶ材料として、衣は桜の色によく染めて着ることにしよう。

(2) 桜の花があまりみごとに散り乱れるので、それに気をとられ、家へ帰ることを

うっかりして、この里で一泊することにならざるをえないようだ。

(3) ほととぎすの初声を聞くと、また、つまらないことに、誰とはなしに恋しくなることだ。

(4) ほととぎす君。あなたの鳴く場所があまり多いので、あなたをなつかしく思いながらも、やはりなじめないのだよ。(わたしの所へだけ来てくれるのならよいのだけれど……)

(5) 山人の住居の垣根に咲いていた大和ナデシコは、ひどく恋しい。もういちどぜひ見たいものだ。

◇「かみあわせ」と掛詞◇

「かみあわせ」などというと、いまにも嚙みつかれそうだけれど、べつに怖い話ではない。わたくしが仮に「かみあわせ」と名づけたのは、次のような形の構文である。大工さんの言う合《あい》ジャクリだ。

太線の部分は同じ語(または文節または連文節)で、上と下に共有され、どちらにも関係する。たとえば、

「花の色は移りにけりな**いたづらに**我が身世に経《ふ》る歎《なが》めせし間《ま》に」（古今集・小野小町）

の「いたづらに」がそれで、「花の色はつまらないことに見るかげもなくなってしまった。わたし自身がつまらなく世のなかを過ごすというわけでぼんやりしていた間に……」といったようなぐあいに、同じ「いたづらに」が「移りにけりな」と「世に経る歎めせし」とを修飾する。これが、わたしの言う「かみあわせ」型の構文である。歌は、なんといってもすくない語数で多くの事がらを表現しなくてはならないから、ひとつの語にいくつかの役を兼ねさせることは、やむをえないと同時に効果的な方法だといえよう。

ところで、この「かみあわせ」は、同じ意味のことばが上と下とに共通する型の構文だが、語形は同じでも、意味が違っているばあいは、掛詞の一種となる。しかし、構文としての「かみあわせ」と「掛詞」とは、けっして同義語ではない。たとえば、

「吉野川岩波たかく行く水の**早く**ぞ人を思ひそめてし」（古今集・紀貫之）

において、上の「水の」に続くとき「早く」はfastの意味だが、下の「人を思ひそめてし」に続くときはearlyの意味でもある。このように、**ひとつの語が同じ文のなかで違った意味に用いられているとき、それを掛詞とよぶ**。だから、貫之の歌における「早く」は、構文からいって「かみあわせ」であると同時に、修辞の技巧としては掛詞なのである。掛詞でない「かみあわせ」もあることは、さきの小町の歌でわかるし、また「かみあわせ」

になっていない掛詞にも使われる。

「春霞たなびく野辺の若菜にもなりみてしかな人も**つむやと**」（古今集・藤原興風《おきかぜ》）

「つむ」は「摘む」と「抓む」（つねる）の掛詞だけれども、構文から言うと、上（「人も」）あるいは下（「やと」）の関係で意味が違っているわけではない。つまり、

訳 春霞がたなびく野原の若菜になってみたいなあ、人が摘み取って（つねって）くれやしないかと思ってね。

という筋あいなのだから、掛詞ではあるけれども、それぞれ違った語義で上と下に続いているのではない。作者は、たぶん、友人が美しい女性につねられて、「エヘヘヘ……。」とうれしがっているのを見て、吾輩もひとつあんな光栄に浴したいものだと痛感し、右の歌を詠んだのだろう。もっとも事実は、猛妻どのにこの歌が知れ、「それじゃ、つねってあげるわよ。」と、鼻をイヤというほどねじあげられて、「アイテテ……。」の結果になったのではないかしらと、わたくしは興風氏のためひそかに心配している。

こんなわけで、掛詞はかならずしも構文としての「かみあわせ」と一致するものでないけれど、しばしば複合して用いられる。

「思へども人目**つつみ**の高ければ**かは**と見ながら得こそわたらね」（古今集・詠人しらず）

「心にはあなたのことを思っているのだが、人目をはばかるので、ちょうど堤が高いばあ

いのように、あの人は……と見ながら、思い切って川をわたるように行くことができない」という意味である。「包み」と「堤」および「彼《か》は」と「川」の掛詞になっており、同時に「かみあわせ」でもある。また、

「今日わかれ明日は**あふみ**と思へども夜やふけぬらむ袖の露けき」（古今集・紀利貞《としさだ》）

「近江《あふみ》」と「逢ふ身」の技巧。また、

「陽炎《かげろふ》のそれかあらぬか春雨の**ふるひと**なれど袖ぞぬれぬる」（古今集・詠人しらず）

「降る日と」と「古人」との技巧である。右の例は、ひとつの単語（文節）が「掛詞」兼「かみあわせ」になっている例だが、ばあいによっては、単語の内部でそういった技巧の使われることもある。というよりも、和歌ではむしろそのほうが多い。

「夜も寒み衣《ころも》**かり**がね鳴くなべに萩の下葉も移ろひにけり」（古今集・詠人しらず）

訳 夜分になると寒いので、衣を借りたいようなこの頃、かりがね（雁）が鳴き、また同時に萩の下葉もすっかり色がわりしたことだ。

という意味で、単語「かりがね」のうち「かり」だけが共通する。次にあげる例も同様の技巧である。

「逢ふことは雲居はるかに**なる**かみの音に聞きつつ恋ひわたるかな」（古今集・紀貫之）

「はるかになる」と「なるかみ」（雷）の発音共通点がねらい。

「君をのみ思ひこしぢの白山はいつかは雲の消ゆる時ある」（古今集・宗岳大頼《むねおかのおほより》）「思ひ来し」と「こしぢ」（越路）との「掛詞」兼「かみあわせ」である。その程度のことがのみこめていれば、次の問題でも、なんとか見当はつくだろう。

> 後撰集にいはく、「桂のみこの『蛍をとらへて』といへりければ、わらはの汗衫《かざみ》の袖につつみて、
>
> 　つつめどもかくれぬものは夏虫の身よりあまれるおもひなりけり。」
>
> とあり。宋玉が隣に住みし女は、これほどまでほのめかす便りもなくてや、やみにけむ。（十訓抄・巻十）
>
> **問一**　「つつめども」の歌を解釈せよ。
>
> **問二**　傍線部分を具体的に説明せよ。

宋玉は古代中国の文人。ハンサムなことでは日本の業平と同格だったらしい。ところが、隣のお嬢さん――どう整形しても美人には距離がありすぎる――が、宋玉君にふらふらとなり、塀によじのぼって宋邸をのぞいてばかりいたが、宋玉君は「もう三年もあんなふうに首を出してますけどね、ぼくは相手にしませんよ。」と明言して

◇とらへて　「て」は完了（確述）助動詞「つ」の命令形。いまの文法書は「てよ」と教えるが、元来の命令形は「て」だけで、後それに終助詞

いる。話は『文選《もんぜん》』に収められた宋玉作『登徒子好色賦序』に見える。「わらは」は、childのことでなく、召使いで、このばあいは女の子。たぶんハイティーンだろう。彼女はプリンス・カツラにやはりふらふらとなったけれど、表現のしかたはまことにエレガントであった。「つつめども」は汗衫（うすもの）に包むのと、心の中にひそめて出さない意味とを掛詞にしたもの。また「思ひ」は活用語尾の「ひ」を「灯《ひ》」の掛詞にしている。答えは、次のようなぐあい。

答 **問一** 物を包むように心に隠していても隠しきれないものは、蛍の身から出てくる灯のようにあらわれるわたしの思いです。

問二 行動があまり直接すぎ、女童《めわらわ》のような風流なくふうがなかったから、宋玉が相手にしなかったのである。

念のため、通釈を出しておく。歌の部分は、もちろん問一で代用だ。

通釈 『後撰集』に「桂の親王が『ホタルをつかまえてくれ。』と言われたので、召使いの子が汗衫の

袖に入れ、

つつめども――

第14図　汗衫姿

「よ」が加わったもの。
◇**汗衫**　少女用の上衣。カーディガンにあたる。
◇**便り**　手段。方法。
◇**やみにけむ**　直訳すれば「それきりになったのだろうか。」
◇**文選**　中国梁代（六世紀前半）に蕭統の撰した詩文集。

と詠んだ。」とある。宋玉の隣に住んでいた女性は、これほど優美にぼかして表現する腕まえも無かったから、モノにならなかったという次第なのだろうか。

問一で、掛詞「つつめども」を訳するのに「……ように」と比喩《ひゆ》を使った技巧は、よく味わっていただきたい。動詞「つつむ」に含まれるkeep secretの意味と品物をwrapする意味とが両方ともあらわれるように訳するためには、いちおうwrapのほうを「物を包むように」と提示するがよい。それにしても、愛情のかけひきは、文法とちがって、あまり太っ腹なのは成功率が低いようだ。御用心！

――その3　用心文法

「なるほど、太っ腹文法ですね。でも、すこし太すぎやしないかしら。」

「なぜだね。」

「だって、わたしたちがいつも頭をなやます助動詞や助詞の用法などという難物がちっとも出てこないで、何が何を修飾するとか、どこに省略があるとかいった話ばかりですから……。」

「安心できないというのかね。だけどね、文法でいちばん大切なのは、何が何を修飾するかということだぜ。いま文法の最高権威といわれる佐伯梅友先生だって、何が何を修飾するの研究で博士になったんだよ。そうして、文法でいちばん大切でないのが、品詞分解だろうな。」

「しかし、先生は、なぜ、助動詞や助詞の用法をシャット・アウトなさるんですか。」

「シャット・アウトなんかしないよ。これまで解釈のしかたを話してきたなかに、助動詞も助詞もちゃんと織りこんであるぜ。だいたい、文法だけを切り離して勉強するというのは、専門の国語学者のしごとだろう。とくに古典文法は、高校生諸君なら、解釈と結びついたものでなければ、あまり意味が無いと思うね。しかし、そんなに心配なら、太っ腹でない文法も、すこし紹介しておこうかね。もっとも、エッセンスだけだ。前に出てきたような事は、繰りかえしてもつまらないからな。」

◇文法と頭脳経済学◇

本命の助動詞・助詞に入る前に、品詞のあつかいでちょっとウォーミング・アップをしておこう。品詞分解そのものは、つまらない作業で、いくら上達したところで、古文の学習にあまりプラスしてくれないけれど、次に出てくる程度のことは、いちおう頭に入れておくことが必要だろう。

次の文章は『大鏡』の一節で、繁樹が世継その他を相手に昔がたりをしたあとにつづく部分である。読んであとの問いに答えよ。

このa侍もいみじう興じて、「繁樹《しげき》が女どもこそ、いますこしこまやかなることどもはかたらめ。」といへば、(女)「我は京人にもb侍らず、たかき宮仕へなども1し侍らず。若くよりこの翁にそひ候ひに2しかば、はかばかしきことをもみc給へぬものをは。」といらふれば、「いづれのくにの人ぞ。」ととふ。「みちのくにあさかの沼にぞ侍りし。」といへば、「いかでか京にはこ3しぞ。」ととへば、「その人とはえ知りたてまつらず、うたよみd給ひし北の方おはせ4し守《かみ》の御任にぞのぼり侍りし。」といふに、中務《なかつかさ》の君にこそときくもをかしくなりぬ。「いといたきことかな。北の方をばたれとかAきこえし。よみe給ひけん歌はおぼゆや。」といへば、「Bそのかたには心もえで、おぼえ侍らず。ただ、のぼり給ひしに、あふさかの関にはおは5して、よみf給へりし歌こそ、ところどころおぼえ侍れ。」とて、

みやこにはまつらむものをあふさかのせきまできぬとつげややらま6し

など、たどたどしげにわたるさま、まことにをとにたとしへなし。

問一 右の文章で「侍」がふた通りに使われている。傍線a・bにつき、それぞれ語としての読み方と意味のちがいとを記せ。

問二 右の文章で補助動詞「給ふ」がふた通りに使われている。そのちがいを文法上から説明し、傍線c・d・e・fがそのどれに属するかを示せ。

問三 傍線1・2……6の「し」はそれぞれ次のうちどれに属するか、符号でしるせ。

(イ)動詞　(ロ)動詞の一部　(ハ)形容詞　(ニ)形容詞の一部

(ホ)助動詞　(ヘ)助動詞の一部　(ト)助詞　(チ)助詞の一部

問四 傍線A「きこえ」の語法上の意味をしるせ。

問五 傍線Bの部分を解釈せよ。

問三が品詞のあつかいをポイントにするわけだけれど、こんなのは、—◇こまやか　趣が繊細な

品詞よりも単語の見わけといってよろしく、どこからどこまでが一単語であるかをとらえさせる設問である。これができなければ、解釈が成り立たない。仮名がきによって日本語の文章がわかりやすくなると力説する国字問題の論者に、仮名がきのため解釈しそこないやすくなるばあいだって少なくないという実例を示すのが、この**問三**だろう。

問三のうちで、1と5は、まあ心配あるまい。いちばん危ないのは2で、うっかりするとㇹだと勘ちがいしやすい。しかし、これは、接続助詞「ば」が付いて「……だから」「……なので」となるとき、その上は已然形のわけだから、助動詞「き」の活用さえ頭に出てくれば、なんでもない。だが、実際のばあい、なかなかそこまでは頭をはたらかせることが難しい。そこで、御用心だが、用心の方法としては、とにかく活用させてみることだ。活用させてみれば、ついウッカリしやすい形にも頭が向くものだ。

ところで、その「そひ候ひにしかば」は、順接確定の言いかたになる関係で已然形なのだが(二九三ページ参照)、これもウッカリしていると、「係りが無いのだから、已然形の結び(この場合「しか」)は無いはずだ」という錯覚におちいりやすいから、御用心。なる

こと。デリケート。
◇**はかばかしき**　十分な程度の。
◇**え知りたてまつらず**　「え……ず」で可能性の否定。
◇**中務**　宇多天皇の孫で、陸奥守源信明の北の方。三十六歌仙のひとり。
◇**いたき**　中古語では「すばらしい」の意に用いることがある。
◇**をとこ**　中古語では、夫の意に用いられることが多い。

ほど、係りあれば結びありだ。

【パターン17】
ぞ・なむ・や・か――ける（連体）
こそ――けれ（已然）

というパターンを頭にしっかり刻みつけておくことは、まことに結構！　しかし、ものごとには、例外がある。「例外なしに割り切れるのが正しい」という算術精神は、文法において、たいへん危険である。原則として、連体形や已然形は係りに対する結びとして使われる。が、連体形や已然形がすべて結びにだけ使われるわけではない。御用心。なお、これに関連して、かならずしも「ぞ・なむ・や・か」の係りだけが連体形の結びを呼び出すとは限らないことも、御用心。実例で言うと、「いかでか京にはこしぞ」「たれとかきこえし」がそれである。これは、上に「いかで」「たれ」という疑問副詞があるため、連体どめになっているのである。「など行きたまはぬ」「いつ来たまひし」などの言いかたを考えあわせてくれたまえ。もっとも「いかでか」「たれとか」と「か」の係りがあるじゃありませんか――と反撃されそうだ。しかし**結びは文（センテンス）のなかで二度くりかえさ**

れることがない。「いかで＋か」「たれ＋か」であっても、結びはひとつの連体形で片づけるわけ。なお、「中務の君にこそときくもをかしくなりぬ」は、係り「こそ」に対して已然形「ぬれ」を使っていないから変だ——と考えてはいけない。これは、「こそ」の次に「あれ」という動詞が省略されているのである。**結びの省略**もときどき使われるから、御用心。**問二**と**問四**は「敬語さまざま」(三〇三ページ以下)を参照していただきたいが、下二段活用の「たまふ」(連体形「たまふる」)が謙譲になることは、基本知識のひとつだから、御用心。さて、解答は、

答 **問一** a＝さぶらひ(身分の高い人につかえ雑用をする者)。b＝はべ(「あり」の丁寧態)。

問二 尊敬(四段)＝d・e・f。謙譲(下二段)＝c。

問三 1＝(イ)、2＝(ヘ)、3＝(ホ)、4＝(ホ)、5＝(ロ)、6＝(ヘ)。

問四 謙譲。(「謙譲態」または「謙譲体」でもよい。)

問五 その方面は不案内ですので、覚えておりません。(「そのかた」は歌の道をさす。)

といったところだろう。そうとうの難題だから、次の通釈と対照しながら、もういちど考えてくれたまえ。

通釈 この侍もたいへんおもしろがって、「繁樹の妻君が、もうすこし趣のあることを

いろいろお話しできましょう。」と言うと、（妻）「わたしは都の人でもございませんし、上つがたのお邸にお勤めなどをいたしません。若い時分からこのじいちゃんに連れ添っておりましたので、これといったことも見聞しておりませんのに。」と答えると、（侍）「どこの国の御出身で？」とたずねる。（妻）「陸奥《むつ》の国安積《あさか》の沼におりました。」と言うと、（侍）「どうして都に来たんですか。」とたずねたが、（妻）「お名は存じあげませんが、歌の上手な奥様をおもちの守《かみ》様が満期におなりの際、（お伴して）上京いたしました。」と言うので、（さてはその奥様は）中務の君だなと、聞きながら興をそそられた。（侍）「実にすてきな次第ですな。その奥様は、何と申しあげましたか。お詠みになった歌は覚えてますか。」とたずねると、（妻）「その方面は不案内でして、覚えておりません。ただ、上京なさいました折、逢坂の関にいらっしゃってお詠みになった歌だけは、所どころ覚えております。」と言って、「都ではいまごろ待っているだろうに、逢坂の関まで来たと、知らせられるなら知らせてやりたいねえ。

です。」など、ひどくおぼつかなげに話す様子が、まことに夫（繁樹）とは比べものにならない。

◇考えこむな・気をつけよ◇

「考えてくれたまえ」と言ったが、とかくめんどうに考えるから、文法が難しくなる。場面によっては、文法ぬきの考えかたで文法問題を処理するぐらいのつもりでいれば、こまかい所も案外よくさばけるものだ。

うぐひすは、文《ふみ》などにもめでたきものに作り、声よりはじめて様《さま》かたちも、さばかりあてにうつくしきほどよりは、九重《ここのへ》のうちに鳴かぬぞいとわろき。人の「さなむある」といひしを、さしもあらじと思ひしに、十年《とせ》ばかりさぶらひて聞きしに、まことに、さらに音もせざりき。さるは、竹近き紅梅も、いとよく通ひぬべきたよりなりかし。まかでてきけば、あやしき家の見どころもなき梅の木などには、かしがましきまでぞ鳴く。よる鳴かぬも、いぎたなき心ちすれども、いまはいかがせむ。

（枕冊子・第三九段）

問一 右の文中に打消しの助動詞があったら、その出ている形を出ている順に挙げよ。

問二 右の文中には係り結びがいくつかある。それぞれの結びの語の最後の一字を、すべて出ている順に挙げよ。

問三 右の文中に活用する語の終止形があったら、その出ている形を出ている順に挙げよ。

たいして難しい問題ではない。いちおう文法のちからをテストするような設問だけれど、なに、文法ぐらい怪しくっても、例の太っ腹で、ある程度まではゆける。**問一**を見てくれたまえ。「打消しの助動詞」を探すわけだが、もちろん接続のしかたで見わけることもできる。連用形について「鳴きぬる」なら完了（確述）だし、未然形について「通はぬ」なら打消しになる。しかし、試験場で頭がすこしカーッとなっているとき、「連用形はウーン、未然形はエーッと」と考えこんでしまうと、つい不覚をとることもないではない。こんなときはいつも**全体が問題なのだ**というわたくしの主張にしたがって、あとの「音もせざりき」と対応させれば、「鳴かぬ」が打消しであることは、文法ぬきにだってわかる。

次に、うぐいすが梅に縁のふかい鳥であるという常識中の常識からおして「通ひぬ」が打消しではおかしいと考えられよう。だいたい、同類のものが二つ以上あらわれるとき、一方が多く「見せかけ」であることは、出題者の技巧としてお許しねがっておこう。外角のカーブで打者をしとめるつもりなら、前にひとつ内角へシュートを投げておくのは、投手の定石というもの。

問二は、文法だけで料理するほかない性質の設問だが、これにもワナがある。つまり、

◇**文** 狭義には漢詩文だけをさす。
◇**うつくし** 一八一ページ参照。
◇**ほど** 程度。
◇**九重** 宮中。幾重にも塀で囲まれるから。
◇**さなむある** 具体的内容は「ウグイスは宮中で鳴かない」ということ。
◇**さるは** 中古では逆接。
◇**たより** 便宜な所。
◇**まかでて** 宮中から自宅へ。
◇**いぎたなき** 「い」は「寝」。キッパリ起きようとしない意。

連体形と終止形が同じばあいのワナである。「かしがましきまでぞ鳴く」は、そうしたねらい。こんな釣り球にひっかからない秘訣は、

〔パターン18〕
結びは**係り**で発見！

というわたくしの専売特許パターンである。係りだけあって、結びが立ち消えになる例はしばしば出てくる。しかしその逆は存在しない。係りがなくて連体どめあるいは已然どめになるという係り結びはありえない。とすれば、係りの発見がキー・ポイントになることはあきらかで、

ぞ　なむ　や　か　こそ

という係りの助詞があるかないかを探してゆけば、何形であろうと、結びはいやおうなしに出てくる。

問三は、「終止形と連体形の同じである語に注意」という前問の急所と共通のねらい。**問二**で「鳴く」を落とした人は、**問三**でも当然「鳴く」は答えられまいが、被害はそれだけでない。「いかがせむ」が大アナである。ちょっと見ると、「せむ」は終止形のようだ。

しかし、ほかの活用語に置きかえると、どうなるだろうか。

「表紙の色はいかがなる。」

「来年のプランはいかがする。」

「A君は貴社にていかが勤むる。」

疑問の副詞「いかが」を受けるとき、活用語はみな連体形になっている。「なり」「す」「勤む」、いずれも終止形と連体形が違った形になるから、そこが明らかだけれど、助動詞「む」は終止形も連体形も「む」だから、ひっかかりやすい。外角カーブだけで連続ストライクをとられたようなものだろう。

「先生、ひどいや。係りに気をつけろというから、係りばっかり探していたら……。」

という苦情は、当然予想できる。しかし、前の注意をよく見てくれたまえ。「係りがなくて連体どめあるいは已然どめになるという係り結びはありえない。」とわざわざ傍点をつけてある。係りのない係り結びは存在しない。しかし、係りのない単なる連体どめなら、いくらも出てくる。

「秋立つ日よめる。」

「悲しきかな、君が行きぬる。」

「係り結びに連体どめがある」「連体どめは、係り結びとは限らない」という二つの命題が矛盾しないことは、数学I第二部の頭で考えれば、ふしぎでも何でもない。さて、正解は、次のとおりである。

答 **問一** ぬ　じ　ざり　ぬ

問二 き　る　く〔注意〕（ぞ）「わろき」・（なむ）「ある」・（ぞ）「鳴く」。

問三 じ　き　ぬ　なり

次に、念のため通釈を出しておくから、文法と解釈との関係をよく味わっていただきたい。

訳 ウグイスは、漢詩文なんかでも結構な鳥としてあつかい、声はもちろん姿かっこうも、あれほど上品でかわいらしいわりには、宮中で鳴かないのがほんとにいけない。人が「そんなぐあいだ」と言ったのを、そうでもあるまいと思っていたのに、十年ほど宮廷生活をして聴いたところ、ほんとに、いっこう声もたてなかった。だけど、竹の近くに紅梅もあり、ウグイスのやってくるのにおあつらえの所なんだがねえ。退出して聞くと、いやしい民家の見ばえもしない梅の木などには、うるさいほど鳴いている。夜鳴かないのも寝ぼうな感じだけれど、いまさらどうしようもなかろう。

和歌だって、ウグイスはいくらでも登場する。それを、わざわざ「文《ふみ》」（漢詩文）で代表させたあたり、いかにも清少納言らしい。平安時代の女性は、ふつう漢詩文の勉強は男性にお任せ申しあげていたはずだから――。

◇助動詞何ものぞ◇

さて、いよいよお待ちかねの助動詞だが、何もはじめから頭痛薬なんか用意しておく必要はない。が、「世のなかにもし助動詞のなかりせば古文の時間のどけからまし」という歌を詠んだ高校生があったとしたら、彼もしくは彼女は、実は、助動詞についてかなりのエキスパートだとさえ言えそうだ。

この前おきは、あとでピンとくる箇所があるはずだから（二六三ページ参照）、その時に思い出していただくことにして、とりあえず、右の詠人《よみびと》に対しては「助動詞なんか心配するにおよばないさ。要は、料理のしかたひとつだね。」とお答えしておこう。「それじゃ、どう料理するのでしょうか？」料理といっても、日本料理から中国料理、フランス料理、ドイツ料理……、お好みしだい、何でもござれ――と胸をたたきたいところだが、わたくしはアメリカふうに料理して御覧に入れよう。材料は、助動詞「む」である。

A　さはれ、よろづに、この世のことは、あいなく思ふを、去年の春、呉竹（イ）うゑんとて、乞ひしを、このごろ「（ロ）たてまつらん。」といへば、「いさや、ありもとぐまじう思ひにたる世の中に、こころなげなるわざをや（ハ）しをかん。」といへば、「いとこころせばき御ことなり。行基菩薩は、ゆくすゑの人のためにこそ、みなるにはきはうゑたまひけれ。」などいひて、ほらせたれば、「あはれにありしところとて、(二) 見む人もみよかし。」と思ふに、涙こぼれてうゑさす。（蜻蛉日記）

B　去年の春、呉竹を植えたいと思って人に頼んでおいたら、それから一年もたったこの二月のはじめになってやっと「さし上げますから。」と言ってきた。「いいえ、もう少しも長らえたいとは思えなくなりましたこの世に、何でそんな心ないようなことをしておけましょう。」とわたしがことわらせると、「まあ、たいへん狭いお心ですこと。あの行基菩薩は行末の人のためにこそ、実のある庭木はお植えなされたと申すではありませんか。」などと言い添えて、その木を送ってよこしたので、ついわたしもそれに気もちを誘われるがままに「そう、ここはこの上もなくふしあわせな女の住んでいた所だと、見る人は見るがいい。」と思って、胸を一ぱいにさせながら、それを植えさせた。（堀辰雄「かげろうの日記」）

問　A文中の傍線部分にあてはまる部分を、B文中よりぬき出しなさい。また、それぞれの「む」（「ん」）の用法は、次の用法のどれにあたりますか。

をりあかしこよひは飲ま（a）むほととぎす明け（b）むあしたは鳴きわたらむぞ

助動詞「む」を勉強するとき、諸君は、文法書と首っぴきで、「エ―ト、**推量・意志・勧誘に仮想と婉曲**、それから**適当**……」などと

◇**さはれ**　「さはあれ」の約。それにしても。

暗記して、「合計で六つ、エート、**推量・意志・勧誘に仮想**……。いけねえ！　あと二つ忘れた。こん畜生！」と歯ぎしりするようなことをしていないだろうか。もしそんな勉強法をしている諸君があれば、まことにお気の毒の限り。考えてもみたまえ。道綱の母（『蜻蛉日記』の作者ですゾ）が「助動詞の『む』には、エート、**推量・意志・勧誘**……など有んめるに、この件《くだり》には意志の使ひざまなむ、いとつきづきしかる。」といったふうに判断して、それぞれの用法を駆使したのならともかく、文法書なんか影も形もなかった平安時代（Oh, good old days!）の文章に勧誘とか仮想とかの用法をいちいち正確に当てはめきれるわけがない。たとえば、川を流れくだる水は、灌漑にも発電にも舟運にも使われるけれど、水自身は、べつに何の役に立とうと思って流れているわけではない。水のはたらきを、人間のがわでいろいろに分けているだけのはなしである。水の使われる場面がいろいろであれば、そのはたらきもいろいろ分化するにすぎない。だから、水の基本的な性質をひとつとらえておけば、いくら用途が増えようとも、場面に応じてそれぞれのはたらきを採りあげることができる。（聞いたような話ですな、一五八ページあたりで……。）助動詞だって同様、けっして幾つかの「む」が存在するわけではない。同じ「む」が、場面に応じていろいろな使われかたをするだけであって、もし精密に分類すれば、用法は六つどころではない。何十とおりになるだろう。それ

◇**あいなく**　つまらなく。
◇**呉竹**　ハチクの一種で、葉が細く黄味をおびる。
◇**ありもとぐまじう**　寿命を完うしそうにもなく。
◇**こころなげなる**　浅はかな。

を便宜のため、学者によって、四つに分けたり五つに分けたり、六つに分けたりという次第なのであり、そういった分類に縛りつけられるのは、あまり賢明でなさそうに思われる。

「それじゃ、どうしたら賢明なんでしょうか？」

答えは簡単。**基本意味**をひとつ覚えておきたまえということである。

「それじゃ、どれが基本意味なんですか？」

この質問に対して、わたくしが「推量である」とか「意志です」とか答えることを予期していられるかもしれない。しかし、そういった術語（文法用語）で答えるのは、実は、あまり効果的だとは思わない。

「それじゃ、どうなんです？」

まあ、落ち着きたまえ。そうして、次の掲示をよく見てくれたまえ。

［パターン 19］

「む」＝will（shall）

これがわたくしの答えである。つまり、平安時代の「む」は、現代英語の will で置き換えられうるということである。「む」には will のもつ用法がすべて含まれるということなのである。「本当かしら？」と首をかしげる人のために、すこし説明してみよう。

It will rain tomorrow.

こういった will を、英語の先生はどう教えておいでになるか、わたくしは知らないが、国語で言えば、これが**推量**に当たる。中古の言いかたでは、「明日、雨ふらむ。」となる。

I will go tomorrow.

これは**意志**で、中古語なら「明日、行かむ。」となる。**勧誘**は、英語では、ふつう疑問文の形で言いあらわされる。

Will you please come here tomorrow?

すなわち「明日、来たまはむや。」である。これを平叙文の形に使って、

I hope you will call on me tomorrow.

と言えば、**勧誘**のほうは I hope で示されており、will は kindly といったような感じをあらわす**婉曲**の言いかたに当たる。もっとも、頼みかたを柔らげるだけでなく、

If you will cook the dinner, I will wash the dishes.

のような you will もある。こんなとき、ふつうの言いかたは "If you cook the dinner, I will wash the dishes." であって、はじめの will は使わないのだけれど、しいて you will ……と言えば、「もしお前がやるべきことをやるなら、こちらもそれに対応するだけのことをしよう――。」という気持ちで、実現がまだ確かでないことに対する**仮想**を含む言い

かたになる。中古文に訳すると、

「そこに夕餉《ゆふげ》を調《ととの》へむには、われは器《うつは》どもをぞ浄《きよ》めむ。」

ぐらいだろう。このときの「む」は連体形。次に**適当**の用法は、訳したとき「……ガヨイ」「……ベキダ」となりうるもので、**勧誘**の特別なばあいと考えられる。

Shall we leave now?

のshallはそういった感じで、出かけるのが良いようだという判断を含む。だから、これに対する答えとしては、

It's all right with me.

がふつうである。このall rightを含むshallが、いわゆる**適当**であり、中古文なら、

「退《まか》りなむや。」

となる。これに対する答えは、ふつうのばあい「さり」(「然在《さあ》り」の約)あるいは「さりなむ」だろうが、この「む」も**適当**の気持ちである。

こういった次第で、中古語の「む」は、英語のwill(人称の関係で時にはshall)で割り切れるはずだから、高校(もちろん日本の)一年程度の英語ができる人なら、中古語の「む」について心配する必要はないし、中古語の「む」がよく理解できない人なら、英語のwillだって及第点がとれるかどうか、すこぶる怪しい。ひとつの頭で古文英訳・英文古訳をやってのける右のような勉強法は、「エート推量、エート意志……」式よりもずっと有効だ

と思うから、ぜひ試みてくれたまえ。これを英語では"Two birds with one stone."と言う。

ところで、さきの問題にもどる。設問の指示するA文の傍線部分は、すべて「む」（「ん」）を含むから、助動詞「む」の用法をたずねているのだというポイントはすぐわかる。それに対応するB文の現代語は、簡単にとり出せよう。

（イ）うゑん——植えたい。

（ロ）たてまつらん——さし上げます。

（ハ）しをかん——しておけましょう。

（ニ）見む——見る。

（ロ）は「さし上げますから」まで答えるとまずい。「から」は、「進呈しますから、お受けとりくださいませんか。」といった気持ちで、B文の作者（堀辰雄）が加えたもの。しかし、それだと、

(I shall be very pleased) if you will kindly accept (the ones forwarded to you before long.)

のような意味あいになり、A文の「たてまつらん」とはすこし言いまわしの筋および感じが違う。「たてまつらん」にあたるのは、むしろ、

I will give you (the ones you mentioned the other day.)

なんかだろう。ところで、（イ）の「うゑん」は"I would like to plant……."つまり希望だ

が、この用法はさきに述べなかった。しかし**希望**は、**意志**の強められた用法であり、それが相手にむけられたときは**勧誘**にもなる——という次第で、はっきりした境界線は引けない。このばあいは**意志**に含めてもさしつかえなかろう。(ロ)の「たてまつらん」は、さきにI will give you と英訳したとおり、これも**意志**。(ロ)は、B文に「何で……ましょう」とあるのに従えば、しないほうがよいという判断を示すわけだが、そうした**反語**の言いかたでなければ、この「ん」は「……するがよい」すなわち**適当**の用法になる。次に、(ニ)は、「見む」が「人」を連体修飾している点に注目してほしい。つまり、助動詞の「む」が連体修飾に使われるときは、ふつう**仮想**(Subjunctive Mood)の用法になる。たとえば、

「月明《あか》からむ夜に訪《と》ひたまへかし。」

は、月のあかるい夜が近日あるかどうか確かでないけれど、もしあったら、来てください——というのであり、けっして「月明き夜」と同じではない。もっとも、現代語には、こうした「む」をうまく訳し出すようなことばがないので、解釈のときには「月のあかるい夜」でもかまわないが、気持ちとしては**仮想**なのである。だから、

「まことにいみじからむをば、やがて奉りたまへ。」

といったようなばあいには、「ほんとうに立派なのがあるなら、それをすぐさしあげなさい」と訳すのがよろしい。そういったわけで、A文の「見む人」は、「もし見る人があるなら、その人……」の気持ちだが、現代語としては、B文のように「見る人」でもかまわ

ない。しかし、用法を問題にするときは、あくまで**仮想**と考えるべきだろう。

ところで、設問に出ている「をりあかしこよひは飲まむほととぎす明けむあしたは鳴きわたらむぞ」だが、はじめの「飲まむ」は他の人たちに「飲もうぜ」と言ったのなら**勧誘**だし、自分で「飲もうかな」とつぶやいたのなら**意志**である。どちらであるかは、この歌だけでは決められない。次の「明けむあした」は連体修飾だが、歌意からいって「夜が明けるかどうか確かでないが、もし明けたなら」と仮想するのではおかしい。何億年来、いまだ夜が明けなかったというためしはない。だから、これは「明くるあした」でよいのを、柔らげて言うため、仮想めかして**婉曲**の用法を試みたものだろう。あとの「鳴きわたらむ」は、単純な**推量**。念のため、通釈しておく。

訳 今晩は徹夜で飲むことにしよう。（夏に入る）明朝あたりは、ほととぎすが鳴いてくれるだろうから。

すると、設問に示された（a）（b）の用法と、A文における（イ）（ロ）（ハ）（ニ）の用例とは、どう対応しているのか。さあ、こまった！　なぜ、こまるのか。理由は簡単。これまでの勉強が、やれ推量、やれ意志……と分類しすぎたからであって、「分類なんか、考えかたひとつで、どうにでもなるさ」と気を大きく持てば、（a）と（b）の大ざっぱな違いは、主語となるはずの人の「こうしよう」という考えが入るか入らないかにすぎない。相手に「こうしようぜ」と誘いかけるばあいでも、自分はこうしたいから君もわたしの考えに同調してもらいたいという意味で、やはり「こうしよう」と別ものでない。**適当**の用法だって、自分はこれがよいと思うから、君もそうしたらどうかとアドバイスする気持ちで、これも別ものではない。そこが、どうなるか自分の意志では決定できない（b）との差であり、この有意志・無意志の差にA文の傍線部分をあてはめれば、正解は、

答（イ）＝（a）（ロ）＝（a）（ハ）＝（a）（ニ）＝（b）

となるだろう。

「エート推量、エート意志……」式の勉強ばかりしていると、自分の習った分類以外のやりかたで出題されたとき、動きがとれない。大まかに「む＝will（shall）」と覚えておき、用法は場面に応じ、分類は必要に応じるという弾力性のあるゆきかたをお勧めする次第。

◇中古文のSubjunctive Mood◇

「だけど、先生。どうも不安なんですよ。ふだんから、助動詞はこまかく分けて考えるように教えられていますし、古文解釈のとき、こまかく分けて考えないと、正確な意味がつかめないんじゃありませんか。」

こんな反論も、出そうである。そう言いたいらしい顔を、わたくしの頭脳に内蔵されたブラウン管が、ちゃんと受像中だ。わかっとる、わかっとる！

助動詞の用法をくわしく分けて考えることは、わたくしも、実は賛成なのである。とこ

ろが、さきほどから攻撃中の「エート推量、エート意志……」式だと、かえってくわしく分けられないことが多い。「む」の用法を四つとか六つとかに固定して教わると、とかくそれ以外の用法がありえないかのように思いこみやすく、レディー・メードの分類にとらわれて、原文にピタリとした解釈が発見できにくいのである。そんな事情もあって、わざわざ「分類なんか気にするな」という標題を出しておいたわけ。真意は「分類は結構。ただし、とらわれるな」である。いちおう分類を知っておくほうが便利と思ったからこそ、これまでうるさいほど、**推量・意志・勧誘・仮想**……を太字で示してきたのである。攻撃の相手として、やたらに太字を持ち出したから、いつの間にか諸君の頭に印象づけられているのでないかと思う。そうなら、わたくしの目的は達したわけで、しめ、しめ、しめ！

そこで、もうすこし話をこまかく進めてみよう。誰だね、ウンザリだなんて言ってるのは——。こまかく分けて考えないと安心できませんと文句を言ったばかりじゃないか。さきほど、わたくしは**仮想**を含む will の用法があると述べた。しかし、実際は、**仮想**すなわち Subjunctive Mood は、will や shall よりも would あるいは should で言いあらわされることのほうが、はるかに多い。

I should be much pleased if you **would** call on me.

このばあい、相手が来てくれるかどうかは、よくわからない。しかし「もし来てもらえるなら……。」と仮想して「そのときは、さぞうれしいことでしょう。」と、自分の気持ちま

で仮の条件の上に想定するわけ。これは、事実としてはごく丁寧な**勧誘**になる。そこで、返事には、

If I could come, I certainly **would** do so.

と言ったものとする。このcouldも、やはりSubjunctive Moodで「参れるかどうかわかりませんが、もし参れましたら……。」と仮想しているのである。中古文なら、

「訪ひたまは**ましかば**、いとうれしかりな**まし**。」

「え参ら**ましかば**、させ**まし**かし。」

となる。この「ましかば……まし」の言いかたが、ちょうどshould……あるいはcould……wouldの形に相当するのであり、要領よく、

［パターン20］

ましかば……まし＝｛should……would / could……would

というパターンで覚えておくと、いろいろ役に立つだろう。

もっとも、中古文におけるSubjunctive Moodの言いかたは、かならず「ましかば……

まし」の形をとるとは限らない。たとえば、

(1) うぐひすの谷より出づる声なく**は**春来ることを誰か知ら**まし**　（古今集・大江千里《ちさと》）
(2) 冬枯れの野辺とわが身を思ひ**せば**燃えても春を待た**まし**ものを　（古今集・伊勢）

通釈 (1)（もし）ウグイスが（冬ごもりしていた）谷から出て鳴く声がなかったら、（里ではまだ冬景色なのだから）春の来ることを誰が気づくだろうか。
(2)（もし）冬で草木の枯れた野原と（同じように）自分の身の上を見なすならば、（枯れ草を燃やして新しい芽のため肥料にするよう、わたしも）「思ひ」という火を燃やして、人の世の春（が訪れるの）を待つことだろうに。

のように、上の「ましかば」が他の形になっていることも多い。これは、

If I **were** a member, I **would** certainly go.
If he **wanted** to do so, he **could** find the time.

のような言いかたを思わせる。パーセンテージからいえば、この「せば……まし」のほうが、あるいは多いかもしれない。はじめにあげた「世のなかにもし助動詞のなかり**せば**古文の時間のどけから**まし**」は、すなわちこのスタンダード・パターンで、それを使いこなせるなら、中古文における Subjunctive Mood をかなりマスターしている証拠だから、い

ちおうエキスパートだと言ったわけ。

ところで、また、場面によっては、Subjunctive Mood がいつも英文法の教科書に出てくる公式どおり if……の Clause を伴うとはかぎらない。たとえば、

I would prefer fish to chicken.

がそれで、表面には出ていないけれど、あとに if I could という気持ちが含まれているのである。内容としては、単に "I prefer fish to chicken." と言っても、それほど違うわけでないけれど、would が加わることにより、できますなら……という仮想が謙遜の感じをもたらし、言いかたを柔らげる。英米人のパーティに招かれたときなど、使ってみたまえ。たぶん "He speaks good English." ということになるだろう。中古文においても同様で、

(a) 鶏肉よりは魚をこそ得め。

(b) 鶏肉よりは魚をこそ得まし。

を比較すると、(b)のほうが(a)よりもずっと soft である。

この Subjunctive Mood による**柔らげ**の言いかたは、人に頼むばあい、英語ではよく使われる。たとえば、

Would you please be quiet?

だが、これは「(もし静かにしていただけるなら) 静かにしてくださいませんか。」という丁寧な頼みかたで、

Will you please be quiet?

よりも、ずっと腰が低い。ロンドンで、アパートを探していた日本人が、大家さんにむかって"Will you……"という頼みかたをしたところ、部屋は空いているけれど、"Will you……"なら……"と言われたのでは、貸せないねという返事だった。つまり、"Would you……"なら貸してあげてもよいがというわけで、これは実話である。こうした would の使いかたを、英文法では Softened Request と言う。

この Softened Request は、しかし、筋あいとして Subjunctive Mood ながら、古文の言いかたでは、たいてい「たまはむ」の形になり、どうも「まし」は使われないようである。たとえば、

「ししこらかしつるときは、うたてはべるを、とくこそ試みさせたまはめ。」（源氏物語「若紫」）

といった例がそれで、光源氏が熱病にかかった際、早く治療なさいませと、側の者がアドバイスしているところ。「こじらせてしまいますと、厄介ですから、ぜひ早くやってご覧なさいませ。」の意である。こういった「ぜひやってほしい」という気持ちのばあい、上に「**こそ**」の係りのあることが多いから、解釈のとき、強調的な訳しかたにするよう注意するがよろしい。

ちょっと厄介な説明も出てきたけれど、要点は、さきに出てきた「む＝will（shall）」の

延長であって、

［パターン21］
「まし」＝would（should）

という形にまとめておけば、英語の授業でwouldの用法を頭に入れておくことで、中古文のとき「まし」の勉強を節約することができる。頭脳経済学とは、なんと便利なものではないか。

◇「らむ」→現在◇

助動詞「む」の用法がしっかり頭に入っていれば、それと関係のある「らむ」「けむ」も、あまり迷わないですむだろう。つまり、推量の「む」に**現在**という性格の加わったものが「らむ」、**過去**という性格の加わったものが「けむ」で、三者の関係は、次のような関係になる。

［パターン22］

む（推量）＋現在＝らむ
　　　　　＋過去＝けむ

まず「らむ」のほうから考えてみよう。これは、基本的用法として、

(a) 見えていない事がらについては、〈イマゴロ……テイルダロウ〉

(b) 見えている事がらについては、〈ナゼ……テイルノダロウ〉

の両者があるから、これを最初にマスターしていただきたい。つまり、中古文のなかに助動詞「らむ」が使われているとき、その「らむ」の付いた用言によってさし示される事がらが、話主にとって、見えているのか、それとも見えていないのかを、まず検討したまえ――ということである。(a)は、

憶良《おくら》らはいまは退《まか》らむ子泣くらむその彼《か》の母も吾《わ》を待つらむぞ　（万葉集・山上憶良）

が有名な例である。宴会に出席中の憶良だから、かれの子どもや奥さんはそこに見えていない。その見えない相手に対して、「いまご

◇憶良　山上氏。七世紀後期から八世紀前期にか

ろ泣いているだろう」「いまごろ待っているだろう」と推量するわけ。この「……ているだろう」という訳語が**現在推量**の性格をうまくあらわすことに御注意。だから、現代語訳すると、

訳 わたくし憶良なんかは、もう失礼いたしましょう。いまごろ子どもが泣いているでしょうし、その母親だってわたしを待っているでしょうからね。

ということになる。「その彼の母」は、わざとまわりくどく言ったユーモア。奥さんのことである。(b)は、

> ひさかたの光のどけき春の日に静心《しづ》なく花の散るらむ　（古今集・紀友則）

が代表的な例。花は眼前で散っている。それに対して「らむ」を使うと、散る理由・原因を推量することになり、

訳 こんなのんびりした春の日に、なぜ気忙《ぜわ》しく花が散っているのだろう。

という意味に解釈される。この両者がのみこめたら、もうひとつ歩みを進めて、応用的な方面に目を向けよう。といっても、要点はやはり**相手が見えているか・いないか**であって、たとえば、同じく

けての歌人。遣唐使に随行して渡唐。「貧窮問答歌」など、人生を素材とする歌が多い。

◇ひさかたの　天に関係のある事象に掛かる枕詞。

でも、その花が見えているかいないかによって、解釈が違ってくる。

「花散るらむ」

花散るらむ ⎧(a) イマゴロ散ッテイルダロウ
　　　　　 ⎩(b) ナゼ散ッテイルノダロウ

どちらに解するかは、場面による。文法だけでは、決めることができない。また、場面によっては、かならずしも定型どおりの訳に当てはまらないことがある。

吹くからに秋の草木のしをるればむべ山風を嵐といふらむ　（古今集・文屋康秀）

「むべ」（なるほど）という語があるから、例の〈ナゼ……テイルノダロウ〉はぐあいがわるい。しかし、理由を推量していることは同じで、このばあいは、その理由が表面に現れている点で違う。だから、

訳 吹いてくるというと秋の草木がしおれるから（以上が理由）、なるほど山からの風を嵐《あらし》とよんでいるわけなのだろう。

とでも訳したらよいかと思う。山プラス風が「嵐」という字になる洒落。

このほか、どうも右の(a)もしくは(b)で割り切れない用例が出てくる。それは『枕冊子』の、

鳥は、異処《ことどころ》のものなれど、鸚鵡《あうむ》いとあはれなり。人の言ふらむことをまねぶらむよ。（第三九段）

である。佐伯梅友博士は、こういう「らむ」は、慣習とか性質とか、いつも変わらないものを推量的に言うのだと説明され、松尾聡博士は、直接経験せず伝聞や記事で知っていることに対する推量だと解されたけれど、どちらが定説なのだか、いまのところ、はっきりしない。

しかし、学説がいろいろあろうと、右のような「らむ」は、おかまいなしに古文に現れるから、諸君としても、なんとか処理法を知っておかないと、それこそ安心できないだろう。わたくしの考えでは、こんな「らむ」は、たいてい「ようだ」と訳しておけば、当たらずといえども遠からずだと思われる。「言ふらむこと」のように連体修飾のときは、いちおう「ような」と訳して結構。しかし、現代語としてあまり快適でもないから、ふっ飛ばして「言うことを」と訳するのもよかろう。

訳 鳥（のなかで）は、外国のものだけれど、オウムがたいへん心を動かす。人が話すようなことを、まねるわけだわね。

「訳はそれで逃げるとして、もし文法的な意味を問われたら、どうなんですか。」

つまらんことを心配したまうな。トップ・レベルの文法学者でさえ決めかねているしろものを、高校生相手に質問するような非常識先生はいないはず。

「でも、もし、いたら、どうします。」

放っておけばよい。そんな先生の出した問題なんか、振ってしまえばよろしい。どうせ誰も満足にできるはずがないのだから、被害はたいしたこともなかろう。

「だけど、小西先生は、どうお考えですか。」

弱ったな。わたくしは、そんなに文法ばかり勉強しているわけでない。佐伯・松尾といった大家と正面きって太刀打ちする自信はないのだが、試案を出させていただくなら、こういった「らむ」は、すべて**柔らげ**の用法としたらどうかと思う。「人の言ふらむことをまねぶらむよ」を「人が言うことをまねするそうだ」と訳すると、よくわかるけれども、それなら、これを「人の言ふなることをまねぶなるよ」と言いかえてよいだろうか。どうもおかしい。とくに「言ふらむこと」のほうは、訳しようがない。ということは、その「らむ」があってもなくても、大すじの意味は変わらないのであり、ちょうど「む」に柔らげの用法があったように、これも「言っていること」を柔らかく表現したものと考えられないだろうか。こういった「らむ」に当たる英語は、ピタリとしたものを思いつかないけれど、しいて当てるなら、“it seems to……”であろうか。もっとも、連体修飾に使われたほうの「らむ」は、中古語独特のもので、なんとも英訳のしようがない。

◇「けむ」→過去◇

「む」と「らむ」「けむ」の間には、おもしろい対応関係がある。「らむ」「けむ」のどちらかにある用法は、たいてい他にも存在する。つまり「らむ」における(a)(b)の用法は、それとよく似たものがやはり「けむ」にも発見されるというわけである。すなわち、

(a) 事がらの推量〈**ソノトキ**……タノダロウ〉

(b) 原因などの推量〈**ナゼ**……タノダロウ〉

となる。「けむ」のばあいは、過去という条件があるから、見えるとか見えないとかは問題にならない。過去のことなら、どうせ見えるはずがないからである。しかし、「らむ」の(a)から〈イマゴロ〉という現在の性格を除き、〈テイル〉を〈タ〉に換えれば、「けむ」の(a)となる。また、「らむ」の(b)についても、やはり〈テイル〉を〈タ〉に換えれば、そっくり「けむ」の(b)となる。実例でいえば、次の和歌は(a)だろう。

> 君や来《こ》し我や行きけむ思ほえず夢か現《うつつ》か寝てかさめてか　（古今集・詠人しらず）

通釈　夢のなかで恋人に会った。しかし、自分から夢路を出かけて行ったのか、先方から来てくれたのか、よくわからない。

◇思ほえず　記憶に残っていない。

「行った」という過去の事がらについて推量しているわけで、「行ったのだろうか」と訳してよい。(b)の例には、

よそにのみ聞かましものを音羽川渉《わた》るとなしに見なれそめけむ　（古今集・藤原兼輔）

通釈 うわさにだけ聞いていればよかったのに、音羽川をわたって水馴《みな》れるみたいに、なんだってあなたを見馴《みな》れる〈ナジム〉ことになったのでしょう。

◇音羽川　「わたる」の枕詞。

がある。さきの「ひさかたの光のどけき……」が〈ナゼ〉を補ったのと同様、疑問の「なんだって」などを補って解釈するのがよろしい。もっとも、つねに〈ナゼ〉を補うとは限らない。それも「らむ」のばあいと同じである。補わなくてもよい例は、

神風の伊勢の国にもあらましを何しか来けむ君もあらなくに　（万葉集・大来皇女）

通釈 伊勢の国にいればよかったのに、なんだって来たのだろう。あなたもいらっしゃらないことなのに。

◇神風の　「伊勢」に掛かる枕詞。
◇あらなくに　「く」は

のように、ふつうなら表面に出てこない「何しか」といった類の語

が本文で明示されているばあい、あるいは、

> 会ふまでの形見とてこそ留めけめ涙に浮かぶ藻屑《もくづ》なりけり　（古今集・藤原興風《おきかぜ》）
>
> 通釈　こんどお会いするまでの形見というわけで残した裳《も》だろうが、涙の海に浮かぶ藻屑のようにはかない。

──上の用言を体言化する接尾辞。

のように、理由「会ふまでの形見とて」が提示されているばあいである。「何しか」が明示されているのは、ちょうど「らむ」のばあい、

> 白露の色は一つをいかにして秋の木の葉を千ぢに染むらむ　（古今集・藤原敏行）
>
> 通釈　露の色はみな同じく白なのに、どうして秋の木の葉をさまざまに色づかせているのだろうか。

と疑問語が使われているのに対応し、そうでないのは、さきの「吹くからに秋の草木のしをるれば」と理由をあげている例に対応する。

次に、**柔らげの用法**も、やはり「らむ」と「けむ」の間に同様な対応が見られる。たと

えば、『竹取物語』のことを話しあっている条で、

> かぐや姫ののぼりけむ雲居は、げに及ばぬことなれば、誰も知りがたし。
> （源氏物語「絵合」）

という例がある。これを、さきの「人の言ふらむことをまねぶらむよ」に対応させ、

訳 かぐや姫がのぼっていったような空は、まったくどうしようもない対象だから、誰もほんとうのことはわからない。

と訳したら、この「たような」が「けむ」（連体形）によく当たるのではあるまいか。もっとも、「らむ」のほうで伝聞に解したのと対応させれば、これも「かぐや姫がのぼったそうな」と訳することになる。しかし、伝聞には、別に「けり」という助動詞があるので、やはりそれとの関係が疑問だろう。

のぼりし雲居〈ノボッタ空〉
のぼりける雲居〈ノボッタト聞ク空〉
のぼりけむ雲居〈ノボッタヨウナ空〉

とならべてみれば、いずれも過去に関する言いかたでありながら、意味の違いが微妙にあって、これを現在形の、

のぼる雲居〈ノボル空〉
のぼるなる雲居〈ノボルト聞ク空〉
のぼるらむ雲居〈ノボッテイルヨウナ空〉

に比較し、どうも「けむ」を**柔らげの用法**に解するのがよいらしく思われる。

このように対応が成り立つものとすれば、「言ふらむことをまねぶらむよ」の「らむ」を慣習や性質など変わらないものをいうとされた佐伯説は、すこし疑問かもしれない。「かぐや姫ののぼりけむ雲居」は、慣習的にたびたび下界との間を往来したわけでもなかろうし、そういった慣習的なものごとに対する推量が「けむ」には認められない以上、それと対応する「らむ」も同様にあつかうべきではなかろうか。

◇「なり」に御用心◇

こんどは、口癖に注意せよというお話である。次の問題を見てくれたまえ。

家にありたき木は松・桜。松は五葉もよし。花は一重なるよし。八重桜は奈良の都にのみありけるを、この頃ぞ世に多くなりはべる（イ）なる。吉野の花、左近《さこん》の桜、皆一重にてこそ（ロ）あれ。八重桜は異様《ことやう》のものなり。いとこちたくねぢけたり。（a）植ゑずともありなむ。遅桜またすさまし。虫のつきたるもむつかし。梅は白き、うす紅梅。（b）一重なるがとく咲きたるも、重なりたる紅梅のにほひめでたきも、皆をかし。遅き梅は、桜に咲きあひて、覚え劣り、けおされて、枝にしぼみつきたる、心うし。「一重なるがまづ咲きて散りたるは、心とくをかし。」とて、京極入道中納言は、なほ一重梅をなむ軒近く（ハ）植ゑられたりける。京極の家の南向に、今も二本（ニ）はべるめり。柳またをかし。卯月《うづき》ばかりの若楓《かへで》、すべてよろづの花・紅葉にもまさりてめでたきものなり。橘《たちばな》・桂《かつら》、いづれも木はものふり、大きなるよし。

（徒然草・第一三九段）

問一 傍線部分（イ）・（ロ）・（ハ）・（ニ）を文法的に説明せよ。

問二 傍線部分（a）・（b）を解釈せよ。

秀才S君の解答を見ると、

[答案] 問一 （イ）推定・伝聞の助動詞「なり」の連体形で、「ぞ」の結び。

（ロ）補助動詞的用法の「あり」の已然形で、「こそ」の結び。

（ハ）「植ゑ」はワ行下二段「植う」の未然形。「られ」は尊敬の助動詞「らる」の連用形。「たり」は完了の助動詞「た

◇**ありけるを** 「ける」は伝承回想。

◇**多くなりはべるなる** この「なる」は推定。

◇**左近の桜** 紫宸殿の庭にあり、右近の橘と対する。

◇**こちたく** 「事いたく」の音便形。英語ならば

り」の連用形。「ける」は回想の助動詞「けり」の連体形で、「なむ」の結び。
(ニ)「はべる」はラ変「はべり」の連体形。「めり」は推量の助動詞「めり」の終止形。

となっている。これなら、10点を満点として、たぶん8点ぐらいだろう。どこで減点されたのか。

(イ)で、「推定・伝聞の助動詞……」とある所に、御注意いただきたい。終止形接続の「なり」は、推定・伝聞をあらわすが、ラ変型の活用語につくときは、連体形についても推定・伝聞となる。「はべり」はラ変型だから、その用法で考えたい。というわけで、「推定・伝聞の助動詞……」と答えたわけ。どこがまちがっているのだ――と抗議したくなる諸君も多いことだろう。たしかに、ラ変型の連体形につくときは推定・伝聞になるという特例までとらえたところは、あっぱれなもので、わたくしなら満点をあげたいような気がするほどである。しかし、採点者によっては、1点ぐらい減らすおそれが、けっして無いとはいえない。問題は、このばあいの「なり」が推定か伝聞かである。ふつう「伝聞・推定」と続けてよぶが、伝聞と推定は同じでない。**伝聞**とは、人から話に聞くことで、現代語訳するなら「……だそうだ」「……だとかいう」「……のよし」「……だとさ」などと言いかえられるも

terribly だ。
◇**すさまし** 漢字では「冷」をあてる。殺風景だ。
◇**むつかし** 現代語とちがう。一八二ページ参照。
◇**心とく** 心のはたらきが速い。敏感だ。
◇**京極入道中納言** 藤原定家のこと。邸が、京極の西、二条の北にあった。

のだし、**推定**とは、自分の考えでおしはかることで、「……のようだ」「……らしい」「……みたいだ」などと訳されるものである。終止形接続の「なり」は、そのどちらかに解釈できるということなのであって、どちらに解釈するかこそ、実はテストしたい急所なのだといえる。だから、「推定の助動詞……」と答えるか「伝聞の助動詞……」と答えるかのどちらかであってほしい。

つまり、文法だけをテストしているわけでなく、わざわざ全文を出して「全文のなかでの部分」としてたずねているのだから、解釈の裏づけが当然あってよいはず。ところで、問題文の作者つまり兼好法師は、八重桜が多くなったことを、人づてにだけ聞いていたのだろうか。常識からいって、そんなことはありそうにもない。兼好は、きっと自分の眼で八重桜が多くなったことを見たにちがいない。しかし、自分ひとりの見た所ぐらいでは、全国のうちごく少ない部分のはずだから、そうだと断定することは難しい。そこで「自分の見た所以外もたぶん同様だろう」という気持ちで「多くなりはべるなる」と言ったのであろう。すなわち、この気持ちは「推定」と解するのが正しい。したがって、さきの答案は、

（イ）　推定の助動詞「なり」の連体形で、「ぞ」に対する結び。

と修正されるなら、減点のおそれがない。いつも記憶の便法として、

[パターン23]
終止形接続の「なり」は伝聞・推定

と口癖のように繰りかえすことは結構であるけれど、口癖にとらわれすぎると、つい考えがツルツルすべって、たとえわずかな点数であるとはいえ、減点の憂き目にあう。御用心、御用心。

なお、(ロ)は、なにも「補助動詞的用法の……」と答える必要はない。補助動詞というものを認めない教科書で習った諸君も多いだろうからである。わたくしなら、

(ロ)　ラ変動詞「あり」の已然形で、「こそ」に対する結び。

で十分だと思う。こんな所は例の太っ腹でゆきたまえ。それから後のほうは、

[答案]　**問二**　(a)　家に植えないでもよいものだ。

(b)　一重である梅が早く咲いたのも、また八重である紅梅が色や香りの美しいのも、みな趣がある。

と、S君の解答にある。(b)はこれでよろしいが、(a)はすこし確かでない所がある。つまり、(a)の急所は「なむ」が未然形につくか連用形につくかの区別であって、それによって願望をあらわす終助詞であるか、いわゆる完了の助動詞「ぬ」の未然形に推量の

助動詞「む」がついたものか、文法的に違ってくるわけだが、右の答案では、そこがあきらかでない。文法が問われているようで、実は解釈も要求されていたり、解釈せよというなかに文法が含まれていたりするのは、健全な出題方針による入試問題の常識といってよい。このばあいは、もちろん連用形の「あり」に「な・む」がついているのだから、

答（a）家に植えなくてもよいはずのものだろう。

と修正するところ。「な」（確述助動詞「ぬ」の未然形）は、話題の事が終わったというよりも、たしかにそうだという気持ちの確述だから、「はず」でその意味あいを出し、推量の気持ちを「だろう」であらわしたわけ。もとの答案でも、いちおう合格点はあるのだけれど、10点のうち2点ぐらいは引かれるのでないかと思われる。なお、念のため現代語訳しておく。

通釈 家に植えておきたい木は、松と桜。松は五葉松も結構だ。桜の花は一重なのがよい。八重桜は奈良の都にだけあったよしだが、このごろ世間に多くなったようです。吉野の桜花も、左近の桜も、みな一重なのだ。八重桜は風がわりなものだ。いやに仰山《ぎょうさん》でつむじ曲がりである。家に植えなくてもよいはずのものだろう。遅ざきの桜も興ざめだ。毛虫がついているのも気味がわるい。梅は白かうす紅梅（がよい）。一重である梅が早く咲いたのも、また八重である紅梅が色や香りの美しいのも、みな趣がある。遅ざきの梅は、咲くのが桜といっしょになり、感じも（桜より）劣る

し、（桜に）圧倒されて、枝に萎《しお》れたようにとりついているのは、情ない。「一重である梅が、まっさきに咲き、散っているのは、気がきいて趣がある。」と言って、定家どのは、やはり一重の梅を軒ちかくお植えになったよし。京極の邸の南向きに、いまでも二本あるようです。柳も趣がある。四月ごろの若いかえでの葉は、だいたいからいって、いろんな花や紅葉よりもずっと結構なものだ。橘や桂は、どちらも木は古びて大きくなったのが結構だ。

◇「の」だってバカにならない◇

なんでも現代と同じ形のものは親しみやすいし、いま使っていないようなのは、難しい感じがするだろう。もっともだ。むかし国文学教師になるための徒弟教育（戦後は消滅していったらしい）でしごかれたわたくしだって、古写本の原物よりも文庫本の類で活字化されたものを、つい重宝がる。しかし、そこに、ひとつの落とし穴がある。「現代と同じ形だから……」ということは、無条件に「やさしい」の同義語と考えられてはこまる。現代語と同じ形であるがために、かえって誤解しやすいというばあいが、助詞には少なくないからである。

ひろびろと荒れたるところの、過ぎ来つる山々にもおとらず、大きに恐ろしげなるみ山木どものやうにて、都のうちとも見えぬところの様《さま》なり。ありもつかず、いみじうものさわがしけれども、いつしかと思ひしことなれば、「物語もとめて見せよ、物語もとめて見せよ。」と母をせむれば、三条の宮に、親族《しぞく》なる人の衛門の命婦《みやうぶ》とてさぶらひけるたづねて、文やりたれば、めづらしがりて、喜びて、「御前のをおろしたる。」とて、わざとめでたき草子ども、硯《すずり》の箱のふたに入れておこせたり。うれしくいみじくて、夜昼これを見るよりうちはじめ、またまたも見まほしきに、ありもつかぬ都のほとりに、誰かは物語もとめ見する人のあらむ。（更級日記）

設問　文中に用いられている語「の」および「に」には、それぞれ次のような異なる用法が見出される。

「の」(1)「硯の箱」(2)「見する人のあらむ」

「に」(1)「見まほしきに」(2)「都のほとりに」

右のほかになお異なる「の」「に」の用法があれば、「の」「に」それぞれにつき一つずつ、右の例にならって本文よりぬき出して示せ。

「の」だって「に」だって、現代文にいくらも出てくる。というよりも、「の」と「に」をぬきにしたら、現代日本語が成り立たないぐらいだが、さて、右のような問題にぶつかったばあい、はたして

◇**ありもつかず**　複合動詞「ありつく」に助詞「も」が入った語法。英

悠然と満点がとれるかどうか。

まず「の」から考えてゆこう。「硯の箱」は「手のさき」「靴のひも」などのばあいと同じで、英語ならofであらわすところ。これに対して「見する人のあらむ」はofと訳せない。つまり、名詞と名詞をつなぐときofが使われるのであって、下に「あり」のような動詞がくるときには、ふつう主格をあらわすことになっている。英語では、主格をあらわすのにparticleを使わないから「見する人のあらむ」みたいな「の」は英訳できない。文法の術語でいえば、「硯の箱」のほうが連体格で、「見する人のあらむ」のほうが主格だけれど、術語なんかにあまり頭を使うにはおよばない。

(1) ofで訳せる「の」――硯の箱
(2) ofで訳せない「の」――見する人の

と覚えておけば、まず結構。

以上はきわめてありふれた用法で、現代語にも共通だから、誰でもおわかりのはずだが、残念ながら、問題はそこにはない。出題者は、(1)(2)以外の用法があれば示せと要求しているのである。さあ、こまった！　しかし、頭は使いようだ。設問をよく見てくれたまえ。「右のほかに……」

語ならbeing unsettled。

◇**いつしか**　中古語では「早く……たい」と待ちわびる気持ち。

◇**命婦**　古くは五位以上の女官。後には宮中に仕える中級の女官。衛門は、夫か父兄の誰かが衛門府の役人だったことによる呼び名。

◇**おろしたる**　連体形での言い切り。下に体言（「もの」など）が省略されている。

◇**わざと**　特に。「めでたき」にかかる。

◇**おこせたり**　「おこす」は現代語の「よこす」。届けてきた結果が現在まで続いている気持ちを「たり」であらわす。

と要求されているではないか。「右」つまり(1)(2)さえ確かにとらえられたら、残りはしぜん出てくるはず。だから、ありふれた(1)(2)の用法さえしっかりわかっていれば、第三の用法は知らなくても、ちゃんと正解はつかめる。まず(1)から捜《さが》してみよう。

(1)「み山木どもの｜やう」「都の｜うち」「ところの｜様」「三条の｜宮」「衛門の｜命婦」「御前の」「硯の｜箱の｜ふた」「都の｜ほとり」

「御前の｜」は、下に名詞が無いようだけれども、意味あいとしては「御前の（もの）」といったふうの名詞が省略されているわけで、同じ用法と認めてよい。"Whose is it?" "Well, I think it is Bob's." におけるBob'sみたいなぐあいだろう。補うとすればBob's oneである。こんな「の」を**準体助詞**と名づけて格助詞と区別する学者もあるけれど、高校程度では無視しても大丈夫。

(2)は、主格をあらわす「の」で、「親族なる人の｜」がそれに当たる。「さぶらひける」に対する主語となっているわけ。とすれば、残るのは「荒れたるところの｜」しか無い。しぜん、それが答えになる。なんと名案ではないか。

しかし、「荒れたるところの｜」は、なぜ正解になるのだろうか。「なぜ」を知らなくても正解がしぜん出てくる名案は、もちろん重宝だ。けれど、やはり「なぜ」も知っておいたほうがよいだろう。解釈のとき役に立つから——。

「荒れたるところの」は、上に「このところは」とか「ここは」とかいった主語が省略されているのであって、もし切るなら、「荒れたるところなり」とでもなるはず。それを切らずに言いさして下へ続けるとき、よく、こういった「の」が使われる。現代語に訳するときは、いつも「で」となる。やはり『更級日記』に、

「門出《かどで》したるところは、めぐりなども無くて、かりそめの茅家《かやや》の、蔀《しとみ》なども無し。」

〔いったん引き払ってから滞在している場所は、まわりの垣なんかも無くて、ほんの一時的なカヤぶきの家で、シトミなんかも無い。〕

「かたつ方は、ひろ山なるところの、砂《すなご》はるばると白きに、松原しげりて、月いみじう明きに、風の音もいみじう心ぼそし。」〔一方は、ひろい山になっている場所で砂がずっと遠くまで白いのに、松原がしげって、月がたいそう明るいうえに、風の音もたいへん心ぼそい。〕

などと見られる「の」も、同じ用法である。そこで、頭のどこかに、

〔パターン24〕
「で」と訳する「の」あり

という注意を、セロテープかなんかでとめておいてくれたまえ。だいたい、上に「……

は」と主語がいちど顔を出してから「……（体言）の」となり、さらに「……（用言）」となる形のときが多い。

このほか、助詞の「の」について、注意を要する用法が、もうひとつあるから、ぜひセロテープを利用していただきたい（べつにセロテープ会社からリベートはもらっていませんがね）。それは、次のパターンである。

［パターン25］
体言＋の……連体形（　）

つまり、上の体言がもういちど（　）の所に代入されるような構文である。実例でいえば、

「雁《かり》などの｜つらねたるが……。」

とあるばあい、連体形「つらねたる」の下には、右のパターンにおける（　）であらわされた省略があり、英語ならばoneを使うところだろう。この省略部分（　）には、上の体言すなわち「雁など」を代入すればよく、

雁などの――つらねたる（雁など）が……

となる。これがダブルになった型のもある。

「白き鳥の嘴《はし》と足とあかき、鴫《しぎ》の大きさなる、水の上に遊びつつ魚を食ふ。」（伊勢物語）

これは「あかき」と「大きさなる」が両方とも連体形であって、いっしょに「白き鳥の」を受ける。つまり、

白き鳥の ┌ 嘴と足とあかき（鳥）
　　　　 └ 鴫の大きさなる（鳥）

となるわけ。「で」と訳することは前と同じだけれど、文法的な筋あいは、ほんのすこし違う。どう違うかを説明してもよいが、そんな事は入試に出ないだろうし、将来、国語学でもやろうという変わり者ぐらいしか必要はあるまいから、それよりも、ひっくるめて**「で」と訳する「の」あり**――と覚えておくほうが賢明だろう。そうすれば、

「錦を頭《かしら》にもかづき足にもはいたる僧の別当とおぼしきが寄り来て……。」〔錦を頭にかぶり、足にもはいている僧で別当と思われるのが寄ってきて。〕

「いにしへいみじう語らひ夜昼《よるひる》歌など詠《よ》みかはしし人の、ありありても、いと昔のやうにこそあらね、たえず言ひわたるが、越前の守の嫁《よめ》にて下《くだ》りしが、かき絶え音もせぬに……。」〔むかしたいへん仲よくし、夜も昼も歌など詠んでやりとりした人で、年月はたっても、そう以前のとおりでこそないけれど、ずっと交際していた人が、越前の国守の妻になっておもむいたのが、ぱったり音沙汰もないので。〕

などの例も（どちらも『更級日記』）、それほど骨は折れないだろう。後の例はダブル型で、

詠みかはしし人の ┬ 言ひわたる（人）
　　　　　　　　 └ 嫁にて下りし（人）

となる。また『堤中納言物語』のなかの「虫めづる姫君」で、

「童《わらはべ》の立てる、怪しと見て、かの『立蔀《たてじとみ》のもとに添ひて、清げなる男の、さすがに姿つき怪しげなるこそ、のぞき立てれ』と言へば……。」（童で立っているのが、見て変だなと思い、「あの立ジトミのところに、ハンサムな男で、ただし風体の変なのが、立っています。」と言うと。）

とあるのも同様。「童の立てる」は、小型連文節のため、ちょっと発見しにくいけれど、

童の立てる（童）……。

清げなる男の——さすがに姿つき怪しげなる（男）こそ……。

という関係は同じことである。例によって、問題文の現代語訳を出しておこう。

通釈（その家は）ひろびろとして荒れている所で、これまで通ってきた山々にもまけず大きくてこわいような深山の大木を思わせ、とても京のなかにあるとは感じられない様子の所である。（着いたばかりで）おちつきもせず、ひどくごたついているけれど、早く見たいと思っていたことだから、「物語を探して読ませてね、ね。」と母をくどきたてたので、（母は）三条の宮に親類の者が衛門の命婦という呼び名でお

仕えしていたのを尋ねあて、手紙をやったところ、(命婦は)めずらしがり、喜んで、「宮さまのお手もとのを頂戴した。」と言って、たいへんりっぱな本を何冊も硯の箱のフタに入れてよこした。うれしく胸がわくわくして、日夜これを読むのが始まりで、あとどしどし見たいのだが、まだ住みなれもしない都のあたりで、誰が物語を探して読ませてくれるような人があろうか。

◇「に」のいろいろ◇

「の」は片づいたが、もうひとつの「に」はどうか。さきの設問によると、(1)「見まほしきに」および(2)「都のほとりに」が示されている。(2)は、ありふれた用法で、いわゆる格助詞である。英語なら at, in, on または to, into など使い分けるのを、みな「に」で言いあらわすわけだから、まことに簡単。これに属するのは、まず、

(2)「三条の宮に」「硯の箱のふたに」「都のほとりに」

である。「三条の宮に」は、前にもちょっと述べたとおり、「親族なる人の」「衛門の命婦とて」と共にそれぞれ「さぶらひける」に掛かるのであって、

三条の宮に――┐
親族なる人の――┤さぶらひける
衛門の命婦とて――┘

という形になっている。だから、「三条の宮にさぶらひける」は served at the house of Prince Sanjō で、「に」は at に当たる。したがって、「都のほとりに」と同類である。同じ格助詞でも「過ぎ来つる山々にもおとらず」は、意味あいがすこし違う。「三条の宮に」「都のほとりに」は at と訳してよいし、「硯の箱のふたに」は on と訳するところ。どちらも**場所**をあらわす用法だが、「……にもおとらず」の「に」は、superior to とか inferior to とかの to に当たるもので、**比較**をあらわす。

「深き志は、この海におとらざるべし。」（土佐日記）

といった用法がそれである。格助詞の「に」は、ほかにもいろいろの用法があり、ふつうには、

時間「六月中の十日ほどに、雪ふすまのごとく凝りて降る」（宇津保物語「俊蔭」）
終点「武蔵の国に行き着きにけり」（更級日記）
結果「ものさだめの博士になりて」（源氏物語「帚木」）
目的「とぶらひに来」（土佐日記）
相手「御使ひに竹取出あひて」（竹取物語）
原因「谷風にとくる氷のひまごとに」（古今集）
手段「火に焼かんに焼けずは」（竹取物語）
累加「しりへ退《しぞ》きに退きて」（土佐日記）

などがあげられる。もっと詳しく分けることだって不可能ではないが、あまり細かくなると、分類のための分類になってしまい、実用的でなくなるから、これぐらいにしておく。「過ぎ来つる山々にもおとらず」は、**比較**をあらわす「に」が、**並列**の意味をあらわす副助詞（係助詞）である「も」といっしょに使われたもので、**場所**をあらわす「に」とは区別されてよい。

ところで、(1)「見まほしきに」のほうは、接続助詞だから、おまちがえのないように。ふつう〈……ノダガ〉と訳してよいばあいが多い。この〈……ノダガ〉という訳は、ちょっとずるいノダガ、たいへん重宝だから、よく頭に入れておくがよろしい。というのは、接続のしかたに**順接**（順態接続）と**逆接**（逆態接続）があることは御承知のとおりで、**順接なら and** で、**逆接なら but あるいは although** で訳することになる。しかるに、現代語の接続助詞「が」は、両方とも言いあらわすはたらきをもつ。（日本語をならう外国人にとっては、まことに始末のわるい助詞で、恐縮のいたりなノダガ――）たとえば、

〔**順接**〕ぼくも賛成な**のだが**、まったく適切な意見だね。

〔**逆接**〕ぼくは反対な**のだが**、大勢はどうしようもない。

といったぐあい。解釈に自信のないときは、〈……ノダガ〉と訳しておけば、たいてい逃げ切れる。しかし、さきの設問のように、異なる用例があれば示せと要求されたときは、ちょっと逃げがきかないから、and になるか but になるか、英訳して確かめること。なお、

順接・逆接にConditional Moodが加わると、
順接仮定〈モシ……ナラバ〉　順接確定〈……ナノデ〉
逆接仮定〈タトイ……デモ〉　逆接確定〈……ケレド〉
の四通りになるが、このうち、順接仮定は未然形に「ば」がつき、順接確定は已然形に「ば」がつくことは、古文常識のひとつだから、次のパターンで頭に入れておいてくれたまえ。

［パターン26］
未然形＋「ば」＝順接**仮定**〈……ナラバ〉
已然形＋「ば」＝順接**確定**〈……ナノデ〉

さて、はじめの設問にもどって、(2)の用法と同じ「に」はほかにないし、「大きに」や「やうにて」は活用語の連用形で、助詞ではないから、(1)・(2)と異なる用法の「に」といえば、「過ぎ来つる山々にもおとらず」しか残らないことになる。以上をまとめて、

答　「荒れたるところの」
「過ぎ来つる山々にも」

と書けばよろしかろう。なあんだ！　答えは、両方とも問題文の最初の部分に出ているのである。それを発見するため、ながながと六行ほども後を読ませたのだから、どうも人のわるい出題者ですな。まあ、わかってしまえば、「なあんだ！」なノダガ……。

◇ネクタイと副助詞◇

ちょっとしたブローチひとつのあつかいで、簡素なワンピースがぐっとひきたちます——などと言えば、デパートかなんかの広告文句みたいだが、副助詞にも、そういった性格がある。われわれ男性なら、さしずめネクタイといったところ。副助詞というものは、無ければ無いですませることができる。ノー・タイで顔を出せる場所だって、いくらもあるようなぐあいに——。次の例を見くらべていただきたい。

「我、行かむ。」
「我は行かむ。」
「我こそ、行かめ。」

副助詞「は」「こそ」が加われば、たしかに意味あいは違ってくる。しかし、根本の"I will go."という内容は同じである。現に英訳すれば、三つとも"I will go."になり、その差は消えてしまう。ということは、副助詞のあらわす意味がたいへんデリケートであり、そのデリケートな差をとらえることが、日本語、特に古文を理解するうえに重要な鍵なのである。そういったこまかい気持ちの動きが副助詞によってどんなに表現されるかの実例として、まず「だに」「すら」「さえ」の区別を採りあげてみよう。ふつう、次のように説明されている。

だに＝軽いほうをあげておき、ほかにそれ以上のものがあることを暗示する。〈……サエ〉

すら＝極端なものをあげ、普通のばあいのほうを強調する気持ちをあらわす。〈……サエ〉

さへ＝何かを述べ、さらにそのうえ何か付け加える気持ちをあらわす。〈……マデモ〉

「だに」と「すら」は、中古語では、ちゃんと使い分けがある。ところが、現代語に訳すると、両方とも「さえ」になってしまう。現代語には、それを言い分けることばがないのである。さらに、英語だと、「さへ」も区別できない。「だに」「すら」「さへ」は、みなevenになってしまう。しかし、中古文を解釈するときには、この差を心得たうえで訳文をくふうしてほしいものである。

もうひとつ。「だに」は現代語の「さえ」に当たると言ったが、その「だに」を含む文が命令・依頼・意志などをあらわすものであるばあいは、〈セメテ……ナリトモ〉という気持ちになるから、訳文に注意ねがいたい。

「ここにも、心にもあらでかくまかるに、のぼらむをだに見送りたまへ。」〈わたくし

も、不本意ながら参りますが、せめて昇天する時なりともお見送りください。」（竹取物語）

パターン化して、

［パターン27］
だに
(1) 命令・依頼・意志＝〈セメテ……ナリトモ〉
(2) 右以外＝〈……サエ〉

と覚えておくがよろしかろう。

次に、またもや係り結びを引っぱり出すようだけれど、話はちょっと別で、副助詞（係助詞）の「ぞ」「こそ」に同じく副助詞の「も」が加わると、**危ぶみ**の気持ちになることを御紹介しておこう。

「門《かど》よくさしてよ。雨もぞ降る。御車《みくるま》は門《かど》の下に、御供の人はそこそこに……。」と言へば、「今夜《こよひ》ぞやすき寝《い》は寝《ぬ》べかめる。」とうちささめくも、忍びたれど、程なければ、ほの聞こゆ。（徒然草・第一〇四段）

通釈「門をよくしめておけ。雨が降りやしないかしら。御車は門の下に、お供の人はどこどこに……。」などと言うと、「今晩はゆっくり寝られそうだな。」と、ささやいているのも、声をひそめてはいるが、あまり離れていないので、ほのかに聞こえる。

◇**寝《い》は寝《ぬ》べかめる**　「い」は、名詞の sleep、「ぬ」は動詞の sleep。連体どめなので、下に「こと」というような体言の省略された気持ち。

◇**程**　距離。

平安時代の物語に出てきそうな場面で、人目につかない所に女性がこもっているのを、身分のある人が訪ねた——という設定になっている。貴族だから、当然、牛車に乗ってくるわけで、その置き場所、家来たちの泊まる部屋などについて、女のほうの家人が指図している。「雨もぞ降る」は、雨が降るかもしれないということだが、単に降るかもしれないと予測するだけでなく、降ったらこまるから（車がぬれるといけないから）という危ぶみの気持ちがあることに注意していただきたい。〈……ヤシナイカシラ〉は、そうした気持ちをあらわそうとした訳である。英訳するなら、文中に"I am afraid"をはさみこむところだ。「も」が「こそ」に加わっても、やはり同じような意味あいになる。ただし、「もこそ」のほうが「もぞ」よりもいくらか危ぶみの気持ちが強いらしい。中古文あるいは中古文の語法で書かれた文章なら、いつでも「もこそ」を危ぶみの気持ちで解釈してさしつかえないようだ。その練習をもうひとつ——。

走り来る女子、「雀の子を犬君《いぬき》が逃しつる。ふせごの中に籠《こ》めたりつるものを。」とて、いと口惜しと思へり。この居たる大人《おとな》、（イ）「例の心なしの、かかるわざをしてさいなまるるこそ、いと心づきなけれ。何方《いづかた》へか罷《まか》りぬる。いとをかしうやうやうなりつるものを。（ロ）鳥などもこそ見つくれ。」とて立ちて行く。髪ゆるるかにいと長く、めやすき人なり。（源氏物語「若紫」）

設問 傍線（イ）・（ロ）の箇所を、語法および語感に留意して、現代語に訳せ。

◇**ふせご** 香を着物にたきこめるため、香炉にかぶせる大型の籠。その上に着物を掛ける。
◇**さいなまるる** いじめられる意だが、この場面では叱られること。
◇**めやすき** 目で見たところが安定している。欠点が見えない。

「語法および語感に留意して」ということわり書きは、「文法的な急所があるからそれを見逃さないように、かつ、あまり直訳しすぎて原文の味わいをゆがめないように」という、たいへん親切な、しかしやっかいな注文である。さて、またもや秀才S君の解答を参照してみよう。

［答案］（イ）いつものようにあのうっかりものがこんなことをして、（私たちが）苦しめ悩まさせられるのこそ本当に困ったものだ。

（ロ）ひょっとして鳥などだけでもが見つかるかもしれませんよ。

この解答は、残念ながら、すこしばかりの減点ではすまないようである。

まず（イ）のほうで、たいへんむずかしい所はちゃんとできている。すなわち、「例の」はちょっと見ると連体修飾のようだけれど、これは中古語特有の言いかたで、「例のごとく」「いつものように」という連用修飾なのである。そこはみごとに突破している。ほかの文法的な筋あいも、まちがいなく処理されている。だから、「語法に留意して」という注文はいちおう合格である。しかし、残念ながら、語感のほうは、てんでいけない。次にあげるわたしの修正訳と比較してくれたまえ。

答　（イ）いつものように間抜け屋さんが、こんなことをしでかして、（わたしたちが）責めたてられるのは、ほんとにいやだわ。

文法の話が主だから、語感のことはあまりくわしく立ち入らないが、わたくしの修正訳を10点とすれば、さきの訳は、まあ6点か7点ぐらいだろう（高校生の訳として）。

（ロ）のほうは、お気の毒ながら（現代語の用法で）、ちょっと助からないだろうと思われるほどの重傷である。これもむずかしい所はよくできている。すなわち、助詞「こそ」あるいは「ぞ」が「も」を受けるときは危ぶみの気持ちをあらわすという中古語法のやっかいな使いかたは、「ひょっとして……かもしれませんよ」という訳で、ちゃんと示してある。したがって、

［パターン28］

もこそ／もぞ　ひょっとすると……でないかしら

という急所は無事に突破したわけだが、そのうれしさのあまり、なんでもない所でつまずいたらしい。重傷と言ったのは「鳥などだけでもが見つかる」である。ここで**自動詞・他動詞**ということを、ちょっと思い出していただきたい。この区別は、英文法では重要である。受身の形を作るか作らないかということが、すぐ響いてくるからである。しかし国文法では、それほど気にするにはおよばない。せいぜい活用が違ってくることもあるといった程度の影響にすぎないからだが、このばあいは、そのあまり重要でない区別をほんのちょっと頭に浮かべるだけで致命傷をまぬがれることができたろうにと惜しまれる。

つまり、「見つくれ」は「こそ」の係りに対する已然形の結びだが、その終止形は「見つく」で他動詞である。発見するという意味の「見つく」からは、どう考えても「見つかる」という自動詞の訳が出てくるはずはない。木登りの名人が、あぶない所ではけっして失敗するものではなく、安全な所になってからあやまちをするものだといった話は、すでに『徒然草』（第一〇九段）で御存知のとおりだが、このばあいは、まさにそれであった。

正解は、なんでもない。「見つかる」を「見つける」と修正すればよろしい。もっとも「鳥などだけでも」の「だけ」が変だから、これも削ったほうがよろしい。そこで、修正訳はいちおう、

答 （ロ）ひょっとして鳥などでもが見つけるかもしれませんよ。

となる。これで合格点は大丈夫である。

しかし、右の修正訳でも、満点にはあるいはほんのすこし足りないかもしれない。いったい、この問題文は、少女のかわいがっていた雀の子を犬君が逃したので、少女がおつきの女房をやいやい責めたてるという場面であり、閉口した女房が、「あの雀の子は、どこへ行っちまったのでしょう。だんだんかわいらしくなってきたところですのに、カラスめにでも見つかったら、どんな目にあわされるか、心配ですわ。」とこぼしているわけ。そういった気持ちがつかめたら、さきの修正訳が「鳥などでもが」としているのは、あまりその気持ちをよくあらわしていないことに気づくだろう。女房の気持ちを生かしながら、文法的にも適切な再修正訳を試みると、

（ロ）ことによると、カラスめなんかが見つけるかもしれませんわ。

となる。あまり原文のヴォイスにとらわれなければ、

（ロ）ことによると、カラスめなんかに見つかるかもしれませんわ。

と受け身に訳しかえたほうが、話しことばとしていっそう自然である。どちらでもかまわ

ないけれど、入試の時なんかは前のほうが安全な行きかたであろう。修正訳と再修正訳との差はせいぜい1点ぐらいのものだろうが、解釈（特に語感を生かした解釈）の参加により、1点ぐらいの差を生み出すことができるというお話。例によって現代語訳を出しておくから、語感の生かしかたを見てほしい。

通釈 走ってくる女の子が、「雀の子を犬君が逃したわ。ふせごの中に入れておいたのに。」と言って、ひどく詰まらないことをしたと思っている。この、そこにいた年長の女性が、「いつものように間抜け屋さんが、こんなことをしでかして、（わたしたちが）責めたてられるのは、ほんとにいやだわ。どっちへ行ったんでしょう。だんだんとてもかわいくなってきたのに。ことによると、カラスめなんかが見つけるかもしれませんわ。」と言って、立ってゆく。（その女性は）髪がゆったりとたいそう長く、様子の良い人である。

この章も、どうやらゴールに近いので、ちょっと高等技術を御紹介してみたが、あまり神経質にお読みくださる必要はあるまい。まあ、副助詞のデリケートさがわかればＯＫということにしておこう。

――その4　敬語さまさま

昭和五十年四月、わたくしは北京大学を訪れ、日本語の授業を参観させてもらった。三十人ぐらいのクラスで、やっている内容は、「行きます」「参ります」「おいでになりませんか」といった類の使い分けだが、指名された学生の答えぶりがみごとなもので、近ごろ国電の駅なんかで「お乗りいたしましたら、順序よく中ほどへ進んでください。」などとアナウンスしていることの多くなった日本を顧みて、冷汗が出た。どれぐらい勉強されたのですかと尋ねたら、一年半ですと言う。中学↓高校↓大学と合計十年間も教わった英語が現地で使いものにならない――といった経験をもつ人なら、その間に教わった先生が「やっかいな敬語なんか背負っているのは、日本がまだ民主化不足だからですよ。英語は、その点、あっさりしたものでね。先生だろうと、上役だろうと、すべて対等のことばづかいでしてね。」などと言うのを耳にしたはずである。しかし、それは嘘である。英語だって、めんどうな敬語がある。そうして、それを正しく使いこなさないと、中流以上の人たちとつきあうとき、とんだ結果が生じかねない。英語に敬語なしというベラボウな誤解は、たぶん日本で教えられている教室英語から生まれたのであろうけれど、それは佐野源左衛門を人力車で鎌倉へかけつけさせるのと同じ程度の認識だ――ということを、英語の先生がたはあまりお教えくださらないらしい。

英語で敬語の用法がめんどうなのは、決まった形式が少ないからではなかろうか。日本語なら、たとえば「お……になる」「……られる」「お……いたします」といった形式が決まっており、その「……」に何か単語をはめこむと、ちゃんとした言いまわしになるのだが、英語のばあいは、もっと多様な敬語の言いかたがあり、とても文法書なんかに出しきれるものではない。それに比べると、日本語なんか、簡単なものだ。幾つかの法則さえ覚えれば、どしどし融通がきくのだから――。さあ、ひとつ元気を出して、敬語をこなしてみよう。

◇身分と敬語◇

諸君がハムレット気どりに「落ちるか、落ちないか、それが問題なんだ。」とつぶやくとき、敬語のことを考える必要はない。なぜなら、そこには相手がいないからである。そもそも敬語とは、ほかの人との関係で使われる言いかたなのだから、ひとりごとには敬語不用である。逆に言えば、敬語を使うときには、かならず相手があるわけだけれど、相手といってもいろいろで、もっと詳しく分けて言うなら、相手のなかにも、こちらがいま話しかけている人すなわち**聞き手**と、その話のなかで採りあげている人すなわち**トピック**の**人**とがあり、話しかけている当人すなわち**話し手**を加えれば、敬語の言いかたが成り立つためには、右三人の立場が必要だということになる。図示すれば、左上のようなぐあいで、このうち、A→Cの関係を**丁寧**とよび、A対Bの関係を**尊敬**および**謙譲**とよぶ。尊敬も謙譲もA対Bの関係だが、BはAよりも上だという気持ちをあらわす言いかたが尊敬で、逆にAはBより下だ（論理的には同じ結果だが）という気持ちをあらわす言いかたが謙譲である。仮に符号化して、A→Bが尊敬、B→Aが謙譲だとでも言っておこうか。

たとえば、「胸に手をおき考えみれば、親父おれより年が上」という文句を御存知だろう。これを、逆に「胸に手をおき考えみれば、おれは親父より年が下」と言いかえたとしても、内容的には同じことである。しかし、言いかたとしては「年が上」「年が下」と逆になっている。なぜ逆になるかと言えば、「親父」（トピックの人）と「おれ」（話し手）と、

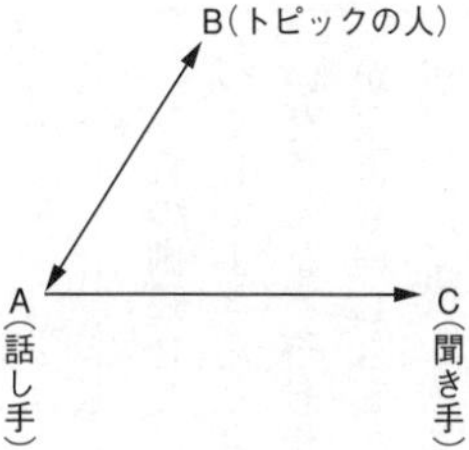

どちらの側から言うかの立場が違うからである。尊敬と謙譲の関係も同様で、上だとか下だとか言うのは、要するに相対的なことだから、こちらを低めるのは先方を高めるのと同じ結果になるわけで、**謙譲といっても、結果的には尊敬とかわらない**。換言すれば、謙譲は、実は自分を低めることが目的なのではなく、自分を低めればしぜんにトピックの人が高くなるから、それによってトピックの人が尊敬されたのと同じ効果を出すのがねらいなのである。これだけの基礎知識を頭において、次の問題を考えてくれた

まえ。

三日の御鶏合《とりあは》せに、今年は女房のも合せらるべしと聞きしかば、若き女房たち、心つくしてよき鶏ども尋ねられしに、宮内卿の典侍《すけ》殿は、為教《ためのり》の中将が播磨《はりま》といふ鶏をいださんなどぞありし。万里《まで》の小路《こうぢ》の大納言の参らせられたる赤鶏の、石とさかあるが毛色も美しきをたまはりて、空《あ》き局《つぼね》に誇らかしておきたるを、もりありといふ六位が、「その鶏、きと参らせよ。」といふ。かまへて鶏などに合せらるまじきよし、よくよくいひて参らせつ。とばかりありて、片目はつぶれ、とさかより血たり、尾ぬけなどして見忘るるほどになりてかへりたり。おほかた思ふばかりなし。今はゆゆしき鶏なりとも何にかはせん。たまはりの鶏なれば、聞きもいみじからむとこそ思ひしになど、かへすがへす心うくて、弁内侍《べんのないし》、

われぞまづ音《ね》にたつばかりおぼえけるゆふつけ鳥のなれるすがたに

（『弁内侍日記』による）

問一　右の文章には「主上」ということばが直接に表されずに省略されているが、「万里の小路……」以下「……いひて参らせつ」までの文中、「主上へ」および「主上より」の意を補って解釈すべきところはどこか。それぞれその被修飾句を示せ。

問二　敬語の用法から推測して、「作者」と「宮内卿の典侍」と「もりありといふ六位」との身分の

上下関係を判断せよ。

問三　傍線部分の「らる」は、①受身　②可能　③尊敬　④自発のどれに当たると見るのが最も適当か。

いきなり長い古文を持ち出されたのでは、何がなんだか見当がつかなくなって、敬語どころではありませんよ——とこぼす諸君があるかもしれないから、念のためまず通釈しておこう。

通釈　三日の闘鶏のお催しに、今年は女房の鶏もお合わせになるだろうと聞いたので、若い女房がたは、苦心してりっぱな鶏をいろいろ探されたところ、宮内卿の典侍《すけ》さまは、為教《ためのり》中将からいただいた播磨《はりま》という名の鶏を出場させようなどということだった。わたしは、万里《まで》の小路《こうじ》大納言がおさしあげになった赤鶏で、石のようなトサカがあり毛色もみごとなのを頂戴して、あき部屋にのさばらせておいたのを、もりありという六位の役人が、「その鶏を大至急さし出しなさい。」と言う。けっして闘鶏などに出場おさせにならないよう、よくよく言ってからさし出した。しばらくして、片方の目はつぶれ、ト

◇鶏合せ　鶏を蹴合わせて勝負を争う催し。旧暦三月の行事。

◇きと　さっそく。

◇思ふばかりなし　思い測ることができない。考えられない状態だ。

◇何にかはせん　何にしようか（反語）。する方法がない。

◇音にたつ　声に出す。この場面は鶏の縁でいう。声をあげ泣く意。

◇ゆふつけ鳥　鶏に「ゆふ」という布をつけて祭りをしたことから、ニワトリの意。

サカから血が流れ、尾羽根が抜けなどして、見まちがえるほどになって返ってきた。なんともあきれはてた次第である。こうなっては、いくらりっぱな鶏だって、どうしようもない。御下賜《かし》の鶏だから、評判も大したものだろうと思っていたのになど、かえすがえすも残念で、弁《べん》の内侍《ないし》が詠んだ歌、

わたしのほうがさきに泣き出したいぐらいの気持ちですわ、鶏がこんな姿になったのを見ますと……。

さて、順序は逆だが、**問三**から考えてゆこう。「合せらるべし」は、わたくしの訳文では「お合わせになるだろう」と尊敬にしておいたが、これに対して、可能ではありませんかという質問が出そうである。しかし、あとのほうに「合せらるまじき」とあるのが同型の言いかたで、しかもこれは可能や受身に訳することができない。自発は、もちろん問題にならない。とすれば、尊敬のほかないようだ――と、だんだん押しつめてゆくのが、高校生諸君としての考えかたであろう。微分の問題を解くとき、定義の式からだんだん計算してゆくようなものである。もっとも、われわれプロなら、話は簡単である。それは、導関数の公式に当たる。

［パターン29］

中古文において、可能の「る」「らる」は

いつも打消しをともなう。

という高等常識があるからで、下に「べし」があるばあい、可能の「らる」でないことは、一秒以内に判断できる。『弁内侍日記』は、鎌倉時代の成立だけれど、中古文の文法で書かれた擬古文なので、右の高等常識はもちろん通用する。しかし、これは、将来エンジニアとか医師とか防衛官とか――つまり国文学の門外メンバー――になろうという人までが「ぜひ必要な知識」として頭に入れておかなくてはならないような性質の事がらだとは思わない。まあ、普通の高校生なら、さきに述べた「だんだん押しつめてゆく」考えかたを身につけるほうが、はるかに賢明だろう。もっとも、もし「ぼくは経済学志望だけれど、頭のレクリエーションに、違った方面の知識にもぶつかってみたいんです。」と言う人でもあれば、ついでに、

［パターン30］
「……れたまふ」「……られたまふ」という形のとき、助動詞「る」「らる」は尊敬でない。

という定理も、頭の片隅になげこんでおくがよろしい。こんなことは、忘れたところで大学入試ぐらいにはなんの影響もないから、遠慮なくお忘れくださって結構！　しかし、諸君の子どもが高校生になったころ、中古文の「……れたまふ」でまごついているとき、偶然にも右の定理が浮かんできたら、まことに幸運というべきだろう。「うちのパパ」（もしくはママ）の株は、すくなからず値上がりするにちがいない。

次に**問二**へ行こう。この設問は、すこし変な所がある。敬語の用法から推測して、身分の上下を判断せよというのだが、敬語は、かならずしも身分の上下に対応するわけでない。たとえば、P教授がQ助手にむかって「そこの辞書を取っていただけない？」と言うとき、Pさんが上品な人がらであるなら、すこしも不自然ではない。特に、もしQさんが女性であれば、当然すぎるほど当然だろう。敬語は、話し手がトピックの人（Qさんのばあいは聞き手と一致）に対して敬意をもつとき使われるのであり、身分が上の者に対してだけ敬語を使うべきだと信じてはいない話し手なら、かなり自由に敬語を活躍させるはずだと思う。作者自身が文中には登場せず、作中人物どうしを敬語で待遇し分けているときは（二〇六ページ参照）、話が別だけれど――。

でも、ある種の社会では、そうはゆかない。まあ、問題として出た以上、しかたがない――と観念して、敬語から身分の上下を判断してみよう。まず、作者は宮内卿の典侍に対して「殿」という尊敬の接尾語を使っているから、いくらか典侍より下だと考える。「いくらか」と言ったのは、典侍のことばを「……などぞありし」と紹介しており、尊敬の言いかた「のたまひし」を使わず、たいして上の身分だとも認められないからである。それに対して、六位のもりありは、作者から「……といふ」の形で待遇されているから、典侍よりも下と考えなくてはならない。そこまでは良いのだが、こんどは、作者ともりありとの関係がわからない。「……といふ」待遇だからといって、もりありが作者よりも下だとは限らない。同輩あるいはすこしぐらいの相手に対しては、「……といふ」程度の待遇で結構なのである。現に、もりありは作者に対して「参らせよ」と言っており、「参らせたまへ」とは言っていない。また、作者は「若き女房に」対して「尋ねられし」、また「万里の小路の大納言」に対して「参らせられたる」と、同じ尊敬の言いかたをしている。したがって、敬語からわかる身分の上下は宮内卿の典侍がもりありおよび作者よりも上だということだけで、それ以外は不明と答えるのが正しい。

もっとも、作者がすなわち弁内侍で、典侍が四位、内侍が五位だということを知っていれば、話は別である。しかし、そこまで専門知識を要求するのは、高校生程度に対して無理だと思うし、設問には「敬語の用法から推測して」とことわっているのだから、作者よりもりありが上か下かという点は、やはりこの問題においては不明とするよりほかあるまい。

そこで、**問一**にもどる。「主上」すなわち天皇ということばが省略されている箇所を発見するわけだけれど、これについても問題がある。尊敬語にもいろいろ軽いのや重いのやグレードがあって、助動詞ではいちばん軽いのが「る」「らる」、その上が「たまふ」、いちばん重いのが「せたまふ」「させたまふ」ということになっている。つまり、

［パターン31］

せたまふ／させたまふ ｝→たまふ→｛ る／らる

といった形だが、ヘビー・ウェートの「せたまふ」「させたまふ」は、地の文に使われたとき、天皇あるいはそれに準ずる人への尊敬という古文常識がある。バンタム級ぐらいの「たまふ」とフェザー級の「る」「らる」はよく出てくるが、地の文の「せたまふ」「させたまふ」はあまり現れない。もし出あったら、**天皇関係の尊敬表現**ではないかと、すぐ眼を光らせなくてはいけない。

この常識をもっている諸君は、設問に「主上」とあるから、どこかに「せたまふ」「させたまふ」が出ていやしないかしら——と、眼をぴかぴかさせたにちがいない。しかし、

お気の毒さま、眼は光らせ損であった。「せたまふ」「させたまふ」は、影も形もない。天皇関係のことなのに、どうして「せたまふ」「させたまふ」が出てこないのか？「古文常識なんか信用できない」とクサル諸君もいるのではなかろうか。しかし、ちょっとお待ちねがいたい。さきに述べたとおり（三〇五ページ参照）、何も尊敬だけが敬語ではなく、尊敬と同様の効果をもつ謙譲の言いかたがある。Bを高めるかわりに、Aを低めたって同じだ――という論理が、問題文の「参らす」に見られる用法である。

問題になっている箇所で、まずトピックに現れるのは万里の小路の大納言だが、それに対して「参らせられたる」と言っている。内侍が大納言に対して「られ」と尊敬の言いかたをしたのは当然だけれど、同じ人に対してなぜ「参らせ」と謙譲の言いかたをしているのか。「参らす」は普通なら「遣《や》る」と言うところで、トピックの人がより低いと意識したとき「参らす」を使うわけ。しかし、大納言（トピックの人）を内侍（話し手）よりも低いと意識するはずはない。これは、話の表面に出ていないけれど、もう一人トピックの人がいて、その人よりも大納言を低く意識したのだと考えなくてはならない。こんなばあいは、さきの図（三〇五ページ参

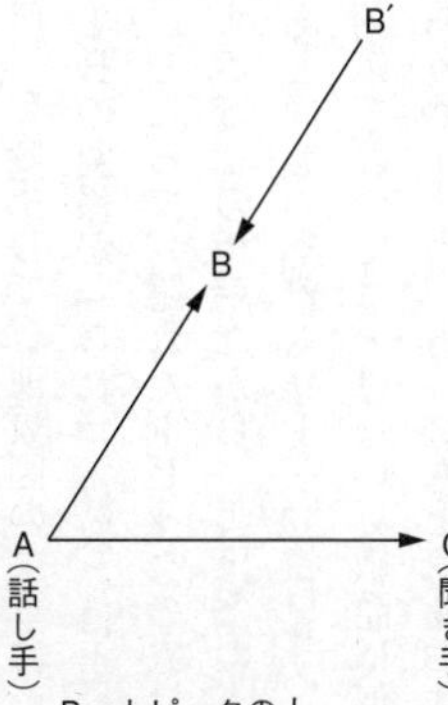

B＝トピックの人
B′＝隠れたトピックの人

照）を修正して、前頁図のように考えたらどうか。B′→Bの関係が「参らせ」（謙譲）、A→Bの関係が「られ」（尊敬）に当たる。

ところで、隠れたトピックの人は、このばあい、誰だろうか。大納言をさえ低めて表現するほどの相手だから、よほどの人にちがいない。そこで設問の「主上」が浮かび出る。あと同類の「参らせよ」「参らせつ」を発見するのは簡単だ。しかし、それでOK！と鉛筆をおいてはいけない。敬語は何も「参らす」だけとは限らない。ほかに敬語はないだろうか――と、もういちど念をおすのが、合格者となる心がまえというもの。ある！ ある！

「たまはり」が「得《う》」の敬語（謙譲）だ。「たまはる」は「参らす」の反対語で、

参らす――（下から上へ）さしあげる
たまはる―（上から下へ）いただく

となる。動詞「たまはる」は謙譲だが、尊敬のときは「たまふ」となる。この「参らす」「たまはる」の相手が主上ということになるはず。

そこで諸君が疑問にお思いだろうのは、どうして「参らす」「たまはる」で「主上」ということになるか――ではあるまいか。「せたまふ」「させたまふ」ならば、なるほど天皇関係だろうが、「参らす」「たまはる」は、それと同様の決め手になるだろうか。わたくしも諸君と共に疑問をもつ。天皇関係の尊敬表現は、よく最高敬語とよばれるが、これは尊

敬のときにだけあり、謙譲のときは、最低謙譲？などというものは存在しない。したがって、謙譲の言いかたから天皇関係であるかどうかを判定することは、できない相談だろう。鶏合せの主催者は、天皇だったか、関白だったか、太政大臣だったか、左大臣だったか、あるいは前右大臣だったか、謙譲の用法だけでは決めかねる。出題者は、たぶん他の根拠から「主上」と考えたのであろう。そうして、それは正しいと思われるが、問題文の範囲では、確かな決め手はない。まあ、この辺は、受験生のほうで気を利かしてあげることだ。さて、出題者が期待したであろう正解は、次のとおりでないかと思う。

答 **問一** 主上へ——参らせられたる・参らせよ・参らせつ。主上より——たまはりて。

問二 宮内卿の典侍↓作者↓もりありといふ六位。**問三** 尊敬。

もっとも、**問二**は、わたくしの考えでは（三一一ページ参照）、次が正解となるはずだけれど……。

宮内卿の典侍↓｛作者／もりありといふ六位｝

◇同時に両方とも敬意◇

ところで、さきの「参らせられたる」について、もうすこし話を進めてみよう。

風のさと吹きたるに、木々のこずゑほろほろと散りみだれて、御琴に降りかかりたるやうに散りおほひたる、折さへいみじきに、（入道殿）「ただいまもの思ひ知らん人もがな。大臣《おとど》わたりて（イ）見奉り給はん時、いかにかひある心地せん。」と思ふほどにしもぞわたり給ひたる。御琴の音どもをたづねてこなたにおはしましたるを、うれしくかひありとおぼして、（ロ）待ちよろこび聞こえ給ふ。御琴の音どもの（ハ）ひきやまるるも、（ニ）いさめて聞かせ奉らんとおぼしたり。（寝覚物語）

問一 傍線の箇所（イ）・（ロ）は、それぞれ何を「見奉り給ふ」「待ちよろこび聞こえ給ふ」のか、敬語の使い方に注意して述べよ。

問二 傍線の箇所（ハ）・（ニ）を解釈せよ。

通釈 風がサーッと吹いたので、木々の梢からはらはらと落葉して、御琴の上に降りかかったようなぐあいに散りかぶさったのは、時節までも好適なのにつけ、（入道殿は）「ちょうど今、情趣のわかるような人でも来ればいいんだがなあ。大臣どのがいらして御覧くださったら、どんなに張りあいのある気持ちだろうか。」と思うおりもおり、（当の大臣が）おいでにな

◇**いみじき**　程度が高いことはすべて「いみじ」だが、このばあいは良いほうの意。
◇**もの思ひ知らん**　「ものの」はものごとの筋あい。「ん」は仮想の用法。もしいるなら……の気持ち

った。御琴の音などを尋ねてこちらへおいでになったのを、――がある（二五八ページ）。
（入道は）うれしく張りあいがあるとお感じになって、喜びお迎えなさる。御琴の音などが弾きやんだのを、「すすめて（もういちど大臣に）お聞かせしよう。」と考えていられる。

問二のほうは、通釈で、たいてい間に合うだろう。「ひきやまる」が尊敬でなくて、自発（自然可能）であることさえわかればよろしい。主語が人でなく「御琴の音ども」なのだから……。琴が擬人化して使われているのなら、話は別だけれど、この場面では、擬人化する必然性がすこしもない。

やっかいなのは**問一**である。まず「見奉り給はん」は、助動詞「奉る」が謙譲、また「給ふ」が尊敬なので、謙譲＋尊敬という構成で、ちょうどさきの「参らせられたる」と同じ形式になる。問題文の場面は、入道のむすめである女性と孫にあたる姫君とが合奏している所で、入道のむすめは大臣の妻、言いかえれば、大臣は入道の聟という関係になっている。「見奉り」は、その琴をひいている女性たちに対して、大臣の立場からの謙譲である。だが「平安時代の貴族も、案外レディー・ファーストなんだな。自分の奥さんに対して謙譲表現を使うなんて……。」と感心するのは、すこし早い。よく見なおしてくれたまえ。謙譲表現を使ったのは、入道なのであって、大臣ではない。「なんだ。勝手に大臣の代理で謙譲表現をするとは、そそっかしいおやじだな。」と批評するのも、ちょっとお待ち願いたい。謙譲というと、いかにもペコペコするような感じがするかもしれないけれど、敬語法でいう謙譲は、要するにトピックの人に敬意を表するための言いかたのひとつなのであって、身分の上下にかならずしも結びつくとは限らない。さきに述べたとおり（三〇五ページ参照）、BをB′よりも低めるのは、結局B′を高めることにほかならない。しかし、第三者であるA（入道）が勝手にB（大臣）を低めたのでは失礼になるから、Bに対しては尊敬の「給ふ」を使ってちゃんと埋め合わせをつけているわけ。だから、直訳すれば、「見申しあげなさるだろう」となるが、現代語としてひどく不自然なので、通釈のように言いかえておいた。

次に「待ちよろこび聞こえ給ふ」は、話し手が作者（A）にかわるから、御注意のこと。助動詞「聞こえ」もやはり謙譲で、B（入道）をB′（大臣）よりも低めている。しかし、勝手に入道を低めっ放しではぐあいが悪いから、あとで「給ふ」を使って、入道への埋め合わせをしている。これも、直訳すれば「喜び迎え申しあげなさる」だが、やはり世間に通用しそうもない日本語なので、通釈では意訳してある。直訳的な意味がわかったうえでの意訳は、その「わかった」感じが訳のうえに出るから、採点者にも通じるはず。こんなふうに、トピックの人が二人あるばあい、その両方ともに敬意を表する言いあらわしとして、一方に謙譲、他方に尊敬を使う型がある。つまり、

［パターン32］
謙譲＋尊敬＝敬意（B′＋B）

ということなのであって、学者によっては、こんなのを「二方面に対する敬語」とか「両方とも高めて待遇する言いかた」とかよんでいる。また、助動詞「奉る」「聞こゆ」を補助動詞とよぶ学者もある。憲法によって保障された「表現の自由」だから、どちらでもかまわない。

さて、答えだが、**問二**は通釈に出ているから、**問一**だけとして、

答 **問一** (イ) 趣ふかい景色にいろどられながら琴をひく人を。
(ロ) 来てほしく思っていた大臣がちょうど訪れてくれたのを。

ぐらいでよかろう。謙譲＋尊敬でトピックの人を両方とも同時に高めるなどということは、西洋人には見当もつかないだろう。彼らが『源氏物語』を原文で読めば、この辺できっと眼を白青するにちがいない。しかし、諸君の眼玉は、いまや安泰なはずである。

◇登場人物と敬語◇

こういった次第で、敬語（丁寧・尊敬・謙譲）の要点はのみこんでいただけたかと思う。

次に、復習かたがた、それを応用した考えかたへ話を進めよう（二〇四ページ参照）。まず、はじめからパターンをお目にかける。

［パターン33］

（主語）＝**敬語**のポイント

日本語では、主語の省略される場面がたいへん多い。だが、敬語のおかげで、誰が誰に言っているかという関係は造作なくわかるのであって、心配はいらない。「車をお持ちですか。」「うん、持ってるよ。」と言えば、「あなたは車をお持ちですか。」「うん、ぼくは持ってるよ。」といちいち主語をかつぎ出すにはおよばない。そうした敬語の特性は、文章のなかにあらわれる人物関係の把握に、きわめて有効な「めやす」として利用できる。

大蔵卿ばかり耳とき人はなし。まことに蚊のまつげの落つるをも聞きつけたまひつべうこそありしか。職《しき》の御曹司の西表《にしおもて》に住みしころ、大殿《おほとの》の新中将宿直《とのゐ》にて、ものなど言ひしに、そばにある人の、「この中将に扇の絵のこと言へ。」とささめけば、「いまかの君の立ちたまひなむにを。」と、いとみそかに言ひ入るるを、その人だにえ聞きつけで、「なにとか、なにとか。」と耳をかたぶけ来るに、遠くゐて、「にくし。さのたまはば、今日は立たじ。」とのたまひしこそ、いかで聞きつけたまふらむと、あさましかりしか。

（枕冊子・第二五九段）

問一 この文に描かれている人物は何人か。文中からその人物をさしている語を一つずつ挙げよ。

問二 次の語句は登場人物の誰の動作を述べているか。

(1) 職の御曹司の西表に住みし（　）(2) ものなど言ひしに（　）

(3) ささめけば（　）(4) かたぶけ来るに（　）

(5) 遠くゐて（　）

問三 「この中将に扇の絵のこと言へ」において、「扇の絵のこと言へ」のみを会話部分とする考えがあるが、その説に従うと、人物の動作や場面はどう変わるか、また欠点はないか、批判せよ。

問一は「登場人物に関する設問はまず**固有名詞**から」という心得で処理してみる。代名詞とか「父君」「母北の方」などの言いかたで出てくるのもあるが、何か中心になる手がかりは、やはり固有名詞で示されることが多い。そうして、中古文では、源義経とか平清盛とかいう実名でなく、**官職でよばれる**ことが多いのも、常識中の常識。したがって「大蔵卿」と「新中将」は文句なしだが、ワナは

◇**大蔵卿**　大蔵省の長官。いまと違って、当時の大蔵省長官は大臣でなかった。この時は藤原正光。

◇**たまひつべう**　「たまひ」は尊敬、「つ」は確述、「べう」は「べく」の音便で可能。

「大殿」である。このばあい「大殿」はもちろん建物のことでなく、そこにいる人物をさすわけだが、注意を要するのは、それが「新中将」の連体修飾になっていることである。つまり「A先生のところのお嬢さん」と同じ言いかたで、肩書きみたいなもの。大殿自身はこの場面に顔を出していないのである。設問に「描かれている人物」とあるのが、そこで重要な意味あいをもってくる。「大殿」は、問題文のなかで、たしかに「描かれて」いないのである。描かれていないといえば、この問題文の語り手すなわち清少納言もそうである。彼女がその場に居あわせたことは、助動詞「き」が証明してくれる。「ものなど言ひしに」「のたまひしこそ」「あさましかりしか」、いずれも筆者が経験したことの回想を示すのだから——。「中古文または中古文で書かれた作品のばあい」という条件づきだけれど（三三一ページ参照）、間接に経験した事実を回想する助動詞「けり」と、自分が直接に見たり聞いたりした「き」について、

【パターン34】

回想┬**き**——目睹《もくと》（**直接**経験）
　　└**けり**——伝承（**間接**経験）

◇**職の御曹司**　中宮職（皇后関係事務をする役所）の一室。位置は内裏のすぐ東側。
◇**宿直**　夜間勤務。
◇**立ちたまひなむにを**　「な」は確述の助動詞（未然形）、「む」は推量の助動詞、「を」は強めの助詞。
◇**ゐて**　「ゐる」は「立つ」の反対語。座ること。

という区別があることは、よく御存知のはずだ。だから筆者清少納言も「登場人物」の一人にはちがいない。「登場人物は何人か」と問われたのなら、当然「筆者」あるいは「この文章の語り手」も含めて答えるところだが、設問は「描かれている人物」なのである。清少納言は「描かれて」はいない。だから、正解には入らない。このばあい、ワナは問題文になく、設問にあった。あとは解釈力である。結論は次のとおり。

　大蔵卿＝かの君　新中将＝この中将　そばにある人＝その人

問二は、「描かれている人物」でなくてもよいわけ。何でもかでも、問題文の場面にひっかかりをもつ人物ならみな採りあげてよい。それが「登場人物」の意味あいなのである。当然、作者自身もそのなかに入る。ちょっと危ないのは（2）である。すぐ上にある「大殿の新中将」が主語みたいに感じられやすく、ひとつのワナだが、中将なら「ものなど宣ひしに」と尊敬の形が使われるはず。といって、（5）の「遠くゐて」も敬語が使ってないから……と早のみこみは禁物。「遠くゐて」は「にくし。さのたまはば、今日は立たじ」をとびこえ「のたまひし」を連用修飾するのであって、下に敬語が使ってあれば、上にも兼用させることができる。現代語でもよく「タクシーに乗って、お帰りになりました」のような言いかたをする。それと同様である。

問三は、だいぶん難しい。まず問題文どおりの形で人物を補ってみると、そばにある人の、「この中将に扇の絵のこと言へ」と(作者に)ささめけば、(作者は)「いまかの君〔＝大蔵卿〕の立ちたまひなむにを」と、いとみそかに(そばにある人に)言ひ入るるを、その人〔＝そばにある人〕だにえ聞きつけで……

となり、また、**問三**の別説によれば、

そばにある人の、この中将に「扇の絵のこと言へ」とささめけば、(新中将は)「いまかの君〔＝大蔵卿〕の立ちたまひなむにを」と、いとみそかに(そばにある人に)言ひ入るるを、その人〔＝そばにある人〕だにえ聞きつけで……

となる。ところで「言ひ入る」は、ふつうの用法では、室外から室内へ話しかけることだから、その立場では「いまかの君の立ちたまひなむにを」を新中将のことばと解するほうが合理的である。ところが、中将に対して「扇の絵のこと言へ」はすこし乱暴で「扇の絵のこと宣へ」とでもありたいところ。一方、問題文の原形だと、敬語のほうは無事だけれど、「言ひ入る」がおかしくなる。苦しまぎれに「言ひ入る」は耳に言い入れるのだと解する説もある。**問三**に「動作や」とあるのは、そのつもりかもしれないが、決定的な解釈とも言えないから、入試の答案としては、こんな所はノー・コメントでよかろう。正解は、次のとおり。

答 **問一** 大蔵卿・新中将・そばにある人、の三人。
問二 (1)＝作者 (2)＝作者 (3)＝そばにある人 (4)＝そばにある人

（5）＝大蔵卿

問三 そばにある人と作者との会話が、そばにある人と新中将との会話になる。

〔欠点〕新中将に対して「言へ」「言ひ入るる」など敬語ぬきの言いかたをしていることになる。

なお、問題文の現代語訳を出しておくから、敬語の訳しぐあいを味わっていただきたい。

通釈 大蔵卿ぐらい耳の鋭敏な人はいない。実際、蚊《か》のマツゲの落ちる音だってお聞きつけになりそうなほどであった。（わたしが）職の御曹司の西がわの部屋に住んでいたころ、大殿の新中将が宿直で詰めていられて、お話なんかしたとき、そばにいる人が（わたしに）「この中将さまに扇の絵のことを話しなさい。」と小声で言うので、（わたしは）「そのうち、あの大蔵卿がきっとお立ちになりましょうから、それからまあ……。」と、ごくコッソリ言って聞かせるのを、その当人でさえ聞きとりかねて、「何ですって、何ですって？」と耳を寄せてくるのに、（大蔵卿は）遠くに座っていて、「憎らしいね。そんなふうにおっしゃるなら、今日はここを立ちますまい。」とおっしゃったのは、どうしてお聞きつけになっていられるんだろうと、あきれた次第だった。

第五章　解釈のテクニック

――その1　解釈と歴史の眼

「敬語の使いかたが、やっと消化できたみたいです。もう古文は卒業でしょう。」

「残念ながら、答えはノーさ。これまでの勉強は、総計二〇パーセントぐらいのところかな。」

「なんですって？　あと八〇パーセント……。」

「そうさ。でも、八〇パーセントのうち、七〇パーセントは、大学の国文学科に入った人だけがやればよいわけでね。諸君なら、正味一〇パーセントもやれば、卒業にしてあげられそうだ。」

「おどかさないでくださいよ、心臓にわるいから。で、あとの一〇パーセントは何ですか。」

「請求されなくたって、これからお話しするところなんだ。ところで、君は、敬語の使いかたをマスターしたわけだが、ぜったいどんな古文でも自信があるかい。」

「いや、それがですね。西鶴なんかの浮世草子になると、どうも役に立たないみたいな……。」

「役に立たないなんてことはないよ。原理は同じことさ。しかし、西鶴あたりに中古の敬語法をズバリと当てはめるわけにはゆかない。つまり、時代によって言いかたは変わるのでね。中古語法ばかりマスターしても、古文ぜんたいがわかるとは限らない。だから『時は流れる』と言ったろう。なに、覚えてない？ しょうがないなあ。一三四ページをもういちど見てくれよ、大きな眼をあけて……。」

◇行く河の流れは絶えずして◇

「中古車、最高買入！」という広告があっても、ほんとうに中古車を最高価格で買ってくれると思う人は、まあ存在しないだろう。しかし、古文の勉強に関するかぎりは、まさしく中古文こそ最高である。なぜならば、中古文の言いかたがすべての基礎になっているのであって、たとえ問題文の言いかたが中古語法からはずれていようとも、正しい中古語法を知らなければ、はずれていることさえ気がつかないであろう。したがって、高校程度としては、全体のスケジュールからまず三分の二を中古文の勉強にふりむけ、残り三分の一で中世文と近世文をやるぐらいが適当でないかと思う。上古文は黙殺ですかって？　いや、黙殺するわけではないけれど、上古文は中古文の応用としてやりたまえ。中古文の応用で手におえない程度の上古文は、いちおう尊敬をはらいながら、すこし遠くに安置しておくのが賢明だろう。

といった次第で、中古文をこなしておけば、まあ三分の二は安心だが、それだけで合格点を保証することは、すこし難しいようだ。これまでは例題に多く中古文を使ってきたが、次に中世文・近世文をどうあつかうかについて、要点をお話しする。要点といっても、結局は、中古語法との差をとらえることなのだが、何か「中古文らしくない」言いかたをピンと感じ分けることは、ちょっとセンスが必要だから、ひとつ「時の流れ」が言いかたにどう響くかを、次の例題あたりから学びとってくれたまえ。

> 左の文章に、中古語法としての誤りがあれば、指摘せよ。
>
> 伝へ聞く、古《いにしへ》の賢き御代《みよ》には、あはれみを以《も》ちて国を治《をさ》めたまふ。すなはち、御殿《みとの》に萱《かや》を葺《ふ》きて、その檐《のき》をだに整へず、煙《けぶり》の乏《とも》しきを見たまふ時は、限りある貢物《みつぎもの》をさへ免《ゆる》されき。これ、民を恵み、世をたすけたまふによりてなり。今の世のありさま、昔《むかし》になぞらへて知りぬべし。　（方丈記）

通釈 聞きつたえるところでは、古代のえらい天皇の時代には、いつくしみを基に政治をなさった。つまり、皇居をカヤぶきにして、軒さきのふぞろいなのさえ切りそろえず、民家の煙が少ないのを御覧になる時は、ギリギリの年貢までも免除された。これは、人民の利益や社会的援助をお心にかけられた

◇**賢き**　賢明な（天皇のいられた）。
◇**萱**　ススキ・オギ・チガヤ・スゲなどの総称。いまでも飛騨地方などではカヤぶきの家が多い。

からである。現在の世情は、昔とくらべて（乱れかたが）よくわかるはずだ。

いうまでもなく、仁徳天皇のことを述べているわけだから、平安京のできた時代よりもずっと昔で、「免されき」とは言えない（三二二ページ参照）。たとえ「伝へ聞く」が問題文から除かれていたとしても、仁徳天皇の故事だと判断して「き」との矛盾を指摘しなくてはいけない。「治めたまふ」も「伝へ聞く」に合わないようだが、歴史的事実を現在の形で言うことはよくあるから、かならずしも誤りとは言えない。しかし十世紀ごろの人だったら、「治めたまひけり」と言い、「伝へ聞く」を省いたろう。「伝へ聞く」と言って、終わりを「治めたまふ」と結ぶのは、どうも漢文訓読の調子らしく、和文の文脈にはなかった言いかたである。こうした「き」と「けり」の混用は、実は『方丈記』よりも前の『今昔物語集』なんかには、もっと多いのである。長明は、なんといっても歌人だから、わりあい古い語法を守っており、混用の例はあまり多くない。しかし、右のような例外があるのは、長明の時代、話しことばでは「き」と「けり」の使い分けが乱れていたことを反映するものであろう。だから、なんでもかでも「き」は経験回想、

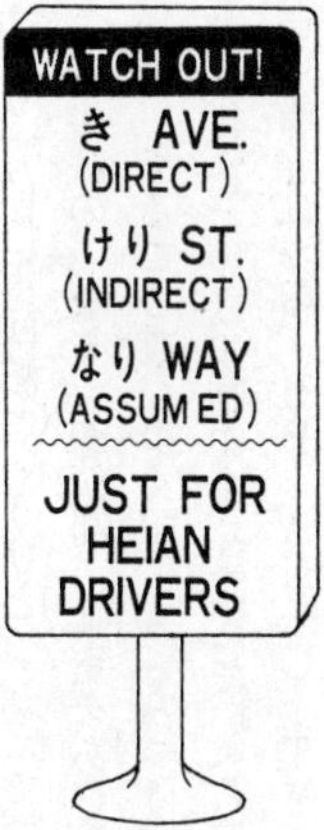

◇檐　屋根の下方で横に延びる線の部分（に出ているカヤのさき）。

「けり」は伝承回想というひとつ覚えで押しとおすと、古人の注意どおりバカを見る。終止形接続の「なり」が伝聞・推定をあらわすという重要な知識も、同様に、中古文だけで活用できることを、よく頭にきざみつけておいてくれたまえ。どこが右折禁止でどこが一方通行かという規制をよく覚えていないと、とかく「アー、君、君。もしもし……。」という事態になる。HEIAN CITYの街角には、前頁のような立て札がデンとおっ立てられていることを、どうかお忘れなく――。

答 「免されき」が誤り。上の「伝へ聞く」を受けるのだから、正しくは「免されけり」。

平易な現代語に訳せ。

おの〳〵十余か国のさかひを越えて、身命《しんめい》をかへりみずして、たづね来たらしめたまふ御志、ひとへに往生極楽のみちを問ひきかんがためなり。しかるに、念仏よりほかに往生のみちをも存知し、また法文《ほふもん》などをも知りたるらんと、心にくくおぼしめしておはしましてはんべらんは、大きなる誤りなり。もししからば、南都《なんと》・北嶺《ほくれい》にもゆゝしき学匠《がくしやう》たち多く坐《おは》せられてさふらふなれば、かの人にもあひたてまつりて、往生の要よく〳〵きかるべきなり。親鸞《しんらん》におきては、たゞ念仏して弥陀にたすけられまゐらすべしと、よき人のおほせをかうぶりて信ずるほかに別のしさいなきなり。念仏はまことに浄土に生まるる種にてやはんべるらん、また地獄に落つべき業《ごふ》にてやはんべるらん、総じてもて存知《ぞんち》せざるなり。たとひ法然聖人《ほふねんしやうにん》にすかされまゐらせて、念仏して地獄に落ちたりとも、さらに後悔すべからずさふらふ。その故は、爾余《じよ》の行《ぎやう》もはげみて仏《ぶつ》になるべかりける身が、念仏を申して地獄に落ちてさふらはばこそ、すかされたてまつりてといふ後悔もさふらはめ、いづれの行《ぎやう》も及びがたき身なれば、とても地獄は一定《いちぢやう》すみかぞかし。（歎異抄）

さきの例題は、親切にも「中古語法としての誤りがあれば」と明示してあったから、特にピンと感じ分ける努力が必要だというほどでもなかったが、こんどは「どうやら中古文ではないらしい」というカンを、ぜひサイレン入りで出動させていただきたい。すぐ眼につくのは、「さらに後悔すべからずさふらふ」といった語法である。「中古文にしては変だぞ」というわけで、もうすこし見てゆくと、「法文などをも知りたるらん」に行きあたる。助動詞「らむ」は、中古文ならば普通、

(1) 眼に見えていない事がらに対しては「いまごろ……ているだろう」と推量する。

◇**おのく**　第二人称の代名詞。
◇**たづね来たらしめたまふ**　「しめたまふ」は尊敬。最高敬語というわけではない。
◇**法文**　経・論・律のことだが、このばあいは法門すなわち教理の意。
◇**心にくく**　中古語の「心にくし」は教養がある感じだ・上品だ・深みがある等の意だが、この

(2)　眼に見えている事がらに対してはその理由や原因を推量する。

(3)　やわらげた推量（現在）。

のどれかである（二六七ページ参照）。ところが、本問は、はるばる訪ねてきた人たちが筆者に会って話しているときの応答だから、(2)になりそうだが、原因や理由の推量としては、意味がとおらない。前後の意味から考えると、「お経なんかも知っているだろう」という意味だから、事がらそのものに対する推量でなくてはならない。しかし、「いまごろ……ているだろう」あるいはやわらげの推量でも変である。つまり、どの用法でも割りきれないわけで、これは十世紀ごろの文章ではないようだと見当がつく。

こういう頭があると、「ゆゝしき学匠たち」も勘ちがいせずにすむ。この語は、中古文では「不吉な」「気おくれするような」など、よくない意味に使われるのだが、それが「えらい」という意味に使われるのは、中世文の用法である。「舎人など賜はる際は、ゆゆし〈リッパダナ〉と見ゆ」（徒然草・第一段）なんかも、やはりほめた意味の用法であって、そちらで考えるところ。

次に「坐せられてさふらふなれば」も、中古語法なら、終止形接続の「なり」で、伝

ばあいは中古語の「ゆかし」（知りたい）に当たる意。

◇**南都**　興福寺・東大寺等。

◇**弥陀**　アミダ仏。西方浄土にいられ、衆生の罪を助けてくださると信じられる仏。浄土宗・浄土真宗で特に尊重される。

◇**よき人**　法然をさす。

◇**はんべるらん**　「はべり」を強調的に発音したのが「はんべり」。

◇**一定**　副詞的用法。英語なら definitely。

聞・推定に訳するところだけれど、えらい学匠が多くいることは筆者がちゃんと実際に知っているはずで、伝聞や推定では、その学匠たちに「よく〳〵きかるべきなり」とは言い切るまい。それで、このばあいも中古語法にこだわらないほうが結構。といったような事を頭において、通釈をまとめてみよう。

通釈 あなたがたが十幾つかの国をとおり、命がけでおいでくださったお志は、まったく往生極楽の方法を（わたしに）質問するためである。ところが、念仏以外に何か往生の方法あるいは教理を（わたしが）知って（いながらかくして）いるのだろうと、あきたりなくお思いになっていらっしゃいますなら、たいへんな誤りである。もしそうなら、奈良や比叡山にも、りっぱな学者がたがたくさんいらっしゃるのだから、そういう人たちにお会いなさって、往生の秘訣をよくお聞きになるがよい。わたしとしては、まったく「念仏をとなえて阿弥陀さまにお救いねがえ」とえらい方のお教えをいただき、それを信ずるほか、別の筋あいは無いのである。念仏はほんとうに浄土に生まれる原動力ですのか、または地獄に落ちるはずの行いですのか、さっぱり存じていないのです。たとい法然さまにだまされて、念仏して地獄に落ちたところで、けっして後悔はしないつもりです。なぜならば、ほかの修行に精を出したら仏になれるはずだった身が、念仏をとなえたおかげで地獄に落ちたのでしたら、なるほど「だまされて……」という後悔もあるでしょうが、他のどんな修行をしたところで往生は無理なわたしだから、どうしたって地獄はぜったいわたしの居どころなのです。

「一定すみかぞかし」の後に、「だから、念仏にすがるのだ」という気持ちがある。「である」調と「です」調の混合した訳文だけれど、これは原文がそうなのである。『歎異抄《たんにしょう》』は、浄土真宗の開祖親鸞のことばを直弟子（唯円《ゆいえん》だろうと推定される）がまとめたもので、そのため話しことばの「はべる」「さふらふ」調がまじっている。

◇近世に中古あり◇

室町時代になると、話しことばにおいては近世語にずっと近寄るけれど、書きことばとしては中古語を守ろうとする意識がつよいので、狂言なんかは例外としても、だいたいは中古語法で理解できる。しかし、ときどき規則違反が出ることは鎌倉時代と同様で、それが江戸時代になると、さらに違反件数が多くなる。もっとも、人によって違反の率はちがい、学者ぶった文章を書きたがる人たちはせいぜい戒告程度の違反だけれども、なかには、どうしても減俸処分をまぬかれない程度のだって平然とやってのける豪傑もいる。いずれにしても、諸君は厳正な検察官の立場からピカリと眼を光らせる必要がある。

つれづれと降りくらしたる空のながめがちなるをりしも、(イ)ふりはへてそそのかしたまへるは、いとうれしうなむ。さて、うけたまはるは、北殿の古御達《ふるごたち》も、この頃里居のほどにて、御かきあはせの（ロ）かたきにまで来たまふとや。例の昔おぼゆる爪《つま》おと・ばちおとなどに、ときどき（ハ）わがぬしの今めきたる手をさしまじへたまふらむが、かくしめやかなる軒の玉水にいとどひびきあひたらむは、いと心ゆくべき御あそびならまし。かかるをりにこそ、常にわらはれたてまつる翁が（ニ）あやしのかは笛をも取り出ではべるべきを、今日はちぎりたる事のはべりて、えさしとどめがたうはべるは、あやにくなるあし分け小舟になむ。

（村田春海『琴後集《ことじり》』）

問一　傍線部分の解釈として最も適当なものに○をつけよ。

（イ）――(1)　ふりむいてすすめ　(2)　わざわざさそい　(3)　たびたびおだて

（ロ）――(1)　むずかしいこと　(2)　あだ　(3)　相手

（ハ）――(1)　あなた　(2)　わたしの主人　(3)　わたし

（ニ）――(1)　ふしぎな　(2)　下手な　(3)　いやしい

問二　「湊入りの葦わけ小舟さはり多み吾が思ふ君に逢はぬこの頃」（万葉集）と文中の「あし分け小舟」と、どういう意味において関係があるか。最も適切な答えに○をつけよ。

(1)　ともに会えないことを残念がる意味において。

(2)　「葦わけ小舟」はさわりが多いことを意味するから。

(3)　「葦わけ小舟」のたとえがおもしろいから。

通釈　どうしようもなく陰気に降っている長雨の空をぼんやりながめてばかりいる時、ちょうどわざわざお誘いくださったのは、たいへんありがたく存じます。さて、おたよりでは、奥むきの女官がたも、この頃は自宅にさがっていられる際で、合奏のお相手においでなさるとか。いつものとおり、昔がしのばれる爪音や撥音《ばち》に、ときどき貴下が当世ふうな手をおまじえになるでしょうその音楽が、このようにしんみりした軒のしずくの音にひときわよく調和するのは、まことに愉快なお催しでしょう。こんな際にこそ、いつもお笑いぐさのわたしの拙《つたな》い口笛でもかつぎ出すはずですが、今日は先約がありまして、つごうをつけかねますのはあいにくなさしつかえです。

◇北殿　寝殿づくりの北棟（二五ページ参照）。正妻たちの住む所。
◇古御達　「古」は永年勤続の意。「御」は女性の尊称。「達」は複数をあらわす。通釈のは意訳。
◇村田春海《はるみ》　国学者、歌人（一七四六—一八一一）。賀茂真淵の門下で、その歌文集に『琴後集』がある。

いわゆる擬古文で、さすが本職の古典学者だけに、中古語法としてほとんどボロを出していない。もっとも、「そそのかしたまへる」は「そそのかしたまひつる」、また「さしまじへたまふらむ」は「さしまじへたまはむ」と言うべきところ。なぜであるかは、三四〇ページまで宿題にしておくから、考えてほしい。

問一は、中古語の常識で、この程度のことばなら、なんとか行けよう。もうすこし意地わるく問うつもりなら、

(a)　降りくらしたる　(b)　ながめがちなる　(c)　里居のほど
(d)　まで来たまふとや　(e)　かは笛

などを親切に追加してあげても結構。(a)は「降り暮らす」でなくて「降り昏《く》らす」つまり雨が降ってあたりが暗いこと。(b)は「嘆《なが》めがち」（ぼんやり見てばかりいる）と「長雨《ながめ》がち」をかけた修辞。(c)は、相手がもし宮中の女官か何かなら「自宅にさがっている時分」である。(d)はたいへん厄介で、もし「まで」を「東京駅まで」といったような助詞に取ったら、それまでなりけり、いくら考えてもわからない。これは「まうで来たまふとや」の「う」を省いた形である。「おいでになるということですね」と訳すところ。(e)は、口笛。ちょっと歯ごたえがありましたかね。

問二は、まず歌の解釈ができないと、ぐあいがわるい。「湊」は、ミナトと読む。「港」と同じ系統の語だが、現代の港よりもずっと小規模だし、波止場なんかもあるわけではない。また、荷物を積みおろしする商業運輸の要点とも限ってはいない。要するに、狭い所の水が広い所へ出る出口で、川が海にそそぐ所とか、小川が大河に出る所とかをいう。そんな所には、よく葦がはえているものである。舟をこいでゆくと、どうしても、葦にさわる。その「さはり」（触れること）と同音の「さはり」（支障）があって、この頃はわたしの恋しく思うあなたにも逢えない——という歌意で、「湊入りの葦わけ小舟」は「さはり」にかかる**『序』**である（四〇〇ページ参照）。だから、設問の要求するところは、結局「今日はちぎりたる事のはべりて、えさしとどめがたうはべるは、あやにくなる」を解釈せよということなのである。「今日は先約がありまして、つごうをつけかねますのは、あいにくです。」と言えばよいところへ、もうひとつ「葦わけ小舟」とペダンティックな引用をはめこんだわけだから、その線で考えればよいはず。そうすると(3)は問題外だが、(1)と(2)は、どちらも正解のようで、判断がつきにくい。「あやにくなる」に重点をおけば(1)になるし、「えさしとどめがたうはべる」に重点をおけば(2)になる。しかし、万葉の歌の後半は恋人にあえないことを言っているのだし、こちらは単に参上できないことを意味するのだから、(2)のほうがおだやかだろう。まあ(2)を10点とすれば、(1)には6点か7点あたえてもよいかと思う。正解は次のとおり。

答 **問一** (イ)＝(2)　(ロ)＝(3)　(ハ)＝(1)　(ニ)＝(2)
問二 (2)

さて、宿題にしておいた中古語法違反だが、もう解決ずみですかね。「そそのかしたまへる」は、同じく完了の助動詞とよばれるなかでも、**存続**をあらわす「たり」「り」と、**確述**をあらわす「つ」「ぬ」と使われぐあいが違うことに注意。このばあいは、招待された事実をさして言ったのだから、確述の「つ」を使うところ。もっとも、現代語訳すると、「り」も「つ」も「……た」となるから、結果は同じようなことになるが——。「さしまじへたまふらむ」は、さきに出てきたとおり、助動詞「らむ」が現在推量だから、その事がらがいま行われていなくてはならない。ところが、この音楽パーティーは、これから催されようとしているわけ。いま開催しているパーティーにおいでくださいと招待状を出す間抜けはない。それから、「御あそびならまし」もおかしい。「まし」は事実の反対を仮想する Subjunctive Mood だから、「もし仮に雨音と音楽とがよく調和するとしたら、愉快なお催しとなることでしょう」という意味になるが、それでは腕じまんの方がたに対し失礼千万な言いかたである。単純推量の「む」と同様に「まし」を使うことは、中古文でも、末期の作品には無いわけでない。藤原基俊《もととし》の歌、

「やまぶきの花さきにけり蛙《かはづ》なく井手《ゐで》の里人いまや訪《と》はまし」(千載集・巻二)

などは、その例である。「井手の里の人たちは、いまごろ花を見にゆくだろうか」の意味で、標準的な中古語法ならば「いまや訪ふらむ」というところだ。しかし、こうした単純推量の「まし」は、疑問文にだけ現れるので、春海の用法はやはりおかしい。

もうひとつ、同じような性格の擬古文から例題をあげてみよう。こんどは、貞門の俳人松江重頼《まつえしげより》の文章だから、たいして古典学をきわめているわけではなく、中古文の色あいが年代的にはずっと後の春海なんかよりもうすく、かなり近世化した感じがある。重頼に限らず、一般に俳人の文章は歌人のよりも中古語法に対する破格が多いことを、ひとつの常識としておくべきだろう。

よろづおぼつかなし。初学に見るべきものやある。さらずば、あらましのことども書きあらはすべ——きよし、よりよりすすめ申されけれど、「いかでさることあらんや。心の水の浅き方には、書き流す言のはもなく、なきとおもへば、最上川のそのいな舟のいなこそあれ。」と、たびたびいなびけれども、「まて、しばし。さあるも、ものがまし。かつは、みづから忘却の助けにもならん。」と、折々のつれづれに筆をそそぎはべる。

（『毛吹草』序）

問一 「さらずば」とは、具体的にどういうことをいっているのか。十五字以内で説明せよ。

問二 「さること」は、どの語句をさしているか。書きぬけ。

問三 「なきとおもへば」は、直接どの語句に接続するか。その語句を書きぬけ。

問四 「ものがまし」の意味として、次のどれが正しいか。

ものうい　ものほし　ていさいがよい　ものものしい　やかましい　かどがたつ

通釈 （俳諧は）万事につけて、よくわからない。初心者むきで参考になる本があるかね。もし無ければ、大要を本に書いてほしい——ということを、機会あるごとにおすすめくださったけれど、「どういたしまして。とても、とても。頭のはた

◇よりより　ときどき。これは中古語の用法。

◇心の水　「心」に同じ。下の「浅き」の縁語で「水」を添えた。

らきがにぶいから、うまい表現もできないし、だめだと思うから、まあ、ノーと御返事したいね。」と、たびたび辞退したが、「ちょっと待てよ。こんなに頑ばってばかりいるのも、かどがたつ。一方には、自分の記憶の補助にもなるだろう。」と思いかえし、ときどき暇を見ては書きました。

◇**書き流す** 「書く」に同じ。「水」の縁語で「流す」を添えた。
◇**言のは** 「ことば」の意だが、「は」に「葉」をかけ「流す」の縁語にした。
◇**毛吹草** 俳諧エンサイクロペディア。重頼の編。正保二年（一六四五）刊。

問一は、「さらずば」（中世以前なら「さらずは」）が「さ・あらずば」であり、「さ」が上の語句を受けることさえ知っていれば、なんでもない。つまり、「さ」の受けるものが「よろづおぼつかなし。初学に見るべきものやある」以外にないからである。

問二は、受ける語句がたくさんあるから、ちょっと考えさせるが、上に「さらずば」とあって、いちど「さ」が出ているから、「さること」の「さ」は、それ以後の語句を受けるのでなくてはならん。ところで、「さること」は、「いかで……あらんや」の中にはさまれているから、「どうして……てよかろうか（いけない）」と反語になるわけで、その「（いけない）」は、「すすめ申され」たことに対するものである。何をすすめたのかといえば、「あらましのことども書きあらはすべきよし」である。「さること」の「こと」が体言なのだから、その内容も、当然、体言としての性質をもっていなくてはならないわけ。

問三は、「最上川のそのいな舟の」が、なんだか本文の筋あいから遊離した感じだから、

どうやら、

「最上《もがみ》川のぼればくだる稲舟《いなぶね》の否《いな》にはあらずこの月ばかり」(古今集・大歌所御歌)

という歌の序を活用した技巧において、前問と同じゆきかたらしい――と、この本を勉強してきた諸君ならばすぐ考えつくのだけれど(三四〇ページ参照)、仮にそういった知識を持ちあわせないときでも、最上川などという固有名詞がポツンとあり、前後にかくべつ関連もないのは変だぞ――と考えて、これは何か意味がありやしないかと神経をはたらかせるなら、「いな舟の」「いなこそあれ」と同音反覆になっていることがピンとくるだろう。すると、これは「いな」と言うためのアクセサリーでないかと割り出すことも、それほど難しくはない。そのアクセサリーを(　)の中に入れてみると、しぜんに答えが出る。

問四は、ちょいと閉口。というのは、この入試問題を見たとき、わたくしは「ものがまし」という語を知らなかったからである。わたくしの信頼する『大日本国語辞典』にもこの語は出ていない。だから、**問四**は、

「『ものがまし』の意味を、前後の意味から推測して、当てずっぽうで答えよ。」

と言いなおすなら、いちばん適切であろう。当てずっぽうと言っても、ばかにしてはいけない。辞典を作った学者だって、まだ解釈のあたえられていない語を解釈するときは、当てずっぽうをある程度まで活用したにちがいないのだから――。さて、前後の関係は「たびたび辞退したけれど、まてまて、そんなに辞退ばかりしているのもものがましと思われ

るから、ひとつやってみよう。」と反省するような筋あいになっている。そうすると、辞退しとおすことの影響が他に対して良い感じをあたえないわけだから、たぶん「融通がきかない」「突っぱりとおす」といった意味で、選択肢のなかに求めるなら、「かどがたつ」だろう。「もののしい」でも六割ぐらいの点はあるはず。そこで、

答 **問一** 初心者むきの好著が無いなら。（十四字）

問二 「あらましのことども書きあらはすべきよし」

問三 「いなこそあれ」

問四 かどがたつ

設問はめでたく正解に漕ぎつけたが、さらに**問五**として「通釈せよ」とでも要求されたら、中古語法破りがさっそく問題になるので、注意をお願いしたい。中古文にしては変だぞ——という感じは、「初学」「忘却の助け」なんておよそ平安時代らしくない用語の飛び出すことからおわかりだろうが、語法からいうと、「すすめ申されけれど」「いなびけれども」がおかしい。すすめられたり辞退したり、自分で経験したことについて伝承回想の「けり」を使うのは、中古文に見られないところ（三三一ページ参照）。平安時代の人なら、当然「すすめたまひしを」「いなびしかども」と言ったろう。単語としても、平安時代なら予定・計画・期待などの意味に使う「あらまし」を、大略の意に用いたあたりも気をつけていただきたい。

なお、問題文の第一行で「書きあらはすべ——きよし」と奇妙な符号を使ったが、これはもとの入試問題にはなくて、わたくしの親切心から問題文が direct narration で出発しながら、中途で indirect narration に転換していることを示すためである。『源氏物語』にもよく出てくる和文独特の句法だから、御注意ねがったわけ。

◇江戸には江戸の風が吹く◇

いくらか中古文に対して頭のあがらない傾向をもつ作者たちは、たとい変則的な言いかたが出てきても、本人としては中古文そっくりのつもりで書くのだから、まあなんとか中古語法の応用で解釈できる。しかし、中古語法なんか頭から無視する連中の天下御免的文章になると、手におえないところが多い。

奈良団《うちは》ノ賛　　横井也有

青によし奈良の帝の御時、いかなる叡慮にあづかりてかこの地の名産とはなれりけん。世はたゞその道の芸精《くは》しからば(注1)多能はなくてもあらまし。(イ)彼よ、かしこくも風を生ずるの外は、絶えて無能にして、一曲・一かなでの間にもあはざれば、(ロ)腰にたたまれて(注2)公界にへつらふねぢけ心もなし。たゞ木の端と思ひすてたる雲水の生涯ならん。さるは、桐の箱の家をも求めず、瓢《ひさご》がもとの夕涼み、昼寝の枕に宿直《とのゐ》して、（ハ）人の心に秋風たてば、また来る夏をたのむとも見えず、物置の片すみに紙屑籠と相住《あひずみ》して、鼠の足にけがさるれども、地紙をまくられて野ざらしとなる扇にはまさりなん。我汝に心をゆるす。汝我になれて、はだか身の寝姿を、あなかしこ、人に語ることなかれ。

（ニ）袴着る日はやすますする団かな　　（鶉衣《うずらごろも》）

（注1）『徒然草』第一二二段「多能は君子の恥づる所なり」。（注2）公界《くがい》＝おおやけの場所。

問一　（イ）は何をさしているか。

問二　（ロ）の部分は何がそうであるというのか。

問三　（ハ）を解釈せよ。

問四　（ニ）は何故か。

なまじっか中古語法なんか知らないほうが安全なくらい――とは言いすぎだろうけれど、まあ、問題文五行めに出ている「さるは」でも見ていただきたい。何気なく中古語の知識で逆接に解すると（二四七ページ参照）、ひどい目にあう。つまり、ウチワが自分の身を木の端みたいなものと悟りきっているわけで、ダカラ結構な桐箱にも入りたがらないのである。この「さるは」は、順接にとらなくては

◇**横井也有**　俳人（一七〇二―一七八三）。尾張藩の武士。俳諧・狂歌・漢詩を良くしたが、とりわけ俳文で名高い。
◇**青によし**　奈良の枕詞。
◇**木の端と**　思はむ子を法師になしたらむこそは、

いけない。「江戸には江戸の風が吹く」と、行雲流水（つまり雲水）の心境になることが、近世文に対する悟りというものである。

そう悟っていれば、**問三**でシテやられる心配はない。正直に中古語法をまるのみしたおかげで、もし、

問三　已然形「たて」＋接続助詞「ば」＝既定条件——で、答えは、

「人の心に秋風が立つから」。

などと考えた人がアレバ、たいへんお気の毒だ。この中古院文法暗記居士は、三三一ページでやかましく注意した交通標識の Just for HEIAN Drivers を忘れたにちがいない。忘れたのなら、遠慮はいらない。すぐ読みかえしてくれたまえ。

さて、**問一**にもどる。「彼」といえば、人をさすのがふつうだけれど、風を生ずるものなら、標題に出ている団《うちわ》であると見当をつけることは、それほど難しくないだろう。人でもないものを人あつかいにする表現は、**擬人法**とよばれる。これも、ついでに覚えておいていただこう。

問二は、ウチワが「たたまれて」とはおかしい。くしゃくしゃにしたウチワでは、使い

いと心ぐるしけれ。さるは〈ダケド坊サンニナルノハ〉いと頼もしきわざを、ただ木の端などのやうに思ひたらむこそ、いとほしけれ（枕冊子・第五段）。

◇**雲水**　行雲流水のように自由な身の行脚僧。転じて、単に僧のこと。

◇**瓢**　ユウガオ・ヒョウタンなどの総称。その実を乾して酒入れなどにも作る。

◇**野ざらし**　野原に放りっぱなしの骸骨。

◇**鶉衣**　俳文集（十二冊）。也有著。天明五年（一七八五）から文政六年（一八二三）にかけて刊行された。

ものにならない。たたんで腰の所に位置させられるのは何だろうかといえば、あとのほうに出てくる「扇」以外にあるまい。

問四は、江戸時代の服装において、袴をはくのが表だった場面であることから、さきの公界に結びつく。つまり、ウチワを袴の腰に差して公的な席に出ることはないわけ。答えは「公式の席に団を携帯することはないから」でよいが、前に扇が公界にまかり出ることを述べているし、擬人法も使われているので、「扇が身がわりになるので」といった式のことを付け加えるなら、気のきいた答案になる。

答

問一 団。（「うちわ」でも「団扇」でもよろしい）

問二 扇。（「扇子」でもよろしい）

問三 秋風が吹いて、人からあきられてくると。（「秋風の吹くころになって、人びとに用がなくなると」でもよい）

問四 表だった席に団をたずさえることはないから。（「きちんとした席は、扇子が身がわりになるから」でもよい）

なお、参考のため通釈を出しておく。シャレのめした文章なので、いくらか意訳に傾くのは、やむをえない。

通釈 「青丹よし……」とうたわれたその奈良に天皇が都していられたころ、どんなおぼしめしによって、このウチワが奈良の名産となった次第なんだろうか。世間では、専門の技能にすぐれていたら、いろんな才能は無くてもよかろう。あいつ（奈良ウチワ）は、うまく風をおこすこと以外、てんで役に立たず、ちょいと演奏なんかする際にも使いものにならないし、たたんで腰に差され表むきの席に出たがる厭《いや》な色気もない。木の切れっ端みたいなものと自分の身を超越した坊さんの生きかたなんだろう。そんなわけで、桐箱の家もほしがらず、夕顔棚の下涼みや昼寝のそばに勤務し、秋風が吹いて厭《あ》きられるころになると、来年の夏をあてにする様子もなく、物置の隅っこに紙屑カゴと同居し、ネズミにふみつけられてさんざんだけれど、地紙をまくり取られ、骨だけになる扇よりはましだろう。小生は、お前を信頼している。小生に親しいあまり、お前、はだかで寝ているザマなんか、ぜったい、他人に話しちゃいけないよ。

袴着る――ハカマ着用で表むきの場所へ出る日は、家において、ウチワには休暇をやることだ。

俳人連中は、とかくまともに文章を書かず、逆説を使ったり、洒落をふりまわしたり、いやに学者ぶってみせたり、いろんなポーズをしたがるから、俳文の解釈は、こちらも臨機応変のかまえでいく必要がある。

次に、俳文よりもむしろ骨が折れるかと思われるのが、候文《そうろうぶん》である。いまの高校生諸君にとって、候文なんかおよそ二十世紀には存在価値の無いものと感じられるかもしれないけれど、わたくしがカリフォルニア州パロアルト市において家主E・P・ガース氏との間にとりかわした契約書は、日本なら「此段及約定候也」に当たる英語で書かれていた。アメリカでは、法律関係あるいは公式の文書は、古い文語体で書かれるのであって、英語の候文が読めなければ、アメリカで市民生活にさしつかえがおこる。日本の候文は、要するに「です」が「候」になるだけで、あとは普通の近世文とそれほど違うわけではない。「ございます」が「御座候」、「ございません」が「御座なく候」、「いたしましょう」が「申すべく候」といった程度のことさえ知っていれば、そんなに頭の痛いものでもない。

　去年の秋より心にかゝりておもふ事のみ多きゆゑ、却《かへ》つて御無さたに成行き候。さて〳〵御なつかしく候。去秋は越人《ゑつじん》といふしれもの木曾路を伴ひ、桟《かけはし》のあやふきいのち、姨捨《をばすて》のなぐさみがたき折、砧《きぬた》・引板《ひた》の音、しし追ふすがた、あはれも見つくして、(イ)御事のみ心におもひ出し候。とし明けても猶《なほ》旅の心ちやまず。

　元日は田毎の日こそ恋しけれ　　ばせを

弥生《やよひ》にいたり、待侘《わ》び候塩竈《しほがま》の桜、松島の朧月、安積《あさか》の沼のかつみふくころ北の国にめぐり、秋の初、冬までには美濃・尾張へ出で候。(ロ)露命つゝがなく候はゞ、又みえ候て立ちながらにも立寄り申す可きかなど、たのもしくおもひこめ候。南都の別一昔のこゝちして、一夜の無常一庵の涙も忘れがたう覚え、猶観念やまず、水上の泡きえん日までの命も心せはしく、一鉢《いっぱつ》境界乞食の身こそたふとけれとうたひに侘びし貴僧の跡もなつかしく、猶（ハ）ことしの旅はやつし〳〵て菰《こも》かぶるべき心がけにて御座候。其上能《よ》き道づれ、堅固の修行、道の風雅の乞食尋ね出し、隣庵に朝夕かたり候て、（ニ）此僧にさそはれ今年もわらぢにて年をくらし申す可しと、うれしくたのもしく、あたゝかになるを待侘びて居申候。

問一 この手紙の現在は、何月頃か。断定する理由を本文より二箇所ぬき出せ。

問二 この手紙により筆者の示そうとする旅の報告・計画を、時または月、および行き先について答えよ。

問三 この手紙で筆者が最も高調している気持ちは何であろうか。十五字以内で示せ。

問四 傍線（イ）・（ロ）・（ハ）の部分を最も適切簡易な現代手紙文に直せ。

問五 (1) 南都とはどこか。

(2) 水上の泡とは何をさすか。

(3) 傍線（ニ）の「此僧」とは文中のどれを指すか。

いくら頭が痛くないことを強調しても、この問題はどうも楽でない。しかし、これは、この問題が難しいのであって、候文が難しいのではないことをおことわりしておく。そんな関係で、まず通釈から提

◇**越人**　尾張の俳人で、芭蕉の門下。
◇**しれもの**　本来は愚者

供しておこう。

通釈 去年の秋から心配ごとばかり多かったので、心ならずも御無沙汰をいたしております。（御たより）まことにおなつかしゅうございます。去年の秋は、越人という風流漢が木曾地方をいっしょに旅行してくれまして、ぞっとするような桟、姨捨で感傷的になった際の砧や鳴子の音、鹿を追う姿など、感銘の深いことをいろいろ見つくし、（それにつけても）（イ）あなたの事ばかりお思い申しました。本年になりましても、やはり旅に出たい気持ちがしきりです。

元日は――更科では田ごとの月をめでたことですが、あの情景をわすれかねて、この元日は、初日の出も田ごとにうつる状態でながめたいとさえ、無理なことを考えている次第です。

三月になって、待ちこがれています塩竈の桜・松島のおぼろ月などを訪ね、安積の沼のカツミを軒にさすころ北国へまわり、秋の初めか（おそくとも）冬までには美濃・尾張へ出るつもりです。（ロ）もし健在でしたら、もういちどお目にか

のことだが、逆説的に用いて「傑物」「達者」の意。

◇**姨捨**　信濃国更科郡にある山で、月の名所。有名な姨捨説話が『大和物語』に見える。

◇**砧**　柔らかくしたりツヤを出したりするため布地を打つ台。冬のしたくのため、多くは秋に使った。

◇**引板**　鳴子《なるこ》。歌で秋の景物とする。

◇**しし**　鹿。京都の鹿ケ谷を「シシガタニ」と読むたぐい。

◇**立ちながら**　玄関さきでちょっとの意。

◇**観念**　心に思いえがくこと。

◇**乞食の身こそ**　増賀上

かり、立ちばなし程度なりとも参上いたしたいなど、たのしみに期待いたしております。奈良でお別れしましてからもう十年もたったような感じで、あのたのしかった一夜はたちまち過ぎ、あの寓居でなごりを惜しんだのも忘れられず、なおも旅をしたう気持ちがしきりでして、水にうかぶ泡のように命がいつ消えるかもしれないと思えば落ちついておれず、「鉢ひとつで世をすごす行脚《あんぎゃ》の身こそ尊いのだ」とうたって清貧をたのしんだ高僧のおこないも慕わしく、いっそう（八）本年の旅は身を落として乞食同然のところまで徹底する覚悟でおります。そのうえ、適当な道づれとして、しっかり修行のできた風雅の道にいそしむ漂泊者をみつけまして、隣家に来てもらって朝晩かたりあい、この僧にさそわれ本年も旅ぐらしで過ごそうと、うれしく期待いたし、暖かになるのをいまかいまかと待っております。

『奥の細道』の旅を前にして、芭蕉が伊賀の猿雖《えんすい》へ書き送った手紙である。したがって、元禄二年（一六八九）の二月上旬か中旬ぐらいと推定されるけれど、本文だけで考えれば、元旦以後・三月以前という程度だろう。

ところで、さきに勉強した村田春海の文章は、辞書を片手に読めば、いちおう解決のつ

人が「乞食の身こそ頼もしけれ」と詠じたこと。『発心集』に出ている話。
◇**貴僧**　増賀上人をさす。十世紀ごろの高僧。
◇**やつし**　みすぼらしくして。
◇**此僧**　路通をさす。芭蕉の門下だったが、事情があって破門された。『奥の細道』の旅は、はじめ路通を伴うはずだったが、曾良に変更された。
◇**わらぢ**　旅の暗喩。

くことばだけで書かれているけれど、芭蕉の手紙は、そうはゆかない。『落窪物語』（五三ページ参照）に、面白《おもしろ》の駒というニックネームでよばれる「しれもの」が登場する。頭がそうとう以上にお弱くて、おまけにハンサムの正反対という人物だ。これが、少将道頼の策略で四の君（五四ページ）と結婚させられ、滑稽かつ悲惨な事件が持ちあがるのだけれど、芭蕉はけっしてこの意味で越人のことを「しれもの」と言ったわけではない。また、仏教語の「観念」は、仏の姿などを心にはっきり描き出すことで、いずれも芭蕉の用法に合わない。こんなのは、もとの意味にとらわれず「**この文章のなかだけの意味**」として解釈するほかあるまい。近世文に対しては、そうした心がまえがいつも必要なのだが、俳人の文章は特にそれがいちじるしい。極端な例をあげると、問題文第六行めの「かつみふくころ」が好例で、いくら辞書や辞典と相談しても、芭蕉の用法に当てはまる説明は出てこないだろう。これは、

「陸奥《みちのく》の安積《あさか》の沼の花かつみかつ見る人に恋ひやわたらむ」（古今集・詠人しらず）

訳 岩代《いわしろ》国安積郡の沼にある花かつみではないが、「かつ見る」（ほんのちょっと付きあったきりの）人なんかにずっと愛情を持ち続けてゆけるものですかね。

にもとづいた文句だが、この「かつみ」は何のことだかよくわからない。昔からの注釈書をしらべると、マコモの異名だとする説が有力である。しかし、芭蕉は、これを菖蒲《しょうぶ》のつもりで使っているらしい。五月の節句に菖蒲を軒さきにさす風習は、平安時代からあった。

芭蕉は、たぶん勘ちがいしたのだろう。ところが、この「かつみ」を菖蒲と考えないかぎり、問二で北陸地方への予定を判断する根拠が無いのだから、ずいぶん殺生《せつしょう》なはなし。たぶん正解を出した受験生はいなかったのではないかと思うが、どうせ皆ができなければ同じことだ。くよくよするに及ばない。責任は芭蕉さまにあるのだから——。問四は、通釈のなかにいちおう正解をまとめておくから、復習用に使ってくれたまえ。問五は、通釈のなかに出ているので省く。

答

問一 一月か二月。理由——「とし明けても」「弥生にいたり」。

問二
〔時・月〕〔行き先〕

報告｛昨年の秋——木曾
　　　昨年の秋——姨捨

計画｛本年三月以降——東北地方
　　　本年五月ごろ——北陸地方
　　　本年初秋↓冬——中部地方

問三 ぜひこんどの旅をやりとげたい。(十五字)

問四 通釈参照。

問五 (1)＝奈良　(2)＝はかなさ　(3)＝「能き道づれ」「道の風雅の乞食」(同一人)

◇たまには小判の夢を◇

近世には近世の言いかたがあることさえ気をつければ、たいした失敗はおこらないだろう。近世語といっても、どちらかといえば現代語に近いものが多く、江戸時代だけのことばというものは、高校程度なら、それほど出てくるわけでない。江戸時代でやっかいなのは、**言いかた**よりもむしろ作品のなかにあらわれる**事がら**だろう。特に社会科的な知識が豊富でないと、江戸時代の作品はわかりにくい。しかし、実のところ、江戸時代の社会事情については、専門の国文学者だってまだわからない事が多いのであって、高校生諸君にあまり詳細な知識を要求するのはよくないと思われる。次にあげるのは、要するに「こういった種類の知識」という見本だから、ガンガン頭にぶちこむべく鉢巻なんか用意なさるにはおよばない。まあ、のんきに読み飛ばしてくだされば結構。

是《これ》より思ひ付いて、今橋の片かげに銭店出《い》だしけるに、田舎人立寄るにひまなく、明けがたより暮れがたまで、わづかの銀子《ぎんす》とりひろげて、丁銀《ちやうぎん》こまがねかへ、小判を大豆《まめ》板《いた》にかへ、秤《はかり》にひまなくかけ出し、毎日毎日つもりて、十年たたぬうちに、仲間《なかま》あきなひの上《うは》もりになつて、諸方に貸帳《かしちやう》、我がかたへは借ることなく、銀替《かねがへ》の手代これに腰をかがめ機嫌をとるほどになりぬ。小判市も、この男買ひ出《い》だせばにはかにあがり、売り出だせば《い》たちまちさがり口になれり。おのづからこの男の口をうかがひ、みなみな手をさげて旦那旦那と申しぬ。（西鶴『日本永代蔵』巻一ノ三）

◇今橋　いまの大阪市中央区で東横堀川にかけた橋。付近に船つき場があり、小銭を必要とする人たちが多く通行した。
◇とりひろげ　手びろく活用し。通釈に示したのは意訳。
◇上もり　いちばん上に置く物。転じて最高の意。

「なあんだ、のんきに読み飛ばしてくだされば結構なんて、ひでえや。いやに面倒な文章をかつぎ出したじゃありませんか。」と文句を言われてもこまる。材料のつごうで、ちょいと西鶴をかつぎだしたまで。その証拠には、よくごらんください。通釈せよとも説明せよとも要求してありませんぞ。

話の筋みちを申しあげると、当時の大阪は米の集散地として繁盛をきわめたものだが、そこへ九州方面から船で運んでくる米をあげるとき、どうしてもこぼれる米が出る。それをはき集めて、しがない暮らしをしているばあさんがあった。二十三のとき夫に死に別れてから、一人の子供をかかえ、こんな暮らしをしていたのだが、ある年、たいへんな豊作で、したがってこぼれる米も多く出たのを、努力して集めたところ、七石五斗もためこむことができた。そんなことを二十年あまりやっているうち、十二貫五百匁のヘソクリがたまった。子供も遊ばせず、九つのときからワラの屑を拾わせ、それを銭さしに売ったりして、勤倹第一に頑ばるうち、いつしか資本金もできて、息子はやがて右の文章のように銭店を出し、旦那旦那といわれる身分にまで出世するわけ。まずは成功美談の一席──。

「話はのみこめましたが、文章がなんだかよくわかりませんよ。ほかの近世文とは調子が違いすぎています。」と言うお方があるかもしれないので、念のため現代語訳しておこう。

通釈 これから思いついて、今橋の片すみに両替屋をひらいたところが、田舎《いなか》からくる人が来店するので、ひまがなく、朝早くから夕方まで、すこしばかりの銀貨をどしどし運用して、丁銀を細銀《こまがね》にかえ、小判を大豆板《まめいた》にかえ、ひっきりなしに、はかりにかけ、毎日どんどん増えて十年もたたないうちに、同業者取引でも一流株となって、あちこちへの貸金を帳簿に記し、自分のほうから借りることはなく、銀を替えにくる店員も、この男にはぺこぺこし、御きげんをとるほどになった。小判市も、この男が買いだすと急にあがり、売りだすと下落にむかう。こんなふうで、しぜんと、この男の意見をうかがい、誰もみな腰を低く、旦那旦那と奉るようになった。

「まだわかりませんね。通釈だけしていただいても、丁銀とか、こまがねとか、大豆板とか、そのほか、わからないことがいっぱいあります。」そこだよ、わたしが話したいのは。**江戸時代の通貨**には、金貨・銀貨・銅貨・紙幣、いずれもある。金貨には、大判・小判・一分判金・二朱金など、銀貨には、丁銀・大豆板（まめいた）銀・一朱銀などが、銅貨には、寛永通宝・宝永通宝・天保通宝・文久通宝などがある。鉄貨や真鍮《しんちゆう》貨もあった。紙幣は、たいてい藩札である。つまり、日本全国どこでも通用するわけでなく、たとえば、加賀藩なら加賀藩のなかだけで通用する紙幣のことである。

さて、大判や小判をかぞえる単位が両であることは御存知のとおりだが、その「両」がもともと重量の単位であることは、知らない人も少なくなかろう。戦前は砂糖などを計るのに何斤と言った。その「斤」（六〇〇グラム）の$\frac{1}{16}$が「両」であり、両の$\frac{1}{4}$が「分《ぶ》」であり、分の$\frac{1}{4}$が「朱」なのである。一両以上は、十進法で計算する。銀貨のほうも、やはり重量の単位で計算する。すなわち、銀一匁《もんめ》（三・七五グラム）を基本単位とし、千匁を一貫とする。匁の$\frac{1}{10}$が「分《ふん》」、分の$\frac{1}{10}$が「厘《りん》」である。銅貨・鉄貨・真鍮貨を総称して銭貨と言う。銭貨は「文《もん》」が単位で、千文が一貫である。同じ「貫」が銀貨と銭貨との両方に使われたことは注意してほしい。銀一貫と銭一貫とでは、たいへんな違いがある。公定相場だと、金一両が銀六十匁、銭四貫に当たるからである。

もうひとつ注意してほしいのは、関東は金貨、関西は銀貨が標準通貨だったことである。これは関西が貿易の中心であり、貿易を公認されていたシナとオランダが銀本位制であったため、関西では銀が主に通用したのであろうと思われる。そうすると、江戸の商人が大阪で取り引きするためには、金貨を銀貨にかえる必要があるわけで、その交換をして手数料をとるのが、すなわち両替屋である。銭店も同じことだが、銭店というほうが、両替屋よりも小規模であったらしい。金貨と銀貨あるいは銭貨を交換するとき、公定相場だと、前記のとおり、

金一両＝銀六十匁＝銭四貫

であるが、事実は、かならずしもこのとおり安定していたわけではない。だから、仮に、金一両が銀五十八匁であるときに銀貨で金貨を入手しておき、こんど金一両が銀六十一匁になったとき、金貨を銀貨にかえると、金一両につき銀三匁のもうけとなる。もっとも、逆に、金一両が銀五十七匁になったりすると、損をするわけ。こういったオペレーションをするのがはじめの文章に出てきた「小判市」なのである。「相場は五十八匁、今朝からの大あがり」「小判は六十二匁まで取りませう」（紀海音『難波橋心中』）などとあるのも、これでおわかりだろう。

しかし、まだ「秤にひまなくかけ出し」がのみこみにくいかもしれない。いったい、金貨と銭貨とは、通用の金額がきまっている。小判なら一両とか、寛永通宝なら一文とか、はっきりしているのであるが、銀貨のほうは、重さがすなわち金額だったのである。小判だと、欠けたり、こわれたりしないかぎり、磨りへってペラペラになっても、一両は一両であったけれど、丁銀や大豆板は、四十匁の重量なら、四十匁としてしか通用しなかったわけ。だから、受けわたしのたびごとに重さをはかったのであって、ずいぶん面倒なはなしだが、もともと平安時代あたりから、こんなやりかたが行われていたものらしく、古いならわしの多く残っていた関西では、通貨の勘定まで昔のやりかたを変えなかったのであろう。銀貨の重量をはかるため用いられたのが、すなわち**天秤**である。

さて、銀貨のなかで代表的なのが、大豆板（＝こまがね）である。指のさき程度から大豆ぐらいまでいろいろあり、重さでいうと、一粒が六匁ぐらいから四分ぐらいまであった。丁銀は、ナマコ形で、ずっと大きく、四十三匁が標準であった。五円とか十円とか刻んでないと通貨らしく感じない現代人からいえば、まことに変だが、そういう世の中に住んでいれば、金額を表記してないのが、かえって当然だと感じられたのであろう。明和二年（一七六五）九月つまり、秋成や蕪村などの活躍したころ、五匁銀というのが発行された。これは金額を表記したやつで、重量がきっちり五匁であろうとなかろうと、五匁に通用させたのである。しかし、品質が悪かったのと、金貨に対する交換比率に無理があったのとで、ひどく嫌われ、やがて発行停止になってしまった。

もっとも、そのあと、明和九年（一七七二）から文政七年（一八二四）まで五十三年間にわたり発行された南鐐《なんりょう》二朱銀は、やはり金額表記だったが、銀の質は上等だったので、一時的には発行停止になったけれど、やがて復活して、江戸後期にはわりあいよく流通している。だが、従来の大豆板や丁銀も、廃止されたわけでなく、ならんで通用していたから、ハカリはやはり必要だったわけ。

次に、小判だが、これは室町時代の末ごろから発行された。その前には、やはり金貨も銀貨と同様、重さをはかって通用させるものであったらしい。藤原道長の日記『御堂関白記』をながめていたら、寛弘二年（一〇〇五）十一月十五日の条に、焼けあとを探したところ、魚形金十枚・銀十五枚・銅三十枚が出てきたと記されているのを見つけた。この「魚形金」は、おそらく金貨なのであろう。

ほかに「金銭」というのがあった。いまでは「あいつは金銭にきたないね。」などと言うように、通貨のことを意味するが、むかしの金銭は、すなわち、「黄金製の銭」であった。そして、それはシナのものであったらしい。中国文学の世界的権威である吉川幸次郎先生が『元曲金銭記』という名著をお書きになった。元の時代にさかんであった演劇で金銭をモチーフとする曲に、くわしい訳注を加えたものだが、この「金銭記」という元曲は、唐代の事件をえがいたものである。だから、唐あるいはそれ以前から金銭はあったものと思われ、日本にも古くから輸入されていた。もっとも、通貨としてではなく、愛玩用だったらしく想像される。『山槐《さんかい》記』という日記の治承二年（一一七八）十一月十二日の条によれば、中宮のお産のとき、金銭九十九文をお祈りに使っているから、平安時代は、何かふしぎな力もあるように考えられていたのであろう。その金銭からヒントを得て、小判を造ったのかもしれない。

第15図　天秤使用の図（『日本永代蔵』）

小判は一両を単位とするが、何しろ、十両以上ぬすんだ者は死刑になるという時代のことだから、小判さまは

あまり庶民たちと交際してくれなかった。『柳樽』[1]初編に、

「これ小判たった一晩居てくれろ」

とあるように、なかなか一晩も自分のところにとめておくのが難しかった。反対に、大名たちは、

「大名は小判の中によく寝入り」

と詠まれている。庶民が小判なんか手に入れたら、とても安眠はできなかったろう。実際の取り引きでも、ふだん扱う機会のない零細商人は、小判を出されると、こわがったぐらいである。

「土筆《つくし》売り小判を出せば逃げるなり」

釣り銭がないからこまるというよりも、小判なんか持ったやつに関わりあうと、どんな巻き添えをくらうかもしれないからだろう。これが、大判になると、いっそうであった。もともと大判は、あまり実用にはならなかったらしい。小判でさえめったに手にしない世のなかだから、大判を使うことは、ほとんどなかったので、

「大判は小判より世を知らずに居」

などという川柳[2]も生まれた。

《注》1**柳樽**＝正式には『誹風柳多留』。いわゆる川柳の選集。初編は明和二年（一七六五）刊。天保九年（一八三八）の第百六十七編まで続刊された。2**川柳**＝柄井川柳《からいせんりゅう》の選した「前句付け」の意から、

ジャンルの名となった。

大判は、小判の何両にあたるのか、はっきりしない。ひとくちに小判といっても、いろいろ種類がある。いちばん品質の良いのが慶長小判で、純金の含有量が四匁一分だけれど、万延小判になると、わずか五分であり、たいへんな差があるし、大判にもいろいろ種類があった。したがって、大判と小判の交換比率も一定しないわけだが、標準的には大判一枚が小判八両前後であったらしい。大判は、一枚二枚とかぞえ、一両二両とはいわない。だから、何かの文章に「黄金十枚」などとあったら、大判のことだなとお考えになってよろしい。

ところで、その大判や小判は、現代では、どのくらいのねうちに相当するものだろうか。天正大判一枚で、天正十五年（一五八七）には、米六十六石が買えたという。いまの米価が一石につき約六万六千円とすれば、大判一枚が四百三十五万六千円ぐらいということになる。いまの米価は政策的に押し上げられており、経済の実勢を反映するものではないけれども、とにかく大判や小判がべらぼうな価値をもっていたことはおわかりになろう。大判・小判が廃止されたのは、明治七年（一八七四）のことであった。

こんな数字を頭のなかで回転させていると、なんだかお小づかいが豊富になったような感じはしませんか。しなければ、もういちどわたくしの説明を読みかえして、それから昼寝でもしたまえ。大判小判がザクザクという夢を見ないとも限らない。そうしたら、景気のよい夢を大切に頭のどこかへ温めておきたまえ。入試で思いがけない点を拾うことがあるかもしれないから――。それこそ宝クジでも当たったようなものである。

――その2　全体感覚

古語はひとわたり覚えた。文法的解釈もＯＫ。さらに歴史的な移りかわりまで頭において解釈できれば、もはや勉強することは残っていないようなものだけれど、実は、もうすこしお付きあい願いたいことがある。わたくしはさきに近世文を読むとき特に「この文章のなかだけでの意味」をとらえることが大切だと述べた（三五五ページ参照）。それは、すでに「場面的意味」として力説したことでもある（一七二ページ参照）。しかし、その**場面**は、どうしたら把握できるものだろうか。そのコツがわからなければ、場面的意味が大切だということだけ知っていても、なんにもならない。というわけで、場面のとらえかたを、これから勉強してみよう。

◇場面を描き出せ◇

わたくしの友だちで、カメラ道楽の男がいた。幾種類もの高級カメラをもち、ありとあらゆる付属品を完備させており、いざ撮影に押し出すとなれば、専門家も顔まけするほど道具をかついでいったものだ――が、である、かれの作品は、およそ批評などいう余地のないもので、キヤノンの御手洗《みたらい》社長が「小西さん向き」としてプレゼントしてくれたポケット・カメラによるわたくしのスナップにさえ及ばない。つまり、写真道楽でなく、カメラ道楽なんだろう。どうしてそんなひどい写真しか撮れないのか。理由はたくさんあるが、特にだめな点のひとつは、場面のとらえかたがまずいことである。この樹とこの人物とのバランスがどうだとか、この枝が画面ぜんたいに対してどんなアクセントをあたえるとか——そういったセンスが全然ない。いくらピントだけ合っていても、撮れた画面には統一や調和がなく、そして味がない。オーケストラになぜ指揮者が必要であるかは、説明するまでもあるまい。

解釈だって、同じことだろう。全体としての「まとまり」のなかでとらえてこそ、部分的な意味が生きる。それでは、**解釈における場面**とは、具体的にはどんなことか。いろいろ考えられるが、まあ大きく分ければ、

(1) 人物関係
(2) その場でおこっていること
(3) 背景となる場所

などに圧縮できるだろう。それがどんなふうに活用されるかは、久しぶりに中古文の例で——。

はるけき野辺を分け入りたまふより、いとものあはれなり。秋の花みな衰へつつ、

浅茅が原もかれがれなる虫の音に、松風すごく吹き合はせて、そのこととも聞きわかれぬ程に、物の音どもたえだえ聞こえたる、いと艶なり。むつましき御前《ごぜん》十余人ばかり、御随身《みずゐじん》（a）姿ならで、いたう忍びたまへれど、ことに引きつくろひたまへる御よそひ、いとめでたく見えたまへば、御供なる人々、所がらさへ身にしみて思へり。などて今まで立ちならさざりつらむと過ぎぬるかた悔《くや》しう思さる。黒木の鳥居どもは、さすがに（b）見えわたされて、わづらはしき気色《けしき》なるに、人気少なくしめじめとして、ここに（c）人の、月日をへだてたまへらむほどを思しやるに、いといみじうあはれに心ぐるし。（源氏物語「賢木」）

〔右の文は、『源氏物語』で、源氏の君が嵯峨野を経て、野宮に六条の御息所を訪れるところである。〕

問一　abcの（　）内にことばを入れるとすれば、次の各項のうちどれが適当か。正しいと思うものを符号で示せ。

〔a〕(イ) わりなき　(ロ) やつれたる　(ハ) ことごとしき

〔b〕(イ) 神々しく　(ロ) いかめしく　(ハ) ゆゑゆゑしく

〔c〕(イ) 物思はしき　(ロ) あさましき　(ハ) いふかひなき

問二　傍線の所で、虫の音・松風・物の音の三者の関係は、次のどれが正しいか。符号で示せ。

(a)　虫の音と松風が一緒に聞こえている所へ、物の音が聞こえる。

(b) 虫の音が聞こえている所へ、松風と物の音が一緒に聞こえる。
(c) 虫の音と物の音が一緒に聞こえている所へ、松風の音が聞こえる。

〔注〕**そのこと**——旧注に「琴の心をもたせたり」とある。

問三 源氏の君の心情を述べた文章を原文のまま書き出せ。

出題者が「右の文は……訪れるところである」というヒントを与えておいてくれたのは、親切だと思う。もしこのヒントがなければ、ちょっと「場面」は浮かびにくい。もっとも、高校生諸君にとって、六条の御息所がどんな人で、光源氏と以前にどんな関係をもっていたかなどということは、ピンとこないかもしれないけれど、そこまで知っていなくても、ともかく「御息所《みやすどころ》」が皇族関係の女性であるという程度の知識さえあれば、

(1) 貴族の男性が皇族待遇の女性をたずねてゆく。
(2) 場所はさびしい郊外（嵯峨野）。

ということは見当がつくだろう。

さて、**問一**は、中古語の解釈がねらいだけれども、単なる解釈でなく、**語義＋場面**という立場での解釈が要求されている。つまり、

〔**場面**〕光源氏の愛人のひとり六条御息所が、斎宮に任命されたむすめと共に伊勢へくだることになる。その前に、しばらく嵯峨の野宮にこもり、心身をきよめなくてはならない。光源氏は野宮をたずね、別れを惜しむ。そこへゆく道すじの描写が問題文である。

◇**そのことども**「こと」に七絃の琴《きん》・六絃の和《わ》琴《ごん》・十三絃の箏《そう》などがある。どれの音だか聞きわけにくいのである。

辞書に出ているような「どこへでも当てはめられる語義」ではなく、「この場面においてだけ生きている語義」において解釈せよということなのである（一六九ページ参照）。まず（a）を見ていただこう。

選択肢（イ）・（ロ）・（ハ）のどれを採っても、いちおうは成り立つ。「わりなき姿」「やつれたる姿」、どちらもおかしくはない。しかし、さびしい郊外という場面なら、「やつれたる姿」がいちばん適切だし、下の「いたう忍びたまへれど」にも合う。だから「やつれたる姿」に相当する意味を正解とすべきだが、注意を要するのは「（a）姿ならで」と否定の接続助詞「で」が使われていることである。打消しを伴って「やつれたる」の意味になる語といえば、すなわち「やつれたる」の反対語「ことごとしき」でなくてはならない。正解は(ハ)となる。

（b）も同様で、鳥居とあるから、神社めいた所であることが想像され、まず(イ)が正解らしく感じられよう。それでよいのだが、念のため、なぜ(ロ)と(ハ)が適格でないかという吟味が必要であろう。(ロ)は、黒木とあるのがヒント。つまり、白木の鳥居なら、伊勢神宮のような威厳を感じさせようけれど、皮つきの丸太を組み合わせた鳥居では「いかめしく」に合わない。それかといって、「ゆゑゆゑしく」（趣深く）でもないことは、下の「わづらはしき気色」と衝突する点から考えられる。そこでやはり(イ)が正解となるわけだが、第一印象で正解が得られるようなばあいでも、それだけに頼らず、吟味というプロセスを加える

◇**御前**　貴人が外出するとき先導などをする従者。
◇**随身**　特定資格の貴人に近衛府から付ける武官。
◇**立ちならさざりつらむ**　道が平らになるほど、しばしば行くのが「立ちならす」。「つ」は確述。

ことは、数学の答案と同じ心がけでゆくべきだろう。

(c)は、さきの場面設定から考える。御息所（このばあいは前皇太子の妃）に対して「いふかひなき」（つまらない）は変だし、「あさましき」（あきれた）もおかしい。残るのは(イ)だけである。

問二は、語法的に文脈をたどっていっても解けるが、「エート、この格助詞が……、ウーンこれがつまり連用修飾に……。」などと考えていると、試験場ではとかく頭がカーッとしやすいから、語法から攻めるのは吟味の段階へ回し、最初は情景を頭に描くところから正解へ迫ってみよう。諸君自身が光源氏になったつもりで（ぼくはそれほどハンサムではありませんなどと遠慮するにおよばない）嵯峨野へ出かけた気分になってみたまえ。虫の音が身近に聞こえるだろう。何百メートルも離れたら、とても「かれがれなる虫の音」なんか聞こえるわけがない。松風は、かならずしも近くでなくてもよかろうが、ほんものを聞いてごらんになればおわかりのとおり、松があまり遠ければ、やはり聞こえにくい。まあ、せいぜい中ぐらいの遠さだろう。これに対し、「物の音」つまり楽器で演奏するのは、もうすこし遠くでも耳につくだろう。それなのに「たえだえ聞こえたる」だから、かなり遠くにちがいない。実際には、まず虫の音に心をひかれ、その伴奏みたいに松風が吹いてくるのに気づき、そのあとで楽器の音（実際には琴《きん》）が耳に入ったと考えるのが、いちばん自然なようである。したがって、正解は(a)であろう。エドゥイン・サイデンステッカー教授は、この所を "The autumn flowers were gone and insects hummed in the wintry tangles. A wind whistling through the pine brought snatches of music to most wonderful effect, though so distant that he could not tell what was being played." と(b)に訳しているが、疑問だ。

しかし、これだけで答案用紙に(a)と記入するのは、ちょっとお待ちねがいたい。さきにも言ったように、いちおう確かだと思われても、もうひとつ吟味を加えるのが、確実に点数を把握する秘訣である。そこで、保留しておいた語法・文脈からの検討で裏づけてみよう。「虫の音に」とあるのを受けて、「松風（が）吹き合はせ」と言われているから、虫の音と松風が合奏するのでなくてはならない——という点を考えると、まず(b)は正解でない。(b)だと、松風と物の音が合奏するようになるからである。次に、(c)は、虫の音と物の音が合奏することになるから、これもだめ。やはり(a)だけが残る。さきの考えが正しかったことは、どうやら確かとなる。

問三は、問題文の中から、バックとなっている景色の描写をまず抜いてしまう。残りが心情を述べた部分となるはず。そこで「はるけき野辺……いとめでたく見えたまへば」および「黒木の鳥居……しめじめとして」を抜き、残りを検討する。次に「源氏の君の心情を述べた文章」が問われているわけだから、光源氏以外の者は除外して考える。この場面では、光源氏のほかは、「むつましき御前」すなわち「御供なる人々」だけであるから、その人たちが主語となっている心情の叙述を除外すれば、残りが正解となるわけ。そこで「身にしみて思へり」が省かれる。そうすると、あとは(1)「などて今まで立ちならさざりつらむ」・(2)「過ぎぬるかた悔しう」・(3)「いといみじうあはれに心ぐるし」だけが残る。これらのうち、(2)と(3)は同じ性質である。つまり、作者が光源氏の心を想像して説明を加えたものである。これに対し(1)は、光源氏自身の立場になっての述懐で、英文法でいえばdirect narrationであり、主語を補った形は"Why hadn't I made a constant practice of visiting her?"となるだろうし、"I"になる。(2)はHe regretted that……となるだろう。(3)はHe realized all that she must have suffered. のようになるだろう。そこで、設問の「心情を述べた」だが、どうもはっきりしない問いかたである。「源氏の君の」とある下の「の」が主格を示すのならば(1)だけが正解となるし、連体格を示すのなら(2)・(3)も含めることになる。どちらかは、わたくしにはわからない。(1)だけ答えても、(1)・(2)・(3)の全部を答えても、ともに正解になりそうである。ただし、(1)と(2)だけ、あるいは(1)と(3)だけ答えたのは、いくらか減点してよかろう。わたくしなら、(1)だけあるいは(1)・(2)・(3)と答えたのは10点、(1)・(3)だけは8点、(1)・(2)だけは6点、(2)・(3)だけは5点というように採点したいのだが、出題者はどんな考えであったろうか。とにかく、正解を再記しておこう。

答 問一 a＝(ハ) b＝(イ) c＝(イ) 問二 (a) 問三 「などて今まで立ちならさざりつらむ」

それから、通釈もサービスしておくから、これまでの説明をもういちど確かめながら味わっていただきたい。

通釈 ひろびろとした野原を分けておはいりになると、もうなんとなく情趣が深い。秋の花はみなしおれて、チガヤの生いしげった原もさびしくうら枯れているのを、鳴き細る虫の音に、松風がしんしんと吹きあわせて、何の琴とも聞きわけられないほどに、音楽の音色がたえだえに伝わってくるのが、まことに艶《えん》である。気心の知れた前駆の者を十人あまり、御随身なども、ものものしい装いではなく、いたってこっそりお出かけなのだけれど、ことに気をおつけになった御いでたちが、世にもみごとにお見えになるので、お供の人びとも、所がらさえ加わって、身にしみじみと感じるのであった。（源氏は）なんだって今までしげしげ通わなかったのだろうと、これまでのことを残念にお思いになる。黒木の鳥居どもは、さすがにこうごうしく見わたされて、つつしみ深くなる様子なのだが、人気が少なく、ひっそりしているこんな場所に、とかく気苦労の多いお方がお過ごしになる月日の長さをお考えになると、ひどく心が動かされ、いとおしい。

◇場面から心理へ◇

この人は、いまこのような場面におかれている――ということを把握するのが、解釈に際して、どれだけ大きい力になるかは、さきの例題でおわかりになったかと思うが、もうひとつ、同じような性質のことを、こんどは中世文で勉強してみよう。すこし長文だけれど、この程度ではおどろかないぐらいに、諸君の学力は伸びてきているはず。

刑部卿敦兼《あつかね》は、みめの世に憎さげなる人なりけり。その北の方は花やかなる人なりけるが、五節《ごせち》を見はべりけるに、(a)とりどりに花やかなる人々のあるを見るにつけてもまづ、我が男のわろきを心うく覚えけり。家にかへりて、すべて物をだにもいはず、目をも見あはせず、うちそばむきてあれば、しばしは何事の出できたるぞやと、(b)心も得ず思ひ居たるに、次第にいとひまさりて、かたはらいたき程なり。さきざきのやうに(c)一処にも居ず、方をかへて住みはべりけり。ある日刑部卿出仕して、夜に入りて帰りけるに、出居《いでゐ》に火をだにともさず、装束はぬぎたれど、たたむ人もなかりけり。女房共も、皆御前の誘ひに随ひてさし出づる人もなかりければ、車寄《くるまよせ》の妻戸をおしあけて、一人ながめ居たるに、更《かう》たけ、夜静かにて、月の光、風の音、物ごとに身にしみわたりて、人のうらめしさも、とりそへておぼえけるままに、心をすまして、篳篥《ひちりき》を取り出でて、時の音にとりすまして、

ませのうちなる白菊も　うつろふ見るこそあはれなれ
我らが通ひて見し人も　かくしつつこそかれにしか

と繰り返し謡ひけるを、北の方聞きて、心はやなほりにけり。それより殊になからひめでたくなりにけるとかや。優《いう》なる北の方の心なるべし。

（古今著聞集・巻八）

問一 傍線（a）は、次のうちどれか。

(イ) 五節の舞姫　(ロ) 付き添いの女房たち　(ハ) 見物の公卿・殿上人たち

問二 傍線（b）の主語は、次のどれか。

(イ) 刑部卿敦兼　(ロ) 北の方　(ハ) 我が男

問三 傍線（c）と正反対の状態を示す語句（十五字以内）を書き抜け。

問四 「北の方」と同一である人物を次の中から示せ。

(イ) 女房　(ロ) 御前　(ハ) さし出づる人　(ニ) 一人

さきに挙げた(1)人物関係、(2)その場でおこっていること、(3)背景となる場所——は、着眼点としてそっくり本問にも当てはまる。すなわち、**問一**・**問二**・**問四**は、いずれも(1)の人物関係にひっくるめて考えられる。**問一**は「我が男」と比較しているのだから、これも男性のはずで、(ハ)が正解。このばあいの「男」は夫の意。**問二**は、傍線（b）が「どうしたんだろう？　変だな」という意味だから、ふしぎに思った当人は敦兼にちがいない。北の方は自分の考えに基

◇**世に**　形容詞・形容動詞を修飾するときは「世に」で副詞、動詞を修飾するときは「世」が体言で「に」は助詞。

◇**五節**　新嘗祭・大嘗祭のとき行われた舞楽。十一月に催される。

◇**出居**　母屋《もや》より外がわ、

づいて行動しているのであるから、ふしぎに思うはずがない。「我が男」も、実質的には敦兼のことだが、これは北の方からいってのmy husbandだから、地の文すなわち『古今著聞集』の作者が語っている部分では適切でない。**問四**は、(イ)が常識的にだめ。(ロ)は女房たちに直接命令する立場にある人だからOK。(ハ)は女房たちをさすからだめ。(ニ)は北の方が女房たちといっしょにいることを考えれば、敦兼のことだから、やはりだめ。けっきょく、正解は(ロ)だけである。

問三は、平安時代の貴族が、幾むねかの建物のコンビネーションからなる邸に住んでいたことを考えるならば（二五ページ参照）、どこか主人の居室より遠い室へひっ越したものと推察できる。まあ、別居の一種である。ということは、夫婦別れといってもよい状態で、それが「さきざきのやう」でなかったわけ。だから、その正反対は、すなわち「さきざきのやう」でなくてはならない。換言すれば、夫婦仲のよかった状態である。「ぼくはどうしてハンサムでないのかなあ！」と慨嘆している諸君にとって、耳よりな問題ではないか。

正解をまとめると、次のとおり。

答 **問一** (ハ) **問二** (イ) **問三** 殊になからひめでたくなりにける **問四** (ロ)

廂《ひさし》の間のなかにある応接室。

◇**更** 一夜を五つの部分に分けた時刻。夜の時間。

◇**篳篥** 雅楽用の笛の一種で、十八センチぐらい。

◇**時の音** 四季それぞれに適合する調子が決まっていた。このばあいは冬だから、盤渉（ばんしき）調。いちおう前奏曲を吹いてから謡うわけ。

◇**ませの** 以下は「今様」とよばれた中世の流行歌謡。七五調・四句形式を定型とする。

◇**見し** 「見る」は愛情関係をもつこと。

◇**かれにしか** 「枯れ」と同音の「離れ」を掛詞に使った。

例によって通釈をあげておこう。中古文とあまり差のない中世文であるところを見ていただきたい。

通釈 刑部卿の敦兼は、容貌のたいへん悪い人だった。その奥さんは美人だったが、五節の催しを見ましたとき、いろいろハンサムな人たちがいるのを見るにつけても、第一に自分の夫がみにくいことを残念に感じた。帰宅してさっぱり口もきかないし顔もあわせず、そっぽを向いているから、しばらくの間は「どんな事情がおこったのか」と、不審に思っていたところ、だんだん嫌うのがひどくなって、いたたまれない程である。これまでのように同じ建物にいることもせず、ほかの棟に別居しました。ある日、刑部卿は出勤して、夜になってから帰宅したところ、出居の間にあかりもつけず、勤務用の着物はぬいだけれど、畳んでくれる人もなかった。女房たちもみな夫人の御意向に従って、出むかえる者もなかったから、車寄せのドアをあけて、ひとりでボンヤリもの思いにふけっていると、夜はふけてゆき、あたりは静まって、月の光や風の音が物ごとに身にしみて、彼女に対するうらめしさもそれに加わって感じられたので、心をしずめ、ヒチリキをとり出し、秋にふさわしい調子に吹いてから、

まがきのなかにある白菊も　色がわりしてゆくのを見ると悲しい
わたしが通ってちぎりを結んだ人も　こんなふうに心がわりしていったのだ

と、くりかえしうたったのを、奥さんは聞いて、気持ちがすぐ昔どおりになった。その後は、愛情が特別にこまやかになったとかいうことだ。やさしい気だての奥さんといってよかろう。

なぜ奥さんは愛情を回復したのだろうか。おそらくこの今様で昔のことを思い出したのにちがいない。とにかく夫婦になった以上、その時は何かおたがいに「良さ」を感じていたはず。すくなくとも「いやだ」とは感じていなかったろう。それが、だんだん年数をかさねるうち、欠点ばかり目について、ついに刑部卿夫人のようなことにもなるけれど、最初の気持ちにもういちど返れば、あまり勝手を言えた義理でもない。愛情の危機は、結婚当時の二人にかえることにより、克服できるのではないか――と、この話は教えてくれる。まだ結婚以前の諸君には早すぎるが、何年後かには思いあたる人もあるだろう。その時は、古文の勉強をしておいてよかったと、この『古今著聞集』の編者およびわたくしに感謝していただけるのではあるまいか。とは、じょうだんだけれど、場面をしっかりつかみ、それを掘りさげてゆくと、なかの人物たちの**心理**にまでふれる途《みち》がひらけてくるのである。それを、同じ本からもうひとつ採りあげた例題で勉強してみよう。

　あるところに盗人入りたりけり。主《あるじ》おきあひて、帰らんところをうちとどめんとて、その道を待ち設《まう》けて、障子《さうじ》の破れよりのぞきをりけるに、盗人、物ども少々とりて、袋に入れて、悉《ことごと》くも取らず帰らんとするが、さげ棚の上に鉢に灰を入れておきたりけるを、この盗人、何とか思ひたりけん、つかみくひて後、袋に取り入れたる物をばもとの如くにおきて帰りけり。待ち設けたることなれば、伏せてからめてけり。この盗人のふるまひ心得がたくて、その子細《しさい》を尋ねければ、盗人いふやう、「我もとより盗みの心なし。この一両日、食物たえて術《じつ》なくひだるく候ふままに、初めてかかる心つきて参りはべりつるなり。然るに、御棚に麦の粉やらんとおぼしき物の手にさはり候ひつるを、物のほしく候ふままに、つかみくひて候ひつるが、初めはあまりうゑたる口にて、何の物とも思ひわかず、あまたたびになりて初めて灰にて候ひけるとしられて、その後はたべずなりぬ。食物ならぬ物をたべては候へども、これを腹にくひ入れて候へば、物のほしさがやみて候ふなり。これを思ふに、このうゑにたへずしてこそかかるあらぬさまの心もつきて、灰をたべてもやすくなほり候ひけりと思へば、とるところの物をももとの如くにおきて候ふなり。」といふに、あはれにもふしぎにも覚えて、かたの如くのぞうもちなどとらせて帰しやりにけり。「後々にも、さほどに詮《せん》尽きん時は、はばからず来たりていへ。」とて常に問《と》ぶらひけり。盗人もこの心あはれなり、家の主のあはれみまた優なり。

（古今著聞集・巻十二）

問一 (1) この盗人は何ゆえに盗みの心がついたのか。

(2) 盗人はどう思って、袋に入れた物を「もとの如く」においたのか。

(3)「家の主のあはれみ」が具体的に現れている所はどこか。
右いずれも本文中の語句で示せ。

問二　主は何ゆえに「心得がたく」思ったのか。簡潔に説明せよ。

人物関係は、二人しか登場しないのだから簡単。問題はむしろ二人の心理だが、それぞれの心理はその場でおこっていることに裏づけられて動くわけだから、事がらの推移を正確にとらえるのが要点となる。

問一の(1)はわかりやすい。正解は「一両日、食物たえて術なくひだるく候ふままに」か「うゑにたへずして」のどちらでもよい。(2)は「……と思へば」の「ば」が順接であるところから（二九三ページ参照）、その上が理由を示すものと考えられるけれども、どこから切ったらよいか。安全を期するなら、

「うゑにたへずしてこそかかるあらぬさまの心もつきて、灰をたべてもやすくなほり候ひけり。」

と答えるところだろう。しかし「灰をたべてもやすくなほり候ひけり」だけでも、減点するほどの理由はなさそうである。(3)はちょっ

◇**帰らんとするが**　「が」は接続助詞。中古文にない用法。中古文の「が」は格助詞。あとの「つかみくひて候ひつるが」も同様。
◇**術なく**　どうしようもなく。「ひだるく」を連用修飾する。現代語にはない言いかたなので、通釈では順序をかえて訳した。
◇**かたの如くの**　形ばかりの。軽少な。中世語。
◇**ぞうもち**　「贈物」を音読みにした語。入声《にっしょう》のtをチと読む例は「結

縁」（ケチエン）など。
◇詮　方法。

と難しい。

「かたの如くのぞうもちなどとらせて帰しやりにけり。」

はもちろん正解だが、そのほか、もし高校生の学力程度を考えなければ、

「『後々にも、さほどに詮尽きん時は、はばからず来たりていへ。』とて常に問らひけり。」

も加えるべきだろう。しかし「問《とぶ》らひけり」が連絡してやった、消息を絶たなかった――の意から、具体的にはいろいろ世話をしてやったの意だと解釈するのは、高校程度では難しいだろう。たいていは、盗人のほうから訪ねてきたと解し、「家の主のあはれみ」とはとらないのではあるまいか。わたくしなら、後者を書かなくてもよいことにしておきたい。

問二は、「心得がたく」が「合点がゆかず」「不審に」の意だとすれば、ふつうでない事がこの場面におこっているはず。それは何か。灰をたべたこと、せっかく盗んだ物をかえしたことである。そこで答えを整理すると、

答　**問一**　(1)「うゑにたへずして」。(2)「灰をたべてもやすくなほり候ひけり」。(3)「かたの如くのぞうもちなどとらせて帰しやりにけり。」

問二　人の食べる物でない灰を食べ、盗人のくせに盗んだ物をかえしたこと。

となる。現代語訳も、例のごとくあげておくことにする。

通釈　ある家に盗人が入った。主人がおき出して、帰るところをやっつけようというの

で、その道を待ちかまえ、フスマの破れからのぞいていたら、盗人は、品物をすこし取って、袋に入れて、全部を取らずに帰ろうとしたが、つり棚の上に鉢に灰を入れて置いたのを、この盗人は何と思ったのだろう、つかんで食べてから、袋に入れた品物をもとのように置いて帰った。この盗人の行動が理解できないので、待ちかまえていたことだから、組み伏せて縛った。そのわけを聞くと、盗人は「わたしは元来、盗みをしようなどと思いません。が、この一、二日、食べる物が無くなり、腹がへってどうしようもありませんので、はじめてこんな気になって、参りましたのです。ところが、棚に麦粉だろうと思われる物があって手にさわりましたのを、ひもじいので、つかんで食べましたが、はじめは腹がへりすぎたところへ食べたので、何だかわかりませんで、何度も食べてからやっと灰だとわかり、それから後は喉がとおりませんでした。食べ物でない物を食べましたが、これを腹に入れましたら、ひもじさが止まりました。そこで考えますと、腹がへってたまらないためこんなとんでもない心になったのですが、灰を食べてもちゃんとおさまったのだと思いましたので、取った物ももとのように置いたのです。」と語ったので、かわいそうにも珍しくも感じ、ちょっとした贈り物などをやって、帰してやった。「今後も、そんなに困りきったときは、遠慮なく来て言え。」というわけで、ずっと世話をしてやった。盗人もこういった心がけは感心だし、家の主人の慈悲ぶかさもまたりっぱなものだ。

◇その人の身になる◇

「だって、お父さん。入試を受ける者の身にもなってくださいよ。」などと抵抗を試みる必要のない諸君は、たいへん幸せというべきだろう。息子が大学入試まであと数週であることを承知しながら、泰然として「社長に頼まれたんだが、あそこの子どもの算数を見てやってくれんかね。」などと切り出すオヤジがあれば、かれは、息子がいまどんな場面におかれているかを理解しているけれど、どんな心理状態にあるかを無視したわけである。古文の勉強においても、場面をとらえるだけでは、かならずしも終着駅に到達したわけではない。やはり、最後は作中の人物の身になって、その心理をつかむところまで行かなくてはなるまい。そこで、次にもっぱら心理のとらえかたが中心となった例題を勉強してみることにしよう。

次の文章は、木曾義仲が謀反《むほん》の名をきせられ、関東から攻め上った源範頼《のりより》・義経の軍勢に、まず宇治を破られ、京の六条河原の戦闘に敗れ、瀬田川近くまで逃れて来て、幼少の時からいっしょに育った今井四郎兼平と落ちあい、三百余騎の手兵で、約一万騎の関東勢と激しく戦った直後のことを語っている一節である。これを読んで、後の設問に答えよ。

今井四郎、木曾殿、主従二騎になつて、のたまひけるは、「日ごろ何とも覚えぬ鎧《よろひ》が、今日は重うなつたるぞや。」今井四郎申しけるは、「御身もいまだ疲れさせ給はず、御馬も弱り候はず。何によつてか一領の御著背長《きせなが》を重うは思し召し候へ。それは味方に御勢《ごせい》が候はねば、臆病でこそさは思し召し候へ。兼平一人候ふとも、余の武者千騎と思し召せ。矢七つ八つ候へば、しばらく防ぎ矢つかまつらん。あれに見え候ふは、粟津《あはづ》の松原と申す。あの松の中で、御自害候へ。」とて、打つて行くほどに、また新手の武者五十騎ばかり出で来たり。「君はあの松原に入らせ給へ。兼平はこの敵《かたき》防ぎ候はん。」と申しければ、木曾殿のたまひけるは、「義仲、都にていかにもなるべかりつるが、これまで逃れ来るは、汝と一所で死なんと思ふためなり。ところどころで討たれんより一所でこそ討死をもせめ。」とて、馬の鼻を並べて駈《か》けんとし給へば、今井四郎、馬よりとびおり、主の馬の口に取りついて申しけるは、「弓矢取りは、年ごろ日ごろいかなる高名に候ふとも、最後の時不覚しつれば、永き瑕《きず》にて候ふなり。御身は疲れさせ給ひて候。つづく勢も候はず。敵に押し隔てられ、いふかひなき人の郎等に組み落されさせ給ひて、討たれさせ給ひなば、さばかり日本国に聞えさせ給ひつる木曾殿をば、某《なにがし》の郎等の討ち奉りたるなど申さんこと口惜しう候へ。ただあの松原へ入らせ給へ。」と申しければ、木曾殿、「さらば」とて、粟津の松原へぞ駈け給ふ。

（平家物語・巻九「木曾最期」）

問一　傍線部分で、兼平はなぜ「いまだ疲れさせ給はず」と言っているか。その心理を説明せよ。

問二　右の文章における、主従二騎となってからの木曾義仲の心理の推移と、それにもとづく行動とを、一八〇字以内にしるせ。（句読点も一字に数える。作文力をも見る。）

通釈　今井四郎と木曾殿は、主従二騎になって、（義仲が）おっしゃるには、「いつもはなんとも感じない鎧が、今日は重くなったぞ。」今井四郎が答えたことに、「御身もまだ疲れてはいられませんし、御馬も弱っていません。なんだって鎧のひとつぐらい重くお思いなんですか。それは、味方に同勢がいませんため、気おくれがして、そうお思いなんでしょう。わたし一人がいましても、ほかの侍千騎に相当するとお思いください。矢が七本か八本残っていますから、しばらく弓でくいとめていましょう。向こうに見えますのは、粟津の松原と言います。あの松の中で御自害なさいませ。」と言って、馬を歩ませるうち、また新手の武士が五十騎ほど出てきた。「殿さまはあの松原にお入りください。わたしはこの相手をくいとめます。」と言ったので、木曾殿がおっしゃるには、

◇**何とも覚えぬ鎧**　義仲の鎧は薄金《うすがね》の鎧といって、普通のより軽かった。自分の武勇に自信があったからである。
◇**著背長**　大将などのつける本式の鎧。
◇**臆病で**　このばあいは一時的に元気をなくすこと。「で」は中古文にはない語法。
◇**いかにもなる**　「死ぬ」ということを避け、間接的に表現した語法。
◇**いふかひなき**　中古語の「くちをしき」にあたる。「郎等」を連体修飾

する。

◇**口惜しう** 中古文ならば「くやしう」と言うところ。

「わしは都で自分の身の始末をつけなくてはいけなかったのだけれど、ここまで逃げてきたのは、お前と同じ所で死のうと思うからだ。別の所で討たれるよりは、同じ所で討死したいんだ。」と言って、馬を同じ方へ向けて駈けようとなさったから、今井四郎は馬からとびおり、主の馬のクツワにすがって言うには、「武士は長年のあいだどんなに勇名が高くても、最期のときにヘマをしますと、永久の疵《きず》になります。御身は疲れていられます。あとに来る味方もいません。相手におしへだてられ、つまらない従者ふぜいに組み落とされ、お討たれになりましたら、あれほど日本全国に名をおとどろかせの木曾殿を、何某の従者がお討ちした――など言うでしょう。それが残念でたまりません。ぜひあの松原へお入りください。」と言ったので、木曾殿は「それでは。」と言って、粟津の松原へ馬をお走らせになった。

しかし、このあと、義仲の武運はつたなく、馬を泥田に乗り入れ、動きがとれず、悲惨な最期をとげる。

実際に出題されたのは**問二**だけで、**問一**は、**問二**を答えやすくするため、キー・ポイントを親切に示してあげるようわたくしが付け加

第16図　著背長

えたもの。つまり、あとで兼平は「御身は疲れさせ給ひて候」と言っているが、これは「御身もいまだ疲れさせ給はず」と明らかに矛盾する。この点と前書きの「三百余騎の手兵で約一万騎の関東勢と激しく戦った直後」を結びつけるなら、兼平の心理がどう動いているかを、見ぬけるのではなかろうか。それに、はじめ「兼平一人候ふとも、余の武者千騎と思し召せ」と頼もしく言い切った本人が、すぐあとで「つづく勢も候はず」と、矛盾したことを言っているのも、考えあわせるのがよろしい。

三百対一万で激戦した直後だ。疲れないはずはない。「御身もいまだ疲れさせ給はず」は、嘘《うそ》である。なぜ見えすいた嘘を言ったのか。兼平は、りっぱに大将軍らしい最期をとげてほしいと願っている。ところが、義仲が鎧の重さを感じたなど弱音を吐いたので、これではいけないと思い、わざと励ましのため嘘を言ったわけ。ところが、こんどは勇将の本性として敵を見れば戦いたくなる義仲がふるい立って新手の敵に立ち向かおうとしたので、五十騎にはとても対抗できないことを見とおしている兼平は、こんどは義仲を静めるため、疲れておいでなのですと真実を告げるわけ。はじめ「お疲れではありません」と励ました兼平が、こんどは「お疲れなのです」と、もはや真実を隠そうとしない態度に、自分のおかれた位置をはっきり感じとった義仲は、ついに「さらば」と腹をきめるのである。この心理的な移りゆきを表示すると、次の表のようになる。

(2)の段階で「わたし一人で千騎に相当します」と積極的に励ました兼平が、(4)の段階で

「ほかに味方もおりません」と消極化したのも、同じ心理的移りゆきである。これだけのことが把握できたら、答えはしぜんに出てくる。

義仲	兼平
(1)消極的（「鎧が、今日は重うなつたるぞや」）	(2)積極的（「御身もいまだ疲れさせ給はず」）
(3)積極的（「馬の鼻を並べて駈けんとし給へば」）	(4)消極的（「御身は疲れさせ給ひて候」）

答 **問一** 義仲が実際は疲れているのを知りながらも、励ますため、わざとこう言ったもの。

問二 敗戦でうちのめされた義仲は、もうだめだと感じたが、最期だけはりっぱにさせたいと願う兼平の励ましで、いさぎよく自害する気になった。ところが、新手の敵を見た義仲は、強敵にふるい立つ勇将の本能から、最後の一戦がしたくなった。しかし、その時機でないことを兼平に説得され、再び自害の心をきめ、粟津の松原へ向かう。（以上一五一字）

◇主題・要旨・大意◇

長編小説でも短文でも、およそ正気の作者が書いたものであるかぎり、そこに「作者の言おうとすること」が無くてはならない。「言おうとすること」が無くては、文章なんか書けるわけがない。その「言おうとすること」は、内容なり性質なりによって、分量不定である。しかし、分量はどのようであろうとも、それをギリギリと圧縮し、最小限度にまで持っていったのが**主題**である。最小限度といっても、どれぐらいが最小限度か、はっきりさせておかないとお困りだろうから、具体的な長さを示すと、まあ「単語・文節・ごく短い連文節または文」ぐらいの見当になる。字数でいえば、せいぜい十七、八字どまりだろう。たいていは五字以上十字以下におさまるのが常識かと思う。

文章は、主題のほかに「構成」(くみたて)をもつ。第一段・第二段・第三段となるのもあるだろうし、前段・後段というのもあるだろうし、段落が切れない程度の短文でも「この事を言ってから次にこの事……」というすじみちはあるにちがいない。それらをひっくるめて構成とよぶことにするが、その構成がわかる程度の説明を伴った主題提示が、すなわち**要旨**である。要旨は、一定の長さを示すことができない。長編小説と短文とでは、ひどく違ってくるはずだけれど、入試に出るぐらいの文章なら、ふつう三、四十字、長くて四、五十字といったところだろう。

要旨は、たとえていうなら、ウィスキーとかブランディとかの蒸溜酒である。つまり、いちど原料から作った酒をもういちど蒸溜した濃厚なやつで、原料すなわち原文とは直接の関係をもたない。ところが、構成だけでなく、原文そのものにもとづいた説明をとおして主題をあきらかにするとき、それを**大意**とよぶ。大意は、たとえていうなら、原料から直接に作ったビールとかワインとかである。

［パターン35］「言いたいこと」の焦点

主題＝「言いたいこと」
要旨＝主題＋構成
大意＝要旨＋原文

というパターンで覚えておくがよろしかろう。こういった説明では、どうも頭に入りかねます――というお方がいられるなら、理屈ぬきに、次のような簡便きわまる覚えかたを提供してもよい。

［パターン36］

主題は要旨よりも短く、要旨は大意よりも短い。

ところで、こういった定義は、日本全国どこでも通用するかというと、そうでもない。主題と要旨の区別はわりあい明らかにされているが、要旨と大意の区別は、かなりあいまいなようだ。そのため、高校生諸君がひどく迷惑しておられるので、わたくしが断然このように決めてみたのである。このように考えると、まことにスッキリする。それで諸君の学習はもちろんこれで行っていただきたいし、入試問題を作る大学の教官各位も、今後はどうか右の定義で出題してくださるようにお願いしておく。

さて、さきほどの例題の**問二**は大意をたずねるものだといったが、同じ問題について主題および要旨を示すなら、

主題——勇将の最期をまっとうさせようと努める忠臣。

要旨——戦い敗れた勇将を励ましあるいは反省させ、りっぱな最期をとげさせようとする忠臣の心理と行動。

といったところだろうか。そこで、もうひとつ例題に当たってみよう。問題文そのものは、あまりにも有名すぎて、なあんだと言われそうなぐらいだけれど。

仁和寺《にんなじ》にある法師、年よるまで石清水《いはしみづ》を拝まざりければ、心うく覚えて、ある時思ひ立ちて、ただひとり、かちよりまうでけり。極楽寺・高良《かうら》などを拝みて、かばかりと心得てかへりけり。さてかたへの人にあひて、「年ごろ思ひつることはたしはべり

ぬ。聞きしにも過ぎて尊くこそおはしけれ。そも、参りたる人ごとに山へ登りしは、何事かありけん、ゆかしかりしかど、神へ参るこそ本意なれと思ひて、山までは見ず。」とぞいひける。すこしの事にも先達《せんだち》はあらまほしきことなり。（徒然草・第五二段）

問一 右の文の話には滑稽があると思われるが、それはどこにあるか。次の各項のうち、もっともよく該当すると思われるものを一つ選べ。

(1) 法師が宿志をはたしたといっていかにも得意気に振る舞っているところに。

(2) 法師が認識不足なのに自己満足におちいり、他人のことまでとやかく言っているところに。

(3) 法師が知ったかぶりをして喋々《ちょうちょう》としゃべっているところに。

(4) 法師の言動を皮肉って、そこに或る諷刺《ふうし》をこめているところに。

問二 前の文を通して筆者のどういう思想がうかがえるか。二十字以内で述べよ。

通釈 仁和寺で、ある僧が、年とるまで石清水八幡宮を拝まなかったので、何か気が重く感じていたところ、ある時、思い立って、たった一人で歩いて参詣した。極楽寺や高良社などを拝み、これだけだと思って帰ってしまった。そうして、なかまの連中に向かって、「年来気にかけていたことを、やっといたしました。聞いていた以上に尊い御ありさまでした。そ

◇**仁和寺** いまの京都市右京区御室にある寺。宇多天皇が建立され、仁和四年（八八八）に落成した。
◇**石清水** 京都の南方、男山にある八幡宮。
◇**かちより** 「かち」は徒歩の意。「より」は手

れにしても、参詣した人がみな山へ登ったのは、何事かあったんだろうか。行ってみたかったけれども、神さまにお参りするのがなんといっても本来の目的なんだ――と思って、山までは見なかった。」と語ったよし。ちょっとした事でも、

案内者はありたいものだ。

問一は、滑稽がどこにあるかを探しまわるよりもさきに、心理をとらえるほうが大切だろう。その意味では、さきの例題の応用だともいえよう。なぜ滑稽なのか。これは、自分がいちおう法師の身になり、次に兼好と同じ気持ちになって、法師の行動を観察するのでないと、よくわからない。目的をはたせないで帰った人に対し、われわれは、まず気の毒だと思う。よほど心のねじけた人でないかぎり、他人の失敗に同情するのがふつうである。このばあいも、兼好はもちろん同情しているにちがいない。しかし、法師自身はけっして失敗したと思わず、同情されているとも気づかない。むしろ、大満足なのである。石清水で坂を登ってゆく人たちに「上に何があるのですか。」とたずねなかったのと同様、帰ってきてからもたずねようとしない。よほど頑固な人なのだろう。そこで、はじめの所に「年よるまで」とあったことを思い出していただきたい。老人なのである。老人なら、乗りものを頼むとか、付き添

段をあらわす格助詞。
◇**極楽寺・高良**　男山のふもとにあった八幡宮の末寺と末社。八幡宮はそこから一キロメートルほど登った所。
◇**かたへ**　本来は「側」の意だが、転じて、なかま・同輩の意。
◇**ゆかし**　「行かし」の原義に近い用法。一六六ページ参照。
◇**先達**　本来は、山伏などが峰入りするときリーダーとなる人。転じて、案内する人。

いの人に連れていってもらうとかしそうなものだが、この法師は、「ただひとり、かちよりまうでけり」なのである。こんな老人が、どんな顔つきをしているか、想像することはあまり難しくあるまい。こうした頑固老人の顔を思い浮かべながら滑稽の在り場所を探すなら、正解は(1)であろう。(3)も誤りではないが、「知ったかぶり」が適切でない。わざわざもの知り顔をするわけでなく、自分のミスに気づかないだけなのだから、まあ6点ぐらいしかあげられまい。(4)はだめである。皮肉も諷刺も、相手に対し非難の気持ちを(時には悪意さえ)もつ言いかたであり、滑稽とは違った感じになる。その点では、(2)も同様なところがある。「認識不足」「自己満足」「とやかく言っている」、いずれも批判的な気持ちのつよい表現で、愛すべき頑固おやじの頑固ぶりをほほえましくながめている兼好の眼は、そんなに冷たくはない。4点ぐらいだろうか。もし、もうひとつ選択肢を追加させていただくなら、わたくしは、

(5)　自分のミスに気がつかず、大まじめにふしぎがる頑固老人の一徹ぶり。

というのを満点にしたいのだが、いかがなものであろうか。

問二は、主題の変形と考えてよろしい。結局は「すこしの事にも先達はあらまほしきことなり」なのだが、それを言いかえるだけでは、「前の文を通して」にいささか忠実でないようだから、「指導者ぬきの行動は気の毒な結果におちいる」とでも書けば結構だろう。しかし、もしこれが「要旨を述べよ」あるいは「大意を述べよ」だったらどうなるか。右

の主題に構成をプラスすれば、

要旨——案内を求めようとしなかった結果、念願の場所まで行きながらの失敗に対する賢者の批判。

といったことになるだろうし、原文の叙述をもっと採り入れるならば、

大意——石清水へ参詣した法師が、せっかくそこまで行きながら、ちょっと尋ねさえすればよいのに、それをせず、末寺・末社を本宮と勘ちがいして帰った失敗に対し、指導者の必要を示している。

とでもなるであろうか。こうした主題・要旨・大意の把握は、全体を全体として受けとる感覚をするどくしてくれるので、解釈するときでも、この全体感覚があるのとないのとでは、山登りに地図があるのとないのとぐらい違う。

といった次第で、ながい道中だったけれど、どうやら解釈クライミングも頂上あたりまでたどりついたようだ。ふり返ってくれたまえ。我ながら「はるかにも来つるものかな」と、東国くだりの業平みたいな感慨がわくのではなかろうか。しかし、解釈の頂上をきわめたら、その心理的なとらえかたを、もうひとつ進めて、批評・鑑賞の世界にまでふみこんでほしいものである。

——その3　解釈から鑑賞へ

「こんどこそ卒業でしょう。」

「うん。もう卒業証書の準備はしてあるんだ。あと日付を入れるだけさ。しかし、もうひとつだけ念を押しておきたいのが、さきほど言った鑑賞・批評だね。どうせやるなら、そこまで行かないと——。」

「だけど先生、鑑賞や批評はその人の感受性によることですから、解釈のようにテクニックとしてとらえるのは難しいんじゃありませんか。」

「えらいことを知ってるね。なるほど——。しかしだ、ある程度まではテクニック化できないわけでもないさ。英米に普及している分析批評（analytical criticism）なんかはそれだね。二十年あまり前にわたくしが日本へ紹介してから、高校段階にも分析批評がだんだん入ってきたけれど、入試問題にはまだ出てこない。それよりも、もっと手っ取り早いのは、和歌とか俳句とかいったジャンルの勉強さ。どちらも、鑑賞・批評にわりあいきまった型があるので、いちおう安心して取りつけると思うね。」

◇和歌はワカる◇

わかい人たちは、とかく「和歌はわからない」などと言いたがる。しかし、どうせ日本語なのだから、古文のわかる人ならわからないはずはない。語法的には、**倒置**がよく出てくるぐらいの特色しかなく（二二八ページ参照）、散文とほとんど違いはない。しかし、表現技巧としては、もちろん和歌らしいゆきかたがある。**枕詞**は、その代表的なもの。たとえば「あしひきの」「いそのかみ」「たらちねの」「ちはやぶる」「ひさかたの」など……。これらの枕詞は、中古以後においては、名詞の形式的アクセサリーであり、意味には干渉しない。通釈のなかでは省略するのが普通。日本古典の英訳がたくさん出ているけれど、枕詞はみな訳してない。答案としては、それが枕詞であることを別に書きそえておくのがよいけれども、通釈の文章には含めないのが定石である。

ところで、枕詞は、きまった種類があって、なんでもかんでも枕詞に使うことができるわけではない。山なら「あしひきの」、神なら「ちはやぶる」と昔からきまっており、わたくしが臨時に何か発明して使うことは許されない。また音数も、だいたい五音ときまっている。奈良時代においては、すこし例外もあるけれど、平安時代以後では、すべて五音といってもよろしい。しかし、それでは不便なこともある。枕詞以外に、もっと自由なアクセサリーがほしいときもあるわけである。そんなときに、いわゆる**序**（序詞）が用いられる。序は、音数にきまりがない。何音でもよろしい。また、きまった種類もない。そのときどきに、臨時に考え出したのを使ってよいのである。そうして、歌の意味に直接参加しないことは枕詞と同じである。

要するに、枕詞と序とのちがいは、音数がきまっているかどうかということと、臨時的に使われるかどうかという二点になるだろう。さて、序とはどんなものか。実例を出して考えてみよう。

・左の歌を通釈せよ。

(一) 大船の香取《かとり》の湖《うみ》にいかりおろし如何《いか》なる人かもの思はざらむ　(万葉集・詠人しらず)

(二) 近江《あふみ》の湖《うみ》沈《しづ》く白玉知らずして恋ひにしよりは今しまされり　(同)

(三) ぬばたまの黒髪山の山すげに小雨《こさめ》降りしきしくしく思ほゆ　(同)

通釈 (一) どんな人がものを思わないだろうか。誰だってものを思わずにいられない。「大船の香取の湖にいかりおろし」は「いか」を同音の「如何」にかけた序。

(二) 知らずに恋しく思った最初よりも、知ってしまった今のほうがずっと恋しい。「近江の湖沈く白玉」は「白」を同音の「知ら」にかけた序。

◇大船の　「香取」の枕詞。

◇香取の湖　滋賀県高島市あたりの琵琶湖。

◇ぬばたまの　「黒」につく枕詞。

◇黒髪山　奈良市北方の山地。

(三)　しきりにあなたのことが思われる。「ぬばたまの黒髪山の山すげに小雨降りしき」は「しき」を「しく」にかけた序。

◇降りしき　降りやまず。
◇しくしく　しきりに。副詞。

ナアンダと言う人もいるだろう。「ぬばたまの黒髪山の山すげに小雨降りしき」と骨を折って解釈したら、全部フイになり、残ったのは「しくしく思ほゆ」だけ。解釈を要するのは「しくしく思ほゆ」だけなのである。つまり「ぬばたまの黒髪山の山すげに小雨降りしき」という長たらしいアクセサリーがこの歌の大部分を占めており、枕詞と同様、意味としては空白なのだから、序の存在を発見しないと、とんでもないことになる。こうした序は、万葉集時代に多いのであって、古今集時代になると、少なくなってはゆくが、それでもまだかなり見受けられる。

> 左の歌を通釈せよ。
>
> (イ)　我が背子《せこ》が衣の裾《すそ》を吹きかへしうら珍しき秋の初風　（古今集・詠人しらず）
>
> (ロ)　夏草のうへは茂れる沼《ぬま》水の行くかたのなき我が心かな　（古今集・忠岑）

通釈　(イ)　珍しく感じられる秋の初風である。「我が背子が衣の裾を吹きかへし」は、「うら」の序、衣の「裏」を心の意味

◇背子　女性からしたしい男性をいうことば。夫

の「うら」にかけている。

(ロ) わたしの心はどこへも行きどころがないことだ。「夏草のうへは茂れる沼水の」はどこへも行かない沼水の性質を「行くかたのなき」にかけた序。

解釈を要する正味は、例によって「うら珍しき秋の初風」と「行くかたのなき我が心かな」だけである。しかし、この歌では、「我が背子が衣の裾を吹きかへし」と「夏草のうへは茂れる沼水の」とは、まったく意味のない序ではなく、そうした実景を眼前に見ながら、その景色によって、下句に詠まれているような感情がよび起こされたものと考えうるのであって、この序は、ある程度までは意味を含むことになる。こんなふうに、いくらか実景の感じられる序を、専門語で**有心《うしん》の序《じよ》**とよぶ。古今集時代には、有心の序がだんぜん多い。

次に、和歌でよく用いられるのが、縁語と掛詞である。**縁語**とは、すぐ連想の結びつくような間がらにある二つの語をいう。衣と袖、梅とうぐいす、船とかじ、紙と筆などは、いずれも縁語になりうる。**掛詞**とは、同音異義語を利用した技巧で、一つの語が二つの語に共通部分として用いられるのをいう。たとえば、蜀山人《しよくさんじん》（大田南畝《なんぽ》）の狂歌に、

「さわらびが握《にぎ》りこぶしをふりあげて山の横面《よこつら》はる風ぞ吹く」

とある「はる」が掛詞になっている。「面をはる」（なぐる）と「春風」が同音のharuを

か愛人であることが多い。男性から女性をいうのは「妹《いも》」。

◇うへ　表面。

共有するわけ。もうひとつ例題に当たってみようか。

次の歌から、縁語および掛詞を指摘せよ。

(1) 我が背子《せこ》が衣《ころも》はる雨降るごとに野辺のみどりぞ色まさりける　（古今集・貫之）

(2) 青柳《あをやぎ》の糸よりかくる春しもぞ乱れて花のほころびにける　（古今集・同）

(3) もみぢ葉の散りてつもれる我が宅《やど》に誰をまつ虫ここら鳴くらむ　（古今集・詠人しらず）

(4) 白露も時雨《しぐれ》もいたくもる山は下葉のこらず色づきにけり　（古今集・貫之）

(5) あらたまの年の終りになるごとに雪も我が身もふりまさりつつ　（古今集・元方）

(6) 秋霧のともに立ち出でて別れなば晴れぬ思ひに恋ひやわたらむ　（古今集・元規）

通釈 (1) 春雨が降るたびに、野原の緑は色がだんだん濃くなってゆくことだ。「はる」は衣を張る意と同音の春を掛けた。

(2) 柳のあおあおした枝が糸のように入り乱れる春には、乱れるのは枝だけでなく、花までも乱れてほころび、咲いたことだ。

(3) もみじの葉が散って積もったわたくしの家には、誰を待

◇**青柳の糸** 柳の枝をたとえたもの。
◇**ここら** たくさん。
◇**もる山** 滋賀県にある山の名。「守山」と書く。
◇**あらたまの** 「年」につく枕詞。
◇**恋ひやわたらむ** ずっ

つというので松虫が鳴いているのだろうか。　――と恋いしたうだろうか。

(4)　露も時雨もひどく漏ってくるおかげで、守山は下葉まですっかり色づいたことだ。

(5)　年末になるたびに、雪は降り、わたしの身はだんだん古りてゆくことだ。

(6)　秋霧といっしょに家を出て別れてしまえば、晴れることのない思いに、ずっと恋いつづけることだろう。

掛詞は簡単にわかるが、縁語のほうは迷いやすい。たとえば、(1)の「みどり」と「色」、(2)の「春」と「花」などは連想がはたらくじゃないか――と質問したい人もあるのでなかろうか。しかし、縁語というものは、文節関係をもつ語どうしの間では認めないことになっている。「みどり」（主）→「色まさりける」（述）、あるいは「春しもぞ」（連用修飾）→「花のほころびにけり」（被修飾）といったような続きぐあいになっているばあいは、いくら連想がつよくても、縁語とはいわない。さきの(イ)で、もし「衣の裾」という連体修飾になっておらず、「衣」と直接的な文節関係のない所に「裾」が出ていれば、それは縁語になるし、(ロ)の「茂れる」も主語「夏草の」に対する述語になっていなければ、やはり縁語となりえたわけ。

答　（縁語）(2)糸――乱れ・ほころび。(6)霧――晴れぬ。
（掛詞）(1)はる（張る・春）(3)まつ（待つ・松）(4)もる（漏る・守る）(5)ふ

り（古り・降り）

次の和歌に用いられている技巧を指摘せよ。

西の大寺のほとりの柳をよめる。

あさみどり糸よりかけて白露を玉にもぬける春の柳か　（古今集・遍昭）

通釈 うす緑色の糸をよりかけたような春の柳の枝だが、その枝に置いた白露は、糸につらぬかれた玉のようだ。

ある高校の三年生に解いてもらったら、次のような答えであった。

［答案］「あさみどり」は枕詞、「糸」は「より」の縁語、「白露」は「玉」の縁語。全体の技巧は見立て。

しかし、残念ながら「あさみどり」は枕詞でない。これは「うす緑色の糸を……」というように、歌としての意味を分担しているのであって、もし「あさみどり」をぬけば、歌の意味がそれだけ減る。意味に増減を生ずるなら、それは枕詞でない。前に述べたとおり、枕詞は、何に付くという相手が決まっているものだから、パートナー無しの「あさみどり」は枕詞にあらずと判断しても悪くはないけれど、パートナーの有る無しをいちいち記憶するのは国文学者でも楽でないし、まして高校程度のしごとではないから、その語を訳文のなかに持ちこめるかどうかで枕詞を決めるほうが実際的だろう。

次に「糸」と「より」は前問の(2)にも出ているが、これは文節関係をもつ間がらなので、縁語にはならない。それから、「白露」と「玉」だが、文節関係でいうと、

白露を ┐
　　　 ├ ぬける　（白露を→ぬける
玉にも ┘　　　　　 玉にも→ぬける）

であり、したがって縁語でないと考えてもよいけれど、もうひとつ、直接の比喩関係にある語どうしの間では縁語が成立しないという原則を御紹介するから、そちらで処理するほうが、簡単かもしれない。「白露を玉（ネックレス）のようなふうに貫いた」という直接のたとえになっているから、縁語ではないわけ。「糸」と「柳」は、よく縁語に使われるので、いつも有力な縁語候補者として注目する必要がある。しかし、このばあいは、柳の枝が「ちょうど玉を貫いた糸のようだ」と直接にたとえられているから、やはり縁語とは認められない。

次に、歌の全体を「**見立て**」の技巧だと指摘したのは正しい。見立てとは、Aの事がらとまるっきり別のBという事がらを持ち出し、しかもAとBが思いがけない点で似ている——といった型の理智的な技巧である。この歌でいえば、しなやかな枝に露が幾粒もついているのと、糸でつないだ玉との間に、「言われてみればナルホドそうだ」と思わせるような相似点がとらえられており、それが見立てなのである。古今集時代にいちばん流行し

た。
もうひとつ。「**本歌《ほんか》どり**」という技巧がある。これは、新古今時代にいちばん流行したもので、有名な歌の文句を適当に採り入れ、その歌の情景や気分を背景として利用しながら、もとの歌には無い味を出してゆく技巧をいう。

若菜摘む袖とぞ見ゆる春日野《かすがの》の飛火《とぶひ》の野辺《のべ》の雪のむら消え　（新古今集・教長）

通釈 春日野の飛火野あたりに雪が所どころ消え残っているのは、ちょうど若菜を摘む人の袖のように見える。

やはり「見立て」だが、なぜ雪が袖に見えるのか、この歌だけではわからない。しかし、これには、もとになる歌すなわち本歌がある。それは『古今集』の、

(a)　春日野の若菜摘みにや白たへの袖ふりはへて人の行くらむ　（貫之）

(b)　春日野の飛火の野もり出でて見よいま幾日ありて若菜摘みてむ　（詠人しらず）

で、傍点をつけた語が採られている。なぜ雪が袖に見えるかは、本

◇**若菜摘む**　正月七日にその年の新菜七種をつむ行事があった。病気よけのためという。
◇**飛火の野**　いま奈良公園の一部にあたる。
◇**白たへの**　衣・袂・紐・帯・雪・雲などの枕詞。しかし貫之の歌は、枕詞でなく、実際の白い「たへ」の意にとっている。「たへ」はカジの木の繊維で織った布。

歌に「白たへの袖」とあるので、ハハアとわかる。(b)の本歌は、意味としては(a)ほど直接にプラスしていないけれど、むかしから多くの人たちが待ちかねて若菜を摘みに出かけたあの飛火野——というわけで、その場の気分をいっそう鮮明にする効果がある。

◇ふりはへ　副詞「ふりはへ」の「ふり」に動詞「振り」を掛けた。

通釈 (a)　春日野のほうへ人が袖を振りながらわざわざ行くのは、若菜を摘むためだろうか。

(b)　春日野のなかの飛火野にいる番人よ、出てきて様子を見てちょうだい。もう幾日たったら、若菜を確かに摘めるのだろうか。

「先生。他人の歌を無断で借用しては、盗作になりませんか。」

「おや、君は法学部志望かね。盗作というのはね、他人の作品や研究をこっそり自分のものにすることで、いまの学者にもそんなのがいるよ。しかし、それは、たとえば小西甚一の本から盗んだことを知られちゃまずいだろう。ところが、本歌どりならば、なるべく世間に知られた歌を採りあげるんだね。すぐ、ハハア、あの歌だな——とわかるような歌であればあるほど、本歌どりは効果的なんだ。そこが盗作とちがう。そうして、その本歌で表現されているところに何かもうひとつ新しいものをプラスして、本歌と新しい表現とが相まって、1+1=3といったような効果をあげたら、成功した本歌どりといえるね。」

なお、本歌どりは、ひとつだけ本歌をとるのが普通で、右の例のようにふたつも欲ばることは多くないけれども、ひとつ以上とってはならないという規則はない。また、歌どうしの間でなくてはいけないという規則もない。本歌どりの俳句だって、けっしてありえないわけではない（四二六ページ参照）。

こういった次第で、枕詞・序・縁語・掛詞・見立て・本歌どりという六種の技巧がのみこめていれば、普通の散文を解釈する能力さえあるなら、和歌はもはや心配ない。それだけでなく、これらの技巧は、謡曲や浄瑠璃など和歌的要素の多い韻文にもよく現れるし、散文でも『源氏物語』なんかにはときどき用いられている。御用心！

◇宣長先生以上にわかる◇

和歌でふつう使われるテクニックは、のみこんでいただけたと思うが、こんどは、そうした基礎知識をこなしたうえで、いよいよ鑑賞・批評の段どりに進むわけ。ちょっと難しいので、ゲスト教授に本居宣長・石原正明の両先生をお願いした。それでは、両先生、どうぞ――。

夕立の雲もとまらぬ夏の日のかたぶく山にひぐらしのこゑ　式子内親王

〔宣長〕夕立の雲も残りなくはれてとまらず、日もとまらずかたぶくといふ趣意にやあらん。下句いやしきふりなり。玉葉集・風雅集にこの格多し。この二つのうちに、野べはかすみにうぐひすのこゑ、尾花が風に庭の月かげ、などいへることにいやし。これらの「に」文字は、これもかれもありと物をならべあぐる間におけるなれば、いといといやしきなり。（美濃家苞）

〔正明〕かたぶくとは日光《ひかげ》の残りてみゆる姿なり。夏の日の傾く山に夕立の雲なごりなくはれて、ひぐらしのこゑがするといふこと、一首のうへにあきらかなり。「も」の字かろく見るべし。先生は「も」の字をおもく見られたるゆゑ、この説むつかし。また玉葉・風雅は（イ）気韻をおもへるゆゑ、かなしともさびしともいはでそのさまの見ゆるやうにいひつらねたる歌どもあり。（ロ）さやうの歌は物数多く見ゆるものなり。これ、この二集の長所なるを、なかなかにそしらるるよ。この歌も、夏の夕べのすずしきさま見ゆる歌なり。先生のあげられたる二つの集の歌も、「に」文字は「にて」の意なれば、何かはいやしからん。庭に散りしは桃にさくら、ふるものは雪にあられ、などやうに物をならべあぐる間にある「に」とは異なるをや。（尾張家苞）

問一　「雲も」の「も」の解釈は、宣長も正明も誤っていると思われる。それならば、どう解釈するのが正しいと思うか。

問二　「山に」の「に」の解釈は宣長・正明いずれの説が正しいと思うか。

問三　傍線（イ）のような詠みかたの歌を一般に何というか。

問四　傍線（ロ）の「さやうの歌」はなぜ物数多く見えるのであろうか。

両先生とも現代語がおできになりませんので、わたくしが通訳させていただきます。

訳〔**宣長説**〕夕立の雲もすっかり晴れあがってしまい、太陽も空にとまらず西へ傾いてゆくという意味だろう。下句はトーンが劣る。『玉葉集』や『風雅集』にこの調子が多い。この両者のうちでも、「野べは霞に鶯の声」とか「尾花が風に庭の月かげ」などと言ったのは、特にまずい。これらの「に」という声は、「これも、あれもある」と、併列するつなぎに使うものだから、まことにまずいのである。

〔**正明説**〕「かたぶく」とは、太陽がまだ空に残って見える状態である。夏の太陽が傾いてゆく西山に、夕立の雲がすっかり晴れて、ヒグラシの声がするという意味は、歌ぜんたいから明らかである。「も」という助詞は、かるく取るがよい。本居先生は助詞「も」のあらわす添加の意味をつよくお考えになったから、解釈がごたごたしたのである。また『玉葉』『風雅』両集は、表面の意味よりほかにただよう余情を重視したので、「かなし」とか「さびし」とか主観的なことを述

◇**式子内親王**　後白河天皇の第三皇女。新古今時代を代表するひとり。

◇**ふり**　表現されかた。

◇**玉葉集**　第十四勅撰集。京極為兼の撰。

◇**風雅集**　第十七勅撰集。撰者は花園天皇または光厳上皇。

◇**格**　作りかた。

◇**尾花**　ススキ。

◇**美濃家苞**　ミノノイエヅトと読む。『新古今集』の評釈書。宣長の著。

◇**気韻**　表現されない心のおもむき。

◇**おもへる**　重視した。この「る」(り) は中古語法としておかしい。「おもひつる」とあるところ。

◇**なかなかに**　逆に。

べないで、しかもそういった心情が受けとれるように表現した歌が少なくない。そういった類の歌は、よまれた事物が多いように感じられるものだ。これはこの両集の長所なのを、かえって非難していられるんだなあ。この歌も、夏の夕方の涼しい様子がよく出ている歌だ。先生がお示しになった両集の歌も、その「に」は場所をあらわす「にて」と同じ意味なんだから、劣るなどということはない。「庭に散ったのは桃に桜」「降るものは雪に霰」などのように、物を列挙する間に使う併列の「に」とは違うんだからなあ。

まず**問一**について宣長説から考えてゆくと、かれは「夕立の雲もとまらぬ」と「夏の日のかたぶく」を対立的に考えて、両者が「山」を修飾するものと解したらしい。つまり、

夕立の雲もとまらぬ ｝山
夏の日のかたぶく ｝

という関係になる。文節関係はそれでよいとして、助詞「も」の示す意味が、どうも適合しない。なぜ適合しないかは、正明説にあるとおり。すなわち、夏の日がかたぶくというのは、日ざしがすっかり姿をかくしてしまったのでなく、まだ空に残っている状態なのである。それに対して、夕立の雲は、あとかたもなく消えてしまったわけだから、きれいさっぱりなくなっている雲と、まだ残っている日とを、同じように「も」で対立させるのは、

◇**尾張家苞**　オワリノイエヅトと読む。『美濃家苞』の批判書。正明（一七六〇—一八二二）は、尾張の国学者で、宣長の門人。

表現として適切でない——というのが正明の主張らしい。ごく細かい感じとりかたで、これは正明説のほうが当たっていると思う。しかし、宣長説に対する批判は正当だが、正明自身の解釈はすこし苦しい。「かろく見るべし」といったって、助詞の意味が別種になるわけではない。対立の意味が重いか軽いかというだけで、対立という意味自身は変わらないはずだ。はっきり解釈すると表現がチグハグになるから、そっとしておくという意味での「かろく見るべし」だったら、結局、急所を逃げているわけで、誤解とはいえないけれど正解でもない。さて、お前はどう解釈するのだいという段になるが、かなり頭が痛い。煙草をのまないわたくしは、インスタント・コーヒーをいれて、無精ヒゲを幾度かなでて、眼鏡をふいて、コーヒーの残りが冷たくなるころ、やっと、省略された「雨」に対する添加の「も」だろうと考えついた。こういう「も」を感嘆とか強意とか解するのは、見当ちがいである。

問二は、それほど難しくない。宣長は「山に」の「に」を、「コーラにカンビール」「うなぎ弁当にサンドイッチ」と、新幹線のなかでワゴンを押してくるおなじみの「に」で解釈したのである。それだと、いやに近世的な使いかたになるわけであり、歌ぜんたいの趣もごたごたしてくる。しかし、こういう使いかたの「に」は、中古文ではほとんど見かけない。たぶん無いのだろう。まして歌語のなかには、出てくるはずがない。正明説だと、「山でひぐらしの声がする」となるわけで、宣長の引いた歌も、それぞれ同様の用法だというのである。もっとも、実は「野べはかすみにうぐひすの声」の「に」と、「尾花が風に庭の月かげ」の「に」とは、同じ使いかたとはいえないのだから、その点では正明説もすこしあやしいけれど、「山に」を「山にて」としたのは、まさにタイコ判ものといってよろしい。

問三は、たぶん「象徴歌」という答えを要求しているのだろう。象徴というのは、わかったようなわからないような術語で、こんな性質の歌を象徴といってよいかどうか、厳密にはなお議論の余地があるだろう。ところが、問題は、なかなか抜け目がない。ちゃんと「一般に」とことわってある。この「一般に」を「美学あるいは文芸批評について専門的知識をもたない人たちの間では」と解釈すれば、すこしぐらいアヤフヤでも、心臓つよく「象徴」をふりまわして大丈夫だろう。もし「君ならば、なんというか。」と問われたのであれば、「自然観照を通して主観の間接的に感じられる歌」と答えるのが安全だろう。

問四は、わりあい簡単である。「かなし」とか「さびし」とかいった主観的なことばが入ってくると、全体がそういうことばによって支配されがちだから、いろいろ具体的な事物が詠まれていても、みな「かなし」や「さびし」につき従った感じになり、ごたつかない。ところが、具体的な事物だけをならべ、「かなし」とか「さびし」とかいった作者の主観をそれの後へひっこめてしまうと、どうしても事物そのものが目だち、なんだかごたつくような感じになる。「物数多く見ゆる」とは、感じがごたごたすることをいう。

ところで、本居宣長ほどの大学者が、どうしてこんなに誤解しているのかと、ふしぎにお思いになるかもしれないので、ひとこと説明しておこう。宣長の学んだ歌学は、二条家系統[1]のものであったが、京極家系統の表現を主とする『玉葉集』『風雅集』の歌風は、二条家の考えでは割りきれない異質的[2]な点をもつ。『新古今集』の中にも京極派的な傾向は含まれているのだが、宣長は、それらを二条派的な考えで解釈しようとした。そこに根本的な無理があった。つまり、立場の相違が原因なのであって、宣長の学力不足だと早合点されてはこまる。

《注》**1二条家系統**＝有名な阿仏尼の訴訟事件のあと、俊成→定家→為家と伝わってきた歌の道は、二条（為氏）・京極（為教）・冷泉（為相）の三家に分裂した。二条家が世俗的には優位で、京極家と冷泉家はいつも連合して二条家に対抗した。

為家┬為氏─為世（二条）
　　├為教─為兼（京極）
　　└為相─為秀（冷泉）

2異質的＝二条家の主張は、和歌は平淡・温雅なのを最高だとしたが、京極・冷泉家では、感じたとおりを明確に表現するのが良い歌だと考えた。

答

問一　宣長説は「夏の日」に対して「夕立の雲」もまた——と解説しているが、そうでなくて、「雨」という語が省略されているものと見るべきで、夕立の雨も去り雲もまたとまらない——と、雨と雲の対立に解するのがよい。

問二　正明説がよい。宣長説のような「に」の用法は、新古今時代の歌には適当でない。

問三 象徴的な歌。

問四 自然に具体的な事物が表だって詠まれることになるから。

以上で宣長・正明両先生の解説（の解説）はおわりだが、なお「右の式子内親王の歌を鑑賞せよ」という設問が仮にあるものとして、わたくしの答えをお見せしよう。まあ、御参考程度だが――。

《鑑賞》 あつい夏の日も、やっと暮れがたになり、そこへ気持ちのよい夕立が来て、すっかり生きかえったような感じ。その雨も、夕立雲も、サラリとどこかへ行ってしまい、太陽は山の端へ入ってゆく。その山のほうから、涼しい夕方の静かさをひきたてるかのように、ヒグラシの声が流れてくる――といった純客観的な描写のなかに、作者の生き生きとした「快さ」の感じが余情としてひそめられ、新鮮な印象をあたえる。

書きかたは、まだほかにいくらも可能で、何もこのとおりに答える必要はないが、鑑賞・批評のやりかたは、ある程度までわかっていただけるのでないかと思う。

◇俳句もハイOK！◇

和歌とならんで高校生諸君をこまらせるもうひとつの難物が、俳句ということになっているらしい。そんなに手も足も出ないほどの難物ではないと思うのだけれど、何しろ極端に短いから、つかみどころが少ない。わずか十七シラブルで完結する詩は、世界でも類がない。西洋人に言わせると、「ハイカイはそれ自身が題であるかのように見える」よし。つまり、俳句は、西洋の詩の題にあたるぐらいの分量しかないというのである。しかも、そういった短詩型のなかに、ゆたかな思想や感情をうたいこもうというわけだから、つかみどころをよほどよく知っていないと、謎みたいなものになる。「単語はちゃんとわかる。文法的にも疑問はない。通釈は、すらすらできる。それでいて、さっぱり意味のわからないのが俳句だ。」と言えば、そんなベラボーな話があるものかと思う人も無いではなかろう。が、その人は、ためしに、

> 次の句を解釈せよ。
>
> 何の木の花とは知らず匂ひかな　芭蕉

という問題を解いてごらんなさい。もし、これを

［答案］ どういう木の花だかよくわからないけれど、良い匂いがすることだなあ。

と訳したとすると、単語のほうからいっても、文法のほうからいっても、ぜったい減点の余地はない。しかし問題に対する答えとしては1点もやれないのである。なぜなら、それ

だけでは、俳句の解釈として何事も答えていないからだが、それなら、どう答えたらよいか。しかし、右の例題はだいぶん高級だから、答えは後まわしにして(四二五ページ参照)、もうすこし楽な例題で足ならしをしてみよう。

左の俳句を解釈せよ。

(イ) 病《や》む雁《かり》の夜寒《よさむ》に落ちて旅寝かな　　芭蕉

(ロ) 菊の香《か》や奈良には古き仏たち　　同

(ハ) 旅人と我《わ》が名よばれん初時雨《はつしぐれ》　　同

《解釈》 (イ) 旅さきで病気になり、肌寒さを感じさせる夜、ひとりわびしく寝ている作者に、雁の声が聞こえる。どうも一羽らしい声だ。なかまの雁から落後したのだろう。あの雁も、病気なんだろうか。ひしひしと旅愁がせまる。このやるせない旅は、人生という旅の姿でもあるのだ。作者の姿が、病む雁に、あざやかに象徴されている。

(ロ) 奈良には、古代からの仏像が多い。どれも、みごとな尊い仏さまばかりである。作者は、それを拝んでまわった。作者の心には、においやかな天平のおもかげと、

◇**夜寒**　夜の寒さが感じられるようになる意。秋の季語。

◇**初時雨**　その年はじめて降るしぐれ。「初」には、最初のものを賞翫する気持ちがある。冬の季語。

頭をふかく下げずにはいられない高貴さと、世にも美しい彫刻の美とが、いっぱい立ちこめる。ちょうど菊のさかりである。その菊の美しさは、なまなましい視覚としてよりも、かすかな香として、話主にほのぼのと迫ってくるのだが、そうした優美な美しさが、仏像の高貴な美しさと溶けあって、みごとな象徴をなしている。

(ハ) 今日から旅に出るのだ。心は、かるくはずむ。この旅に、どんな新しい世界がひらけるだろうか。ちょうど、今年はじめての時雨が、はらはらと降ってきた。時雨のおもむきは、良いものだ。ひと濡《ぬ》れして、風雅な門出をたのしみたい。話主の心のはずむさまが、動的な、しかしかるい時雨の感じで、よく象徴されている。

これだけの解釈がすらすら書けたら、いつでも大学の教師が勤まる。このお手本は、諸君にまねてもらうつもりではなく、わずか十七シラブルの俳句でも、こんなに豊かな内容を含むのだと理解していただくためなのである。ことわっておくが、これは「解釈」であって、教室でしか威ばれない「通釈」ではない。念のため。

ところで、右の解釈には、「象徴」という語が、三度も現れる。どうしてかというと、俳句の表現は、象徴ということが中心であって、もし象徴ということがわからなければ、俳句がわからないのと大差ないからである。もっとも、**「象徴とは何ぞや」**ということを正面から論じたら、数百ページの大きな本になってしまうから、大体の見当だけ述べてみると、「たがいに異なりながら、しかもどこか深い共通性があって、両者を対照することにより、それぞれのいちばん本質的な性格が同時にとらえられるような表現である」とでもなるかと思われる。

象徴の理論は、たいへん難解だが、それを、二世紀半も前に、ちゃんと実作化したのは、芭蕉である。かれがうちたてた**配合**の手法は、まさしく象徴の世界だといってよい。さきの例でいうと、

(イ) 夜寒の旅愁→病む雁のわびしさ
(ロ) 仏像の高貴な美→菊の優美さ
(ハ) 旅だつ心のはずみ→時雨の興趣

と対照できるであろう。「配合」の例を、もうすこしあげる。――の所に配合のための切断があるわけ。

父母のしきりに恋し――雉子《きじ》の声
くたびれて宿かる頃や――藤の花
身にしみて大根からし――秋の風
十団子《とをだご》も小粒《こつぶ》になりぬ――秋の風

どこが「深い共通点」であるか、よく考えていただきたい。この「**深い共通点**」を**とらえることが、俳句解釈の焦点**である。ちょっと形式をかえて出題すれば、こんなのも出てくる。

次の俳句において、「夏草」は「兵どもが夢のあと」と、どんな内面的関係をもつか。

夏草や兵《つはもの》どもが夢のあと　芭蕉

答 夏草は、柔らかい冬草とちがって、粗《あら》っぽくごわごわしており、どこか「つよさ」の感じをひそませる。また、その繁茂ぶりは、たいへん盛んで、どこまでも限りなく生い茂ってゆく。その「粗剛さ」の感じと、見わたすかぎりの「はてなさ」とが、命を惜しまぬ武士たちの最期と、はるかな年代をへだてた回顧の情とに響きあっている。

なぜ「夏草」でなくてはいけないか、ということを考えてみるがよい。それには、もし「冬草」だったら、「春草」だったら、「秋草」だったら……と、いろいろ置きかえてごらんになればよい。「秋草」といえば、ききょう・かるかや・おみなえし……など、美しい女性的な花の咲きみだれた野原が連想される。「春草」なら、可憐なすみれや、れんげそうや、たんぽぽになってしまう。「冬草」だと、クローバーのような柔らかい感じになるし、冬枯れでしおれ衰えた草を考えるにしても、壮烈な武士のおもかげには遠い。どうも「夏草」以外にない。

ところで、この「配合」の手法をよく味わってみると、配合されるどちらかに、季節的

なものが置かれていることに気がつくであろう。さきほどからの例でいえば、

花（春）　夜寒（秋）　菊（秋）　初時雨（冬）　雉子（春）

藤の花（春）　秋の風（秋）　夏草（夏）

がそれである。「雉子」が季節的だということは、ちょっと理解しにくいかもしれないけれど、俳人の感覚では、春のものとしてとらえられているのである。こうした種類のことばを**季語**とよぶことになっている。季語は、その俳句が春よまれたか秋つくられたかということを示す符号としてだけでなく、ゆたかな連想のひろがりによって、象徴的な表現にまで高めてゆくために用いられるのである。

俳句には、ほとんど例外なしに季語が用いられている。だから、どれが季語であるかを見ぬくことは、解釈の焦点となる。ところで、その焦点をはっきりとらえるためには、**切れ字**を見つけることが大切である。つまり、配合されているAとBとが、どこで切れてAとBとになるかを見分けることである。そうした「切れ」を示すのが「切れ字」で、代表的なものは「や」である。さきの「夏草や」はその例で、形式でいうと、

――や――

の形が、典型的な配合である。しかし、切れ字は、何も「や」だけではない。用言や助動詞の終止的用法でも切れ字になるし、体言でも切れることがある。「しきりに恋し」「小粒になりぬ」は前者の例だし、

「郭公《ほととぎす》大竹藪を漏《も》る月夜」（芭蕉）

などは後者の例。これは「郭公」で切れるのである。こうした、

——

のような型の切れは、切れの後にいろいろな複雑な気持ちを補って考えなくてはならない。

ところが、最初にあげた「何の木の花とは知らず匂ひかな」になると、すくなからず考えさせられる。この句の切れ字は「かな」だが、こんなふうに、句の終わりに切れ字がくるときは、AとBに分かれないではないか——という疑問がおこるだろう。そんな形の句は、どんな解釈法があるだろうか。つまり、

——

と一本の表現で、どこにも「切れ」がなければ、せっかく「配合」の解釈法をおぼえても、なんにもならないのではないか——という疑問である。

しかし、実は、これも配合の特殊なばあいなのである。AとBというように形の上で切れなくても、句ぜんたいが、何かに対して切れているのである。この「何かに対して切れる」ということは、たいへん難しい理論なので、詳しくは述べない。ただ、そういった句の解釈法としては、A対B型の句でまなんだ「深い共通点」を、Aいっぽんの中にとらえることだ——と理解してくだされば結構。もっと具体的に考えよう。

次の(a)と(b)を比較し、その共通点と相違点とを説明せよ。

(a) 何の木の花とは知らず匂ひかな　　芭蕉

(b) 何ごとのおはしますかは知らねどもかたじけなさに涙こぼるる　　西行

◇何ごとの　西行法師の歌といわれるが、『山家集』その他の信用できる西行歌集には出ていない。

答 (1) 共通点――「それ」とさし示しては説明のできない尊さが作者を感動させるという意味において共通する。

(2) 相違点――「かたじけなさ」という作者の感じかたをはっきり表面に出した(b)に対し、そうした感じを直接に述べず花の匂いで象徴した(a)は、手法の上でまるきり違う。

この辺まで追いつめれば、さきに保留しておいた高級なる「解釈せよ」も（四一八ページ参照）、たいしてあわてるには及ばない。

《解釈》どこからともなく、何の木の花ともしれない香が、ほのかに流れてくる。「花」といい「匂ひ」といい、いずれも気品の高い語であり、そこから感じとられるのは、ふかくその尊さにうたれた感動である。しかも、どこがどう尊いのだと説明できない尊さであり、それは、至極無上の尊さなのである。

とでも答えればよい。もし知っているなら、「これは芭蕉が伊勢神宮に参詣した時の作で、西行の『何ごとのおはしますかは知らねどもかたじけなさに涙こぼるる』を頭において詠んだもの」とつけ加えれば、満点。

> 次の(a)と(b)を比較し、その共通点と相違点とを説明せよ。
>
> (a) 秋風や藪《やぶ》も畑《はたけ》も不破《ふは》の関　芭蕉
>
> (b) 人住まぬ不破《ふは》の関屋の板びさし荒れにし後はただ秋の風　良経

ちょっとした応用問題だ。まず(a)を解釈してみる。

《解釈》古来有名な不破の関も、今はあとかたもなく、藪や畑があるだけだ。その藪や畑いちめん、秋風ばかりが、ものさびしく吹きわたる。古人が「荒れにし後は」と詠んだころ、この関あとを吹きわたったあの秋風が、今も吹いているのだ。

はるかな歳月のへだたりと、亡びたものへの感傷とが、秋風で象徴されている。「藪も畑も」のあとに、ちょっと「切れ」があることに注意。つまり、この句は、

――や――――

と二段に切れるわけ。下に出てくる無言の「切れ」の所には、やは

◇**藪も畑も**　俳言。漢語と俗語を俳言という。「(a)は俳言を含むけれど、(b)はそうでない」と付け加えれば、大学（国文科）程度。

◇**不破の関**　美濃国（岐阜県）不破郡にあった。六七三年に置かれ、七八九年に廃止された。

◇**関屋**　関の役人がいる場所。この歌は、後京極

り複雑な気持ちが省略されており、仮に感動詞でも使って、

藪も畑も　秋風ばかりだ　ああ　不破の関　——良経の作で『新古今集』巻十七にある。

とても補えよう。外国語訳するときには、こんなふうに言いかえてからでないと、翻訳できない。この「ああ」にこめられた複雑な気持ちを詳しく述べると、さきに示したような解釈になるわけ。

答 (1) 共通点——有名な歌枕も、むかしのおもかげは無く、変わらないものは秋風だけだという意味。

(2) 相違点——「荒れにし」とその状態を言いあらわしてしまった(b)に対し、その状態と共に世の移りかわりへの感慨を直接に述べず「秋の風」で象徴した手法。

ジャンルのなかでもいちばん手におえない俳句がこの程度にまで料理できれば、まず大丈夫といえよう。

◇美しい詩情の世界◇

俳句をどう味わうかという基礎的テクニックはOKということにして、次に、俳句の美しさにとけこんでゆくような鑑賞のしかたを、例題で見ていただこう。詩情の美しさがもしわからなければ、和歌だって俳句だって、ほんとうは勉強したということにはならないのだから——。

柚《ゆ》の花やゆかしき母屋の乾隅《いぬゐずみ》　　蕪村

この句の詩情には、古い故郷の家を思わせるような、懐かしい愛情を追懐させるような、遠い時間への侘しいノスタルジアがある。蕪村の詩情の本質となっている郷愁子守唄の一曲である。

その表現の構成を分析すれば（A）□が1□2□感覚を表象し、（B）□が3□4□を連想させ、（C）□が5□6□位置を示し、そして（D）□という言葉が全体にかけて流動するところの情緒となっているのである。

問一　右の文中（A）□……（D）□にあたる語を、主題の句から指摘せよ。

問二　右の文中1□……6□にあたる語を、次に示す（a）……（f）のうちから指摘せよ。

（a）大きな　（b）幽邃《ゆうすい》な　（c）静かで

（d）暗く　（e）わびしい　（f）旧家

鑑賞といっても、いちおうは解釈の地盤に立つわけだから、この句のばあい、たとえば「乾隅」といったような古語がわからないと、鑑賞まで行きつかない前にぶっ倒れるか、あるいは強引に鑑賞してみたところで、見当ちがいの珍答案で採点者をニヤニヤさせるぐらいが落ちだろうから、この機会に昔の方角のよびかたを、次ページの第17図で覚えておいてくれたまえ。何しろ北西隅といえば、たぶん家の裏がわ、あまり人目につかない所だろう。少年のころ、そんな所で、ひとりぽつんといたような記憶が、作者には、しみじみとした懐かしさを抱かせると同時に、何かやるせない思い出につながっていたかもしれない。叱られて、ぽろぽろと涙をおとした場所であったか、それとも、遠く別れてしまった友達と最後に顔を見あった場所だったか、いくらでも想像の翼をのばすことができる。こんなとき、俳句の鑑賞では、自由に想像してよいのである。わたしなどよりも詩人的天分のゆたかな諸君なら、もっと美しい想像の世界を描くことができようし、そのほうがすぐれた鑑賞になるわけだけれど、いくら自由な想像といっても、野放しの自由さではこまる。そこには、きまった焦点がなくてはならない。その焦点さえしっかりとらえていたら、どんな想像をしてもかまわない。中心だけ定めて、半径は任意の円をかくようなもので、同心円にさえなっていたら結構。いろんな答えが出ても、みな正解であって、鑑賞の世界では、複数の正解が存在できるのである。

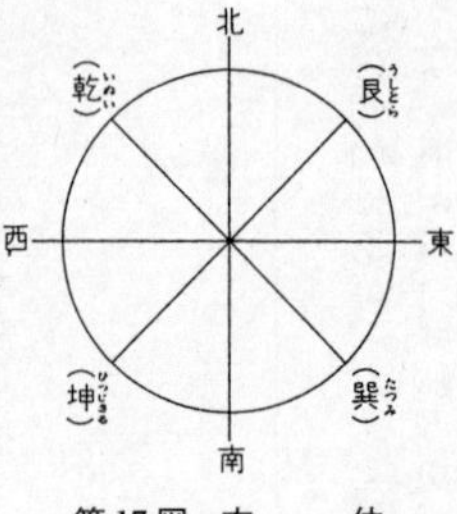

第17図　方　位

ところで、その「きまった焦点」は、どうしてとらえるのか。俳句表現における焦点は、さきにも述べたとおり、季語にある。この句でいえば「柚の花」がそれ。柚の花は夏咲く、小さい白色の花弁だが、あまりあざやかな印象をあたえるものでなく、どちらかといえば、さびしい。しかし、夏のことであり、陰気なさびしさではなく、ほのかに明るい色彩を感じさせながら、さびしいのである。懐古の情というものは、何か明るさをもっている。むかしの事を思うのは、現在的な苦痛を伴わないから、当時は悲しかった事であっても、あとで回想するときは、むしろ甘く懐かしいものである。その「しめやかな明るさ」が、柚の花の感じであり、同時に母屋《もや》の裏のほうですごした少年のときの思い出の色あいでもある。これが焦点である。だから、もし「右の句を鑑賞せよ」と出題されたのなら、

《鑑賞》古い母屋の裏庭の隅には、はるかな時間のかなたに隔てられた思い出が、ほのぼのとした甘《あま》い「あわれ」として生きている。そこに咲いている柚の花のしんみりした白さが、むかしの日への愛情を、懐かしいわびしさの色に深めてくれる。

というように答えるであろう。これが唯一の答えかたとは限らないけれども、とにかくこんなふうな内容を、問題の(A)□とか1□とかに当てはめてゆけばよろしい。

もっとも、答案にするときには、ちょっとしたコツがいる。つまり2と6は、そのすぐ下が体言だから、連体修飾語と考えられる。したがって(a)(b)(e)のどれかでなくてはならず、4は格助詞「を」で受けているのだから、体言が入るはずで、これは(f)しかない。また旧家といえば、たいてい大きいのが普通だから、(f)の修飾である3は

（a）だとしてよかろう。すると、残るのは（b）と（e）だが、それに対応する（A）と（C）は、乾隅が位置を示す語である以上、（C）＝乾隅となって、乾隅↓裏がわ↓暗さ↓幽邃という連想がたどられ、しぜん（A）↓（e）と結びついてゆくだろう。そこで、正解は、次のとおり。

答 **問一**（A）＝柚の花。（B）＝母屋。（C）＝乾隅。（D）＝ゆかしき。
問二 1＝（c） 2＝（e） 3＝（a） 4＝（f） 5＝（d） 6＝（b）

御覧のとおり、俳句は、それ自身たいへん小さい形のものだけれど、その小さい形が放散するひろがりは、ずいぶん広い。よほど連想とか想像とかのはたらきが広くないと、手も足も出ないことになる。しかし、俳句といえば、手も足も出ないようなものだからだというわけで、頭から恐れをなすにもおよばない。こういう種類の作品は、芭蕉や蕪村に多く見られるものであって、もっと底の浅い俳句も数多くある。たとえば、

（1） 皆人の昼寝《ひるね》の種や秋の月　（季語「秋の月」＝秋）
（2） 長持に春ぞ暮れゆく衣更《ころもが》へ　（季語「衣更へ」＝夏）
（3） 草麦や雲雀《ひばり》があがるあれさがる　（季語「雲雀」＝春）
（4） めでたさも中《ちゅう》ぐらいなりおらが春　（季語「春」＝春）

などでわかるとおり、ほのぼのとした情緒のひろがりなんかは、やたらに転がっているわけでない。

（1）は、理屈じたての句である。秋の月は、月のなかでも、いちばん趣の深いものとされ、古来、歌にもさかんに詠まれている。その風雅な美しさを、変な理屈で解釈したところに、おかしみが求められたのである。「世間の人たちが昼寝をしているのは、月の美しさのため夜ふかしをした結果だ。故に秋の月は昼寝の種なのである。」こんな理屈に興ずる精神とさきの蕪村の句のようなほのぼのとした美しさにひかれる精神とは、まるきり質が違う。（1）の句は、松永貞徳、つまり貞門風俳諧の総大将の作である。

次に（2）は、花見どきをたのしくすごした思い出の小袖だが、もう春もおしまいなので、長持にしまうことになった。春の暮れゆくさきは、長持の中だ――というのである。しかし、（1）にくらべると、その理屈がいかにも奇抜で、思いきった着想のおもしろさは、だいぶんケタが違っている。作者は、談林派の猛将、井原西鶴である。貞門と談林との差は、実際には、なかなかつけにくい点が少なくないけれど、表現に思いきった自由さがあれば談林、わりあいおとなしい洒落が中心になっていれば貞門と見てよかろう。

（3）は、上の三句と違った点がある。草麦は、青麦のこと。そこに雲雀があがったりさがったりする。それを、子供が手でもたたいて喜んでいるような気分で、「あれ、あがる。あれ、さがる。」と興じた表現であり、ことばの洒落とか機知的な技巧とかは何もない。この純真な無技巧は、貞門や談林などの技巧派が行きづまったあとに現れたもので、ひとつのゆきかたである。上島鬼貫《おにつら》の作。鬼貫はもともと談林系統の人であるが、のちに「まことのほかに俳諧なし」ということを唱え、伊丹《いたみ》風とよばれる一派のさきがけとなった。(4)は、説明するまでもなく小林一茶の句。質的には(3)と同じような作品だが、一茶という人の人がらにひねくれた点があって、手ばなしの童心ではない。表現のしかたとしては、(3)の同類と見てよろしい。これだけの代表作品を見てきて、(3)の前に芭蕉、(4)の前に蕪村を入れるなら、ちょっとした俳諧史の見取図ができる。

貞門風——ことばの機智的な洒落(代表・松永貞徳)
談林風——思いきった自由さ(代表・西山宗因)
蕉風——深い象徴的表現(代表・松尾芭蕉)
伊丹風——まことの俳諧(代表・上島鬼貫)
天明調——繊細な抒情性(代表・与謝蕪村)
一茶——ひねくれた純真さ

というような特色は、古文常識としてぜひ記憶ねがいたい。一茶にかぎって一茶風とも一茶調ともしなかったのは、かれはかれだけの存在で、地方的に孤立しており、弟子もなければ、流派も形成しなかったからである。「ひねくれた純真さ」というのも、矛盾した言いかたのようだが、事実、そのとおりなのだから、ほかにどう言いようもない。こんなふうに見てくると、はじめに出てきたような蕪村のこまやかな詩情が、俳諧史の流れのなかでどんな位置をしめるか、およそ見当がつくであろう。諸君は、俳諧といえば、芭蕉・蕪村という最高の名匠ばかり――しかもその名作ばかり――教えられる機会が多いのではないかとひそかに心配する。しかし、芭蕉や蕪村に見られるような詩情の深さや陰影のこまやかさがどの俳句にもあるわけではない。そういう歴史的な眼を鑑賞のなかに生かすのも、大切な心がけなのである。さきに述べた「時の流れ」は（一三四ページ参照）、何も語法の移りかわりにだけ当てはまるものではない。

さあ、これでいよいよ卒業である。ながい間、御苦労さまでした。なに？　卒業の前に入試がある？　なるほど、そうだったっけ。それでは、入試にみごと合格できるよう、最後にぎりぎりのエッセンスをお贈りしておこう。諸君の合格に対するわたくしの前祝いとして――。

第六章　試験のときは

「先生。どうもありがとうございました。おかげで古文は満点の自信がつきました。では、試験に行ってきます。もう、合格は一〇〇パーセント大丈夫です。」

とわたくしに手紙を書くつもりになったお方がいられるなら、ちょっと待っていただきたい。わたくしは、けっして満点を取る勉強法なんか述べてこなかったからである。三十年ちかく採点をしてきたわたくしの経験によれば、国語で満点を取った人は、まだ一人も存在しない。将来もきっと同様だろう。しかし、毎年、質の良い合格者がわたくしたちの大学に入ってきた。つまり、満点なんか取らなくても、りっぱに合格するのである。これまでの合格者たちは、みな満点でない答案を書いてきた人ばかりなのである。だから、満点答案は、あまり重要視するにおよぶまい。大切なのは、合格答案であり、わたくしが述べてきたのは、**合格点を取るための勉強法**にほかならない。

「なるほど、そうですね。しかし、その合格点は、どうしたら確保できるんでしょうか？」

これからその秘伝を公開してゆくつもりだが、試験というものは、時代の動きによって出題形式がいろいろ変わりがちだ。とくに最近は、共通一次試験の影響で、客観テストが増えてきた。客観テストといったって、基本は記述式と同じことなのだが、国公立大を受験する人たちにとっては最初にぶつかる相手なので、まずそちらから要領をお話しすることにしよう。

◇客観テストのときは◇

共通一次試験は客観テストでおこなわれる。何十万枚という答案を採点するには、コンピュータにかけるよりほかないから、やむをえない出題方法だが、受験生の側としては、ふだん教室で勉強しているのといくらか違った心得が必要となる。まず第一に、答案を書く時間がきわめて少なくてよいわけだから、時間の使いかたとしては、正解をつかまえるための考慮時間に大部分を当てることができる。それだけに、どの設問にどれぐらいの時間を配分したらよいか、はじめに計画を立てるのが賢明だろう。もちろん試験の本番は生きものであって、こちらの計画したとおり処理できないのが普通だ。しかし、それだからといって、計画なしにいきなり設問1から順番に解いてゆくのは、成功の確率を低くする。もしどれかの設問に思わぬ時間が費されて、残りの設問をよく考える余裕が無くなったら、全体としての得点は減少するからである。それぞれの設問にどれぐらいの時間を配分するか予定してあれば、難しい設問をひとつぐらい捨てたところで、残りが正解であれば、全体として合格点は確保できる。**解けなくてアタフタして誤答するのと、計算のうえでわざと捨てるのとでは、たいへんな差がある。**第二に、符号で答えることになっているため、つい「どれが正解か」ということで頭がいっぱいになり、選択肢の比較だけに眼が行きやすいけれど、これも成功の確率を低くする。答案用紙に記入するための時間はわずかなのに、試験時間がタップリ与えられているのは、本文をよく読み、正確に理解するためなのだから、客観テストであっても、正解をとらえる急所は、何よりもまず与えられた本文を読み解くことである。その本文に基づいて設問への答えを書くのだが、書く代わりに選択肢が便宜のため示されているだけなのだから、諸君は、あくまでも記述式で答えるのと同じ手順で解いてゆくのがよろしい。いま便宜のためと言ったが、この便宜は、採点者がコンピュータに肩がわりさせるための便宜であって、諸君にとっての便宜ではない。本書では、客観テストの扱いをあまり重視してこなかったが、記述式で答えられる人なら、客観テストでも完全に答えられる。ところが、逆に、客観テストだけに慣れた人は、記述式の試験でしばしば失敗する。わたくしが記述式の答えかたばかり採りあげて来たのは、そのためにほかならない。

選択肢よりも本文

世の中に、借銭乞《しゃくせんこ》ひに出あふほどおそろしきものはまたもなきに、a数年《すねん》負ひつけたるものは大晦日《おほつごもり》にも出違はず。「アむかしが今に、借銭にて首切らるるためしもなし。有るものやらで置くではなし。やりたけれどもないものはなし。思ふままなら今の間に、［A］をほしや。さても［B］。」と、庭木の片隅の、日のあたる所に古むしろを敷き、包丁・まなばしの切刃《きりは》をとぎ付けて、「せつかく渋《さび》おとしてから、小鰯《ごまめ》一匹切ることにはあらねども、人の気はしれぬもの、今にも俄《には》かに腹の立つことが出来て、自害する用にも立つこともあるべし。我年つもつて五十六、命のをしきことはなきに、中京《なかぎやう》の分限者《ぶげんしや》の腹はれどもが、因果と若死にしけるに、われらがイ買ひがかりさらりと済ましてくれるならば、偽りなしに腹かき切つて身がはりに立つ。」と、そのまま狐《きつね》付きの眼《まなこ》して包丁取りまはすところへ、唐丸嘴《たうまるくちばし》ならして来たる。「おのれ死出のかどでに。」と、細首うちおとせば、これを見て掛乞ひども肝をつぶし、無分別ものに言葉質とられてはむつかしと、ひとりひとり帰りさまに、茶釜のさきに立ちながら、「bあんな気の短い男に添はしやるお内儀が、縁とは申しながらいとしいことぢや。」と、おのおのいひ捨てて帰りける。これウある手ながら、手のわるいエ節季じまひなり。何の詫《わ》び言《ごと》もせずに、さらりと埒《らち》をあけける。

（井原西鶴『世間胸算用』）

〔注〕○まなばし—魚を料理するときに使う鉄製のはし。刃はない。
○腹はれども—欲深くためこんでいる金持ちたちをあざけっていった言葉。
○唐丸—鶏の一種。闘鶏用として飼われた。

問1 本文では、「氏神稲荷《いなり》大明神も照覧あれ、」の一文が抜いてある。これを元の位置にもどすには、どこが最も適当か。次の①～⑤のうちから、一つを選べ。

①「今にも俄かに腹の立つことが出来て、」の前。

② 「因果と若死にしけるに、」の前。
③ 「偽りなしに腹かき切つて身がはりに立つ。」の前。
④ 「おのれ死出のかどでに。」の前。
⑤ 「無分別のものに言葉質とられてはむつかしと、」の前。

問2 空欄[A]と[B]とには、相呼応するような言葉が入る。この空欄を補うには、次のA・B二群の①～⑥のうち、どれが最も適当か。一つずつ選べ。

A
① 鬼の首
② 鬼の情け
③ 雀《すずめ》の涙
④ 銀《かね》のなる木
⑤ 福の神
⑥ 闇夜《やみよ》の錦《にしき》

B
① 一寸先は闇の世の中よ
② 捨つる神あれば拾ふ神もあるものかな
③ 塵《ちり》もつもれば山となるものを
④ 鬼の目にも涙とはいはずや
⑤ まかぬ種ははえぬものかな
⑥ 果報は寝て待てとはいはずや

問3 傍線部aの解釈としては、次の①～⑤のうち、どれが最も適当か。一つを選べ。
① 何年もの間、借金を何とかやりくりしてきた者は、大みそかにでもまちがいなく借金を返済するものである。
② 何年もの間、借金をしなれている者は、大みそかにも借金取りから逃れるために家をあけるようなことはしない。

③　何年もの間、借金を次々とためてきた者は、大みそかにもなると、行方をくらますために家を出てゆくにちがいない。

④　何年もの間、借金をせずに何とかやってきた者は、大みそかにも逃げ出すことなく落ちついて家にいる。

⑤　何年もの間、借金に押しひしがれてきた者は、大みそかにも借金取りから逃げ出す才覚もつかない。

問4　傍線部ア〜エの解釈として、次の各群の①〜④のうち、それぞれどれが最も適当か。一つずつ選べ。

ア　むかしが今に
①　昔が今になったとしても
②　今は昔のことだが
③　昔から今に至るまで
④　昔と違って今は

イ　買ひがかり
①　掛けで買った品物の代金
②　高利のついた借金
③　買いこんだままの商品
④　掛けで売った品物

ウ　ある手
①　珍しい術策
②　よく用いられるやり方
③　すぐれた方法
④　適切な手段

エ　節季じまひ
①　大みそかの仕事納め
②　季節のおわり
③　決算期の切り抜けかた
④　年末の店じまい

問5　傍線部bの言葉には、「掛乞ひども」のどのような気持ちがこめられていると考えられるか。

次の①～④のうちから、最も適当なものを一つ選べ。

① 亭主が自殺をしなければならないほどの家計の苦しさを思い、女房に同情している。
② 亭主の気短で乱暴な性格がわかったので、女房を心からあわれんでいる。
③ 女房には気の毒だが、借金取りとして接しなければならなかったつらさを述べている。
④ 亭主の無法にふりまわされて借金を取れないので、女房に皮肉を言っている。

問6 次の①～⑨の人物のうちから、井原西鶴とほぼ同じころに活動した者を二人選べ。

① 曲亭馬琴 ② 世阿弥 ③ 与謝蕪村 ④鶴屋南北 ⑤ 近松門左衛門
⑥ 小林一茶 ⑦ 松尾芭蕉 ⑧ 上田秋成 ⑨ 本居宣長

これは、かつて共通一次試験に出た問題だが、高校生諸君がどんな解きかたをするかテストしてみることにした。東京都立高校の二年に在学中の人を四名お願いして、実際の試験と同じ条件で答えてもらった。そのすぐ後で、どんな順序で答えたかと尋ねてみたら、四名とも問1→問6の順に答えたという。わたくしの意見――。

君たち、そりゃ駄目だよ。野球だって、内野が前進守備をしているか、センターがライト寄りに守っているかなどをよく見たうえで、内角球を待ってショートの頭上を抜くよう引張って打つとか三塁線をねらうとか考えるのでないと、なかなかヒットにならない。ピッチャーの投げる球だけを見て打つのでは、せいぜい凡打だね。問題をよく見たまえ。問6だけは文学史常識で、本文と関係がない。まずこれだけを切り離して考えるのが利口だ。チラリと見て、七割以上やれそうだったら、最初に問6を片づける。不幸にして、よく知らなかったら、アッサリあきらめて、他の五問で頑ばるのがよろしい。暗記物は、知らなければ、それまで。いくら考えたって、知らないものには答えようがない。しかし、六問のうち一問ぐらい捨てたって、合格点はゆうゆう取れる（はずだ）。いけないのは、知らない事が出ているからといって、オロオロして平静を失うことだね。これは致命傷になりかねない。高校レベルだもの。知らない事だってあるさ。

さて、あとの五問だが、ぼくなら、問3→問4→問2→問1→問5の順に考えるね。なぜなら、問3は、最初の部分に出ていて、後を読まなくても解ける。全文を読まなくても解けるなら、まさに頭脳経済学だ。次に、問4は、前後の関係を見なくてはいけないから、問3よりすこし厄介《やっかい》だけれど、全文の趣意をよく理解したうえでなければ解けないわけではない。つまり、部分的なんだよね。それで、これを片づける。わかりにくいのがあれば、後廻しにする。後廻しにできるのは、ア→エがそれぞれ個別的で、いくつかを棚上げにしても、ほかに影響するわけでないからだ。問2は、解釈でなく、内容的な設問だが、本文で近接した所にAとBが出ているから、あちこち読まなくても答えられる。問1と問5は、全文をよく読む必要があるけれど、問5は

「気持ち」を考える問題だから、意味だけで解ける問1のほうを先にするのが順当だろう。

いざ問題用紙が配られると、一分一秒でも惜しい気がして、全体をゆっくり見渡しているのは時間の浪費みたいな感じがするかもしれないけれど、もしそう感じたなら、君は、あがっているんだよ。全体をゆっくり見渡したところで、一〇分も一五分も必要なわけではない。手順を考えているうち、気も落ち着くし、設問のアナも見えてくる。急がば廻れ。このほうが、かえって早いんだよ。途中で無駄な考えをしなくてすむからね。

こんな手順で解いてゆくわけだが、**問3**のような性質の設問には、**消去法**を使うのが有効だ。つまり、不合理さの多いものから順に消してゆけば、残るのがしぜん正解になる。消去法の要点は「不合理さの発見」に在る。あとの部分では、借金取りが押しかけてきたとあるから、④は明らかに不合理である。借金をしなかったのなら、借金取りがやってくるはずはない。①も同様に不合理さがある。まちがいなく返済できる相手なら、忙しい大みそかに借金取りが何人も押しかけるわけはない。残るのは②③⑤だが、③は「家を出てゆくにちがいない」が不合理だ。この主人公は、逃げ出したりなんかしていないからである。⑤も、やはり「逃げ出す才覚もつかない」というのが、逃げ出すことを前

消去法→不合理さの発見

提とする態度だから、不合理さは共通する。そこで、残るのは②だけになるから、これを正解としてよいはずだが、シメタ！　というのですぐマーク・シートの②を塗るのは、ちょっと待ってもらいたい。消去法は、あくまでも**考えの筋道**を示してくれるだけで、正解そのものではない。正解は、選択肢②を傍線部aに代入したばあい、全体として矛盾があるかないかを再吟味し、矛盾なしと判断されたうえで、はじめて得られるものである。最初の部分に「……またもなきに」と逆接が使われているのは、再吟味のポイントになる。一般論として、借金取りに会うぐらい恐ろしいことはないが、それにもかかわらず――という気持ちが接続助詞「に」のなかにこめられている。とすれば、それを受ける叙述は、あえて借金取りに会うことでなくては筋が通らない。そこで「家をあけるようなことはしない」がピタリと合う。

問4も、消去法で考えの筋道を立てるわけだが、このように語釈を客観テスト形式で問われたときは、いちおう記述式で解釈を要求されたものと見なし、選択肢はその参考に与えられたものとして扱うのがよろしい。つまり、選択肢に頼らず、自力で解釈してみるのである。たとえば、アなら、借金のため死刑になった先例はない――という言明に対し、その副詞的な修飾句として、諸君なら何を考えるか。いちばん自然な言いかたは「昔から」だろう。それをポイントにして選択肢を吟味してゆけば、②→①→④の順に不合理さが少なくなってゆくけれど、不合理さはなくならない。つまり③が正解として残るのである。理屈だけで言うと、今は確かに借金のため死刑になることがないけれども、昔はそうだったかもしれない——という「かもしれない論」が④について出てきそうだ。しかし、そこは常識である。いくら昔だって、借金で死刑にすることは、不合理なことだ。そんなことは存在しなかったはずだと、常識で割り切っておけばよろしい。あとも同様に、まず自力で解釈し、選択肢のなかで不合理さを見つけてゆけば、自然に正解が残る。もしわからなければ、ひとつぐらい捨てたところでたいしたことはない。この問題は30点だから、問4の配点はたぶん4点だろう。30点のうち1点ぐらい捨てたって、あまり痛くはない。碁のできる人ならおわかりだろうが、石を取られるのはよくない。しかし、石を捨てるのは構わないのである。

次に**問2**は、すこし難しい。なぜなら、一つだけ考えるのでなく、二つそろわないと正解にならないからだ。しかし、逆の考えも成り立つ。一つだけ問われたら、どれが正解か決め手が無いけれど、もうひとつの要件が与えられているから、それを決め手に使えばよい。試験場では、ふさぎこむ代わりに、なんでも明るいほうへ気を持ちなおすことだ。主人公は借金取りに押しかけられる身の上だから、ほしいものはカネに決まっている。もっとも、現物のカネ自身でなくても、カネを与えてくれる福の神でもよし、また借金の返済を待ってくれる同情心でもありがたいだろう。だから、Aの①と③と⑥は消去してよい。鬼の首なんかもらったって、担保になるわけがない。ところで、この主人公は、カネさえあれば払う気でいる。「やりたけれども」がその気持ちを示す。したがって、ほしいのは返済の延期よりもカネだろう。だから、②も消してよい。残るのは④と⑤で、もしAだけの条件なら、両方とも正解になるよりほかない。ところが、Bを参照すると、Aの⑤に対応するものはBの②だが、これは「拾ふ神もあるものかな」で、動きのとれない主人公の現状に合わない。すると、残るのはA④だけで、これはB⑤が対応する。A④の「木」に対し、B⑤の「種」は縁語だからである。正解候補はA④+B⑤だが、すぐにはマーク・シートを塗らないで、Aに④をBに⑤を代入して出来た文章を通釈してみよう。

思いどおりになるものなら、今という時点で銀《かね》の成る木がほしいよ。それにしても、まかない種は生えないものだなあ（＝カネの入ってくるような仕事をしてこなかったものだなあ）。

前後に矛盾はない。よって、これを正解とする。

次に**問1**だが、これは「氏神稲荷大明神も照覧あれ、」の気持ちがわからないと、手も足も出ない。「わたしの氏神である稲荷大明神も御覧ください、」の意味だが、さきに紹介した高校生四名のうち一名は「公正さを誓う」という気持ちに解し、他の三名は「真実さを誓う」という気持ちに解していた。これだけなら、どちらも正解候補になるだろう。ところが、その入るべき部分は選択肢として与えられており、これに合わないのは正解にならない。つまり、問2のAに当たる選択肢を自分でこしらえ、それをBの選択肢に当たる問1の選択肢①↓⑤と対応させてみるわけだ。もし「公正さを誓う」気持ちだと、選択肢のどれもが適合しない。たとえば④だと、自分が死ぬ道連れにと非道にも鶏の首をぶち切るのだから、公正どころではない。したがって、どうしても「真実さを誓う」気持ちでなくてはならないわけだが、①はべつに誓う必要のない場所だから、まず消去してよい。②も、金持ちどもが死ぬことについて神に誓う筋はない。栄養過多と運動不足のため腹の突き出てくる連中が早死にするのは、当然のプロセスだからである。⑤も、ふるえあがった借金取りたちが逃げ帰るのに、なにも真実を誓うには及ばないから、消去する。残るのは③と④だが、どちらも可能性はある。④は、鶏を「ぜったい死出の道連れに……」という気持ちにおいて真実であることは確かだけれど、その真実な気持ちを神に誓うには残酷すぎる行動内容だから、消去するほうがよかろう。すると③だけが残る。これは「偽りなしに……」とあるので、文句なしに有望だが、例によって通釈してみる。

わたしの氏神である稲荷大明神もよく御覧ください、ぜったい本当に腹を切って身代わりに死にます。

腹を切るという容易ならぬ決心の表明だから、神様に誓うのは自然な言いかたである。そこで③を正解と決めることができる。

さていよいよ**問5**だが、これも「気持ち」の問題だから、全文をよく観察する必要がある。傍線部分bの結びを見ると、借金取りが女房に対し「いとしいことぢや」と言っているのだから、主とするところは女房への同情で、自分の立場に愚痴をこぼしているのではない。だから、まず③を消去する。同情の気持ちが明らかに出ているのは①と②で、どちらかを正解としたい衝動がおこるだろうけれど、ちょっと待ってください。さきに「全文をよく観察する必要がある」と言ったのは、そのための警告である。傍線部分bだけを見れば、まさに①か②が正解だ。しかし、なぜbのようなことを言ったのか、借金取りの立場を考えてやると、忙しい大みそかに何人も押しかけながら、気違いじみた男のめちゃくちゃな行動に度胆を抜かれ、とてもカネは取れないとあきらめて帰るのだから、当人たちはいまいましい限りだろう。そのいまいましさを、きれいさっぱり放り出して、女房に心から同情して帰るようなお人好しでは、とても借金取りなど勤まるものではない。かれらの心中がいまいましさに満ちている以上、女房への同情のことばは、表面だけの同情であって、気違いじみた亭主に何か言うと、またそれに言いがかりをつけられそうだから、女房を相手にいまいましさをぶちまけたものと解釈すべきだろう。それも、あまり露骨に言うと、亭主がまた刃物を振りまわしかねないから、せいぜい「あんな気の短い男が御亭主じゃ、お気の毒ですな。」ぐらい、当てこすりを言ったのである。重点は「お気の毒ですな」にはなく、「あんな気の短い男」の「あんな」に在る。そこで「いひ捨て」という表現が生きてくる。たぶん嚙んで吐き出すような口調なのだろう。正解は④である。

この問5は難問で、例の高校生四名のうち三名は①と②を採っていた。それぐらいが普通の高校レベルであって、たいていの受験生はできなかったろう。ということは、問5ができなくても合格点にはあまり影響しないはずだ――と楽観しておいてよろしい。この問題文が普通の高校レベルで完全に解釈できるようなしろものでないことは、「因果と若死にしけるに」の「ける」ひとつを取りあげてもわかる。助動詞「けり」が伝承回想だということは中古文について言えるだけで、江戸期の作品では経験回想「き」との使い分けが正確におこなわれていない――ぐらいまでは御承知のとおりだが（三三一ページ参照）、それでも「けり」は回想だという知識を無視することは難しい。ところが、右の問題文の作者である西鶴は、文法無視の日本選手権保持者である。西鶴は、助動詞「けり」を恒常性の表現に使った。「若死にしけるに」は、けっして「若死にしたということだが」ではなく「若死にするものだが」の意味なのである。西鶴は、助動詞「き」も恒常性の表現に使った。『日本永代蔵』に、次のような文章がある。

何によらず、銀徳《ぎんとく》にてかなはざること、天《あめ》が下《した》に五つあり。それより他《ほか》はなかりき。
〔何事であろうとも、カネの力で解決できないことが、世間に五つある。それ以外には無いのだ。〕

「無いのだ」の「のだ」が「き」に当たる。いくら「江戸には江戸の風が吹く」といっても、西鶴独特の「き」「けり」まで正確に解釈することは、専門の国文学者でない高校生諸君には無理である。無理だということは、どうせ他の受験生もわからないということであって、他の人たちもできなければ、合格点の確保にはあまり関係がない。栄養過多と運動不足による中年性の「腹はれ」はありがたくないけれども、合格点さえ確保すれば余分な点数にはガツガツしないよ——という太っ腹は、頼もしい。

ところで、だいぶん長談義になったが、復習の意味で、いちおう全文の通釈を出しておく。くりかえし強調したように、客観テストは、あくまでも採点の便宜のためであって、出題の基本線は記述式とけっして別ものではない。通釈が相当の所までやれない人は、マーク・シートを適切に塗ることもやれないはずだ。

通釈 世間で借金取りに会うぐらい恐ろしいことは他にないのだが、何年もの間借金をし慣れてきた者は、大みそかにも留守にしてすっぽかすようなことはしない。「昔から今にいたるまで、借金で死刑になった例もない。あるカネをやらずにおくというわけではない。払ってやりたいのだが、ないものはないのだ。思いどおりになるものなら、今という時点でカネの成る木がほしいよ。それにしても、まかない種は生えないものだなあ。」と言いながら、庭木のある片すみで日のあたる所に古ムシロを敷いて、包丁の刃を研《と》いだりまな箸を尖らせたりしながら、「せっかくサビを落としたところで、（正月

◇**出違はず**　「出違ふ」は家を出て相手に会わないようにすること。

◇**切刃**　包丁の刃《は》である。まな箸は刃がないから、これは尖らせたのだろう。

◇**五十六**　当時は「人間五十年」というのが標準だったから、六年だけ余分に生きた計算になる。

◇**中京**　京都の下立売《しもたちうり》から三条あたりにかけての地域。大きい商家が多か

用の）ゴマメ一匹を切るというわけでもないが、人の気持ちはどう変わるか保証できないもので、いまにも急に腹の立つことが持ちあがって、自殺でもすることになれば、役に立つだろう。わたしは年をかさねて、いま五十六歳。命が惜しいという歳ではない。中京の金持ちで腹の突き出た連中は、どういう加減か早死にするものだが、わたしの掛け買いのカネをすっぱり払ってくれるなら、氏神の稲荷大明神も御覧ください、ぜったい本当に腹を切って身代わりに死にます。」と言って、狐つきそっくりの目つきになり、包丁をひねくりまわしている所へ、唐丸の鶏がくちばしで音を立てながらやってきた。「こいつ、おれが死ぬ門出の道連れに。」と、首をいきなり切り落としたので、これを見た借金取りたちは胆をつぶし、こんな無茶苦茶野郎に言いがかりをつけられては面倒だと、ひとりひとり帰っていったが、その帰りぎわに、台所の茶釜の前に立ちながら、「あんな気の短い男が御亭主じゃ、奥さんも、縁とはいうものの、お気の毒ですな。」と、めいめい吐き捨てるように言って帰った。これは、世間によくある手だが、やりかたとして質《たち》の悪い決算のつけようである。（そんなわけで）何のわび言《ごと》もいわずに、すっぱりカタをつけてしまった。

った。
◇**茶釜のさき**　茶釜などのある所すなわち台所の土間の入り口。京都風の民家では、店先の続きに細長い台所があり、それは土間である。

答　**問1**　③　**問2**　A④・B⑤　**問3**　②　**問4**　ア③　イ①　ウ②　エ③　**問5**

④　問6　⑤⑦

◇どこで減点されるか◇

客観テストの答案は、書きかたをくふうする必要がない。せいぜいマーク・シートの塗りかたに気をつけるぐらいのことだが、記述式になると、そうはゆかない。合格答案を書くためには、いろいろの要領がある。

「それぐらい、わかってますよ。わからないのは、どう書いたら合格点が確保できるかなんです。」

わからなければ、ひとつ『徒然草』を開いてくれたまえ。第一一〇段だ。

> 双六《すごろく》の上手といひし人に、その手だてを問ひはべりしかば、「勝たむと打つべからず。負けじと打つべきなり。いづれの手か迅《と》く負けぬべきと案じて、その手を使はずして、一目なりとも遅く負くべき手につくべし。」といふ。道を知れる教へ、身を修《をさ》め国を保たむ道も、また然《しか》なり。

兼好の意見を合格答案の書きかたに応用して言い換えると、次のようになるだろう。

受験指導の権威といわれた人に、その方法を質問したら、「点をかせごうとしてはいけない。点を失わないように書くべきだ。どちらの書きかたがたくさん減点されてしまいそうかと検討して、そういう書きかたをしないで、一点でも助かるような書きかたに従うがよい。」と答えてくれた。道を知りぬいた教えで、いつか社長や大臣になったときでも、ちゃんと通用する。

では、どんな書きかたをすれば、点を失わないですむのか。実例で考えてみよう。

十八日。なほ同じ所にあり。海荒ければ、船出《い》ださず。この泊り、遠く見れども近く見れども、いとおもしろし。かかれどもくるしければ、何事もおもほえず。男どちは、(ア)心やりにやあらむ、からうたなどいふべし。船も出ださで(イ)いたづらなれば、ある人のよめる、

磯《いそ》ふりの寄する磯には年月をいつともわかぬ雪のみぞ降る

この歌は、つねにせぬ人の言《こと》なり。また、人のよめる、

風に寄る波の磯には(ウ)うぐひすも春もえ知らぬ花のみぞ咲く

この歌どもを少しよろしと聞きて、船の長《をさ》しけるおきな、月日ごろのくるしき心やりによめる、

立つ波を雪か花かと吹く風ぞ寄せつつ人を(エ)はかるべらなる

この歌どもを人の何かといふを、ある人聞きふけりてよめり。その歌、よめる文字、

三十《みそ》文字あまり七文字。(オ)人みな、えあらで笑ふやうなり。歌主、いとけしきあしくて怨ず。(カ)まねべども、えまねばず。書けりとも、え読みすゑがたかるべし。今日だに言ひがたし。ましてのちにはいかならむ。

(『土佐日記』)

設問

(一) 傍線部(ア)(イ)(エ)(オ)を現代語に訳せ。

(二) 傍線部(ウ)は、何のどのような状態をうたっているのか。

(三) 傍線部(カ)は、なぜそうであるのか。

通釈 十八日。やはり同じ所に滞在する。海が荒れているので、船を出さない。この停泊場所は、遠くで見ても近くで見ても、じつにすばらしい。しかしながら、(長く滞在しているのが)つらいので、さっぱり心にとまるものがない。男の人たちは、気ばらしのためなのかしら、漢詩など吟じているようだ。船も出さないで、ぶらぶら日を送っているので、ある人が詠んだ。

荒海のうち寄せる海岸には、いつも白波が砕け散って、あたかも一年じゅう季節の区別もなく雪が降っているような感じだ。

◇**泊り** 船が停泊する所。小規模なみなと。

◇**おもしろし** interesting でなく wonderful の意。

◇**おもほえず** 印象に残るものがない。

◇**磯ふり** 学者の間で諸説あり、よくわからないが、前後の関係から推測して、たぶん荒浪の意だろう。

◇**よろし** 「よし」より

この歌は、ふだん歌など詠まない人の作である。また、ある人が詠んだのは、

吹く風のためしきりと浪のうち寄せる海岸では、うぐいすも春もけっして知らない花——白波——がいつも咲いていることだ。

これらの歌を聞いて「すこし見どころがある。」と思い、船のお頭《かしら》である老人が、先月このかたの苦しさをまぎらすため詠んだのは、

吹く風は、波を岸にうち寄せうち寄せしては、その白く砕けるしぶきを、あれは雪なのかしら、花なのかしらと、見る人にかんちがいさせているようだ。

これらの歌を、みんながあれこれ批評するのを、ある人が耳を傾けていて詠んだ。その歌は、詠んだ字数がなんと三十七字。だれも皆、とてもがまんしきれないで、笑う様子である。詠み手は、ひどく御きげんが悪く、ぶつくさ言う。この歌は、口でそっくり伝えようとしても、とても言えないし、書いてみたところで、ちゃんと読みあげられないにちがいない。(歌の詠まれた)当日でさえ、こんなに言いにくい。まして、後ではどんなだろう。

問題は合格答案の書きかたなので、解釈の説明は省略する。これまでわたくしの講義をこなしてきた諸君なら、通釈と脚注だけで九五パーセント以上わかってくれるだろう。ところで、**設問㈠**は、すでに通釈のなかで解決ずみだが、高校生ならどれぐらいの答案が書け

は低い程度のプラス評価。
◇文字　letter の意味ではなくて syllable の意。

るかをテストしてみた。A君とB君の答案は、次のごとくであった。

採点官P教授　そうですね。いまの高校生諸君にはすこし程度が高かったかな。A受験生の答案なんか、さんざんなものでね。おいQ君、何点をつけたかね。

採点官Q助教授　12点満点で、A受験生が0点、B受験生が6点でした。A受験生は、設問の要求をまったく無視していますよね。設問は「現代語に訳せ」というのでしょう。(ア)の原文に「心やり」とあるのを「心をやる」と言い直したって、現代語になりませんよ。この受験生は、ふだん「おい、心をやろうかね。」などと話しているのかしら。現代語で使わない言いかたを持ち出しても、ぜったい現代語訳にはならない。現代人に通用するような言いかたにするのが現代語訳なんでしてね。(イ)は、中古語の「いた

【A君の答案】
(ア)心をやるのであろうか。　(イ)いたずらだから。
(エ)はかるようである。　(オ)人はみなおられず笑うようだ。

【B君の答案】
(ア)気をひきたてるためだろうか。　(イ)何もしないので。
(エ)だますはずである。　(オ)皆の者はいたたまれず笑うようだ。

【A君の答案】

(二) 波が磯にうち寄せて砕ける状態。

(三) 三十七字という字余りが多いので。

【B君の答案】

(二) 波の砕けて散るのが、桜の花の散るやうにきれいな状態。

(三) 三十七字というたいへんな字余りのため。

づら」が現代の「いたずら」と別の意味であることを知っているかどうかのテストなんですけれど、それを「いたずらだから」とやったのでは、マイナス点をやりたいぐらいです。この程度の古文力で東大を受けるとは、あきれたものです。

B受験生は、現代語訳とはどういうことかを知っています。しかし（ア）はちょっとニュアンスが違いますね。どうしようもなく滅入っている気持ちを、何かほかのことに向けてまぎらす消極的なゆきかたが「心をやる」で、積極的に精神をしっかりさせる意味の「気をひきたてる」では適訳じゃない。大学の国文科学生なら0点にしますけれど、高校生だから、3点のうち1点マイナスしておきました。（イ）は、中古語の「いたづら」がin vainだとわかっていながら「何もしない」と訳したのは、惜しいと思いますね。何もしないのではなく、何かするのだが効果なしというばあい、中古文では「いたづらなり」と言います。問題文の文脈では、何かしたいのだけれど、滞在地ではこれといってすることもない——というわけですから、「どうしようもない」が適訳でしょう。筑波大学の小西甚一さんなら、たぶん「ぶらぶら日を送っているので」ぐらいに意訳するでしょうが、高校生にはまねられそうもない。まあ1点マイナスで、2点あげておきました。(エ)は、なるほど「はかる」はだますことだけれど、現代語の「だます」は積極的に相手をあざむくことでしょう。この歌の文脈では、風が人をだますわけでなくて、白波を雪か花かのようにわれわれは感じるけれども、それは見そこないだ——ということなのですから、まあ「勘ちがいさせる」でしょうね。1点マイナスしました。それから「べらなり」は、平安前期の特殊な言いかたで、「……するようだ」「……しそうだ」などの意味ですから、「……はずである」はすこし違います。これもマイナス1点で、さしひき1点あげました。(オ)は、「えあらで」が、直訳すると「そのままの状態ではいられなくて」の意味ですから、ばあいによっては「いたたまれなくて」で正解になることもあります。しかし、この問題文のばあいは、あまりへんな歌なので、そのままの状態ではいられなくて笑い出したわけでして、「こらえられず」「がまんできずに」などが適訳です。マイナス2点で、1点あげました。㈠ぜんたいで12点のところ、6点あったわけですね。合格点としては、8点ぐらいほしかった。

P教授　現代語訳とは、与えられた古文に即して、その文脈のなかでの意味を現代語に言い換えることだから、辞書的な意味としては正しくても、正解にならないことがあるね。ところで、**設問**(二)と(三)はどうかね。

Q助教授　A受験生は(二)が4点のうち1点、(三)が0点です。B受験生は(二)が2点、(三)が4点のうち3点です。

P教授　ぼくなら、B受験生の(三)は2点だね。いちばん重要な説明が落ちてるじゃないか。

Q助教授　相手は高校生ですからね。それは後で申しあげることにして、A受験生はやはりいけません。(二)は「風に寄る……」の歌だけでなしに、ほかの二首もよく見なくてはわからない。「磯ふりの……」には雪が出てくるし、また「立つ波を……」では雪と花が出ている。その間にある「風に寄る……」が花のことを詠んでいるのだから、これらの雪と花は共通点があってよさそうだ。しかも、それぞれの歌が波のことを詠んでいるわけで、その波が砕けて散る「白さ」に気がつけば、正解はそれほど迷わずに出るでしょう。ところが、A受験生は、その要点をまるっきり書いてませんからね。よほど0点にしようかと思ったけれど、「波が磯にうち寄せて砕ける状態」はまちがいでないし、そのなかの「砕ける」に白さを意識しているのかもしれないので、1点だけあげておきました。(三)のほうは、「三十七字という字余りが多いので」が日本語としてよく通じないから、0点にしました。「字余りが多いので」とは、なんのことですかね。本人はわかっているのかもしれないけれど……。

P教授　日本語がおかしいのでは、0点のほかないね。B受験生の(二)は、どうして2点なんだい。

Q助教授　波が砕けて散るのを落花に見立てたのだという解釈は答案に出ていますから、本来は満点つまり4点をあげたかったんですがね。「桜」といった所がまずいから、1点マイナスにしました。散るという感じからは、桜が連想されやすいけれど、このばあいは梅だと思います。「うぐひすも春もえ知らぬ」、つまり鶯がことしまだ見ていない、春よりも前に咲く花といえば、梅でしょう。日本では、梅というと白梅が好まれていまして、和歌のなかに出てくる梅は、みな白梅と考えてよろしい。中国人は紅梅が好きですけれど……。

P教授　マイナス1点なら、3点だぜ。

Q助教授　いや、「散るやうに」で1点マイナスです。問題文が歴史的仮名づかいだから、それに引かれて、つい現代仮名づかいのなかに原文の表記法がまぎれこみやすいけれど、仮名づかいの混用はいけません。国語の試験ですからね。仮名づかいの誤りは、減点の対象になります。

P教授　日本国憲法第二一条によって、表現の自由が保障されている。どんな仮名づかいで書くのも本人の自由だから、旧仮名づかいの答案を減点するのは憲法違反だ——といって、訴訟をおこされたら、勝ち目は無いぜ。答案は現代仮名づかいでなくてはならないという法律的根拠は、どこにも無いのだからね。

Q助教授　いや、わたしは旧仮名づかいだから減点したのではありません。現代仮名づかいのなかに歴史的仮名づかいが混入しているから減点したのです。表記法というものは、一定の原理に従って統一されていなくてはいけないのでして、無原則な表記はだめだ。訴訟には負けませんよ。もし歴史的仮名づかいだけで誤りなく表記できた答案なら、希少価値で、ぼくは満点をやりたい。しかし、いま時、そんな高校生は、わが日本国には一人もいないでしょう。大学の国文科学生だって、卒業論文は仮名ちがいと誤字のオン・パレードですからね。

P教授　ところで、㈢はどうかね。ぼくなら2点しかやれないと思うんだが……。あ、ちょうど出題した本人が来たから、R君の意見を聞かせてもらおうか。おいR君、こんどの試験の満点答案は、どうだっけな。

出題委員R教授　困るね、君。採点の前に模範答案を配っておいたはずだぜ。

P教授　採点が終わったとたん、焼いてしまったよ。

R教授　用心が良いね。うっかり残しておくと、X大学のような事件もおこりかねないからな。じゃ、いま模範答案を書いてみようか。えーと。

㈠　(ア)　気ばらしのためなのかしら。　(イ)　どうしようもないから。

（エ）かんちがいさせているようだ。（オ）だれも皆、とてもがまんしきれず、
笑う様子である。

㈡　波が、いっぱいに咲く梅の花のように、白く砕け散る状態。

㈢　ひどい字余りのため、語または句としてのまとまりがつきにくいからである。

Q助教授　だいたいわたしの考えどおりですけれど、「いっぱいに咲く」と言ったのは、どんなわけですか。咲いているのよりも、散るほうが波の砕けるのによく合うのではありませんか。

R教授　この「花」は梅だよね。「うぐひす」とあるだけで、桜じゃないとわかる。ところが、梅の花は、桜ほど派手に散らない。この歌のばあい、散る・散らないは、あまり問題でなく、白さの印象だけがポイントだと思うね。すると、梅の花がいっぱい咲いた景色のほうが適当だろう。

Q助教授　わたしは、散る動きの加わっているほうが better だと思います。

P教授　国文学のプロどうしで意見が一致しないような問題を、高校生に解決させるわけにはゆかないさ。どちらでも正解として採点するのが穏当だろう。しかし、たびたび言うようだが、㈢は承知しにくいね。B受験生の答案では、なぜ三十七字だとぐあいが悪いのか、明らかでない。ところが、R君の模範解答だと、その点がズバリと説明されているね。さすがは平安文学の専門家だ。

R教授　ぼくらは新聞や雑誌の印刷記事に慣らされているから、平仮名だけでパンクチュエーションなしの、いや、濁点まで表記されない文章は想像しにくい。しかし、平安時代の和歌はそうだった。たとえば、

いそふりのよするいそにはとしつきをいつともわかぬゆきのみそふる

とあるのを、さきの問題文のように受け取ることは、あまり楽じゃない。ところが、五音または七音で切れるという方式さえきちんと守ってくれるなら、

いそふりの　よするいそには　としつきを　いつともわかぬ　ゆきのみそふる

となって、だいぶん理解しやすくなる。しかし、三十七字にもなったら、どこに切れ目を置いてよいのか、見当もつかない。だから、書いてもらっても、わからないんだよね。それが述べられたとき、はじめて模範答案になる。

P教授　同感だな。

Q助教授　高校生にそんなことを要求するのは、無理というものですよ。わたしは、A受験生に1点、B受験生には11点をつけました。20点満点のうち11点では、かなり心細いんですよね。まあ、しかし、来年もあることですから、①設問の要求に従って答えよ・②正確な日本語で書け・③表記法は統一せよ——の三箇条は、よく身体で覚えておくがよろしい。兼好法師も、たぶん賛成してくれるでしょう。

◇何を捨てるか◇

禅僧の口ぐせに「放下着《ほうげちゃく》」というのがある。「持っているものを捨てろ！」ということである。われわれ普通人は、いろんなものを背負いこんでいる。カネがほしい。遊びたい。好きな女性に会いたい。明日の試合に勝ちたい……。挙げれば限りがない。しかし、禅僧にいわせると、そんなものを背負いこんでいるから、ものごとがうまく行かないのだそうだ。捨てるがよろしい。「カネがほしい」という考えを捨てたとき、はじめて思いきった営業活動ができて、カネのほうから進んでころがりこんでくる。入試も同じだ。「点がほしい」という考えを捨てることだ。何か一題、むずかしいのにぶつかって、頭がカーッとして、胸がドキドキして、腹が何とかなって――というのでは、あまりにも意気地のない話だ。「一題ぐらい、いつでも捨てる用意があるぜ。」とひとつ大きく出てみたまえ。腹がドシンとおちついて、胸がスーッとして、頭がハッキリして、あとの四題は思いのほか楽に片づくものだ。だから満点を取るための試験ではなく、合格するのが目的なんだと悟りをひらけば、重荷は思い切りよく捨てるに限る。剣豪某氏いわく「身を捨ててこそ浮かぶ瀬もあれ」とね。

ところで、何でもかんでも、捨てさえすればよいかというと、そうはゆかない。理由は、あらためて説明するまでもなかろう。「捨てる戦法」は、野球でいえば満塁策だ。満塁にして、もし一発が出たら、勝負はそれまで。あとの打者を三振させるか、打たせて取るか、とにかく、ぜったいに切り抜ける自信がなくては、やれる芸当でなかろう。問題を捨てる策もそれと同じで、あとの問題でぜったいに合格点を取る自信がなくては、捨てきれるものではない。捨てる策は、けっして消極戦術でなくて、自信に満ちた積極戦法というべきだろう。

夢よりもはかなき世のなかをなげきわびつつ、あかしくらすほどに、四月十余日《よひ》にもなりぬれば、木のしたくらがりもてゆく。築地《ついひぢ》の上の草青やかなるも、人はことに目もとどめぬを、あはれとながむるほどに、近き透垣《すいがい》のもとに人のけはひすれば、たれかと思ふほどに、さし出でたるを見れば、故宮《こ》にさぶらひし小舎人童《こどねりわらは》なりけり。あはれにもの思ふほどにきたれば、「などか久しう見えざりつる、遠ざかる昔のなごりにも思ふを。」などいはすれば、「そのこととさぶらはでは、なれなれしきやうにやと、つつましうさぶらふうちに、日ごろ山寺にまかりありきてなむ、いとたよりなくつれづれにさぶらひしかば、御かはりに見参らせむとて、帥宮《そちのみや》になむ参りてはべりし。」と語れば、「いとよきことにこそあなれ。その宮は、いとあてにけけしうおはしますなるは。昔のやうにはえしもあらじ。」などいへば、「しかおはしませど、いとけぢかうおはしまして、『常に参るや』と問はせたまふ。」

（和泉式部日記）

右の文は、和泉式部が最初に関係した弾正宮の死にあって、傷心にとらえられているころの記事である。なお、文中の帥宮は弾正宮の弟宮である。

問一 A「さし出でたる」は「だれが」ですか。

B「いはすれば」は「だれをして」ですか。

C「御かはりに見参らせむ」は「だれの御かはり」ですか。

D「しかおはしませど」は「だれが」ですか。

E「参るや」は「だれが」「だれのところへ」ですか。

問二「そのことさぶらはでは」の次に「おたずね申しあげることは」という意味がはぶかれていると考えられます。そのばあい「そのことさぶらはでは」はどういう意味ですか。

問三 左の各項のことばは、右の文中ではどういう意味に用いられていますか。もっとも適当と思うものを選んで、その番号を示しなさい。

A 世のなか

1、人類社会 2、現実の世 3、男女の間がら 4、その当時の世 5、世態・人情

B ながむ

1、歌をつくる 2、遠く見わたす 3、つくづく見まもる 4、詩歌を吟ずる

C けぢかし

1、近い 2、奥深くない 3、親しみやすい

問四　左の各項を文法的に説明しなさい。(三十字以内)

A　「小舎人童なりけり」の「けり」

B　「見えざりつる」の「つる」

C　「参りてはべりし」の「し」

問五　「夢よりもはかなき……木のしたくらがりもてゆく」の部分をきれいな口語文にあらためなさい。

これだけの分量がデンと並んでいると、つい圧倒されて、問一のAから順にとりついてしまい、できる設問とできない設問との見分けをする余裕がなくなってしまいやすい。頭から順にやっていって、みなスラリとわかる秀才なら、以下の話は不要である。そうでない諸君ならば、ぜひ問一から問五まで、設問の難易をよく見くらべていただきたい。**まず選びわけよ**というのが、捨てるための要件。

選びわけてみると、文法の不得意なわたくしなんかには、問四がちょっと苦手である。おまけに三十字以内などという制限まであっては、どうも自信がない。こんなのに拘わりあって貴重な時間をつぶしては、ほかの設問に影響するかもしれない。そこで、思い切っ

◇**世**　中古語では恋愛あるいは夫婦の関係を意味する用法があった。
◇**四月**　いまの五月。
◇**くらがり**　若葉が茂るので。
◇**もてゆく**　「……なってゆく」の意。
◇**透垣**　二二二ページ参照。
◇**故宮**　弾正宮をしていられた為尊親王。冷泉天皇の第三皇子。

てこの設問を捨てることにしてみよう。捨てる前に、もういちど考えなおしてみると、五題のうち一題を捨てるだけだから、配点はよくわからないけれど、せいぜい二割程度の失点にすぎないだろう。それから、もうひとつ考えることは、問四がわりあい孤立的な設問であって、それを捨てたばあいにも、ほかの設問にあまり影響しないらしいということである。もし仮に問三と問四とが関連したものであれば、問三を考えるとき、すでに問四の一部分も考えているわけだから、問四を捨てるのは思考の不経済である。しかし、見たところ、その心配もないようだから、腹をきめて捨てることにする。

そこで、**ほかの設問と関連のない設問は捨ててもよい**という原則も出てくる。

この原則を裏からいえば、関連のある設問はなるべく捨てないほうがよいということでもある。実例でいえば、問五と問三のAである。問五を解くためには、どうせ「世のなか」を考えなくてはいけないわけだから、どちらから先に考えるとしても、捨てるのは、もったいない。しかし、問三のなかで、BとCとは、それぞれ孤立的な設問だから、まかりまちがえば、もうひとつぐらいは捨てる余地

◇**小舎人童** 貴族の私用に使われた少年。
◇**なごりにも思ふを** 下に「などか久しう見えざりつる」を置いてみるがよい。倒置法。二二八ページ参照。
◇**つれづれ** 何かしなくてはならない気持ちでいながらすることのない状態。やりきれないといった感じ。退屈ではない。
◇**帥宮** 大宰帥を名目的にしていられた敦道親王。冷泉天皇の第四皇子。
◇**けけし** 気ぐらいが高くて寄りつきにくいこと。
◇**おはしますなるは** 「なる」は伝聞。
◇**えしもあらじ** 「え……じ」の打消しに強めの助詞「しも」が加わっ

——た形。

がありそうである。問二なども、そういえば、それ自身としてわりあい孤立的だから、捨てる候補になりそうであるが、そんなにみな捨てたら、点がなくなってしまう。そればかりでなく、問二は「考えさせる問題」であって、だいたい知識の面で解ける問三や問四と性質が違う。それに反して、問一や問五は、そうとう考えなくては解けない。「考えさせられる問題」に頭が順応してしまったら、なるべくそのペースを乱さないで押してゆくのが頭脳経済学の奥儀である。

仮に、問三のBと問四を捨てたものとしてみよう。それで何点ぐらい取れそうか。わたくしの目算では、たぶん七割五分ぐらいは残されているのではないかと思われる。それを確実に取れば、合格点はたいてい大丈夫だろう。そのかわり、残りは全部正解でなくてはいけない。捨てたかわりに、あとは全部正解、一〇〇パーセントを確保しなくてはだめである。さあ、一〇〇パーセントを取るくふうはあるだろうか。

問一についていえば、設問が五つあるけれども、それらに共通した性格は、文節関係の把握、とくに主語の発見である。こういった性質の設問に対しては、わたくしがいつも強調するように、**登場人物は誰と誰か**ということを確かめるのが第一である（二〇三ページ参照）。この問題であれば、

人|（a）はことに目もとどめぬを

人|（b）のけはひすれば

さし出でたる（c）を見れば
故宮（d）にさぶらひし小舎人童（e）
帥宮（f）になむ参りてはべりし
その宮（g）はいとあてにけけしう
などである。このほかに、本文の語り手（h）も勘定に入れて、合計八名が登場するわけ。しかし、これは延べ八名ということであって、実際には重複する人物があるから、その重複を処理しておかなくてはいけない。（a）の「人」は一般にpeopleといったような意味だから、あとの「人」（b）とは別ものである。（b）の「人」は「けはひすれば」とあるとおり、具体的な動作をする人物であり、英語ならsomeoneである。しかし、そのsomeoneが「さし出でたる」という連体修飾の下に省略されている体言であり、それを見た結果、小舎人童だと判明したのだから、（b）＝（c）＝（e）となって、だいぶん減る。

次に（d）（f）（g）の「宮」だが、（g）のは上の「帥宮」を受けて、「その」と言ったわけだから、当然同一人物でなくてはならない。問題は（d）と（f）である。これはどうしても『和泉式部日記』の内容を知っていなくてはわからないのだが、出題者は親切にも注をつけておいてくれた。つまり、「宮」に二人あること――弾正宮と帥宮――が、注でわかる。そして、弾正宮は「死にあって」とあるから、よほどボンヤリしていて「故宮」が「亡くなられた宮様」の意味であることを見のがさない限り、（d）と（f）は別人であると判断するのも、むずかしくない。そこで、

人──（a）　　　　小舎人童──（b）（c）（e）

故宮──（d）　　　帥宮──（f）（g）

が登場人物の全部であり、そのほかに語り手（h）がいるのだと確定する。

これだけつかんでしまえば、あとは大丈夫。Aはすでに解決ずみ。Bは、「見えざりつる」「思ふを」など敬語ぬきの言いかたに対し、「まかりありきて」「参りてはべりし」など謙譲態の言いかたをしているから、後者が小舎人童であり、前者はそれよりずっと身分の高い人でなくてはなるまい。しかも、後者の話のなかに帥宮が出てくるし、故宮がしゃべるはずもないから、前者のこの本文の語り手（h）であるほかない。すなわち和泉式部である。当時のならわしとして、和泉式部ぐらいの地位の女性が小舎人童に直接ものを言うことはなかったから、これは、本文に顔を出していないけれど、式部の侍女あたりだなと判断できよう。

こんな要領でまとめた解答を、次に紹介しておこう。問五は、けちけちせず、全文を「きれいな口語」に訳し、時間の関係で捨てた部分もサービス申しあげる。

答 **問一**　A＝小舎人童が。　B＝和泉式部の侍女をして。　C＝弾正宮の御かわり。　D＝帥宮が。　E＝小舎人童が和泉式部のところへ。

問二 「これという用件がございませんばあいには」の意。「さぶらふ」は「あり」の丁寧態、「で」は打消し。

問三 A＝3　B＝3　C＝3

問四 A＝詠嘆の助動詞。終止形。

B＝完了の助動詞。疑問の「などか」を受けて連体形になっている。

C＝経験回想の助動詞。「なむ」の係りを受けて連体形で結ぶ。

問五 夢よりもはかなかったあの方とのつきあいを嘆き悲しみながら、毎日を暮らすうちに、四月中旬になってしまい、木の下蔭が濃くなってゆく。

【土塀の上にはえる草があおあおしているのも、人びとはとくに気をつけないが、それをしみじみとした心境で見つめているうち、近くの透垣のところに人が来たらしいので、誰だろうと思っていると、現れたのを見たら、先《せん》の宮様に仕えていた小舎人童なのだった。しみじみ追憶にふけっているときやってきたので、「どうして永いこと来なかったの？　だんだん遠くなってゆくあの頃をしのぶたよりに（お前にあいたい）と思っていたのに……。」など（取次ぎに）言わせると、「これという用向きでもございませんのにうかがいましては、失礼なように存ぜられまして、御遠慮いたしておりますうち、ずっと山寺に出かけておりまして、何とも心ぼそく、どうしようもございませんので、宮様のおかわりに拝顔させていただこうと、帥宮様のところに参っておりました。」と話すので、「まあ、よかったわね。（だけど）その宮様はたいそうノーブルで、とりつきにくいお方だそうよ。以前の宮様のようにはゆくまいね。」などと言うと、「そんなふうでいらっしゃいますけれど、ごく砕けたところがおありでして、『（和泉式部のところへ）いつも出かけるのか。』などとおたずねになります。」（と答える）】

◇難問でもナンとかする◇

これまでの例は、わりあい穏やかな出題ぶりであって、わたくしが説明してきたような基礎知識を身につけておれば、きっと合格点は取れるはずだ。ところが、入試は水物であって、なんとかすると、とんでもない難問が出ることが無いではない。わたくしは、そんな高校レベルを無視したような問題を出すことには反対であり、けしからん出題者には抗議を申し込みたい。しかし、大学には「大学の自治」というものがあって、世間がなんと言おうと、大学のやったことに対する批判は許さないという空気がある。仮に文部省あたりが「本年度の出題には難問があるから、来年度は善処されたし」とでも注意したら、大学側は「政治権力が学問の自由に不当介入してきた！」と反発し、大新聞は大学側を支持するだろう。打つ手が無いのである。そんな大学は受けなければよいのだが、受けてしまったところ、思いがけない難問が出た——というばあい、どうするか。「小西の KOBUN

で勉強してきたなかには出てこない設問だ。たいへんだ！　どうしよう。」とあわてるにはおよばない。これまで説明してきた基礎知識で解けないような設問は、どうせ他の受験生だって、できないはずだ。「難問も、みんな駄目なら、こわくない。」と度胸をすえたまえ。そして、合格点の上限を満点の五〇パーセントに設定したまえ。ずいぶん気が楽になる。難問の50点は、普通程度の問題の70点以上に相当する。ひとつ、実例をお目にかけよう。

> 次の文章は、『大鏡』の一節で、左大臣藤原道長の子顕信の出家を語っている条である。これを読み、後の設問に答えよ。
>
> 出でさせ給ひけるには、緋《ひ》の御衵《あこめ》のあまたさぶらひけるを、「これがあまた重ねて着たるなむうるさき。ア綿を一つに入れなして、一つばかりを着たらばや。しかせよ。」と仰せられければ、「これかれそそきはべらむもうるさきに、異《こと》を厚くしてまゐらせむ。」と申しければ、「それは久しくもなりなむ。ただとくと思ふぞ。」と仰せられければ、a「おぼしめすやうこそは。」と思ひて、あまたを一つに取り入れてまゐらせたるをイたてまつりてぞ、その夜は出でさせ給ひける。されば、御乳母《めのと》は、「かくて仰せられけるものを、何しにしてまゐらせけむ。」と、b「例ならずあやしと思はざりけむ心の至りのなさよ。」と、泣きまどひけむこそ、いとことわりにあはれな

れ。ことしもそれにさはらせ給はむやうに。かくと聞きつけ給ひては、やがて絶え入りて、ウなき人のやうにておはしけるを、「かく聞かせ給はば、いとほしとおぼして、御心や乱れ給はむ。」と、「今さらによしなし。エこれぞめでたきこと。仏にならせ給はば、わが御ためも後の世のよくおはせむこそ、つひのこと。」と、人々のいひければ、「われは仏にならせ給はむもうれしからず。わが身の後の助けられたてまつらむも覚えず、ただいまの悲しさよりほかのことなし。c殿の上も御子どももあまたおはしませば、いとよし。ただわれひとりがことぞや。」とぞ、伏しまろびまどひける。げにさることなりや。道心なからむ人は、後の世までも知るべきかな。

〔注〕○御衵―「衵」は下襲《したがさね》と単《ひとえ》の間に着る衣服。○そそきはべらむ―「そそく」は、綿などをほぐすこと。また、毛などをけばだたせること。○ことしもそれにさはらせ給はむやうに―事もあろうに、衵のことで出家をおやめになるであろうように。○殿の上―道長の室。顕信の生母。

㈠ 傍線部a・b・cを、必要ならばことばを補って、現代語に言いかえよ。

a　おぼしめすやうこそは。

b　例ならずあやしと思はざりけむ心の至りのなさよ。

c　殿の上も御子どももあまたおはしませば、いとよし。ただわれひとりがことぞや。

㈡ 「綿を一つに入れなして、一つばかりを着たらばや。しかせよ。」（傍線部ア）とあるが、顕信はなぜこのように言ったのか。

(三) 「たてまつりてぞ」(傍線部イ) は、だれのどういう動作をいうのか。
(四) 「なき人のやうにておはしけるを」(傍線部ウ) とあるが、それはだれのことか。
(五) 「これぞめでたきこと」(傍線部エ) とあるが、人々はなぜこのように言ったのか。

さきの共通一次試験の問題と同じ四名の高校生に解いてもらった。そのうちのひとつを次ページに——。

これで何点ぐらい取れたろうか。仮に30点満点とするならば、わたくしの採点では、たった2点、つまり〇・六七パーセントの出来なのである。どこで減点されたのか。

まず、(一)の**a**を見てくれたまえ。君なら、こう解釈してみて、前後の意味がおわかりだろうか。もちろん、わかるはずがない。誤解だからである。どうして誤解したかといえば、設問をよく読まなかったからである。出題者は親切にも「必要ならばことばを補って」と注意してくれた。それを無視したのである。自分の答えを代入してみてよく意味が通らなければ、どこか不足なのだろうから、ことばを補うことも考えなくてはいけない。とくに係助詞「こそ」があるのだから、それを受ける已然形の活用語が普通ならあるはず。それを補ってみるのが、当然の考えかたというものだ。つまり「おぼしめすやうこそは (おはしますらめ)」の省略形だと考えつけば、この「やう」は「様」すなわち筋あい・わけなどの意だろうということも見当がつくだろう。 aは0点。

【高校生の答案】

設問(一)　a＝お思いになるようには。

b＝いつもと違ってあやしいと思わなかった心の至りのないことよ。

c＝顕信の母にも子供がたくさんいらっしゃれば、たいへん良いことです。ただ私ひとりではないか。

(二)　衣服を多く重ねて着るのが、わずらわしいと思っていたため。

(三)　左大臣藤原道長が、多くの衣服を一つにしようとした動作。

(四)　道長の子顕信。

(五)　顕信の心が変わってきたため。

次にbは、本人はわかったつもりなのだろう。わたくしが念のため「どんなつもりで書いたのかね。」といろいろ尋ねてみたら、やはり正解はつかんでいたようだ。しかし、この答案では、残念ながら3点のうち2点しかあげられない。つまり原文をすこし現代語化しただけで、本当に理解しているのかどうか、対話の機会がない採点者にはわからないからである。本当に理解しているかどうかを見るポイントは「心の至り」であって、これは「心の行き届きかた」つまり思慮の意味だから、適当に**言いかえ**をする必要がある。「現代語に言いかえよ」と要求されているのに、いちばんの急所を言いかえなかったのだから、本人はわかっていても減点だ。

次にcは、0点だろう。これも「必要ならばことばを補って」が無視されている。「ただ私ひとりではないか」と言いかえたところで、何がなぜそうなるのか、いっこう通じない。言いかえてもよく通じないばあい、たいていは原文に省略があるものだ。このばあいは、主語が省略されており、主語に当たるのが「この悲しさは」とでもいったような気持ちであることを示さなければ、点数にならない。そのうえ、原文の「おはしませば」が**已然形＋ば**だから**確定**だという古文常識（二九三ページ参照）を忘れて「いらっしゃれば」と仮定に訳したのだから、ほんとうはマイナス点になるところだが、まあ0点以下にはしないのが採点者の常識というものだろう。

(二)は、解釈というよりも、むしろ「作中人物の気持ちを感じ取る」ための問題である。この問題文は、要するに、顕信が思いがけず出家してしまったので大騒ぎになった件を述べているのだから、その「思いがけず」というところを顕信の側から考えるならば、家の者には出家の意思を隠しておきたいはずである。したがって、表面的には「衣服を多く重ねて着るのがわずらわしいから……」と理由づけたわけだが、真意は別だった。われわれは事件のなりゆきを終わりまで知っているわけだから、隠されている真意が別のところ、つまり「出家のため」というところに在ることを見抜けるはずだ。左大臣家の御曹子という上流貴族の生活とちがい、出家すれば、よけいな物は何ひとつ持たない簡素きわまる生活をしなくてはならない。何枚もの着物を持って出家するなどは、ナンセンスだった。といっても、暖房設備なんかあるわけのない寺での生活は、冬のばあい、ひどく寒い。何枚も持ってゆけないなら、綿の厚く入った一枚を持ってゆくほかない。これが真意である。何十億円もの別邸を売るとか売らないとかで訴訟事件になるようなことは、現代の坊さんが仏教の本旨を忘れているからで、平安時代の坊さんは、もっとまじめだった。この設問も、真意がつかめなかったのだから、やはり0点である。

㈢は、設問が「だれの」と尋ねているのだから、何はさておき、問題文に現れる**人物関係**をとらえなくてはならない。古文の解釈では、上に出したように、問題となっている文章のなかで人物たちがどんな現れかたをしているかについて、よく吟味する必要がある。

① 登場人物は誰と誰？
② 人物の発言箇所は？
③ 人物どうしの関係は？

この問題文では、顕信・乳母および「人々」（たぶん女房たち）だけが登場する。「殿の上」は、話題になっているだけで、場面のなかには現れない。まして、左大臣道長は、設問の前書きに出てくるだけで、問題文のなかでは全然行動していないのだから、正解にはいちばん遠い。それをわざわざ解答に持ち出したわけで、これも0点のほかない。設問をよく見てくれたまえ。「どういう動作をいうのか」とある。道長がどんな「動作」をしたというのか。問題文のどこにもそんな「動作」は出ていない。設問の文章には、重要なヒントの含まれていることが多い。問題文だけでなく、設問の問いかたや前書き・〔注〕までよく気をつけるのがよろしい。ところで、わが高校生は「道長」というところだけで三振アウトになったが、ヒットにするためには、平安時代の敬語に着眼する必要がある。この「たてまつり」は、すぐ上の「まゐらせ」と対応するもので、両方とも抽象的な言いかたであるが、具体的には衣服を着ることの意味で、それを「たてまつる」（尊敬）と「まゐる」（謙譲）とに言い分けたものである。これは、現代語には無い言いかたであるから、注意してほしい。敬語法は、古文常識が貧弱だと、どうしようもないけれど、設問に「動作」と言われているのをよく注意すれば、わが高校生が「多くの衣服を一つにしようとした動作」と答えたような誤りは防げたろう。動作つまり action とは、身体の動きを伴うはずだ。「多くの衣服を一つにしようとした」のは、動作でなく、心理である。「**設問の文章にヒントあり**」は、かなり高い確率において有効である。

> 平安時代の人物は
> ① 敬語に気をつけよ。
> ② 現代とちがう用語に気をつけよ。

㈣は、たいへん難しい——というよりも、出題に無理がある。敬語法から見るかぎり、乳母については「思ひて」「泣きまどひけむ」「伏しまろびまどひける」など敬語ぬきなのだから、「聞きつけ給ひては」「なき人のやうにておはしけるを」と敬語を使ってある相手は、顕信の母と考えるのが穏当だろう。したがって、上の「ことしもそれにさはらせ給はむやうに」は、マルで切れるセンテンスでなく、テンで下へ続け「(母上御自身が)この件に直接関与していられたかのごとく(ショックを受けられ)、こんなふうでしたと様子を耳になさったとたん、その場で気絶し、死人のように(ぐったり)していられたのに対して」と訳するのが正しいだろう。ところが、問題文のあとに出してある〔注〕では、「ことしも……やうに」を「事もあろうに、祖のことで出家をおやめになるであろうように」と、敬語つきの「さはらせ給はむ」を顕信のことに解している。これは正解でないと思う。ところが、出題者(東京大学)でさえこの「給はむ」を顕信のことに解したぐらいだから、わが高校生が「道長の子顕信」と答えたのは、同情に値するけれども、出題者は、見も知らない受験生に同情するはずがなく、当然0点を与えることになる。なお、正解を乳母だとする意見もある。「人々のいひければ」を受けて「われは……」とあるので、いかにも人々が乳母に言ったかのごとく思われやすいけれど、敬語法からいって、どうしても母上(殿の上)と考えるほかない。「われは」の前に「殿の上については、そのような慰めも通用しようけれど」という気持ちを補って考えるのがよい。こんな難問はどうせ誰もできないから、0点でもあまり響かないはずだ。

いよいよ残るのは㈤だけだが、女房の一人は、顕信の出家を「めでたきこと」と言っているわけで、悲嘆にくれている乳母とは立場がちがう。なぜちがった立場の意見をもつかという理由は、すぐ下の文に述べられている。通釈すれば、どうしてもこの所に「なぜなら」という語を補わないわけにゆかないから、設問の「なぜ」はこれだな——と気がついたはず。ところが、わが高校生は、通釈を要求されていないものだから、通釈しなかった。そのため、見当ちがいの答えを書いてしまった。もちろん0点である。女房が出家を「めでたきこと」と考えたのは、仏道の立場からであって、顕信が仏と同じ境地を得たならば、縁につながる母君さまだって来世は極楽へ導いてもらえるはずだから、結構なわけでしょう——という理性的な判断である。この気持ちがつかめたら、6点満点のばあい5点ぐらいはさしあげたい。しかし、女房は、なぜこうした理性的判断など持ち出したのか？　それが「なぜこのように言ったのか」という設問の本当のねらいなのである。ひどく悲しんでいる乳母に対して、冷たい理性的議論を吹っかけるなんか、あまりにも残酷すぎる。これは、そうでなく、悲嘆のどん底に沈んでいる乳母の気持ちをすこしでも柔らげようとして、世間でいわれている出家のありがたさを持ち出したのである。そう答えたとき、はじめて6点だ。しかし、これは大学の国文学科四年生ぐらいに要求することだろうから、さきの答えでも、高校生なら5点ぐらいはさしあげたい。

難問だから、説明にだいぶん手間どったけれども、まとめて正解を出しておく。下段に示したのは、正解とはいえないけれども、高校生レベルなら、まあまあこの程度の点をあげてもよいという意味で、いわば参考採点だ。逆にいえば、こんな書きかたをすると、何点ぐらい減るかということの標本でもある。

《満点の答案》

㈠ a （何か）お考えになるわけが（きっとおありなのだろう）。〈3点〉

b 「いつもと違って、へんなこと（をおっしゃる）と気がつかなかった（わたくしの）血のめぐりの悪さかげんは、まあ！」〈3点〉

c 奥方さまはもう、お子さまが数多くいらっしゃるから、すこしも構いません。（この悲しみは）わたくし一人だけの（特別なショックを受けた）ことなのですよ。〈3点〉

㈡ 出家するのに多くの物を持ってはゆけないけれど、寺での生活は寒いから。〈5点〉

㈢ 顕信が、厚い「あこめ」を着たこと。

《参考の答案》

㈠ a （顕信さまは）何かそうお考えになっていられるのだろう。〈2点〉

b いつもと違って「妙なことだ」と気がつかなかった（わたくしの）心は、至らない点がなんとも多かったことだ。〈2点〉

c 母上さまだって、お子さまがたくさんいらっしゃるので、たいへん結構です。（この事件は）ただわたくし一人が責任をおわなくてはならないことなのですよ。〈1点〉

㈡ 出家するとき、わずらわしいことは、なるべく避けるのがよいから。〈3点〉

㈢ 顕信が、綿の多く入った衵をさしあ

〈5点〉

(四) 殿の上。〈5点〉

(五)「顕信さま御自身は出家修行によって仏と同じ境地になり、母君さまもその縁で来世は良い所へお行きになるなら、最高の結果ではありませんか。」と、理性的な慰めをすることにより、乳母の悲嘆をすこしでも柔らげようとしたのである。〈6点〉

げる。〈2点〉

(四) 乳母。〈0点〉

(五) 顕信が出家したことによって自分は仏になるし、またその功徳によって、乳母までが救われ、来世は極楽往生できると考えたから。〈5点〉

もし下段のような答案を出したとすれば、30点満点でたぶん15点はあるだろう。つまり五〇パーセントの得点率ということになる。ふつうなら、五〇パーセントでは合格点に達しないけれども、この程度の難問になると、どうせ平均得点率は五〇パーセントを大きく下回るはずだから、15点でも安全圏に入っているだろう。とにかく難問なので、次の通釈と見くらべながら、よく復習してくれたまえ。

通釈 (顕信が邸を)お出になった際、スカーレットの「あこめ」がたくさんございましたのを、(顕信は)「たくさん重ね着すると、これが気持ちよくない。(何枚分かの)綿を一枚に入れ

◇さぶらひけるを　「さぶらふ」は「あり」の謙譲態。

こんで、その一枚だけを着ていたいものだ。そうしてくれ。」とおっしゃったので、（乳母が）「あれこれと（綿を）ほぐしますのも厄介ですから、他に厚く仕立てたのをさしあげましょう。」と申しあげたところ、（顕信は）「それでは、きっと暇がいるだろう。ぜひ早くと思うのだよ。」とおっしゃったので、（乳母は）「（若殿さまは何か）お考えになるわけが（きっとおありなのだろう）。」と思って、多くの（「あこめ」の綿）を一枚に縫い入れてさしあげたのをその夜はお召しになって、（顕信は）邸をお出になったということだ。だから、乳母どのは「こういうお考えでおっしゃったのに、なんだって（うっかり）さしあげたのだろう。」とか「『いつもと違って、へんなこと（をおっしゃる）』と気がつかなかった（わたくしの）血のめぐりの悪さかげんは、まあ！」とか言って、途方にくれ泣いたとかいうのは、まことにもっともで、心をうたれる。事もあろうに、厚い「あこめ」を作ってあげなければ、出家をなさらなかったかのように（乳母は思ったのである）。（母君は）これこれでしたという様子を耳になさったとたん、その場で気絶し、死人のように（ぐったり）していられたのに対して、「（奥方さまが）こんな御様子だと（もし顕信さ

◇とくと　ぐずぐずしていると、出家の決意を勘づかれるかもしれない心配があったのだろう。
◇その夜は　事実は、あとから僧衣を多く顕信の出家した所へ届けたのだけれど、当夜は着のみ着のままだったという気持ちが助詞「は」にある。
◇ことしも　出題者の注に従い「事もあろうに……思ったのである」と訳したが、正解が別にあることは、説明したとおり。

まが）お聞きになったら、気の毒だとお思いになって、（せっかくの出家という）御決心が乱れるのではないかしら。」とか「いまさら、どうしようもない。この（顕信さまが出家なさった）ことは、結構な次第です。（若君が）仏と同じ身になられたら、（奥方さまは）御自分のためにも、来世が良いことにおなりですから、最高の結果ですよ。」とか皆の者たち（女房）が言ったところ、（乳母は）「わたくしは（若君さまが）仏と同じ境地になられたとしても、うれしくはありません。わたくし自身の後世を助けていただけることも、頭にありません。いまの悲しさよりほかに、何もありません。奥方さまはもう、お子さまが数多くいらっしゃるから、すこしも構いません。（この悲しみは）わたくし一人だけの（特別なショックを受けた）ことなのですよ。」と言って、伏しころび、取り乱したということだ。ほんとに、もっともなことですよね。仏道の志のない（この乳母のような）人は、後世のことまで理解しているわけにはゆくまいからね。

◇眼がクルクルしない法◇

もうひとつ難問の例を紹介しておこう。なに？　難問はもうたくさんです——って？　弱音を吐いてはいけない。エピローグもすぐなのだから、最後の元気を出してくれたまえ。五〇パーセントできればよいのだ。

難問といってもいろいろあるが、いちばん難しいのは、作中人物の心理に立ち入ることである。解釈は、技術的に攻めてゆけば、ある程度まではこなせる。しかし、心理ということになると、公式めいたものが無いのである。それだけに、つかみ所がぼんやりしており、厄介だ。こうした性質の問題に対しては、なるべく公式めいたものを適用できる技術的な部分から手をつけ、まわりを固めながら、じわじわ心理の内部へ迫ってゆくのがよいだろう。そうすれば、正解とまでゆかなくても、ひどい誤解に陥らなくてすむ。ひどい誤解さえしなければ、いくらかの点数はころがりこむはずである。

次の文章は、『源氏物語』幻の巻の一節で、正妻紫の上の一周忌を前にした光源氏のもとに、その子夕霧（大将の君）が訪れた場面である。この文章を読んで、後の問いに答えよ。

五月雨《さみだれ》は、いとどながめ暮らしたまふよりほかのことなくさうざうしきに、十余日《よ》の月、はなやかにさし出でたる雲間のめづらしきに、大将の君、御前にさぶらひたまふ。花橘《たちばな》の、月かげにいときはやかに見ゆるかをりも追風なつかしければ、注①千代を馴《な》らせる声もせなむと待たるるほどに、にはかに立ち出づるむら雲のけしきいとあやにくにて、いとおどろおどろしう降りくる雨に添ひて、さと吹く風に燈籠《とうろ》も吹きまどはして空暗き心地するに、注②「窓をうつ声」など、めづらしからぬ古《ふる》ごとをうち誦《ず》したまへるも、をりからにや、妹《いも》が垣根に音なはせまほしき御声なり。

「ひとり住みは、ことに変はることなけれど、あやしうさうざうしくこそありけれ。深き山住みせむにも、かくて身を馴らはしたらむは、こよなう心澄みぬべきわざなり。」などのたまひて、「女房、ここにくだ物など参らせよ。男《をのこ》ども召さむもことごとしきほどなり。」などのたまふ。心にはただ空をながめたまふ御気色の、つきせず心苦しければ、かくのみおぼし紛れずは、御行ひにも、心澄ましたまはむこと、難《かた》くやと、見たてまつりたまふ。

何事につけても忍びがたき御心弱さのつつましくて、過ぎにしこと、いたうものたまひ出でぬに、待たれつる時鳥《ほととぎす》のほのかに鳴きたるも、いかに知りてかと、聞く人ただならず。

なき人をしのぶる宵《よひ》のむらさめに濡《ぬ》れてや来つる山時鳥

とて、いとど空をながめたまふ。大将、

注③時鳥きみに伝《つ》てなむ故郷《ふるさと》の花 橘《たちばな》は今ぞ盛りと

注① 千代を馴らせる声＝「色かへぬ花橘に時鳥千代を馴らせる声聞こゆなり」（『後撰集』）によっている。

注② 窓をうつ声＝『白氏文集』に、「耿々《かうかう》タル残燈、壁ニ背ク影、蕭々《せうせう》タル暗雨、窓ヲ打ツ声」とある。

注③ 時鳥きみに伝てなむ故郷の花橘は今ぞ盛りと＝「時鳥」は、平安時代には、冥土《めいど》に通う鳥であるとされていた。「きみ」は、今はなき紫の上をいう。

問一　右の文章における、光源氏の言動と心情について、ⓐどういう趣旨のことを話しているか、また、ⓑどういう気持ちでいるか、記せ。

問二　右の文章において、夕霧は父光源氏をどのように見ているか、説明せよ。（一〇〇字以内）

『源氏物語』と聞くだけで、眼がクルクル、頭がクラクラということになって、どこからどう手をつけてよいか、さっぱり見当もつかない――というあたりが、じつは普通の高校生なのであって、もし眼がクルクルしたら、「そうだ！　おれは正常な高校生であって、眼がクルクルするのは、正常な証拠なのだ。」と悟りを開くがよろしい。そうすると、ふしぎに気がおちついて、見えない心理の動きも、すこしは見えてくる。

問題文だけ見ていると、解釈できない所がいっぱいだろう。しかし、気にしたまうな。この文章を、あとに出す通釈の程度にまで解釈できたら、君は大学なんかへ行くことはない。明日から高校で古文を教える力があるからだ。一〇〇パーセント解釈したあとでないと設問に答えられないというのは、迷信である。わからない所は放っておきたまえ。大切なのは、

①　設問で問われているのは、問題文のどの部分か？

という着眼である。設問に答えれば、それで十分だ。さて、設問で問われているのは、光

源氏と夕霧の心理だから、まずハッキリさせなくてはならないのが、

②　登場人物は、光源氏と夕霧の二人だ。

ということである。「なんだ、わかりきってますよ。」というのなら、結構！　結構！　ちゃんとわかる所があるじゃないか。つぎに、

③　光源氏の心を述べているのはどの部分か。

ということを考える。これは、問題文だけ見ていると、眼がクルクルになるけれど、前書きの説明文に眼がつけば、クルクルは停止する（現代語だもの）。登場人物は、

（父）光源氏
（母）紫の上〈死去〉──（子）夕霧

という関係にある。とすれば、会話をしている二人のうち、あまり尊敬語を使わないほうが父の光源氏にちがいない。平安時代の貴族だから、ぜったい「おやじさん、その後は元気かい。」などと言わないし、父の家の高級女性庶務係に「女房……参らせよ。」などと尊敬語ヌキでものを頼むはずもないからである。女房とは、その家で「房」すなわち個室を与えられている身分の女性だから、子の夕霧が話しかけるのならば、「女房の君、ここにくだ物など賜《た》びたまへ。」ぐらいの言いかたをするべきだろう。そこで、引用符号のカギ「　」がついている部分は、光源氏だとわかる。あとの「女房……ほどなり。」は女房への指図だから設問には関係なく、前の「ひとり住みは……わざなり。」が光源氏から夕霧へ

の話しかけである。これだけわかれば、問一は解ける。注③に「今はなき紫の上」とあるので、問題文の「ひとり住み」は独身の状態だろうと察しがつく。「山住み」は出家のことだが、そこまで知らなくても、静かな場所に出かけることだぐらいはわかる。そうした場所なら、心が澄みきって平静になれるはずだというのである。これでⓐは解けた。ⓑは、「さうざうしくこそありけれ」がわかればよい。「おい。そうぞうしいよ。静かにしろ。」の「そうぞうしい」とはちがい、中古語の「さうざうし」が「寂々《さびさび》し」の音便だということは、高校一年生ぐらいの知識だが、三年生ともなれば、「心澄みぬべき」という平静さと「さうざうし」のもつやるせなさとが感情としてチグハグだという点に気がついてほしい。つまり、光源氏は、心の平静さを願いながらも、愛妻のことが忘れられず、やるせなさに心が乱れがちなのである。つぎに、

④ 夕霧の心を述べているのは、どの部分か。

を考えよう。さきの反対に、尊敬語の使われている「ながめたまふ」「御気色」「おぼし紛れずは」「御行ひ」「心澄ましたまはむ」のあたりが夕霧の心中だろうとわかれば、あとは、光源氏のチグハグな心理を夕霧がどう見ているかだが、これは問題文に「……見たてまつりたまふ」とあるから、その上あたりが「どのように見ているか」を示すにちがいない。キー・ワードは「難《かた》くや」である。父上は心の平静さを願っていられるけれど、実は「おぼし紛れず」(気がお紛れにならない)という状態だから、仮に山住まいをなさっても、や

るせない心の乱れが消えることは「難くや」というのが、夕霧の観察である。

答 **問一** ⓐ=「独り住みはさびしいけれど、独り住みに馴れておけば、山ごもりの生活に入ったとき、心を平静にすごすことができよう」という趣旨。

ⓑ=本心はやるせなさに堪えないのだけれど、心の乱れをおさえるため、「山住みすることにでもなれば、心の平静さが得られよう」と、夕霧に話しかけることにより、実は自分に言い聞かせている。

問二 「表面では、山深く隠れ住み、心の平静さが得られそうに語る父だけれど、亡き母への愛慕はあまりにも強く、再び父に平静な心がもどらないことは、父自身よく知りながら、そう言うよりほかない父なのだ」と見ている。（一〇〇字）

高校程度としては難しすぎる問題だと思うけれど、実際の入試に出た問題なのである。「難しすぎ」を緩和するため、つぎに通釈を出しておく。

通釈 梅雨は、いつまでも降りつづき、ますますぼんやり物を考えこんでお暮らしになるよりほかのこともなく、さびしい毎日なのだが、（陰暦）十日過ぎの月が、あざやかに雲間から姿を見せたのがめずらしいところへ、大将の君が（父光源氏の）御前においでになる。橘の花の咲いたのが月光にたいそ

◇**ながめ** ぼんやり物を考えてみる。「長雨《ながめ》」を掛ける。

◇**追風** ただよう香を追って吹く風。

◇**吹きまどはして** わからないようなぐあいに吹き消し。

う際立って見え、その香りを風がただよわせてくるのも、なつかしさを深めるので、(ホトトギスが)「千代をならせる声」(千年も鳴き馴らしている声)でもしてほしいと自然に待たれるところへ、急に現れたひとかたまりの雲のぐあいは、まことにあいにくで、たいそうひどく降ってくる雨のうえに、さっと吹きつける風が、(軒の)つり燈籠のあかりも吹き消して、なんとなく暗い気持ちになるとき、(光源氏が)「窓を打つ声……」など、昔のよく知っている古い詩句を吟じられたのも、時が時なのだろうか、奥方(亡き紫の上)のいられる所へ届けてあげたいお声である。「独り暮らしは、(紫の上が在世中と)かくべつ違ったこともないけれど、ふしぎに、さびしいものだなあ。(しかし)深い山の中へ世をのがれるようなときにも、こんなふうに(独り暮らしに)生活を慣らしておくなら、それは、きわめて心の落ちつくことなのだ。」などと(光源氏は)おっしゃって、「女房よ。このお方(夕霧)に果物でもさしあげよ。男の者を呼びつけるのも、(夜更けなので)ことごとしい時刻だ。」などとお言いつけになる。(光源氏が、口ではこのように平常と変わらない言いかたをなさりながらも)心の中では(紫の上をしのばせる)空をぼんやり思いやっていられる御様子が、(夕霧にとって)このうえなくお気の毒であるから、こんなに(紫の上のことばかり)思い詰められ、気のまぎれることもないようならば、(出家な

◇つきせず　このうえなく。
◇心苦し　気の毒だ。
◇御行ひ　(仏道の)御修行。

さったところで）修行なさるのに、落ちついた心をおもちになることは、難しいのであるまいかと（夕霧は父君を）お見受けなさる。

（この頃は）何事につけても（紫の上のことを思い、恋しさを）辛抱しかねる御心弱さがきまりわるいので、（光源氏は）昔のことをあまりおっしゃらないのに、待たれたホトトギスがほのかに鳴いたのにつけても、（待っているのを）どうして知ったのか、聞く当人（＝光源氏）は、心が落ちつかない。

亡き人（紫の上）を追慕して今夜わたくしが泣き濡れている涙のような俄《にわ》か雨に濡れて、お前も（泣きながら）来たのか、山ホトトギスよ。

とお詠《よ》みになって、さらに空をぼんやりながめ入っていられる。大将（夕霧）の御歌、

（あの世へ通うという）ホトトギスよ。あのお方（＝紫の上）に伝言しておくれ。（紫の上がいられた）もとの場所の橘はいま花盛りです――と。

以上の説明は、この難問をどう解くかというよりも、この程度の問題が出たとき、**全部はわからなくても合格点を取る**要領の見本であった。繰り返して言うが、自分ができない所は、他の受験生もたいていできないのである。難問が出たばあい、ふつうなら七〇パーセントが合否のボーダーラインであるところ、この問題なら五〇パーセントで大丈夫だ――と悟りを開けばよろしい。合格点は、変数であって、定数ではない。株屋さんたちの格言

に「二二《ににん》が五、二四《にし》が六」というのがある。「二二が四、二四が八」などというソロバンのはじきかたでは、とても株はやれないのだそうだ。切れば血が出るという世界の数学だ。ところが、最近の高校生諸君は、いやに柔順になってしまい、直面する現実と自力で格闘するかわりに「みんな政治が悪いんです。お猿の尻が赤いのも、お濠《ほり》の水が青いのも……。」と責任を他に押しつけたがる。そんな若人たちが日本を背負う時代になったら、日本はとても世界の生存競争についてゆけない。そして、そのツケを払うのは、誰でもない、諸君自身なのだ。二十一世紀へ生き延びるためには、諸君の一人ひとりが図太くなってほしい。「知らないから、正解は書けない。」などと、弱音を吐いてはいけない。正解が出なければ、七〇パーセントの正解をつかめばよい。七〇パーセントが無理なら、五〇パーセントでもOKだ。なぜなら、五〇パーセントは四五パーセントの上だからである。もし四七パーセントの所にボーダーラインがあれば、五〇パーセントで合格する。合格さえすれば、一〇〇パーセントの正解を書いたのと同じだ。つまり五〇イコール一〇〇なのである。

エピローグ・アンコール

もう言うべきことはみな言ってしまったのだけれど、終わりにちょっと付け加えておきたい。それは、もういちど第一章からこの本を読みかえしていただきたいということである。はじめは、この本はゆっくり読むように書かれていると言った。が、それは最初に読むときの話であって、こんどはそれほど時間はいらない。要点は、すでにサイドラインや何かでとらえてあるだろうから、そこを中心にして、スピーディに読んでくだされば結構。アメリカのハイウェイなみに50MHの標識を出してあげてもよろしい。ことわっておくが、これは「時速五十マイル以上」の意味である。もう大丈夫！　事故なんか起こさないはずだから——。

ところで、読みかえす前に、ちょっと便利なドライブ用地図をさしあげる。これを調べておくと、何かにつけて能率的にゆくだろう。つまり、この本のダイジェストであり、要点メモである。もちろん、人によって力の入れどころは同じでないから、諸君のサイドラインがわたくしのダイジェストに一致しなくても、気になさるにはおよばない。わたくしのは、ごく一般的な標準で採りあげたにすぎない。各項の下に点線で示した数字はページ数で、この本のどこにその事項が出ているかをしらべる便宜を考えたもの。事項索引としても利用できよう。

全体的把握

誰と誰が／誰が誰に ｝（アリバイ↓**引き算**）……二〇六

見えない主語は ｛ **登場人物**リストから……二〇四 ／ **敬語**の反射鏡で……二〇四

はさみこみ↓**句読点**に注意……二二三

ならびの修飾は $(a+b+c)n=an+bn+cn$

【最後のもの以外は**連用形**】……二二四・二二五

連用修飾は？／主述関係は？ ｝ 下↓上＝**倒置**……二三一

共通部分 ｛ 同じ意味＝**かみあわせ** ／ 違う意味＝**掛詞** ｝……二三二

〈付〉「かみあわせ」兼「掛詞」あり……二三六

文のできかた

文節関係

(1)それだけで**終止**する
(2)たがいに**併立**する
(3)**連体修飾**する（される）
　→ **倒置**不能……二三〇

(4)**連用修飾**する（される）
(5)**主述**関係をもつ
　→ **倒置**可能……二三〇

非終止用法―終止形 ｛ (1)コンマ的**休止** ／ (2)**はさみこみ** ｝……二二一

ぞ・なむ・や・か――**ける**
こそ――**けれ**
｝係り結び……二四三

結びは ｛
立ち消えあり……二四八
二度くりかえされない……二四三
係りで発見……二四八
｝

係り｛(1)なし〔疑問の副詞〕――連体形……二四三
　　　(2)あり〈はさみこみ(結び)〉―終止形……二三三

助動詞のあつかい

む＝will（推量・意志・勧誘・仮想・婉曲）……二五四
まし＝would (Subjunctive Mood)……二六五

らむ｛(1)イマゴロ…テイルダロウ
　　　(2)ナゼ……テイルノダロウ｝……二六七

けむ｛(1)ソノトキ…タノダロウ
　　　(2)ナゼ……タノダロウ｝……二七一

なり｛終止形―伝聞・推定
　　　連体形・体言―断定｝……二七九

つ
ぬ｝確述
たり
り｝存続｝〈完了〉……三四〇

き――経験
けり―伝承｝回想……三三二

【以上の助動詞用法は**中古文**だけに通用】

助詞のあつかい

体言＋の（＝で）……連体形＋が……二八七

に｛順接(and)
　　逆接(but)｝〈ノダガ〉……二九二

未然形＋ば（「あらば」）＝仮定
已然形＋ば（「あれば」）＝確定｝……二九三

もぞ
もこそ｝（危ぶみ）＝I am afraid……三〇〇

だに｛命令・依頼・意志〈セメテ……ナリトモ〉
　　　右以外の用法｝〈……サエ〉
すら
さへ――〈……マデモ〉｝……二九五

敬語の急所

話し手→聞き手—丁寧（改まった気持ち）
話し手→話題の人｛尊敬（高める）／謙譲（低める）｝敬意……三〇五

せたまふ／させたまふ｝→たまふ→｛る／らる……三一三

尊敬—たまふ（四段）／謙譲—たまふる（下二段）｝たまふ……二四四

謙譲→B′／尊敬→B｝敬意（B′＋B）……三一九

これだけサービスしておけば、楽屋へもどってもよかろう。なに？　またアンコールだって？　なるほど、観客席から「先生、せっかくのサービスですが、文法関係だけじゃありませんか。ほかの事項についてもサービスをお願いしまあす。」という声がさかんだね。いや、わかっている。ほかの事項は、もっと細かい示しかたをしたほうが利用しやすいので、次に索引化しておいた。さあ、いくらでもアンコール、アンコール。

重要事項語句索引

（配列は五十音順。漢字は発音通りとし、仮名は歴史的仮名づかいとした）

あ行

さ行

は行

ま行

や行

所収例文索引

（この索引は本文中にケイで囲んだ例文をジャンル別に整理したものである。）

和歌

俳諧

物語

近世の小説

俳文

法文

戯曲

その他

解説

武藤康史

この『古文の読解』は、『古文研究法』『国文法ちかみち』に続く小西甚一の三つめの学習参考書である。

『古文研究法』(洛陽社)は昭和三十年刊(昭和四十年に改訂版が出た)。『国文法ちかみち』(洛陽社)は昭和三十四年刊(昭和四十八年に改訂版が出た)。この二冊が初版から半世紀を経た今なお新刊書店で流通しているのはすごいことだが(『古文研究法』は改訂一〇六版、『国文法ちかみち』は改訂四三版というのを最近手にした)、『古文の読解』は久しく書店から消えていた。

『古文の読解』はもとは旺文社から昭和三十七年に出ていたもので(昭和五十六年に改訂版)、『古文研究法』と『国文法ちかみち』の両方を圧縮した内容になっている。引用された入試問題の数こそ両書に劣るものの、文法のこと、古典の常識のことなどが満遍なく取り上げられている。「プロローグ」にも、この本は話しかけるような書き方にした……とあったが、その通り、前の二冊に比べてより平易な文体になっている。雑談に寄り道する部分も多く、通読しやすい。著者と受験生とがおしゃべりするというスタイルは『国文法ちかみち』にも少々見られたが、この本ではますます大胆に会話が展開する。三つの参考書とも小西甚一が四十代のとき書かれたもので、会話も若々しい。

『古文研究法』を書いたあと、当時東京教育大学助教授だった小西甚一はアメリカへ行った（昭和三十二年から三十三年にかけてスタンフォード大学に客員教授として招かれた）。帰国してすぐ書いたのが『国文法ちかみち』だが、その「はしがき」には、アメリカに行っているうちにこの本が書きたくなった、《アメリカの語学教育を眼のあたりながめていたら、実に感心させられることが多くて、こんなふうに教えれば、文法に悩まされている故国の学生諸君がずいぶん助かるのではないかと思ったからである》……と告白されている。すでに参考書を一冊書き上げた人がアメリカの語学教育を実地に知り、その流儀を取り入れて新たに一冊書き、その流儀をさらに推し進めて書いたのが『古文の読解』なのだろう。雑談調も会話体も、また全体の組立てなども、アメリカ流を採り入れているのかもしれない。

この文庫は『古文の読解』の改訂版を底本としている。初版と比べるとまず「はしがき」が異なる。この本は古文が苦手な人のために書いた……と宣言する最初の段落はほぼ同じ文章なのだが、そのあとは初版ではこうなっていた。

なぜそのような本を書いたのか。将来の日本を考えるからである。しばらくアメリカに住んで、つくづく感じさせられたのは、日本がどんなに天然資源がとぼしいかであった。まったく、お話にならないほどの差なのである。この貧弱きわまる天然資源で一億の日本人が人なみの生活をしてゆくためには、どうしても原料を輸入し、製品を輸出するほかにない。ぜったいそれ以外にはない。ということは、工業がわたくしたちの生活を支える屋台骨だという事実を意味する。だから、これからの若い優秀な人たちは、どしどし理科・工科の方面に進出してくれなくてはこまる。そちらに向くすぐれた人材が出なくなった時は、すなわち日本が衰亡への途をふみ出した時である。

理科・工科むきの勉強に主力を傾けなくてはならない多くの青年たちに、しかし、わたくしたち教師は、古文をどう教えたらよいだろうか。国文学者のタマゴたち相手なら、むしろ楽だと思う。わたくしたちのタマゴ時代に受けたとおり厳格な専門的訓練をあたえればよいのだから——。

若い優秀な人がどしどし理系に行かないと日本は衰びる——とは、昭和三十二、三年のアメリカを見て来た四十代半ばの日本人としてはごく自然な感想だったと見るべきだろう（アメリカでも当時、ソ連が人工衛星の打上げに先んじた「スプートニク・ショック」により、理科教育の振興が叫ばれていた。その影響もあったのではないか）。

初版のトビラ・奥付には「フレッシュでわかりよい／古文の読解」とあった（背表紙は「古文の読解」のみ）。改訂版のトビラは「スキンシップ・ゼミ／KOBUN／古文の読解」という体裁で、「KOBUN」は特大の文字である。

初版は（索引の終りまでで）三六六ページだったが、改訂版は三四三ページ。各章の題は同じだが、その中の項目をいくつか削り、途中もところどころ削っている。第六章「試験のときは」は改訂版では大幅に書き改められ、共通一次試験の話題に多くが割かれている。共通一次試験が始まったのは昭和五十四年である（のち、大学入試センター試験と名を変えた）。これに合せて改訂が企てられたものとおぼしい。

初版から削られたり、書き改められたりした箇所はたくさんあるが、すこしだけ挙げておこう。

第一章の「寝殿づくりのウソ」の項、改訂版で《一九六〇年十月の学会で》……と始まるくだりは初版ではもっと生々しくこう書かれていた。

ということを知ったのは、実は、わたくしも一九六〇年十月のことなのだから、あまり大きな顔はできかねる。天理大学で宇津保物語研究会があり、そのとき特別講演で森蘊《おさむ》先生が、従来いわれている寝殿づくりの図面は危ないという話をされた。この学会に出席していたほどの者は、みな中古文学の専門学者なのだが、一同びっくりしてノートをとるのに大あわての態だったほどで、秀才諸君が御存知なくても、別に恥ではない。同じ章、「車さだめ」の項に《二十世紀のシャーロック・ホームズである》とあるが、初版では《ペリー・メイスンなみである》だった。第四章の「毛虫は蝶に」の項に《史学で世界的に名を知られた教授》とあるが、初版では《史学科のA・F・ライト教授》と実名だった。第四章の「その2　太っ腹文法」の項、《文法に関するかぎり、絶対に正しい答えなどというものは、たいへん存在しにくいからである》の次に初版ではこんなことが書いてあったのだが、改訂版では削られている。

たとえば、文節というものをとりあげてみよう。高校生諸君の大部分は、文節こそ文法の根本であると信じているにちがいない。ところが、わたくしが、旧制中学生のころ、文節などいうものは、どの文法教科書のどの部分にも存在しなかった。文節がやかましく言われだしたのは、たぶん昭和十七八年ごろからのことで、やっと二十年ほどの歴史をもつにすぎない。しかも、これから何年ぐらい保つだろうか。わたくしはかなり悲観的である。

第五章の「その3　解釈から鑑賞へ」の項の最初に《英米に普及している分析批評（analytical criticism）》にふれたくだりがある。初版では《なるほど——。》の次はこう書いてあった。

しかしだ、ある程度まではテクニック化できないわけでもないさ。いま英米でいちばん勢力のある分析批評（analytical criticism）なんかはそれだね。だが、分析批評などというのは、文学を専攻する人の間でも、日本ではまだよく知られていないものだから、君たちに話してもしかたがない。

『古文研究法』と『国文法ちかみち』は書き下ろしだった。どちらも「はしがき」にそんなことが書いてある。『古文の読解』の初版の「はしがき」はその点に何もふれていない。書き下ろしなのだろうと思っていたのだが、念のため「螢雪時代」をめくってみたところ、ここに連載されていたものであることがわかった。昭和三十五年二月号から翌年の十月号まで、「入試突破講座」「実力錬成講座」「実力増進講座」などの総題のもと、休みをはさみつつ十六回載った記事が『古文の読解』の原型である。「文法問題解き方のコツ」「古文読解の土台」「古文の知識」「文法の征服」といった題が毎回ついている。昭和三十六年七月号までは筆者の肩書は教育大助教授だったが、次の号から教育大教授になっていた。

連載時のほうが『古文の読解』初版と比べても寄り道、雑談が多い。ときおり囲み記事もあって、一部は単行本の本文に溶け込んでいるが、単行本に生かされなかったものもある。昭和三十五年十二月号にあった「冊子」と題する囲み記事を引いておこう。

『枕草子』が正しいんじゃありませんか——という質問を、よく頂戴する。しかし「草子」はあて字であり、正しくはやはり「冊子」なのである。「冊」は、字の形から想像できるように、紙を折ったのをつきぬいたもの、すなわち綴じ本のことであって、「子」は「椅子」の「子」と同じく名詞であることをあらわす接尾語。「冊子」はサクシとよむが、クが音便でウとなり、サウシと発音され、いまはソオシというようになった。「冊子」に対するものは「巻子《かんす》」であった。つまり巻き物である。いまでは本といえばすべて綴じ本のことだけれど、むかしは正式な書きものは巻子にしたてたらしい。江戸時代には「草紙」とか「双紙」とかあてることが多かった。みな同じ意味である。

連載時は引用した入試問題の出題校・出題年も末尾にちゃんと載っていた。『古文の読解』の初版でも出題校までは書いてあった。改訂版ですべて省いてしまったのだ。連載から初版へ、そして改訂版へと問題は多少入れ替えられているが、改訂版に引き継がれている問題について出題校・出題年を「螢雪時代」から写し取ってみよう。目じるしに、原文の冒頭を引く。出題年は一部、記載なし。

第三章

平安時代に「日記」と……（教育大 35年）

第四章

音曲・舞・働き……（東京女大 36年）

夕つけて天龍川……（北大 34年）

年ごろは、いつしか……（東京工大）

季縄の少将、……（東海大）

この侍もいみじう……（神戸大）

うぐひすは、文など……（岡山大 34年）

さはれ、よろづに、……（津田塾大 36年）

家にありたき木は……（東京水産大）

ひろびろと荒れたる……（阪大 36年）

走り来る女子、……（山形大）

三日の御鶏合せに、……（防衛大 36年）

風のさと吹きたるに、……（東北大 36年）

大蔵卿ばかり耳とき……（大阪女大 35年）

第五章
つれづれと降りくらしたる……（神戸大）
よろづおぼつかなし。……（早大）
〔題〕奈良団ノ賛（熊本大 35年）
去年の秋より心に……（大阪府立大 35年）
はるけき野辺を……（九大 35年）
刑部卿敦兼は、……（早大一文 35年）
あるところに盗人……（宮崎大 35年）
今井四郎、木曾殿、……（東大・二次）
仁和寺にある法師、……（高知大 35年）
夕立の雲もとまらぬ夏の日の……（名古屋大）
第六章
夢よりもはかなき世のなかを……（津田塾大）

出題校名の略称はすべて原文のまま。出題年は「昭和」が略されている。
小西甚一は大学受験ラジオ講座の講師でもあった。「旺文社大学受験ラジオ講座テキスト」をめくってみたところ、初登場は昭和二十九年九月。この月の国語の担当は、
現代文　慶応大講師　塩田良平

古文　教育大助教授　小西甚一
漢文　東大教授　加藤常賢
という顔ぶれ。ちなみに前月までの古文は《駒沢大教授　冨倉徳次郎》だった。
古文の授業は月四回、一回三十分。放送は毎日あり、日本文化放送（のちの文化放送）
ではこのときは夜十時から一時間（一日二科目）。ほかに神戸放送・信越放送・ラジオ青森
……などなど。

この昭和二十九年九月号の巻末には「新講師の横顔」が載っていた。「古文　小西甚一先生」の項は、

教育大学の三階、国文学研究室の一隅から時折朗々たる謡曲のもれてくる時がある。その声の主こそ多趣味をもって知られる小西先生の謡の稽古の一時なのである。

……と書き出されていた。このとき小西甚一、三十九歳。

その他俳句は加藤楸邨氏主催の「寒雷」の同人であり、能は観世寿夫氏の門下、狂言は和泉流の野村万之丞氏に就き、その他趣味は数えればきりがない程、お持ちとのことである。「外套の厚さ群集押せど突けど」の句は先生御自慢の作のお一つとか。

伊勢の御出身であり、東京高師一年の時にすでに郷里の関係から伊勢神楽歌の研究を国漢会誌に発表しておられた。その熱心な博捜ぶりは、能勢教授の言葉をかりれば「親友をして資料餓鬼という渾名を呈上せしめ、実に餓鬼の如き物凄い研究ぶりでそれは大学時代から現在に及んで少しも変らない」程とのこと。

東京文理科大学国文科を昭和十五年に卒業されてから、ずっと母校に止まられ、同大の山岸徳平、能勢朝次両教授につかれて日華比較文学を研究された。梁塵秘抄考・文鏡秘府論考・日本文学史・土佐日記評伝など著書も多く、特に昭和廿四年から廿八年にかけて、三冊にわたって著わされた文鏡秘府論考は廿六年日本学士院賞を授与され、先生の学位論文ともなっている。

右のうち土佐日記評伝は誤りで、正しくは『土佐日記評解』。ほかにこの時点ですでに『古今和歌集』と『枕冊子』の注釈も出していた。東京高師とは東京高等師範学校。ここに引かれていた能勢《のせ》朝次《あさじ》の小西評はじつは小西甚一『梁塵秘抄考』の「序」の一節を縮めたもので（ほかに佐佐木信綱の「序」も載っている）、もとの文章はこうなっていた。

君の熱心な博捜ぶりは、君の親友をして資料餓鬼といふ渾名を呈上せしめ、君も欣然としてこれを承認した。実に餓鬼の如き物凄い研究ぶりであつた。そしてそれは大学時代から現在に及んで、少しも変らない。

東京文理科大学を昭和十五年に卒業したとあるが、大学卒業は昭和十一年で、昭和十五年は研究科を修了した年のようである。『梁塵秘抄考』が出たのはその翌年、二十六歳のとき。昭和二十四年、東京高等師範学校教授、昭和二十六年、東京教育大学助教授となる。『文鏡秘府論考　研究篇　上』で学士院賞を授けられたのはその年で、(誕生日前だったので満年齢としては)三十五歳のとき。

その三年後から「大学受験ラジオ講座」で教えるようになったわけだが、テキストをめくっていたら『古文の読解』にあった問題を発見した。第三章の「考える文学史」の項に引かれていた、折口信夫『日本文学研究法序説』を使った珍しい問題である。小西甚一による新作問題かと思いきや、昭和三十四年八月二十六日放送分のテキストに同じ問題が引かれ、(早大‐教 34年)という出典があった。『古文の読解』にはこの放送の内容も取り込まれているのだろう。

初登場の昭和二十九年九月四日放送分は『徒然草』『土佐日記』による問題だったが(入試問題ではないらしい)、「着眼点」として「はさみこみ」のことが取り上げられている。「はさみこみ」は『古文の読解』でも佐伯梅友博士が名づけられた……として詳しく説かれていたが、佐伯梅友が「はさみこみ」という題の論文を発表したのは昭和二十八年のことである。小西甚一はその翌年、早速これをラジオで広めたのだった。

佐伯梅友は小西甚一にとって東京高等師範学校の先輩であり（十六歳違う）、当時は大学の同僚だった（東京高師から京都帝国大学に進み、京大講師を務めたあと昭和十七年に東京文理科大学に着任、のち東京教育大学教授）。『国文法ちかみち』の「はしがき」には《わたくしは、昭和二十一年から六年間、先生と同じ研究室にいさせていただいた》、《研究室の雑務にくたびれてしまって、話をするのも厄介だといったようなときでも、文法のことになると、とたんに先生の眼が輝き出す。そうして、別人のように生きいきとした話が、あとからあとから出てくる》……というくだりがあった。

小西甚一はあらゆる時代の文学史に通じた途方もない学者だった。その学習参考書も深い学殖に支えられているが、佐伯梅友から多くのものを吸収して書かれたという面もあるに違いない。佐伯梅友は昭和十二年以来、多くの文法教科書を執筆しているが、学習参考書は書いていないようだ。佐伯文法を広めたのが小西甚一だったと言えるかもしれない。

小西甚一は大正四年八月生れ。生家は魚屋だった（晩年のインタヴューで語っている）。三重県立宇治山田中卒。小津安二郎の十二年後輩ということになる。

昭和六十年から七年かけて、古代から現代を貫く『日本文藝史』（講談社）を刊行した。さらにその別巻として『日本文学原論』を書き進めていたが、完成を前に平成十九年五月に亡くなった（満年齢としては九十一歳）。残されていた『日本文学原論』の原稿がどうにかまとめられ、「未定稿」「後部欠」などの注記を大量に含みつつも刊行されたのが平成二十一年五月だった（笠間書院）。その興奮も冷めやらぬ今、『古文の読解』は文庫化されたのである。

小西甚一の辞書についてもふれておきたい。『新国語辞典』（大修館書店、昭和三十八年刊）は石井庄司との共編で、「序」も連名である。どこまでが小西甚一の領分だったのか、はっきりしない。しかし『基本古語辞典』（大修館書店、昭和四十一年刊）は《本辞書は、小西甚一個人の執筆である》と宣言する珍しい辞書で、改訂版（昭和四十四年）、三訂版（昭和四十九年）と改訂が重ねられ、ページが増え続けている。二色刷大型版（昭和五十九年）は三訂版と同じ内容。その「はじめに」でも《この辞典は、わたくし自身が書いたものであり、解釈も、用例も、他の辞典から借用したのは、ひとつも無い》と言い切っていた。

本書は旺文社より一九六二年に初版、一九八一年に
改訂版（本書底本）が刊行された。

漢詩の魅力　石川忠久

陶淵明、李白、杜甫など大詩人の人間像とその名詩名作の真髄に第一人者が迫った、漢詩鑑賞読本の決定版。代表的な日本漢詩を含む130首を収録。

江藤淳コレクション（全4巻・分売不可）　江藤淳　福田和也編

人生と言葉を鮮やかに捉え、存在の核に肉薄した江藤淳。戦後日本を代表する文芸評論家の全容を提示する愛弟子による文庫オリジナル。

小説家　夏目漱石　大岡昇平

処女作『吾輩は猫である』から遺作『明暗』に至る小説をテクストに即して精緻に分析する、著者三十年にわたる漱石論の集大成。（菅野昭正）

日本文学史序説（上）　加藤周一

日本文学の特徴、その歴史的発展や固有の構造を浮き上がらせて、万葉の時代から源氏・今昔・能・狂言を経て、江戸時代の徂徠や俳諧まで。

日本文学史序説（下）　加藤周一

従来の文壇史やジャンル史などの枠組みを超えて、幅広い視座に立ち、江戸町人の時代から、国学や蘭学を経て、維新・明治、現代の大江まで。

書物の近代　紅野謙介

書物にフェティッシュを求める漱石、リアリズムに徹し書物の個性を無化した藤村。モノ—書物に顕現するもう一つの近代文学史。（川口晴美）

明治の話題　柴田宵曲

博覧強記にしてゆかしい佇まい。明治書生の心と姿をそのままに生きた著者が遠く明治を振り返る。風俗史料としても貴重な一冊。（川本三郎）

明治風物誌　柴田宵曲

人力車、煙管、居合抜、パノラマ。明治の事物習俗について、文学作品と作家のエピソードを織りこみつつ床しく綴った珠玉の随筆。（加藤郁乎）

奇談異聞辞典　柴田宵曲編

ろくろっ首、化け物屋敷、狐火、天狗。古今の書に精通した宵曲が、江戸の随筆から奇にして怪なる話を選り抜いて集大成した、妖しく魅惑的な辞典。

江戸の想像力　田中優子

平賀源内と上田秋成という異質な個性を軸に、江戸18世紀の異文化受容の屈折したありようとダイナミックな近世の〈運動〉を描く。（松田修）

完本 八犬伝の世界　高田衛

名前の意味、信仰、テキストと挿画の関係、曼陀羅とのつながりを次々と読み解き、壮大で驚くべき馬琴宇宙を開示する。中公新書版の改訂増補決定版。

図説 太宰治　日本近代文学館編

「二十世紀旗手」として時代を駆け抜けた作家・太宰。新公開資料を含む多数の写真、草稿、証言からその文学と人生の実像に迫る。（安藤宏）

日本人の目玉　福田和也

「批評の目玉は、見つめる対象を、叩き、壊す」。近現代の精神史を書き換え、文士たちの眼力を探り、日本人の思考と感性に迫る破天荒な力業。（柳美里）

定家明月記私抄　堀田善衞

美の使徒・藤原定家の厖大な日記『明月記』を読みとき、大乱世の相貌と詩人の実像を生き生きと描く名著。本篇は定家一九歳から四八歳までの記。

定家明月記私抄 続篇　堀田善衞

壮年期から、承久の乱を経て八〇歳の死まで。乱世を生きぬき宮廷文化最後の花を開いた藤原定家の人と時代を浮彫りにする。（井上ひさし）

都市空間のなかの文学　前田愛

鷗外や漱石などの文学作品と上海・東京などの都市空間――この二つのテクストの相関を鮮やかに捉えた近代文学研究の金字塔。（小森陽一）

増補 文学テクスト入門　前田愛

漱石、鷗外、芥川などのテクストに新たな読みの可能性を発見し、〈読書のユートピア〉へと読者を誘なう、オリジナルな入門書。（小森陽一）

益田勝実の仕事（全5巻）　益田勝実

国文学・歴史学・民俗学の方法を駆使して日本人の原像に迫った巨人の全貌。単行本と未刊行論文から編む全五巻。毎日出版文化賞受賞。

「不思議の国のアリス」を英語で読む　別宮貞徳

このけたはずれにおもしろい、奇抜な名作を、いっしょに英語で読んでみませんか――『アリス』の世界を原文で味わうための、またとない道案内。

日本語のリズム　別宮貞徳

耳に快い七五調の基盤には四拍子のリズムがあった！「声に出して読む」日本語から文化のアイデンティティーに迫る異色の日本語論。（安西徹雄）

さらば学校英語　実践翻訳の技術　別宮貞徳

英文の意味を的確に理解し、センスのいい日本語に翻訳するコツは？　日本人が陥る誤訳の罠は？　達人ベック先生が技の真髄を伝授する実践講座。

達人に挑戦　実況翻訳教室　別宮貞徳

達人ベック先生の翻訳教室を紙上に再現。幅広い分野の課題を出題、生徒の訳例を俎上に、的確な読みと一歩上行く訳を教授する、上達約束26講。

裏返し文章講座　別宮貞徳

翻訳批評で名高いベック氏ならではの文章読本。翻訳文を素材に、ヘンな文章、意味不明の言い回しを一刀両断、明晰な文章を書くコツを伝授する。

明治東京風俗語事典　正岡容

江戸・明治の東京で語られ、やがて消えていった言葉たち。当時を髣髴させる数多の言葉を、寄席芸能の第一人者が集大成した労作。（池内紀）

わたしの外国語学習法　ロンブ・カトー　米原万里訳

16ヵ国語を独学で身につけた著者が明かす語学学習の秘訣。特殊な才能がなくても外国語は必ず習得できる！という楽天主義に感染させてくれる。

英語類義語活用辞典　最所フミ編著

類義語・同意語・反意語の正しい使い分けが、豊富な例文から理解できる定評ある辞典。学生や教師・英語表現の実務家の必携書。（加島祥造）

日英語表現辞典　最所フミ編著

日本人が誤解しやすいもの、英語理解のカギになるもの、まぎらわしい同義語、日本語の伝統的な表現・慣用句・俗語を挙げ、詳細に解説。（加島祥造）

ちくま学芸文庫

古《こ》文《ぶん》の読解《どっかい》

二〇一〇年二月十日　第一刷発行

著　者　小西甚一（こにし・じんいち）

発行者　菊池明郎

発行所　株式会社　筑摩書房
東京都台東区蔵前二―五―三　〒一一一―八七五五
振替〇〇一六〇―八―四一二三

装幀者　安野光雅

印刷所　株式会社精興社

製本所　株式会社積信堂

乱丁・落丁本の場合は、左記宛に御送付下さい。
送料小社負担でお取り替えいたします。
ご注文・お問い合わせも左記へお願いします。
筑摩書房サービスセンター
埼玉県さいたま市北区櫛引町二―六〇四　〒三三一―八五〇七
電話番号　〇四八―六五一―〇〇五三

ISBN978-4-480-09273-1 C0181